BABI DEWET

ALLEGRO EM HIP-HOP

1ª reimpressão

Copyright © 2018 Babi Dewet
Copyright © 2018 Editora Gutenberg

Todos os direitos reservados pela Editora Gutenberg. Nenhuma parte desta publicação poderá ser reproduzida, seja por meios mecânicos, eletrônicos, seja via cópia xerográfica, sem a autorização prévia da Editora.

EDITORA
Silvia Tocci Masini

EDITORA ASSISTENTE
Carol Christo

ASSISTENTE EDITORIAL
Andresa Vidal Vilchenski

PREPARAÇÃO
Carol Christo
Jim Anotsu

REVISÃO
Mariana Faria
Samira Vilela

REVISÃO FINAL
Andresa Vidal Vilchenski
Silvia Tocci Masini

CAPA
Diogo Droschi

DIAGRAMAÇÃO
Larissa Carvalho Mazzoni

Dados Internacionais de Catalogação na Publicação (CIP)
(Câmara Brasileira do Livro, SP, Brasil)

Dewet, Babi
  Allegro em hip-hop / Babi Dewet. -- 1. ed.; 1.reimp. -- Belo Horizonte : Gutenberg Editora, 2020. (Série Cidade da Música)

ISBN 978-85-8235-533-6

1. Ficção brasileira 2. Ficção - Literatura juvenil I. Título. II. Série.

18-18275   CDD-869.3

Índices para catálogo sistemático:
1. Ficção : Literatura brasileira 869.3

Maria Paula C. Riyuzo - Bibliotecária - CRB-8/7639

A **GUTENBERG** É UMA EDITORA DO **GRUPO AUTÊNTICA**

São Paulo
Av. Paulista, 2.073 . Conjunto Nacional
Horsa I . 23º andar . Conj. 2310-2312
Cerqueira César . 01311-940 . São Paulo . SP
Tel.: (55 11) 3034 4468

Belo Horizonte
Rua Carlos Turner, 420
Silveira . 31140-520
Belo Horizonte . MG
Tel.: (55 31) 3465 4500

www.editoragutenberg.com.br

As manhãs virão novamente
Porque nenhuma escuridão, nenhuma estação
Pode durar para sempre.
BTS – "Spring Day"

Para você que, assim como eu, sofre de ansiedade e não dorme direito, pensando em tudo o que deveria ter feito: a gente vai ficar bem! Tenho certeza de que você fez o melhor que podia, e isso já o torna alguém mais do que incrível! Amanhã será um dia melhor.

PRÓLOGO

A vida, para algumas pessoas, pode ser como uma orquestra, cheia de instrumentos que compõem uma mesma música. Para outras, é como um número de dança. Pode ser coreografado, como uma rotina, cheia de altos e baixos, objetivos e expectativas, em que você sabe o começo, o meio e o fim. Ou pode ser livre, sem pensar no movimento seguinte, só deixando o corpo se mover e viver, com ou sem medo, entre erros e acertos, seja guiada pelo ritmo ou pela melodia.

O que importa é seguir em frente, sempre. Ao vivo, não existe pausa nem *playback*. É só você, o palco, seu corpo e a música. A plateia é só parte do seu show, não a protagonista.

Afinal de contas, por que você seria parte de um grupo de bailarinos se pode fazer o solo da sua vida?

1
AS QUATRO ESTAÇÕES
(VIVALDI)

Tombé, pas de bourrée, glissade, pas de chat! Tombé, pas de bourrée, glissade, pas de chat! Tombé, pas de bourrée, glissade, pas de chat.

– Acho que isso tudo é falta de namorado, Mila-chan.
– Pode ficar quieta? Estou tentando me concentrar! – Mila respirou fundo, virando-se para o espelho e endireitando a coluna. Mexeu as mãos para liberar a tensão que cada erro trazia, porque era difícil não achar que tudo estava uma porcaria. Abriu os braços em um movimento lento e, prendendo a respiração, deu impulso para girar. Girou uma, duas vezes... No terceiro giro, quando ia fazer o *developé*, perdeu o equilíbrio. Pousou os dois pés no chão, decepcionada.
– Já disse. Namorado. Sabe? Sexo oposto? Ou mesmo sexo, se quiser! Minhas mães estão aí pra provar que qualquer relacionamento pode dar certo! Menos o daquele casal que a gente viu na quinta-feira do lado de fora do refeitório, eles brigavam muito... – Clara riu, alongando as pernas, sentada em um canto da sala que estaria vazia se não fosse pelas duas garotas. Já eram onze da noite, e a maior parte dos bailarinos e músicos já estava de volta aos dormitórios ou em salas de ensaio privadas – o que não era exatamente dentro das regras da Academia Margareth Vilela, mas o toque de recolher nem sempre era tão rigoroso.

– O que preciso é de concentração! O objetivo são os 32 *fouettés*, não é nada que muitas bailarinas já não tenham feito, certo?
– Nunca vi ninguém fazer ao vivo. Acho que só no YouTube. Talvez a Pierina Legnani em alguns momentos da história, mas você sabe que ela provavelmente não era um ser humano.
– Ela é minha musa e sei que você tem razão, mas mesmo assim...
– Talvez se você não prender a respiração? – Clara sugeriu, erguendo as sobrancelhas como se tivesse tido uma grande ideia. Mila encarou a amiga de cabelos curtos quase raspados e sorriu, mostrando os dentes. – Esse sorriso diabólico é boa coisa ou você vai me matar?
– Você é um gênio! – Mila se posicionou de novo na frente do espelho, ainda sorrindo, e um pouco mais confiante. Antes de girar, olhou para Clara com o indicador apontado para ela. – Mas a resposta certa nunca é *namorado*.

As duas amigas caminhavam em silêncio pelo corredor vazio do prédio de aulas do conservatório. O local era todo branco, com chão reluzente e pôsteres de apresentações, propagandas de orquestras e frases motivacionais pregados nas paredes. Tudo muito bonito, limpo e arrogante. Mas as duas não reparavam em nada disso, caminhando devagar com fones nos ouvidos. Cada uma escutava uma playlist, apenas sentindo a presença uma da outra, como costumava ser com elas. Enquanto Mila continuava ouvindo repetidamente o trecho do solo de Odile, de *O Lago dos Cisnes*, composto por Tchaikovsky – que era basicamente seu compositor favorito de todos os tempos –, Clara ouvia uma seleção de hits atuais, na qual The Weeknd era, definitivamente, seu artista favorito. Ou talvez Harry Styles, embora elas debatessem sobre o fato de que Mila não conseguia achar nada excepcional nele como músico, fora uma ou duas canções. Isso sempre causava atrito e gritaria entre elas. O prédio estava gelado pelo ar-condicionado central, fazendo com que as duas apertassem os casacos contra o corpo.

Aquele era o maior conservatório de música clássica do país e, agora, depois de alguns anos de trocas de experiências, também de balé. Era uma novidade no Brasil e elas estavam bem ali, no olho do furacão, no centro de tudo isso. Todos os olhos estavam voltados para as pequenas turmas de balé de Margareth Vilela, e todo mundo queria fazer cursos, workshops e apresentar recitais. Professores do mundo todo queriam dar aulas ali.

O conservatório ficava no Rio de Janeiro, no alto da Serra, em uma pequena cidade chamada Vilela, que tinha crescido em volta do conservatório e, por isso, era bem diferente do calor infernal a que Clara estava acostumada em Fortaleza, sua casa. Já Mila entendia exatamente o frio que estava fazendo naquela noite, porque os dezoito anos em que morou em São Paulo – ou seja, toda sua vida – a tinham preparado para isso. Para dias ensolarados e noites congelantes. Para chuvas finas sem explicação e momentos tão abafados que dava vontade de se jogar no chão das salas de aula, mesmo que isso pudesse estragar a meia calça. Esse fato, na verdade, acontecia com frequência, embora toda bailarina tivesse milhares de meias de todos os tipos e para todas as ocasiões. Ninguém era obrigado a ter a perna lisa e perfeita o tempo todo.

A verdade era que Mila amava tudo naquela vida de bailarina. Amava as meias rasgadas pelas aulas de dança contemporânea; os moletons finos e muito caros com o símbolo de Margareth Vilela, que era um item da moda para os alunos (embora um pouco brega, na opinião dela); as mudanças de temperatura que traziam a lembrança e o cheiro de casa; e até o trajeto que fazia todos os dias, do prédio de dormitórios para o de aulas, porque no fundo adorava sua rotina. Sentia-se segura com ela. E, apesar de São Paulo ser sua grande paixão, ela tinha o sonho de dançar balé na The Royal Ballet, a famosa academia de Londres que era casa de muitos dos seus ídolos. Desde pequena colecionava pôsteres e cartões-postais de lá, acompanhava as apresentações e vídeos online. Provavelmente tentaria, em um futuro distante, uma audição para a grande Bolshoi em Moscou, porque ela tinha um plano. Um plano que era basicamente a única coisa que conhecia em toda sua vida. Um plano que tinha sido traçado para ela desde pequena, com toda a pressão de sua família descendente de japoneses e todos aqueles comentários de "batalhamos para te dar oportunidades que nunca tivemos" – os quais, ela precisava admitir, eram uma grande pressão psicológica e faziam com que sempre quisesse ser a melhor de todas. Um plano que a colocava exatamente onde estava naquele momento, ensaiando até quase meia-noite para acordar, no dia seguinte, às 6 horas da manhã e começar tudo de novo.

– Camila? Tá me ouvindo? – Clara chamou a atenção da amiga enquanto esperavam o elevador do prédio de dormitórios. Era raro falar o nome dela de verdade, pois tinha dado o apelido de Mila para a amiga (ou Mila-chan, uma piada interna entre as duas, embora Mila achasse esquisito demais). Achavam que "Camila" era muito sério para uma garota tão delicada quanto ela, e o apelido acabou sendo imitado por quase todo mundo da turma delas. Sem falar que ainda era uma homenagem a uma música de axé dos anos 1990, que Clara amava cantar só para irritar a outra. Todo mundo, não importava a idade, sabia que música era essa.

– Oi? Você disse alguma coisa? – Mila piscou com os cílios compridos que tinha ganhado na loteria genética, e tirou os fones de ouvido. Estava distraída pensando sobre o plano da sua família e todas essas coisas que nunca saíam da cabeça dela.

– Estou pensando em comprar um colo de pé falso, porque ficou bem bonito na Giulia, você viu?

– Vi! Ela realmente precisava, mas o seu pé é tão bom! – As duas entraram juntas no elevador, com Clara fazendo uma careta, confusa. Mila tinha essa mania de viajar na maionese e falar coisas que só faziam sentido dentro da cabeça dela. – Não que o pé dela fosse feio, não era. Não é. E dizer que o seu é "bom" foi um elogio. Você me entendeu.

– Não entendi nada. Sua cabeça está em outro lugar, né? É o solo? Não se preocupe com isso, Mila. Vai dar tudo certo! Você é uma das melhores bailarinas da Margareth Vilela, o próprio Kim Pak disse isso mês passado, lembra?

– Uau, dizer pra não me preocupar basicamente acabou com a preocupação! – As duas fizeram caretas juntas. – E a opinião do filho prodígio da diretora sinceramente não me importa. – Mila revirou os olhos, juntando os fios dos fones de ouvido e guardando tudo em sua enorme bolsa de lona. Ela tinha noção de que precisava colocá-los na bolsinha interna, ou seria difícil de achar depois, como costumava acontecer. Bolsa de bailarina era sempre recheada de roupas, meias, sapatilhas, esparadrapos e remédios, uma bagunça e um total clichê.

– Mas ele é o cara mais bonito do mundo! – Clara sorriu, como se aquela informação mudasse tudo. Assim que o elevador parou no andar, a amiga soltou os cabelos e seguiu em frente, ignorando o que ela disse. – Você deveria raspar os cabelos como eu fiz. É uma mão na roda na hora de dançar, te digo isso.

– Se eu raspar os cabelos, minha família me deserda.

– Eles não têm nada pra você herdar.

– E o grande conhecimento milenar da família Takahashi? – Mila sorriu, parando em frente à porta do seu dormitório. Clara deu um beijo na bochecha da amiga e continuou andando para o corredor seguinte. – Amanhã de manhã vou pra academia, mas te encontro às nove no refeitório?

– Pra te ver comendo maçã com ar novamente? Não perderia por nada! – As duas riram, ouvindo o celular de Mila tocar de repente.

– *Moshi Moshi*, mãe! – Ela atendeu o telefone com a voz cansada, acenando para Clara, que seguia para o próximo corredor. Era uma pena que elas não tivessem sido colocadas no mesmo quarto, seria bem mais divertido do que dividi-lo com alguém totalmente desconhecido. Mila não gostava muito do que não conhecia, sempre ficava nervosa demais.

– Sabe que eu não gosto de ficar até essa hora sem ter notícia sua – a mãe respondeu, séria.

– *Hai, Gomen ne*, me desculpa. Hoje foi um dia muito cheio.

"E já tenho 18 anos, não preciso dar notícias de tudo que eu faço", ela queria dizer. Mas se conteve em respirar fundo, concordar e ouvir tudo que sua mãe tinha para falar porque era sempre o caminho mais fácil. Apoiou o celular no ombro enquanto abria a porta do dormitório e ficou levemente irritada com a bagunça da sala comunal, que tinha um carpete azul marinho e paredes brancas sem graça.

– A minha *roommate* deixou tudo jogado por aqui, a TV está ligada, tem caixa de pizza virada no sofá e o cheiro de gordura é enjoativo!

– Não gosto dessa garota. Ela acha que está aí para se divertir? Quem são os pais dela?

Mila ignorou toda a bagunça, como sempre fazia, se fechou no quarto e sentou na cama, exausta, ouvindo a mãe reclamar de pessoas que iam para grandes escolas e perdiam tempo em festas ou se divertindo – como parecia ser o caso da Valéria, sua *roommate* que estudava oboé, ou de quase todo mundo. Mila só queria tomar um banho e dormir, mas conversar com a mãe era muito importante e ela não podia simplesmente ignorar. Literalmente, porque sua mãe nunca a deixaria desligar o telefone com uma desculpa qualquer. Tirou as sapatilhas de ponta favoritas da bolsa e as esticou na cama ao seu lado, procurando por fios soltos e buracos no elástico que pudesse costurar mais tarde. Observou como estavam ficando surradas, embora de alguma forma parecessem ainda mais bonitas.

Sorriu sozinha, passando os dedos no tecido. Aquilo era tudo que ela conhecia na vida. Tinha começado a dançar balé muito nova, enquanto a irmã tinha crescido em orquestras de música clássica. Sua casa era repleta de sons, de Mozart à música contemporânea, e isso era algo que Mila tinha aprendido a amar com todas as forças. Acordar antes das seis da manhã, abrir as janelas, sentir o ar fresco no rosto, colocar Tchaikovsky para tocar, e dançar. Dançar até as pernas doerem, até os dedos calejarem, até seu ouvido zunir com os sons da própria cabeça contando e recontando os movimentos, até sonhar com tudo isso e acordar para fazer tudo de novo. Mila tinha nascido para ser a melhor e não seria nada menos do que isso.

– Lembra da garota mais alta que estudava com você na Academia de Ballet de São Paulo? – sua mãe perguntou. Ela gostava de repetir o nome inteiro da escola onde Mila estudou antes da Margareth Vilela. Devia fazer a mesma coisa agora para seus amigos da igreja, contando onde a filha estava e se gabando disso. Mães eram sempre iguais nesse quesito.

— Alice. Ela era extremamente talentosa.

— Não mais do que você é, claro. Ela passou em uma audição para um ano de estudo complementar na The Royal Ballet School. Acredita nisso? Com o solo da Odile de *O Lago dos Cisnes*!

Bendito solo da Odile. Era tudo que Mila precisava treinar se quisesse ter alguma chance de conseguir o solo principal da apresentação da turma do avançado no meio do ano, que era a mais importante de todas naquele momento. Era seu segundo semestre ali e ela sabia que estaria competindo com algumas das melhores bailarinas do país, que dividiam diariamente as salas de aula e as turmas avançadas. Seria concorrido. Ouviu sua mãe reclamar de como ela precisava se esforçar mais e alguns minutos depois desligou o telefone, prometendo dormir só depois que o *fouetté* estivesse perfeito. Como se isso fosse acontecer de uma hora para a outra. *Spoiler: não iria.* Olhou-se no espelho do quarto, que ficava ao lado da cama e pegava seu corpo todo, endireitando a coluna e prendendo os cabelos pretos e compridos. Eram tão lisos e pesados que Mila precisava usar grampos para segurar no coque. Odiava isso, incomodava e machucava o couro cabeludo. Respirou fundo, ligou a música baixinho no celular para não atrapalhar o sono da *roommate*, e por mais duas horas deixou-se dançar da forma como gostaria de fazer o dia inteiro. Mesmo sem o *fouetté* perfeito. Mesmo sem os 32 giros.

O despertador tocou e Mila levou alguns minutos para se sentar na cama, que estava superquente e aconchegante com um cobertor rosa de pelos sintéticos. Sonolenta, pegou algumas roupas e foi para o banheiro tentar despertar depois de quatro míseras horas de sono. Não era o ideal, mas era o que tinha no momento. "Pelo menos consegui dormir", ela repetia para si mesma. Ultimamente, até isso se tornara algo difícil de fazer com a bagunça que estava sua cabeça.

Enquanto tomava banho, ouviu uma batida insistente na porta do banheiro. Revirou os olhos e respirou fundo, mexendo o calcanhar debaixo da água quente para amenizar a dor que tinha sentido na noite anterior. Era sempre no bendito pé direito. Talvez precisasse visitar a enfermaria novamente para conseguir alguns analgésicos. Não queria voltar para o fisioterapeuta do conservatório, ele tinha as mãos geladas e o hálito esquisito.

– Vai demorar muito, bailarina? Vou fazer xixi na calça! – Valéria gritou do lado de fora. Ficava irritada de sempre precisar usar o banheiro de manhã cedo, quando, pontualmente, a outra estava tomando banho. Quase comprou um penico para deixar no quarto, mas desistiu porque sabia que não teria coragem de limpá-lo. – Sei que naquela música famosa dizem que bailarinas não têm remela, piolho, problemas na família e, o que era mesmo? Namorado?

Ouvindo a garota cantar "Ciranda da Bailarina", da Adriana Calcanhoto, Mila desligou o chuveiro, bufando, se enrolou na toalha e se apressou para sair do banheiro com as roupas nas mãos, pronta para se trocar no quarto, tentando ao máximo não pingar água pelo chão. Sabia que Valéria preferia que ela deixasse a porta destrancada, assim poderia entrar tranquilamente para usar quando precisasse, só que Mila não tinha a menor vontade de ficar pelada na frente de ninguém. Passou por Valéria, que esfregava os olhos, sonolenta, sorrindo triunfante e parando de cantar.

– Vai de novo pra academia a essa hora? Você não acha que é coisa demais para o seu corpo pequenininho aguentar? Você tem o quê? Um metro e sessenta?

– Um metro e sessenta e três, não sou tão pequena assim – Mila disse, sorrindo de forma engraçada para Valéria. Mostrou as roupas da academia que estavam presas debaixo do braço. – Eu só tenho esse horário pra malhar e fazer cardio, acha que já não tentei em outros momentos do dia?

– Ah, eu acho que tentou! – Valéria sorriu, irônica, entrando no banheiro. – Você tenta demais, é basicamente isso. Espero que não fique doente ou sei lá.

– A música não diz que bailarinas não ficam doentes? – Mila disse baixinho, vendo Valéria começar a fazer xixi sem nem mesmo fechar a porta. Ela correu para se trancar no quarto e terminou de se secar, encarando o espelho. Ela não era pequena! Pesava 47 quilos, o que era perfeitamente normal para quem fazia tanto exercício. Eram horas de academia, depois aulas diversas, ensaios e recitais. Valéria não teria como entender. Ela vivia presa no quarto tocando oboé como se as paredes fossem à prova de som. Mas não eram.

    Respirou fundo, trocando de roupa e colocando os fones de ouvido antes de sair do dormitório. Na playlist, Vivaldi era o que servia para animar o dia e clarear a cabeça. Ela amava concertos para violinos, eram sempre tão sentimentais, e os de Vivaldi, particularmente expressivos, além de simples! Tinha coisa melhor? No corredor, se pegou sorrindo e recriando mentalmente alguns passos de dança, que ela mesma inventava para as músicas. Não estava nem aí se as pessoas a encaravam quando ela passava. Sempre imaginava estar em um videoclipe, no qual o conservatório era o set e todos olhariam para ela caso errasse alguma coisa. Por incrível que parecesse, gostava daquele sentimento. Ela se sentia viva.

2
STITCHES
(SHAWN MENDES)

– Eu sempre fico totalmente perdida nas aulas de Dança Contemporânea – Mila reclamou, sentada no canto da sala, bebendo água da sua garrafa com a logo da Academia Margareth Vilela, outro item *fashion* entre os alunos. Era meio ridículo, ela sabia, mas acabou se rendendo a alguns mimos que custavam mais que a mensalidade da sua escola no ensino médio para poder se misturar entre os alunos ali. Estava suando, e os cabelos grudados na testa atrapalhavam a visão. Aquelas eram as aulas favoritas de Clara, mas Mila era apegada demais ao clássico para conseguir literalmente se jogar no chão, fazendo movimentos sem pensar que algo estava totalmente esquisito com seu corpo. Era o seu segundo semestre na vida tendo aulas diversas, fora o balé clássico, e ela sabia o quanto se esforçava para ficar no nível da turma, embora a professora sempre elogiasse qualquer coisa que ela fazia.
– Você só precisa se soltar um pouco mais, deixar as coisas acontecerem. Você não é tão esquisita quanto pensa que é. Travada, talvez? – Clara falou, ajudando a amiga a se levantar. – Inclusive, teve um momento em que você estava fazendo a coreografia errada e as três Marcelas copiaram o seu erro, e não o que a professora estava fazendo. Se isso é ser esquisita, então não sei o que eu sou. Vamos ser esquisitas juntas na próxima aula, ok? Detesto História da Arte, é tão... chato. Não sei por que a gente precisa aprender essas coisas.

Mila começou a explicar a importância de saber tanto a teoria quanto a prática, fazendo Clara balançar a cabeça sem querer ouvir qualquer coisa que ela dizia. Mila gostava de estudar e, como nunca tinha sido popular na escola, era sempre considerada a japonesa magrela e tímida, que tirava ótimas notas porque tinha nascido com boa memória e crescido em uma cultura familiar de cobranças e pressão. Era natural para ela se esforçar para ser a melhor. Nem sabia mais se conseguia agir de outra forma.

Na antiga escola de balé, ela era uma das melhores, tanto que conseguiu uma vaga com honra e méritos no conservatório, com bolsa parcial e tudo. Sempre fazia os solos juvenis e, em contrapartida, acabava sendo ignorada pelas outras garotas da sua idade. Achava que era porque nunca aceitava os convites para sair, para ir ao cinema ou para dormir fora – afinal, não havia porque desperdiçar seus horários com coisas frívolas. Com o tempo, Mila acabou se acostumando a ficar sozinha, embora no fundo soubesse que as outras meninas queriam que ela se isolasse, por pior que isso pudesse soar. Nada disso a ajudou quando se sentiu só durante a adolescência, quando apenas queria alguém para conversar e mostrar o *relevê* perfeito que tinha executado.

Na Academia Margareth Vilela, no entanto, ela era popular. Por algum motivo estranho, que não fazia sentido na sua cabeça, as pessoas falavam com ela, acenavam no corredor, a escolhiam para grupos (mesmo na Dança Contemporânea, onde sua performance era mediana), sorriam para ela e eram educadas. Sempre. Ela não fazia ideia do motivo. Era uma sensação desconhecida e totalmente nova. Clara dizia que as pessoas ali queriam estar próximas de quem era bom de verdade porque assim chamariam mais atenção, mas Mila achava que isso não fazia sentido.

Na aula de História da Arte, como Mila estava tentando explicar para Clara, elas aprendiam sobre civilizações e suas representações nas artes antigas e modernas, da música à dança, passando pela escultura, pintura e literatura. Toda forma de arte era valorizada, embora, para elas, a dança tivesse maior peso nas notas. História da Arte era uma das poucas matérias na qual não precisavam dançar para passar de ano, e talvez fosse isso o que

Clara mais detestava. O formato de sala de aula, com carteiras, quadro branco e um professor de camisa social e óculos redondos na frente, era uma imagem de tudo que o ensino médio tinha sido, e a garota de cabelo raspado não suportava lembrar daquela época. Para Mila, era tudo muito interessante! Além do mais, dividiam as salas com alunos de outros cursos, o que era divertido e sempre contribuía para novas fofocas.

— Mila, estou morrendo de fome! — Clara reclamou alto assim que saíram da aula, fazendo algumas pessoas olharem para elas. Mila até achou que uma garota fosse oferecer seu lanche, pela forma como tentou se aproximar.

— Quando é que você não está com fome? — Mila riu, fazendo uma trança no cabelo comprido enquanto encostava na parede do corredor, vendo Clara acenar para alguns garotos que saíram da sala logo depois delas.

— Acho que meu apetite aumenta sempre que temos essa aula. Não sei o motivo.

— Será que não é porque você fica babando nesses garotos do piano? Literalmente babando, vi você usando a manga do seu casaco como lenço!

— Mas eles são tão... *nhamy*! — Clara disse sorrindo, fazendo Mila gargalhar. Ela não conseguia ver o mesmo que a amiga e, sinceramente, achava que Clara passava um pouco da medida quando o assunto era namoro. Mas ela seria a última a julgá-la por isso; cada uma com suas prioridades. — E quem usa lenço nos dias de hoje? Quantos anos você tem? Queria tanto que tivesse mais rapazes na nossa turma! Somos do avançado, era de se esperar que vários dançarinos viessem até nós.

— A gente só perpetua o estereótipo de que existem poucos homens no balé, o que não é totalmente verdade.

— É quase uma verdade.

— *Quase*, não totalmente — Mila pontuou, mexendo no celular e enviando mensagens para a mãe. Eram 5 horas da tarde e elas precisavam estar no auditório menor, perto do prédio de dormitórios, em trinta minutos. — Aliás, falando em garotos, sabe quem vai fazer o recital hoje?

– Não, quem? – Clara olhou animada e cheia de expectativa para a amiga, que deu de ombros.

– Eu não sei, estou perguntando. O Miguel estava cotado para o *pas de deux*, mas o Lucas também. Ou era o Jonas?

– O Jonas, definitivamente – Clara respondeu, segura. Mila sabia que muita gente iria assistir ao recital daquela semana: o professor responsável era um italiano chamado Pietro Ruiz, e na plateia estaria ninguém menos do que Sergei, um dos bailarinos mais antigos em atividade no país, amigo íntimo da diretora do conservatório. Todos os dançarinos queriam fazer os recitais do professor Ruiz, mas ele normalmente escolhia a dedo os alunos do avançado. Ela e Clara, óbvio, eram parte da turma escolhida nesse semestre, por isso precisavam se apressar para chegar cedo ao auditório, embora Clara parasse a cada minuto para observar, nos corredores, os pôsteres que tinham a cara do Kim, o famoso pianista e filho da diretora que estampava as propagandas do conservatório. Mila o achava extremamente infantil, mas os panfletos eram populares entre os alunos, e vez ou outra apareciam com marcas de batom – o que também era bem nojento.

Na verdade, se tinha algo que Mila adorava no conservatório, fora as enormes salas de aula de dança, era o fato de que tudo era envolto por muita natureza. Por estar acostumada com São Paulo e ter crescido no bairro da Liberdade, famoso por ser reduto da maior colônia nipônica fora do Japão, ela não via tantas árvores e flores quando caminhava na rua. Mas ali, entre um prédio e outro, podia ver pequenos jardins e áreas floridas com bancos e arquibancadas, onde os alunos se juntavam para ensaiar ao ar livre ou simplesmente para conversar e tomar sol. E ela adorava ainda mais o fim da tarde, quando o sol ia embora e o céu era pintado de cores quentes e acolhedoras, as suas favoritas. Mila prestava atenção em cada nuvem, em cada luz que passava entre as folhas das árvores, em cada som que podia ouvir das várias músicas que tocavam ao mesmo tempo ali fora. Era aconchegante, como uma cena bonita de um filme europeu.

No caminho entre os prédios principais, ela ouviu um som de violino tão lindo que precisou parar a conversa para prestar atenção. Às vezes isso acontecia, e ela não tinha vergonha nenhuma de parar tudo o que estava fazendo para apenas ouvir, mesmo que isso atrapalhasse as pessoas que estavam passando.

– Seu ouvido é muito bom, eu só escuto um monte de barulho vindo de todas as direções. Ei, toca esse trombone mais baixo! – Clara reclamou, torcendo o nariz e gritando com um rapaz que estava sentado debaixo de uma árvore próxima a elas. Mila estava de olhos fechados, concentrada. Em meio a trombones, violoncelos, vozes e flautas, ela tinha certeza de que ouvia um violino tão afinado e encorpado que fazia seu coração disparar de felicidade. Era o tipo de som que ela adorava. – A gente vai se atrasar, senhora "eu-nunca-me-atraso".

– Você não sabe o que está perdendo. – Mila sorriu para a amiga, seguindo novamente para o auditório. Olhou para os lados procurando o responsável por aquele som, mas não via nenhum violino à sua volta. E Clara tinha razão, elas não podiam se atrasar para o recital.

– Posso ouvir qualquer coisa pelo celular, existem aplicativos pra isso!

A sala interna do auditório estava cheia de dançarinos se exercitando e se aquecendo, com pernas e braços para todos os lados. Alguns faziam piruetas, outros se alongavam e passavam maquiagem ao mesmo tempo, como era comum nas coxias dos recitais, mesmo naqueles simples e recorrentes. Mila e Clara caminharam até a barra, que ficava na parede dos fundos, para começarem os exercícios. Foi quando Jonas entrou batendo os pés, seguido de outras pessoas que elas não conheciam. Jonas era um dos melhores dançarinos do avançado; era alto, loiro e muito feio. Parecia o Brad Pitt com a cara achatada.

– É um absurdo! Ultra... junte! Ou seja lá como fala essa palavra dos infernos.

– Ultrajante. – Um dos rapazes que seguia Jonas, que Clara chamava de "Porta", disse baixinho. Ele era enorme.

– Tanto faz. Esse professor maluco quer estragar toda a apresentação? Como ele pôde fazer isso COMIGO???

– Relaxa um pouco, cara, é só um recital – Clara disse em voz alta, revirando os olhos e fazendo sua voz ecoar pela sala.

Mila, assim como alguns dançarinos e o próprio Jonas, encararam a garota, boquiabertos.

– Retire o que disse, você ainda tem tempo – Mila sussurrou, vendo Clara dar de ombros.

– Nunca é só um recital, garota careca, ou sei lá o seu nome! – Jonas gritou do outro lado da sala, ainda batendo os pés de forma infantil. – Toda apresentação é uma oportunidade, algo no currículo, uma chance de ser visto e contratado por grandes companhias internacionais. Você está maluca?

– Você sabe meu nome, seu idiota machista. – Clara riu, como se não se importasse com nada do que ele tinha falado. Mila fez uma careta, em parte porque concordava com Jonas e em parte porque odiava conflitos. Detestava esse clima de esperar o que o outro responderia: sua barriga doía de nervoso e seus dedos ficavam ligeiramente gelados. – E o que aconteceu de tão ruim pra você estragar a concentração de todo mundo agindo como se tivesse 8 anos de idade?

– Ele perdeu o solo pra mim. Foi isso que aconteceu. – Lucas, um garoto baixinho de cabelos cortados rente ao queixo, sentado próximo à parede, explicou com uma expressão tranquila no rosto. Quase inabalável. Clara levantou a sobrancelha e olhou para Mila, que respirava fundo para evitar ficar nervosa com a gritaria.

– Você vai fazer o *pas de deux* com a Mila? Uau! Isso vai ser incrível! – Clara sorriu, batendo palmas, animada. Jonas continuou esbravejando sobre como a situação era incoerente (embora ele tivesse usado uma outra palavra parecida e inventada) enquanto Mila, focada em alongar as pernas e se acalmar, colocou os fones de ouvido e ligou na playlist de Tchaikovsky. Ela não fazia ideia de por que discussões e gritaria sempre a deixavam com a sensação de que estava fazendo algo errado, mesmo que o problema não fosse com ela. E o solo, fosse com o Lucas ou o Jonas, não fazia a menor diferença para ela. Recitais eram comuns na vida de um bailarino, e ela fazia trechos de O *Quebra-Nozes* desde criança. Não queria se gabar, mas sabia de cor não apenas os movimentos, não só dos solos, mas também de todo o corpo de dançarinos que subia ao palco. Era uma de suas peças favoritas, e o cara que faria o *pas de deux* com ela, que era basicamente uma parte da coreografia em dupla, só precisava ser forte o suficiente para não a deixar cair enquanto girasse. De resto, podia ser Lucas, Jonas, o Porta ou até o professor Ruiz. Ela não se importava.

Enquanto alongava os calcanhares e ouvia música, Mila observava as pessoas à sua volta discutindo, rindo e se divertindo por qualquer motivo que fosse. Sempre ficava orgulhosa de como Clara se defendia e peitava todo mundo, como se nada pudesse atingi-la. Mila queria ser um pouco assim também, mas era totalmente o oposto. Elas eram tão diferentes! Não só fisicamente, embora Clara tivesse a pele bem branca e várias tatuagens coloridas, enquanto Mila tinha um tom de pele um pouco mais dourado e sequer uma pinta para contar história. Elas pensavam diferente, agiam de formas contrárias e, mesmo assim, se falavam todos os dias, desde o primeiro dia em que pisaram no conservatório.

Mila nunca havia tido uma melhor amiga e não podia ser mais feliz por ter na sua vida uma pessoa tão incrível quanto Clara. Ela observava a amiga flertar com Lucas – e sinceramente achava que ele não gostava de garotas – enquanto gritava desaforos para Jonas, sem nem pestanejar ou parecer nervosa. Sorriu quando Clara deu uma gargalhada, como normalmente fazia, mas notou que o clima estava diferente quando a amiga ficou séria e se virou para a porta, ficando vermelha como um tomate, o que não era comum. Tirou os fones do ouvido e viu Kim Pak, o famoso filho da diretora do conservatório e o pianista mais conhecido da idade deles, entrar na sala acompanhado do professor Ruiz, que era mais baixo e muitos anos mais velho do que o garoto. Kim usava um terno preto e mantinha as mãos nos bolsos da calça, entediado e com a expressão fechada como sempre.

– ...então iniciaremos o recital em quarenta minutos, os bailarinos podem se posicionar na coxia, os trios entram logo depois e a minha dupla de solistas, por favor, nos siga para a sala em anexo. Vamos passar uma última vez, sim?

Mila ouviu o final do discurso do professor e se levantou rapidamente, juntando suas coisas de forma desajeitada e acenando para Clara, enquanto atravessava toda a sala até a porta. Podia sentir os olhos dos outros dançarinos grudados nela e as cabeças virando em sua direção enquanto caminhava. Ela estava acostumada com isso, mas sempre endireitava a coluna e levantava o rosto como se nada daquilo importasse. Foi como sua mãe a ensinou. Apenas um passo de cada vez.

– ...eu não sei o que ele vê nela.
– Quanto ela deve pesar? Uns sessenta, no mínimo?
– ...ela foi incrível no recital da semana passada, você viu?
– ...é muito boa!
– Queria dançar como ela.
– Aposto que está dormindo com o professor.
– ...é até bonita pra uma japa.
– Será que é adotada também, que nem o Kim?
– Será?

Mila respirou fundo e fingiu não ter ouvido nenhum dos comentários, como sempre fazia – o que não era nada fácil. Sabia que, se fosse com Clara, a garota teria respondido cada um deles. "Eu sou mais talentosa que metade de vocês. Eu peso 47 quilos, não mais que isso! Obrigada, o recital da semana passada foi bem divertido. Obrigada! Eu nunca dormi com ninguém, por que faria isso com o professor? Não entendi se ser bonita para uma japa é um elogio, mas obrigada. E não sou adotada! O Kim é? Clara nunca falou sobre isso, embora não mude nada na vida de ninguém."

Mas não. Ela era melhor do que isso, e estava ligeiramente enojada por terem falado que estava dormindo com o professor, algo inaceitável e totalmente doentio. Era um professor! Alguém em uma posição de poder, além de velho e feio. Suspirou profundamente e continuou caminhando até chegar ao lado de Ruiz, que encostou a mão em seu ombro. Era um gesto comum que ele inclusive tinha acabado de fazer com Lucas, mas ela instintivamente puxou o corpo para o lado oposto, caminhando um pouco mais depressa, sem saber por que aquilo tinha incomodado tanto. Os comentários eram sempre os mesmos e não importavam, certo? Não fazia sentido se preocupar com isso.

– E cinco, seis, sete e oito! Cinco, seis, sete e oito! – O professor dizia com clareza, batendo palmas e andando pela sala cuspindo bastante enquanto falava, enquanto Kim tocava um piano encostado na parede. Mila girava, esticava as pernas, ficava na ponta das sapatilhas e cantarolava, em sua própria cabeça, as notas que o garoto repetia no piano. Lucas, ao lado dela, estava indo bem como sua dupla. Era um pouco mais baixo do que ela esperava, o que a impedia de esticar os braços como gostaria, mas, no geral, preenchia todos os requisitos para a coreografia. Ele era mais forte do que ela tinha imaginado. Acompanhava de cabeça o que precisava fazer, mas algo estava errado em um certo ponto da música e ela não conseguiu se concentrar até o final.

– Ahm, Kim? Tem uma nota errada logo depois do arabesco – ela comentou, colocando as mãos na cintura, respirando rapidamente e vendo o professor concordar logo em seguida. Kim deu um sorriso de leve, coisa que raramente fazia, e parou de tocar. Mila arregalou os olhos. Ela esperava que ele fosse ignorar, como já tinha feito antes.

– Eu percebi, não vai ficar assim, mas obrigado. Esse piano não é tão bom quanto o que está no palco. Depois vou avisar ao técnico que deve ter algo errado com alguma das teclas. Não saiu uma nota logo no início também, você notou?

Mila apenas concordou, sem saber o que dizer. Estava oficialmente em choque e precisava se segurar para não abrir a boca e arregalar os olhos de forma caricata. Era a primeira vez na vida que ela ouvia a voz de Kim, e eles já tinham dividido o palco em dois ou três recitais no semestre anterior. Normalmente, ele só concordava com o que ouvia, balançava a cabeça e colocava os óculos escuros para evitar contato visual com alguém. Era de conhecimento geral que Kim Pak era um garoto metido, nojento e cheio de si, que raramente socializava e que, quando fazia isso, era para esculachar alguém ou responder algo de forma malcriada. O típico clichê do filho rico e mimado da pessoa de maior poder da cidade. Clara ia ficar espantada ao ouvir que ele, contra todos os argumentos, tinha sido sensato e até simpático. Provavelmente nem acreditaria nela. Mila tinha presenciado algum tipo de acontecimento histórico que ninguém mais ficaria sabendo.

– Vamos passar mais uma vez e depois vocês podem trocar de roupa. E um, e dois e três e quatro! – O professor bateu palmas fervorosamente, vendo os alunos voltarem a dançar e de olho no relógio. O recital começaria a qualquer momento.

Dançar era tudo que Mila sabia fazer, tudo o que sempre amou fazer. Era o que dava sentido à vida e fazia todas as dificuldades valerem a pena: as dores, os machucados, a exaustão, a insônia... No palco, poucas horas depois, ela girava e saltava com uma leveza incrível e uma destreza que sempre fazia com que a plateia prendesse a respiração junto com ela.

Clara assistia tudo da coxia, sentindo as lágrimas se acumularem nos olhos, emocionada com os sentimentos e a tranquilidade que a amiga transmitia enquanto dançava. Era lindo, toda vez. E Mila, no palco, sabia disso. Sabia que estavam todos olhando, prestando atenção, esperando algum movimento precipitado ou um erro. Ela, no fundo, também fazia isso. Apesar de aquilo tudo ser natural, inclusive quando tinha a coreografia na ponta dos dedos, de uns tempos para cá ela estava aprendendo a lidar com o fato de que esperava o tempo todo que algum erro acontecesse. De alguma forma, esse sentimento a deixava um pouco mais viva, embora também a apavorasse bastante. Ali, em cima do palco, em um arabesco comum, mas lindo de se ver, ela podia sentir a luz do holofote no rosto e sabia que, no lugar da escuridão à sua frente, havia uma plateia em total silêncio, acompanhando cada movimento seu sem ao menos piscar. Ao girar novamente, sorriu para o seu parceiro, ouvindo Tchaikovsky ao fundo e sentindo como se o mundo pertencesse a ela. Com ou sem erro, ela sabia o que estava fazendo. E era muito boa nisso.

– Ei, você foi incrível! – uma garota elogiou assim que Mila saiu do elevador no seu andar do prédio de dormitórios, mais tarde naquela noite. Ela sorriu, agradecendo, e caminhou lentamente para o quarto, sentindo todos os músculos do corpo doerem e queimarem. Naquele momento, até caminhar fazia seu pé latejar. No corredor, vários alunos ainda estavam conversando com as portas abertas, e todos, sem exceção, sorriam ou acenavam quando ela passava. Ela só queria deitar na cama, dormir por muitas horas e tomar alguns analgésicos para as dores, mas sabia que não seria assim o seu fim de noite. Ainda precisava impressionar o professor francês, Sergei, que escolheria o solo das apresentações do meio do ano. E, por isso, ainda tinha um *fouetté* para ensaiar. Tudo precisava ficar perfeito!

Exausta, sorriu de volta para algumas pessoas e, enquanto caminhava, tentava ignorar o fato de que seu cérebro estava repetindo alguns dos comentários que tinha ouvido na sala do auditório, antes do recital. O que estava acontecendo? Isso não era normal. Sacudiu a cabeça, ouvindo *aposto que está dormindo com o professor*, como se alguém falasse logo atrás dela. Parou de caminhar e olhou para os lados, franzindo a testa. *É até bonita para uma japa.*

Sentiu a respiração ficar mais pesada e a visão embaçar de leve, como se fosse desmaiar. Qual era o problema dela? Essas coisas nunca a afetaram antes. Apressou o passo em direção ao dormitório, procurando o cartão-chave dentro da bolsa com as mãos trêmulas. Respirava fundo, sentindo o coração disparar como se estivesse assistindo a um filme de terror, com aquela sensação ruim de estar sendo perseguida.

Parada em frente à porta do dormitório, ainda procurando a chave para entrar, ouviu um garoto cantando dentro do quarto em frente ao dela, do outro lado do corredor. A porta dele estava aberta e sua voz era aguda e calma, cheia de sentimento. Mila se deixou perder em pensamentos enquanto ouvia o que ele cantava, até se dar conta de que suas mãos tremiam muito e que segurava o cartão-chave com força entre os dedos, já doloridos. O que quer que estivesse acontecendo com ela, precisava parar. Ela ainda tinha muito treino para fazer e o cansaço não iria vencê-la. Certeza de que era isso que estava acontecendo. Ela só precisava de um bom banho quente.

O garoto do outro lado do corredor continuava cantando uma música do Shawn Mendes que apresentaria na aula do dia seguinte. Ele tinha ouvido, pela primeira vez em seus três anos de conservatório, uma banda de rock e música clássica tocando no festival do semestre passado. Desde então, havia deixado a ópera um pouco de lado e decidido não ter vergonha de cantar o que queria, mesmo em sala de aula. Quem inventou aquilo de quebrar as regras na Academia Margareth Vilela tinha salvado a sua vida, livrando-o da monotonia de não poder expressar verdadeiramente a sua arte.

I thought that I've been hurt before
But no one's ever left me quite this sore
Your words cut deeper than a knife
Now I need someone to breathe me back to life

(Eu achava que havia sido ferido antes
Mas ninguém nunca me deixou tão dolorido desse jeito
Suas palavras cortam mais fundo que uma faca
Agora eu preciso de alguém para me soprar de volta à vida)

3
HOLD ON, WE'RE GOING HOME
(DRAKE)

Vitor encarou sua própria imagem no espelho do quarto, que era cheio de pôsteres nas paredes brancas e tinha um enorme quadro de cortiça onde estavam presos partituras, ingressos de recitais e fotos de família. Era uma bagunça, totalmente a cara dele. Acreditava que tudo isso dava personalidade ao quarto frio e arrogante do conservatório. Depois de quase dois anos estudando e morando ali, já se sentia totalmente em casa. Literalmente, já que sua mãe viajava o tempo todo com o novo namorado (que mudava de tempos em tempos, e Vitor tinha deixado de tentar decorar os nomes) e que seu pai raramente ligava para saber se ele sequer estava vivo (porque tinha uma outra família para se preocupar, claro). Ele havia se acostumado com tudo isso, e não era exatamente uma novidade. Achava entediante sua vida clichê de filho único de um casal divorciado, muito rico, que nunca deveria ter ficado junto em um momento de carência. Ele era o clássico personagem sofrido de um livro adolescente.

De frente para o espelho, fazia caretas e expressões que achava que combinavam com a música que tocaria na aula do dia, como tinha aprendido com uma amiga do teatro de algum lugar clandestino de Vilela. Fez um monte de poses, se achando bem ridículo. Tinha recebido um aviso da professora de Música

Contemporânea dizendo que ele estava inexpressivo *igual à madeira do seu violino*, o que Vitor considerou um comentário sem sentido e bastante grosseiro. Sempre foi conhecido por se expressar até mais do que deveria, tendo sido comparado a um palhaço de circo e a um pré-adolescente desengonçado, embora já tivesse seus 19 anos. Talvez esse fosse o problema. E se ela tivesse sido irônica?

— Impossível ela ser irônica, estamos falando de uma professora de quase 80 anos, cara! Você está pirando — disse seu amigo Sérgio, momentos depois, enquanto caminhavam pelos corredores e conversavam sobre o assunto.

— Agora as pessoas mais velhas não podem ter senso de humor? — Vitor perguntou, mexendo nos cabelos ruivos que estavam maiores do que ele pretendia deixá-los. Mas a preguiça de ir até a cidade para cortá-los era enorme. Por que aquele conservatório não podia ter uma barbearia? Tinha de tudo lá dentro. Vitor tinha certeza de que existia até um bar secreto para os professores.

Sérgio fez uma careta, pensativo. Os dois amigos andavam lado a lado pelo corredor do prédio principal de aulas, ignorando o fato de que as pessoas caminhavam depressa para o lado oposto ao deles, a fim de não se atrasarem para os próximos horários. Como de costume, todos ignoravam a presença deles ali. Enquanto Vitor era alto, comum e parecia muito mais forte por preencher bem as roupas superjustas que usava, Sérgio era forte de verdade e projetava uma barriga de quem nunca tinha ido à academia. Os dois, assim como a maioria dos alunos, usavam camiseta social e calça jeans, embora Vitor só quisesse usar sua bermuda e uma camisa havaiana que não tinha sido presente de sua mãe — ela jamais aprovaria seu senso de estética. Ele mesmo tinha comprado online.

— Na verdade, eu sempre achei estranho que ela desse aulas de Música Contemporânea. Nada contra, mas ela não é tipo... velha?

— Sérgio, que tipo de comentário é esse? — Vitor riu para o amigo, que coçava com uma baqueta a cabeça quase raspada.

— Já disse pra me chamar de DJDJ quando estivermos na frente das pessoas — o amigo sussurrou, fazendo Vitor colocar a língua pra fora, indignado. — E você não está atrasado pra aula de violino? Ou sei lá que aula que é. Acha que já é bom o suficiente pra fugir de todas elas agora?

— Pra sua informação, não faltei a nenhuma aula essa semana. — Vitor puxou a mala do violino para mais perto do corpo. — Saí um pouco mais cedo ontem para pegar um lugar na plateia do recital de balé, mas foi por um motivo muito bom.

— Perseguir o amor dos seus sonhos não é um bom motivo, é ser *stalker*. — Sérgio revirou os olhos e bateu nos ombros do amigo. — Depois da minha próxima aula vamos para a cidade, o pessoal vai se reunir na praça em frente ao Bob's. Tem um garoto novo hospedado no hotel principal que está tentando uma vaga pra dançar aqui na Margareth Vilela no próximo semestre, e ele é incrível no hip-hop. Você devia ir pra dar uma olhada.

— Hoje tenho aula até mais tarde, mas quem sabe?

— Aposto que se aquela garota fosse você iria também — Sérgio resmungou, acenando para o amigo e saindo de perto.

— Ei, nem tudo na vida é sobre garotas e amores platônicos! — Vitor gritou, fazendo algumas pessoas olharem para ele, que deu meia-volta sem se importar e foi em direção à sala de aula. Estava realmente atrasado.

Horas depois, durante a aula, ele tinha certeza de que estava tocando alguma nota errada no violino. Acompanhava os outros alunos da sala pequena e intimista, mas tinha certeza de que algo não estava funcionando. Seu ouvido não o enganava. A professora não tinha notado, mas ele não conseguia ignorar. Ela, lá da frente, avaliava o quarteto de cordas com a mão no queixo, prestando atenção em quem lia a partitura, em quem fingia que estava tocando, mas nada de reparar realmente em quem errava notas? Não era possível. Ele era o segundo violino, mas mesmo assim. Não tinha como ignorá-lo por completo, tinha? A professora nunca nem notava quando o garoto que tocava viola no canto da sala fingia que sabia a partitura! Talvez Vitor devesse virar professor quando se formasse. Essa galera não teria espaço com ele ali na frente.

Depois de três horas tocando "Quarteto Brasileiro n.º 2", de Sérgio Roberto, uma música contemporânea para instrumentos de corda, Vitor resolveu conversar com a professora para pedir algumas dicas e comentar sobre o erro. Afinal, ele precisava ser honesto.

– Qual é o seu nome mesmo? – ela perguntou franzindo a testa, quase ignorando a presença dele parado em frente à sua mesa. Vitor ficou alguns segundos sem saber o que dizer. Ele fazia essa aula há quase um ano, não era possível que ela nem soubesse quem ele era. Não é como se tivesse muitos alunos em sala, eram quatro! Quatro!

Vitor respirou fundo e resolveu deixar pra lá, não iria se irritar com qualquer coisa. Ele nem gostava mesmo daquela aula. Iria para a sala de prática fazer o que mais gostava: tocar violino quando ninguém estava olhando. Seu compositor preferido era Vivaldi, mas ele também tinha amores por Bach, Strauss e Drake. E não, Drake não era compositor de música clássica, claro, mas Vitor tinha essa paixão secreta por tocar músicas de hip-hop no violino quando estava sozinho ou entre amigos próximos. E ele adorava o Drake.

A caminho da sala de prática, depois de comer alguma coisa rápida no refeitório, Vitor avistou Camila Takahashi, a garota mais bonita que já tinha visto na vida, sentada em um dos bancos do lado de fora do prédio de aulas, debaixo de um enorme poste de luz. Ela estava comendo uma maçã, sozinha com seus fones de ouvido, alheia aos estudantes que andavam por todos os lados, saindo das aulas ou voltando para os dormitórios no início de mais uma noite comum.

De repente, ele ficou nervoso. Queria poder falar com ela, contar como vê-la dançar havia se tornado uma das coisas mais inspiradoras do último ano e como ela, sem saber, tinha feito com que ele saísse de uma crise existencial em que questionava o verdadeiro motivo de tocar violino. Ele sabia agora. Ele queria ver suas composições interpretadas por artistas tão talentosos quanto ela, que davam vida às notas e emocionavam as pessoas.

Só que, obviamente, abordar a garota dessa forma seria, no mínimo, muito esquisito. Totalmente o oposto do que ele queria. Não, era melhor continuar andando e ir para a sala de prática e deixar isso quieto. Tinha noção de que estava há um bom tempo parado olhando para ela, e que isso poderia parecer estranho e intimidador. Respirou fundo e já estava prestes a voltar a andar quando a amiga de Camila apontou para ele. Vitor saiu de seu transe para ouvir o que ela dizia.

– Ei, seu pervertido! O que está olhando?

Vitor ficou em choque. Inclusive porque Camila tirou os fones de ouvido e o encarou, visivelmente confusa com o que estava acontecendo e talvez incomodada com a gritaria da amiga. A garota se chamava Clara, como quase todos sabiam, pois ela tinha um gênio bastante conhecido por ali. E o jeito dela assustava Vitor, que não sabia lidar com pessoas chamando sua atenção. Clara cruzou os braços, esperando uma resposta dele. Vitor olhava de uma para a outra, sem saber o que dizer. Droga! Por que ele não podia ser invisível, como no dia a dia?

– Eu? Eu não sou pervertido! Me desculpe, eu sou só... um fã? – Ele fez uma careta e se aproximou um pouco mais das duas. Camila continuou encarando o garoto em silêncio, com uma expressão que ele não conseguia definir. Será que ela realmente pensava que ele era um pervertido? A garota olhava em seus olhos e ele começou a ficar extremamente envergonhado. Sentiu as bochechas esquentarem e, como uma pessoa ruiva, ele sabia que lá vinha o momento de virar um pimentão. Que mico. – Eu sou um fã. Não queria parecer um esquisito nem nada, mas... eu... queria dizer que te acho incrível. – Ele sabia que estava suando. Sabia que estava sendo ridículo. Olhou para Camila, vendo Clara se levantar e caminhar até ele, analisando-o de cima a baixo. – Sua dança me inspira e só queria que soubesse que você é a melhor dançarina que eu já vi. A melhor de todas!

– Ei! – Clara gritou, ofendida.

– Fiquei emocionado vendo o recital de ontem, de verdade.

– Humm... obrigada – Camila disse baixinho, ainda sem tirar os olhos dele. Vitor sentiu que tinha chegado no estágio de pimentão e não entendia bem por que estava com tanta vergonha. Ele normalmente era uma pessoa cara de pau! Percebeu que Clara estava bem próxima a ele, analisando-o de perto.

– Obrigada nada, Mila, esse cara é meio doido. Qual é o seu nome? Você tem cara de Ronaldo. Ou Alberto!

– Passou longe, meu nome é Vitor – ele disse, sorrindo. Viu Clara fazer uma careta e notou que Camila tinha dado um sorriso discreto. – Mas Alberto? Sério? É o nome do meu tio.

– Eu sabia que tinha algo de Alberto em você! – Clara colocou a língua para fora, ainda encarando o garoto de forma acusatória. – Você toca o quê?

– Violino – ele disse, mostrando a bolsa com o instrumento. Sentia as bochechas pegando fogo devido ao interrogatório e tinha certeza de que o suor escorria de sua testa. Vitor tinha a mania de falar coisas sem sentido quando ficava nervoso, o que não seria algo bom naquele momento. Era melhor sair logo de perto e evitar passar para esse próximo estágio de mico. – Olha, me desculpem. Eu não queria parecer esquisito nem nada. Eu só... era só pra dizer... o que eu disse. Eu vou indo e...

– Você gosta de Vivaldi? – Camila perguntou de repente, ainda falando baixinho, e Vitor quase não pôde ouvir sua voz. Ele achou que estava ficando doido, mas virou-se para ela e notou que a garota esperava uma resposta, quase ansiosa, cheia de expectativa. Ele sorriu de leve, notando que ela também sorriu ao mesmo tempo.

– Eu amo Vivaldi! – Vitor sentiu a voz esganiçar e não sabia o que falar naquele momento, porque qualquer coisa poderia estragar a visão que estava tendo dela. Camila colocou uma mecha dos cabelos para trás da orelha e ele sorriu ainda mais, porque ela era linda. – E origami. E lasanha! E... e...

– Ok, tchau, isso já foi longe demais e esquisito demais, e a gente precisa dormir! Certo, Mila? – Clara perguntou, fazendo a amiga se levantar do banco, concordando, parecendo um pouco perturbada. Vitor balançou a cabeça sentindo-se muito idiota. Por que tinha aberto a boca daquele jeito? Era só ter concordado e saído de perto, como o planejado! Parecendo um cara legal e cheio de mistério. Ela não tinha perguntado sobre origamis ou sobre sua comida favorita! Era oficialmente o mico do ano. Ainda bem que Sérgio não tinha ouvido – ele nunca esquecia esse tipo de coisa.

Vitor suspirou profundamente e acenou de leve, envergonhado, correndo para o prédio de aulas e vendo as duas irem na direção oposta. Tinha feito papel de idiota na frente da garota mais bonita do mundo. Que droga de dia. Ela provavelmente nunca mais iria querer falar com ele na vida, e ele nem a julgaria por isso.

Mila caminhava logo atrás de Clara, que não parava de rir e falar sobre como o garoto ruivo era assustador e inconveniente, além de ter um nariz pequeno demais para o rosto sardento.

– O que precisamos admitir é que ele foi corajoso! – ela disse, por fim, assim que a porta do elevador abriu no andar delas. Mila não dizia nada porque ainda estava um pouco confusa. De primeira, quando olhou para ele, sentiu que já o conhecia de algum lugar, como se eles já tivessem se falado. Mas ela saberia se isso fosse verdade porque, bom, ela tinha zero contato com garotos. Alguma coisa nele trazia uma sensação reconfortante, como o sentimento de voltar para casa. Mila não conseguia esquecer como Vitor sorria. Era um garoto estranho? Era, com certeza. Mas tinha algo interessante que ela não conseguia distinguir bem o que era. Obviamente, nunca falaria isso para Clara. Ou para ninguém. – Você não está concordando comigo, não vai dizer que achou ele bonito nem nada, né?

– Não. Nada bonito. – Mila sorriu, achando divertido o quanto a amiga tinha a dizer sobre o garoto. – Mas ele gosta de Vivaldi e de lasanha. E de mim, ou seja, tem bom gosto.

– Isso é verdade. Mas qual foi a dos origamis? Isso ainda existe?

– Não olha pra mim. Eu sou de família japonesa, mas nunca fiz um origami na vida!

As duas riram juntas, andando pelo corredor. Como em todas as noites, Mila se despediu de Clara, atendeu ao telefonema de sua mãe e, assim que estava sozinha no quarto, calçou suas sapatilhas de ponta, colocou uma música para tocar no celular e se levantou, ficando de frente para o espelho. Bocejou sem querer, mas logo endireitou a coluna e começou a dançar. Ela ainda tinha um *fouetté* para aperfeiçoar e sabia que não iria dormir tão cedo.

Apesar de se sentir um tremendo idiota, Vitor, na sala de prática, depois do toque de recolher, colocou os fones de ouvido e posicionou seu violino no ombro. Quando "Hold On, We're Going Home", do Drake, começou a tocar, ele fechou os olhos e respirou fundo, fazendo a melhor interpretação que podia de uma das músicas que mais gostava do seu ídolo do hip-hop moderno. Respirava junto com seus movimentos de braço e punho, se deixando envolver por todo aquele sentimento que, na verdade, o deixava muito calmo. Era sempre seu momento favorito do dia, quando podia ser ele mesmo, invisível ou não, colocando para fora todas as pequenas coisas que sentia e que o tornavam quem era. Puxava e empurrava o arco, pressionando as cordas em notas como se fizessem parte da sua respiração. Ele errou e acertou algumas vezes, anotou tudo em seu caderno de partituras e continuou treinando até esquecer, por alguns minutos, o fato de que tinha sido um completo idiota mais cedo – embora em momento nenhum conseguisse ignorar o sorriso de Camila e o jeito como ela tinha olhado para ele. Um olhar tão intenso. Aquela lembrança agora era parte de uma das pequenas coisas que faziam dele quem era. De alguma forma, a música que tocava só o lembrava de como a garota era linda. Música tinha esse poder de reviver memórias e sentimentos que às vezes ele só queria ignorar.

I got my eyes on you
You're everything that I see

(Eu só olho para você
Você é tudo que eu vejo)

4
SUITE ORQUESTRAL N. 3
(BACH)

O despertador tocou e Mila não precisou abrir os olhos: eles já estavam fixados em um ponto na parede há algum tempo, mesmo no escuro. Na sua cabeça, cantarolava a última música de Bach que havia dançado na noite anterior, antes de se deitar para tentar dormir no meio da madrugada. Não tinha dado certo. Apesar de cansada e morrendo de sono, não tinha conseguido fechar os olhos, só pensando em tudo que precisava fazer. Era a típica noite em que seu corpo pedia descanso, mas seu cérebro não parava de funcionar. Que saco.

Ouviu o barulho da porta do banheiro batendo e se levantou, sabendo que Valéria já havia acordado e que não iria interromper seu banho. O que foi ótimo, porque ela pôde demorar um pouco mais para ignorar o cansaço do corpo e começar o dia. Era uma rotina a qual ela estava acostumada e, sinceramente, adorava. Mila nunca tinha entendido as pessoas que agiam de forma impulsiva e que dormiam sem saber o que fariam no dia seguinte. Não fazia nenhum sentido para ela. Tudo precisava estar organizado e ser pensado com antecedência.

– Mila, você sabe que não tem porque tomar banho e depois vir pra academia, certo? – Clara perguntou, sentando na bicicleta ergométrica vazia ao lado da amiga. Mila parou de pedalar por um instante e tomou quase toda a garrafinha de água. Sua testa pingava de suor, o coração disparado.

– Eu tomo banho pra acordar, não pra ficar limpa e me sujar de novo.

– Ah bom, achei que eu teria que ser a pessoa a te dizer que você está perdendo a cabeça. – Clara tentou pedalar a bicicleta, mas estava pesada demais; ela desistiu de primeira, fazendo careta. Mila sorriu, levantando a sobrancelha.

– Você tem sorte de não precisar de mais exercício pra emagrecer.

– E você é ridícula por achar que precisa.

– É só pra manter a forma. – Mila sorriu de um jeito exagerado, batendo nos músculos da barriga. Clara riu e balançou a cabeça, acenando para uma garota que estava do outro lado da academia. – Aliás, tá muito cedo, o que você tá fazendo de calça jeans e essa cropped esquisita? Não vai pra aula daqui a pouco?

– Esquisita? É uma foca unicórnio! – Clara olhou para a própria camiseta, esganiçando a voz enquanto falava. – Eu vou até a cidade com a Luíza porque queremos repor a mini geladeira do nosso dormitório! E talvez passar em algumas lojas.

– Você não precisava faltar à aula pra isso. – Mila voltou a pedalar, só que mais lentamente. Ela gostava da companheira de quarto da amiga, era uma trompetista bastante talentosa, mas achava que Luíza tirava a concentração de Clara do que realmente importava: os treinos. – Mas, se você for mesmo, pode me trazer algum daqueles remédios naturais pra dormir? Sabe? De maracujá ou camomila?

– Mais uma noite de insônia? – Clara desceu da bicicleta e encarou a amiga.

– Mais uma noite pensando que a Odile é o grande amor da minha vida.

– Você não quis dizer o Siegfried?

– Tanto faz, ele não parece de todo ruim. E é um príncipe, certo? – Mila piscou um olho, sorrindo.

– Olha só, Mila-chan pensando em alguém do sexo oposto! Preciso tirar foto desse momento para registro futuro.

– Você quem falou do príncipe, eu estava pensando na Odile, na Odette e nos cisnes.

– Ei, quem sou eu pra julgar? – Clara balançou a cabeça, puxando o celular do bolso da calça. – Vou indo. E, só pra você saber, vou faltar a aula de Ginástica Acrobática pelo mesmo motivo que estou fugindo dessa academia: se eu fizer mais exercício, meu corpo vai desmontar sozinho por aí.

– Me chama pra assistir quando isso acontecer! – Mila quase gritou, vendo a amiga acenar de longe.

Sorrindo, decidiu sair da bicicleta e finalmente comer alguma coisa, mas assim que colocou os pés no chão, sentiu uma leve tontura. De repente, tudo ficou escuro e ela precisou se apoiar no aparelho de ginástica para não cair. Um garoto que passava por ela encostou em seu cotovelo para mantê-la de pé.

– Precisa de ajuda? – ele perguntou. Mila negou, agradecendo o apoio. O garoto a deixou sozinha e ela respirou fundo, prendendo os cabelos em um coque alto e bebendo o resto da sua água. Se o corpo dela fosse desmontar sozinho, não precisava ser na frente de todo mundo.

Com os fones no ouvido, foi até o refeitório e comprou seu café da manhã. Tudo ali no conservatório era pago através do cartão-chave de cada quarto, que era a identificação dos alunos. Servia para comprar as coisas, reservar salas de prática e, claro, abrir o dormitório. Mila sempre se sentia vigiada por conta disso, porque tudo que fazia era registrado, mas ninguém mais por ali parecia ligar. Com a bandeja nas mãos, seguiu até uma das mesas vazias do grande refeitório e se sentou próxima a uma grande janela. Enquanto comia uma salada de frutas, observava as pessoas andando e conversando do lado de fora, aproveitando o sol fraco da manhã.

Estava completamente alheia ao que acontecia dentro do refeitório. Sabia que tinha uma mesa com alunos populares, mesas com grupinhos já pré-formados em aulas e orquestras, com alguns dançarinos tentando se misturar e todo mundo conversando como se estivessem no ensino médio, com risadas e flertes. Por causa do barulho, aumentou o som da música, evitando ouvir o drama alheio. E aí acabou levando um susto com uma garota sentada na sua mesa, que fazia gestos com os braços de forma exagerada para chamar sua atenção. Mila tinha certeza de que havia gritado de susto e podia sentir as bochechas quentes de vergonha. Puxou os fones e olhou para a garota, que tinha os cabelos loiros platinados muito compridos e usava um moletom cinza feio e surrado, nada parecido com o do conservatório que Mila vestia. Podia jurar que ela tinha lápis de olho preto em volta dos olhos, como se fosse algum tipo de gótica ou coisa assim. Era bem diferente do estilo que costumava ver nos alunos por ali.

– Posso sentar aqui com você? Só têm babacas nas outras mesas. O tempo passa e eu continuo querendo jogar o Júlio e o Marcus de um penhasco.

– Claro, fique à vontade – Mila disse, piscando os olhos várias vezes, ainda com vergonha. A menina tinha um prato cheio de todos os tipos de comidas gordurosas que não deveriam ser ingeridas àquela hora da manhã.

– Você é do balé? – a garota perguntou, colocando um sanduíche quase inteiro na boca. Mila pegou um pedaço de maçã com seu garfo.

– Sim, o que me dedurou? Foi a roupa? – Sorriu levemente, encarando o moletom e a calça de malha que usou na academia.

– Não. Talvez? – A outra também sorriu, com a boca cheia. – Você é toda bonita e magra, seus braços são compridos e você pega no garfo como quem pega em um pincel, sabe? É bem artístico.

– Jura? – Mila olhou para a própria mão, mordendo os lábios. Ela nunca tinha reparado que fazia isso, mas, olhando bem, fazia sentido. Talvez o balé a tivesse deixado com movimentos sutis e ela nem percebesse mais. Que interessante. – Qual é o seu nome?

– Tim – a garota disse, revirando os olhos. – Valentina, mas me chame de Tim, por favor. Muito prazer.

– Eu sou a Camila, e o prazer é meu.

– Quer adivinhar qual é a minha formação também? – Tim sorriu depois de beber um gole de refrigerante. Mila arqueou a sobrancelha, reparando nas roupas, no rosto, nas mãos e até se a garota loira carregava alguma bolsa de instrumento. Nada era óbvio. A garota era totalmente não-óbvia. – Se eu esticar minhas mãos, ajuda?

– Sinto muito, mas não – Mila falou baixinho com receio de ferir os sentimentos da garota. Ela podia tocar qualquer coisa! Não fazia ideia.

Quando ia chutar que poderia ser percussão, porque alguns alunos dessa área eram meio rebeldes, o famoso Kim se apoiou na mesa delas, sorrindo. Ele estava sorrindo de novo! Onde estava Clara quando essas coisas aconteciam? Será que dava para tirar o celular da bolsa e filmar sem que o garoto notasse?

– Olha só, você parece tão simpática com a bailarina que eu nem diria que, normalmente, você é selvagem e mal-educada – ele falou tentando soar grosseiro, mas parecendo bem irônico e divertido. Mila arqueou a sobrancelha, notando que ele estava se dirigindo a Tim como se a conhecesse.

– Freud disse que são meus problemas paternos que me tornam instável assim. – Tim olhou para Mila, sorrindo.

Algum sino tocou na mente de Mila e ela se lembrou. Ah, era isso! No semestre passado a Bianca, uma das melhores bailarinas do avançado, tinha voltado para uma escola na França, e as fofocas de Clara diziam que era porque Kim havia terminado com ela para ficar com uma garota estranha, que também tocava piano. Fazia todo sentido ver Kim e Tim – o que era uma junção de nomes bem divertida – conversando e se tocando como se fossem íntimos. Mila sorriu, porque Clara iria adorar saber daquele encontro. Será que realmente pegaria mal se começasse a filmar a conversa?

– E você? O último recital foi um dos mais bonitos que eu vi esse semestre. O *Quebra-Nozes* é definitivamente sua pegada. Quero ter a chance de tocar em apresentações suas até o final do ano, antes que eu vá embora – Kim disse, apontando para Mila. A garota agradeceu ainda sorrindo, sem saber como agir. Não era uma das fãs de Kim, o que havia aos montes pelo conservatório, mas o cara era talentoso e tinha toda essa aura de pessoa famosa. Tim se levantou, despediu-se dela e os dois saíram do refeitório de mãos dadas, deixando Mila sentada com seu último pedaço de fruta, pensando que nunca tinha visto um casal tão improvável, mas também tão em sintonia.

Por algum motivo bem estranho, ela pensou no garoto ruivo do dia anterior – o que era, claro, totalmente fora do normal! Ela não pensava em garotos, não era algo com que se preocupava na vida. Balançou a cabeça, recolhendo sua bandeja e voltando para o dormitório para tomar outro banho e se trocar antes do começo das aulas. Por um breve momento, esqueceu o quanto estava cansada e morrendo de sono.

Mila encontrou Clara na aula de Balé Clássico e, assim que tiveram um momento para beber água e se alongar, contou tudo o que tinha acontecido de manhã com Kim e Tim. Obviamente, ignorou o fato de que tinha pensado no garoto ruivo, embora, de alguma forma, isso não tivesse saído da sua cabeça desde então.

– Por que não me mandou mensagem assim que aconteceu? Isso era totalmente urgente! – A amiga parecia indignada, mas curiosa ao mesmo tempo.

– Eu estava atrasada pra me arrumar pra aula, nem lembrei disso! – Mila balançou a cabeça enquanto massageava o pé direito, que doía um pouco. Puxou a bolsa, que estava no canto da sala junto com as outras do resto da turma, e tomou um analgésico para a dor.

– Você não está exagerando nesses remédios não, né? – Clara apertou os olhos, vendo Mila fazer uma careta.

– Ah, por favor!

– Só perguntei. – A amiga deu de ombros. – Mas, então, ela era realmente estranha como a Bianca disse?

– Peculiar, mas bonita de alguma forma, debaixo de toda aquela maquiagem gótica. – Mila segurou na barra de dança e fez um *plié*, flexionando as pernas. – A gente já tinha visto ela na apresentação do semestre passado! Era a garota da banda de rock, lembra?

– Então eu já tinha visto ela no refeitório também! – Clara abriu a boca, imitando a amiga na barra, agachando e se levantando. – Droga, a gente realmente passa muito tempo aqui dentro da sala! Perdemos todas as fofocas boas e os momentos vergonhosos do povo do conservatório.

– Que bom, né? – Mila sorriu, ouvindo a professora bater as mãos.

Com os alunos prestando atenção, Madame Eleonora começou a gritar posições e movimentos, que todos faziam e repetiam de acordo com a ordem que ela dava. Sua voz era brava, alta e determinada. A sala estava em completo silêncio, fora a música baixa que saía de um sistema de som. Todos se concentravam na dança e no que amavam fazer. Naquele ponto, não era hora para brincadeira e ninguém queria perder tempo, ainda que vez ou outra Clara tentasse chamar a atenção de Mila, que balançava os braços e a ignorava solenemente. Ela sabia que, se sua mãe visse esse tipo de coisa, diria para não andar mais com Clara, que era uma péssima influência e não levava a dança a sério. Para Mila, essa era uma das coisas boas de estar a quilômetros de casa: podia escolher com quem falava. Mas, às vezes, ela também achava que Clara estava ali porque não gostava de fazer mais nada, ou porque estava entediada da vida lá fora.

No fim da aula, enquanto todos recolhiam suas coisas, a professora passava entre os alunos fazendo comentários sobre a performance de cada um e dando dicas para ensaios nas salas de prática. O momento de feedback sempre deixava a turma ansiosa, porque todo mundo queria ser elogiado ou morria de medo de receber uma reclamação. Quando ela se aproximou de Mila, a garota estava colocando a calça de malha por cima da meia calça, mas logo se virou para encará-la, com vergonha de ser abordada nessa situação.

– Camila, você estava aérea hoje na aula. Precisa dormir melhor. Sua performance não pode cair dessa forma.

– Eu falo isso sempre pra ela, Madame Eleonora! – Clara disse de onde estava, e sorrindo, e quase gritando. A professora encarou séria a garota, concordando, e voltou a olhar para Mila.

– E tome cuidado com o seu peso.

– Hum, certo. Obrigada, professora – Mila respondeu com os olhos arregalados e sentindo um nó na garganta. Tomar cuidado? Será que estava ganhando peso? Era visível assim?

Sua boca ficou seca e ela, involuntariamente, voltou a mexer na calça. Sentiu uma vontade estranha de chorar, mas piscou os olhos várias vezes para fazer aquilo ir embora. Não precisava se desesperar, certo? As mãos estavam tremendo e ela tinha certeza de que a sensação que teve em uma das noites anteriores tinha voltado. O coração estava disparado e ela sentia uma dor aguda no estômago. Estava mesmo ganhando peso? Era isso que a professora tinha dito, certo? Que estava acima do seu peso? Que sua performance estava pesada?

Não era anormal para Mila, como bailarina, ouvir esse tipo de comentário de professores. Isso já tinha acontecido antes e sabia que aconteceria no futuro. Mas nunca era algo agradável, porque ela era obrigada a se manter em um padrão no qual nem sempre estava confortável. Tinha esquecido como era a sensação. Perdida em pensamentos, precisou amarrar a cordinha que apertava a calça na cintura pelo menos três vezes antes do laço ficar bem feito, e levou um susto quando Clara chegou ao seu lado, falante, como se nada tivesse acontecido.

– Acredita que ela me disse que meu *port de bras* estava pesado? De onde ela tirou isso?

– O seu *port de bras* está pesado, eu te disse na semana passada – Mila falou, respirando fundo e colocando a bolsa de lona no ombro. *Seus movimentos de braço estão pesados, mas no meu caso quem está pesada sou eu inteira,* ela pensou. Clara fez uma careta, mexendo com as sapatilhas de ponta nas mãos.

– Você está com uma cara péssima, precisa dormir um pouco. Temos um tempo até a próxima aula, não quer deitar lá no dormitório? Aposto que a sua *roommate* está tocando oboé no quarto a essa hora, porque ela não sabe o que são salas de prática. Nem bom senso.

– Ela só pratica no quarto mais à noite – Mila disse mecanicamente. Piscou os olhos e balançou de leve a cabeça. Não queria demonstrar que estava preocupada ou que se sentia estranha. Ninguém tinha nada a ver com isso. Era melhor sorrir e acenar, como sua mãe dizia que as princesas faziam. Não as de contos de fadas, mas as de verdade. As dos contos cantavam para os animais ou dormiam demais, enquanto ela, infelizmente, não podia fazer nenhuma das duas coisas. Olhou para Clara, forçando um sorriso e mexendo discretamente nos cabelos, sentindo vontade de vomitar o pouco que tinha comido mais cedo, mas disfarçando graciosamente. – Vou passar no banheiro. Te encontro na próxima aula?

A amiga concordou e ela, ainda sorrindo, acenou indo em direção ao banheiro daquele andar, que ficava em um vestiário só para os dançarinos. Enquanto andava, respirava fundo e contava os passos para distrair a cabeça.

— Tudo bem, Camila, é só um obstáculo — ela falou baixinho, entrando no banheiro e colocando a bolsa em cima da pia. O lugar parecia estar vazio. Mila ligou a torneira e lavou o rosto, encarando seu reflexo no espelho.

Tocou as bochechas, o pescoço e os braços, avaliando cada centímetro do corpo. Aparentava o mesmo dos dias anteriores, mas talvez sua visão de si mesma estivesse corrompida de alguma forma. E se realmente estivesse ganhando peso? Isso estava fazendo alguma diferença na sua performance? O suficiente para a professora mencionar?

Não, ela sabia que os professores de balé clássico normalmente faziam mais cobranças. Era só se preocupar sem deixar que aquilo a afetasse de forma negativa.

Sentiu um nó no estômago e começou a hiperventilar. Como ia fazer isso? Apoiou o corpo nos braços encostados na pia e respirou fundo algumas vezes, tentando fazer a sensação de pânico ir embora. O que mais ela poderia fazer para emagrecer?

Ouviu um barulho vindo de uma das cabines do banheiro e notou que alguém tinha entrado sem que ela percebesse. Onde estava com a cabeça? Encarou novamente o próprio reflexo, jogou mais água no rosto, quando ouviu o som de alguém vomitando. Ela sabia que som era aquele, todo mundo que dançava profissionalmente sabia. Quem quer que estivesse na cabine, forçava a garganta de forma brusca, sem se importar de não estar sozinha ali. Mila se sentiu um pouco incomodada, como se estivesse invadindo a privacidade de alguém.

Encarou o espelho novamente e parou para pensar. Ela poderia fazer isso também, comer e depois colocar para fora. Não, era um caminho tortuoso, ela sabia. Muitas garotas à sua volta tratavam de transtornos alimentares e certamente não tinham tido essa escolha. Droga. O que iria fazer?

5
KNOW WHO YOU ARE
(PHARRELL WILLIAMS)

— A única coisa que está no seu caminho para a perfeição é você mesma! — a professora gritou, citando *Cisne Negro* e batendo palmas. Os alunos cruzavam a sala em uma coreografia com *relevês, pas de bourrée en tournant* na ponta e muitos outros movimentos sincronizados em frente aos olhos da professora de Balé Clássico, na aula do dia seguinte. Ela procurava por erros, atrasos ou distração, embora soubesse que aquela turma do avançado era boa o suficiente para cumprir sua rotina de coreografia de forma quase perfeita. — *En avant*, para frente! Cinco, seis, sete e oito! Gire, Marcela! Sua perna ficou para trás, preste atenção! Eu falei da Marcela Souza, não das outras!

Mila pulava e girava, sorrindo. Ela amava coreografias como aquela, que tinham movimentos longos e extensos, nos quais ela podia abrir seu corpo e respirar fundo enquanto mexia os braços de forma delicada. Toda vez que a música começava, ela sabia que estava no lugar certo. Aquilo fazia parte de quem ela era.

— Clara, estique esse joelho! Jonas, olhe a postura! — A professora Eleonora continuava brandindo enquanto prestava atenção nos alunos. Mila passou em frente a ela fazendo um *pas de chat*, um salto lateral com *plié* que ela adorava fazer, vendo a professora sorrir. — Camila, perfeito! Foi leve na medida certa! Você viu isso, Joana? Precisa ser leve, não quero ver sua sapatilha afundando o piso da sala! Momento de pausa, Joana e Berenice para a frente, o resto pode beber água.

Mila caminhou até onde estava sua bolsa e sentou no chão, com a certeza de que sujaria mais sua calça justa de malha já surrada. Tinha rolado por toda a sala na última aula de contemporâneo – o que ela ainda não tinha decidido se gostava ou se só era divertido por alguns minutos – e se sentia como uma criança fazendo birra. Nos pés, suas velhas sapatilhas de ponta. A do pé esquerdo, no caso, ela tirava com delicadeza enquanto puxava da bolsa o pacote de esparadrapo.

– Seu pé está sangrando de novo? – uma garota perguntou, sentando-se próxima a ela. Era Marina, uma das melhores bailarinas da turma do avançado. Mila negou, massageando os dedos do pé e encarando os roxos e as unhas quebradas. Era de praxe, não tinha como manter pés bonitos dançando como ela dançava. A garota tirou as sapatilhas também, mas as dela eram de um tom marrom que combinava com sua pele escura. – Meu pé está cheio de bolhas, mal consegui fazer o *relevê* como deveria. E é uma droga por conta de O *Lago dos Cisnes*, sabe?

– Você tentou usar aloe vera? É natural e é muito bom, minha mãe sempre passava nos meus pés quando eu era mais nova – Mila sugeriu, trocando os esparadrapos que enrolavam os dedos. Nem queria pensar no solo de Odile. A ideia de competir com garotas como Marina às vezes fazia ela perder o sono.

– Vou tentar, obrigada! – Marina sorriu, recolocando as sapatilhas. – Ah, você vai na festa da Laura hoje? Todo mundo vai.

– Como vocês colocam tantas pessoas dentro daquele dormitório pequeno? – Mila perguntou, sincera. A garota fez uma careta como se ela estivesse sendo irônica.

– Se você não vai é só dizer, Camila. Eu nunca nem vi você em festa nenhuma, não me espanta que não saiba como fazemos pra caber tanta gente. – Ela riu, zombando. Mila sorriu também. – Nós ficamos uns em cima dos outros, caso você queira saber. Somos flexíveis!

– Eu não vou, mas obrigada por perguntar. E obrigada pela imagem mental do inferno.

– O Lucas vai. Ele perguntou por você.

Mila colocou a língua para fora, observando a garota rir e se levantar. Continuou sentada, massageando os pés machucados e calejados, pensando o quanto sua mãe surtaria se soubesse que ela tinha sido convidada para uma festa secreta no conservatório. Foram muitos anos juntando dinheiro para poder pagar as mensalidades dela e da irmã ali, o que agora era motivo de muito orgulho para toda a família. Sua mãe era capaz de mandar um carro buscá-la com a promessa de matriculá-la na escola da esquina de casa, que era comandada por uma senhora russa muito brava, caso a filha perdesse tempo em festas. Não, fora a falta de vontade de ficar "em cima um do outro", a última coisa que Mila queria era contrariar a sua mãe. Ela era feliz daquele jeito.

– Você não vai trocar essa sapatilha por uma nova? Ouviu a voz de Lucas e saiu do transe em que se encontrava. Encarou o garoto, que se agachava ao seu lado, enquanto Mila amarrava as tiras das sapatilhas surradas. Ele estava perto demais, e isso a deixava incomodada. Era seu espaço pessoal, as pessoas não tinham direito de simplesmente fazer isso sem permissão.

– Eu gosto dela assim. Tenho outras para as apresentações.

– Eu comprei essa minha na França, posso te indicar a loja – ele continuou, sem perceber o descaso na voz da garota. Mila sorriu de leve, querendo ter a cara de pau de Clara para dizer o quanto ela não tinha grana ou interesse em comprar coisas na França no momento.

– Você não deveria dançar tanto com uma sapatilha nova. Não enche seu pé de bolhas?

– Sim, mas vale a pena.

– Eu discordo. É irresponsável. Seu pé é seu instrumento de trabalho, você precisa amaciar a sapatilha primeiro... – Mila deu um sorriso irônico e se levantou. – Tenho certeza de que você já sabe dessas coisas. Boa sorte com a sapatilha francesa!

Ela se distanciou, soltando e prendendo os cabelos novamente para parecer ocupada com alguma coisa. Caminhou até Clara, que estava conversando com Laura, a tal dona da festa, que era uma garota loira e alta, superbonita. Tinha um quê de Regina George, do filme *Meninas Malvadas*, mas era um pouco mais simpática.

– ...eu nunca mais vou dançar *Cisne Negro* na vida se não puder fazer um solo – Laura dizia, fazendo Clara concordar. Mila parou ao lado delas. – Você já fez solo no *Cisne Negro*, Mila?

– Não, só fiz parte do corpo da apresentação quando mais nova.

– E não é horrível? Ficar no fundo, parada, mexendo os braços e pensando que eu é quem deveria estar lá na frente! – Laura reclamou, ajeitando a saia rosa que usava por cima da meia calça. Mila tinha certeza de que ela não estava confortável, mas Laura parecia ser uma daquelas pessoas que fazia coisas que não gostava só para agradar os outros, parecer por dentro das tendências de moda e ser popular. Bem clichê mesmo.

– Eu gosto, amo as músicas! Balés de repertório são meus favoritos e...

– Você sempre fala como se fosse uma princesa fofa, Camila. É meio entediante. – Laura revirou os olhos, impaciente. Mila franziu a testa e olhou para Clara.

– Não olha pra mim, eu te amo. A Laura é uma ridícula.

– Obrigada – Laura disse, sorrindo debochada. Ouviram a professora chamar os alunos de volta para o treino e a garota puxou os seios para cima, fazendo-os ficar em evidência por cima do collant. – Vocês vão na festa hoje?

– Eu vou, com certeza – Clara confirmou, fazendo o mesmo com os próprios seios de forma divertida e irônica. Mila riu, mordendo os lábios. Ela não imitaria porque não tinha muito seio para aparecer daquele jeito.

– Eu estarei em espírito! – Ela fez um sinal da paz com os dedos.

– Entediante, Camila! Entediante! – Laura falou se afastando, deixando as duas garotas fazendo caretas.

Sentadas em um banco debaixo de uma das muitas árvores que haviam no caminho entre os prédios de aula, Mila e Clara dividiam os fones de ouvido viradas uma de frente para a outra, com as pernas cruzadas. Elas aproveitavam o intervalo após o fim das aulas do dia e faziam movimentos leves com os braços, treinando algo que no balé chamavam de *port de bras*. Mila tinha deixado os cabelos lisos e pretos soltos, o que, de longe, com o vento, a fazia parecer uma sereia nadando no ar. Vez ou outra, parava o que estava fazendo e batia no braço de Clara, que reclamava de forma exagerada.

— Você está fazendo de forma pesada, como se estivesse carregando um pote de barro na cabeça! — Mila grunhiu, dando outro tapa na amiga e vendo Clara revirar os olhos.

— Ai! De onde tirou isso, quantos anos você tem?

— De novo, da primeira posição. Cuidado com os cotovelos, você não quer parecer uma bruxa de desenho animado mexendo no caldeirão...

— Agora você venceu a competição de comparações idiotas.
— Clara colocou os braços na posição inicial, imaginando como seria dançar como uma bruxa. Provavelmente bem divertido, com Tchaikovsky e coreografias animadas em *grand allegro*. Mila voltou a fazer os movimentos de forma leve e delicada, o que era seu ponto forte. Lá fora, com o sol se pondo, sentia o vento ficando frio, beijando sua pele e fazendo cócegas no nariz. A música clássica nos ouvidos tornava o momento gostoso, embora elas estivessem treinando e não se divertindo de verdade. Para Mila, aquilo era diversão também. Para Clara, um total pé no saco, já que preferia estar se arrumando para a festa.

— Você quer comer alguma coisa antes de voltar para a sala de prática? — Clara perguntou, depois de repetir a sequência de movimentos pela terceira vez sem levar um tapa da amiga. Mila colocou a mão na barriga e fez uma careta.

— Não estou com fome. — Mentira, ela estava sim. Mas precisava disfarçar e voltar a dançar para não cair na tentação de comer qualquer coisa só por comer. Iria jantar mais tarde e seria o suficiente.

— Eu estou faminta!

— Clara, você acha que eu engordei? Fala com sinceridade!
— Mila perguntou de repente, ainda apalpando a barriga. A amiga franziu a testa e mordeu os lábios.

— De jeito nenhum, você inclusive parece uma criança meio doente. De onde tirou isso?

— Sei lá. Só estou perguntando. Você seria sincera comigo, certo?

– Eu acabei de te chamar de criança meio doente...

Clara mexeu a cabeça, ainda indignada, percebendo Laura chegar perto delas. Ela estava com as sapatilhas nas mãos, batendo uma na outra com ferocidade. Quem olhava de fora até pensava que as jogaria no lixo, embora aquilo fosse comum para as bailarinas.

– Sei de alguém que seria bem mais sincera! Ei, Laura! Você acha que a Mila engordou?

Mila revirou os olhos, mas se encolheu de vergonha e encarou a garota loira, que sorria de forma debochada.

– Não, ela continua parecendo um daqueles fantasmas de filmes de terror japoneses.

– Obrigada. – Mila mostrou a língua para ela, vendo Clara se levantar e pegar sua bolsa. A amiga beijou sua bochecha se despedindo e seguindo Laura até o prédio de dormitórios, onde provavelmente se arrumariam para a festa e falariam de garotos a noite toda.

Mila continuou sentada no banco, vendo a noite cair e as luzes de todos os postes acenderem. Colocou o casaco por cima da camiseta que cobria o collant e procurou no celular a playlist que gostava de ouvir quando estava sozinha. Sorriu pensando no quanto ela e Clara eram diferentes e como se gostavam mesmo assim. Tinham se falado no primeiro dia de aula, quando as duas pareciam adolescentes assustadas no meio de algumas bailarinas de renome que vieram direto de grandes escolas de dança para a Margareth Vilela. O conservatório tinha algumas parcerias que traziam bailarinos de todo o Brasil para ensaiar junto de pianistas e outros instrumentistas, como parte do treinamento dos músicos. Até que, há quase um ano, resolveram abrir o curso de Balé Clássico por ali. Ela e Clara logo se uniram e, embora depois tivessem descoberto o quanto eram diferentes, permaneceram amigas, aprendendo uma com o jeito da outra.

Sua barriga roncou um pouco alto e Mila ficou brava. Colocou os fones de ouvido e estava se preparando para voltar à sala de prática, onde treinaria a noite toda, quando avistou duas garotas se aproximando dela. Uma era asiática e segurava uma bolsa de instrumento de sopro, e a outra provavelmente era muçulmana, já que usava um hijab. Mila sempre tivera muita curiosidade a respeito da vestimenta, mas obviamente não iria perguntar nada, porque tinha vergonha e poderia soar insensível.

– Ei, você é a Camila Takahashi, né? – a garota perguntou, estendendo a mão com unhas compridas e bonitas. Mila concordou, apertando a mão de volta, achando a ação toda muito formal. – Meu nome é Amélia, faço piano, e essa é a Sayuri, da flauta transversal.

Mila sorriu e acenou para a outra garota, sem falar nada. Achava divertido como ali no conservatório as pessoas se apresentavam com o instrumento que estudavam como sobrenome. Soava como algum filme épico e nerd onde todo mundo precisava sempre avisar de que lugar era, de qual família pertencia e tudo mais. Camila Takahashi, primeira de seu nome, bailarina do bairro Liberdade em São Paulo, irmã mais velha do clã. Olhou para as garotas, sorrindo, enquanto pensava nessas coisas. Sempre ficava com vergonha quando a abordavam assim de repente, e não fazia ideia de como reagir. Ficaram em silêncio por alguns segundos, até Amélia voltar a falar.

– Nós temos um grupo que chamamos de Clube da Diversidade. E aqui tem alguns horários e locais onde nos encontramos. – Ela entregou uma folha de papel para Mila. – Seria bem legal te ver por lá, sabe? Você é famosa e popular. Pode atrair mais pessoas e isso seria realmente positivo.

– Eu? – Mila perguntou, confusa. – Ah, legal. Obrigada pelo convite. Mas...

– A gente só quer conversar sobre as questões de diversidade cultural e étnica no conservatório, e fazer amizades. Eu não sei você, mas escuto comentários preconceituosos sobre mim o tempo todo por conta da minha religião e da minha família árabe. Não é um grupo oficial do conservatório, mas o importante é tentarmos fazer algo para mudar isso...

– Aposto que você já ouviu alguém te comparar com uma gueixa, por exemplo? – Sayuri perguntou, como se aquilo a incomodasse profundamente. Mila franziu a testa tentando se lembrar, mas não tinha lembranças de ouvir essa comparação. Não na cara dela, de qualquer forma. E não achava que teria feito qualquer diferença se tivessem dito; ela não prestava atenção nessas coisas. Mas também não criticava quem se incomodava, claro. Ela não conhecia a dor e a vida da outra pessoa para julgar.

– Não, mas valeu mesmo pelo convite. – Mila se levantou. – Estou atrasada para o treino, mas quem sabe dou uma passada por lá? Boa sorte com tudo! – Pegou sua bolsa sorrindo para as garotas, que pareceram bem felizes, e andou em direção ao prédio de aulas com o papel do Clube da Diversidade nas mãos. Ela não fazia ideia de que isso era uma coisa real, que as pessoas discutiam esses assuntos dessa forma e, na verdade, nunca tinha pensado muito a respeito.

De qualquer forma, pensaria depois. Mesmo com o estômago vazio, precisava praticar. Guardou o papel na bolsa e puxou os fones de ouvido, sentindo-se bastante ansiosa. Não podia se preocupar com outra coisa enquanto tinha um solo de *O Lago dos Cisnes* para ensaiar.

We just shake our heads, and dance,
the moment so surreal
Isn't it sad?
There's people in this world
That don't know how this feels

(Nós balançamos nossas cabeças, e dançamos,
o momento tão surreal
Isso não é triste?
Existem pessoas nesse mundo
Que não sabem como é isso)

6
SKY'S THE LIMIT
(NOTORIOUS B.I.G.)

Vitor avistou Sérgio e um grupo de amigos sentados na grama dos jardins, e sentou-se ao lado em um banco de madeira. O sol estava quente naquela manhã e muitos alunos aproveitavam para praticar e conversar ao ar livre. Uma das amigas de Sérgio estava literalmente deitada na grama, de óculos escuros, tomando sol nos braços e pernas expostos e segurando uma flauta em uma das mãos.

– Tenho ensaio da orquestra hoje, não vou poder ir para a cidade. – Ângelo, um dos percussionistas da turma de Sérgio, comentou quando Vitor se sentou. – Ei, aqui está o nosso amante de balé! Como está com isso, cara?

– Ainda não consegui pontuar o meu *plié* – Vitor rebateu, sorrindo de forma irônica. Ele não ia com a cara de Ângelo, mas era melhor entrar na onda. Sérgio bateu de leve nas costas do amigo, animado para contar tudo o que tinha acontecido na cidade no dia anterior.

– Eu entendo você gostar de balé, cara, sem vergonha. Já namorei uma bailarina antes e vou te dizer que o alongamento era minha parte favorita! – Ângelo disse, rindo e fazendo um gesto obsceno. Um amigo dele riu junto, mas o resto da roda apenas esboçou caretas, fazendo sons de nojo com a boca. – Qual é, não sejam hipócritas. Todo mundo pensa nisso.

– No alongamento da garota mais bonita e talentosa do mundo? Cara, você é *nojento*. – Vitor abriu a bolsa do seu violino, fazendo outra careta. Não fazia ideia do motivo de Sérgio ainda andar com aquelas pessoas.

– Ângelo, você sabe que eu adoro dançar e que tenho alguns metros a mais do que você, certo? – disse Murilo, outro amigo de Sérgio, que estava sentado no gramado com uma flauta no colo. O outro concordou, fazendo uma careta. – Pois é, pensa bem antes de falar bosta.

– O meu alongamento é melhor que o de muita bailarina, meu amor – disse Jaqueline, a menina que estava deitada no gramado tomando sol, enquanto levantava uma das pernas até a cabeça. Os amigos riram, sacaneando Ângelo ao mesmo tempo em que conversavam entre si. Sérgio se virou para Vitor, animado em meio ao barulho e às discussões.

– Estou descolando um apartamento na cidade pra gente fazer uma superfesta temática! Anota o que estou dizendo: será totalmente épico. Os mauricinhos do conservatório vão ficar malucos!

– Temática de quê? Preciso arrumar minha fantasia! – Vitor sorriu, pensando em tudo que ele poderia ser. Sua mente viajava rápido com essas coisas. – Talvez Peter Parker? Droga, existe algum super-herói ruivo? O Flash é ruivo? Jimmy Olsen não é super-herói, né?

Sérgio balançou a cabeça, rindo.

– Nada disso! – Ele abaixou o tom de voz. – Nada dessas coisas nerds que só eu e você gostamos, fala baixo. O tema será The Notorious B.I.G. versus Tupac. Com direito a palco, microfones, instrumentos clássicos e todo meu repertório milenar de hip-hop.

– Uau... The Notorious B.I.G. e Tupac? Já estou inspirado, olha só... – Vitor puxou o violino do colo, ajustando-o no ombro e tocando uma música chamada "Sky's The Limit", do Notorious B.I.G., que ele adorava. Claro que adaptar uma música como essa no violino não era fácil, mas ele se divertia muito fazendo isso – e acabava caindo na gargalhada sozinho com qualquer erro que cometia.

O grupo logo parou de conversar e se juntou a ele na música, o que foi muito divertido, porque havia vários instrumentistas diferentes ali. Murilo tentou acompanhar com a flauta, fazendo todos rirem com a forma desengonçada com que tentava entrar no ritmo. Os percussionistas da roda faziam sons e beatbox, enquanto uma das meninas fazia o rap e os outros instrumentistas se arriscavam junto. Aquela era uma das coisas que Vitor amava em estudar ali no conservatório: tratava-se de uma grande junção de músicos talentosos, e qualquer coisa podia virar música a qualquer hora, não importava realmente o motivo. Estamos cansados? *Vamos tocar alguma música!* Estamos atrasados? *Música!* Desilusões amorosas? *Que tal essa coleção de instrumentos para te ajudar a afogar as mágoas?*

Minutos depois da música ter engatado e de todos estarem se divertindo, um monitor passou por eles esbravejando, dizendo que estavam desrespeitando os outros alunos que precisavam de concentração para estudar. Vitor sabia que aquele rapaz era do último semestre de piano clássico, e por isso devia ser rancoroso daquele jeito.

– Por que vocês não praticam Bach em vez desse barulho? – o monitor reclamou irônico, afastando-se do grupo. Vitor ficou irritado. Não queria parar de tocar, e só guardou o violino porque Sérgio insistiu.

– Estamos acostumados com isso, cara. Você é branco, as pessoas não acham que sua música é mal-educada e barulhenta. Ainda que a sua família faça muito barulho – Sérgio disse, sorrindo de forma forçada e vendo os amigos se levantarem aos poucos, desanimados. – A gente nasceu lutando contra o sistema, amigo. Nada disso é novidade.

– Sinto muito por tudo isso, queria enfiar o arco do meu violino no olho do...

– Teremos outras oportunidades!

Vitor concordou, ainda chateado, vendo seu melhor amigo acenar triste. The Notorious B.I.G. era um clássico dos clássicos, aquele monitor não tinha ideia do que estava falando. Vitor sentia raiva de toda a pomposidade do conservatório, precisava admitir. E não era de hoje.

Olhou para o relógio no celular e levantou desastrado, desatando a correr, porque já estava atrasado para a aula de Teoria

Musical. Acenou para os amigos, que também se dispersavam, torcendo para não tropeçar nos próprios pés e cair na frente de todo mundo. Se essa festa do Sérgio realmente saísse do papel, Vilela iria ver do que a galera *mal-educada e barulhenta* era capaz.

> Sky is the limit and you know that you keep on
> Just keep on pressin'on
> Sky is the limit and you know that you can have
> what you want, pressin'what you want

(O céu é o limite e você sabe que precisa continuar
Apenas continue insistindo
O céu é o limite e você sabe que pode
ter o que quer, insistindo no que você quer)

♫

Mila estava se preparando para alongar, forçando a barriga e colocando as mãos no abdômen rígido. Claro que ainda se preocupava com o que a professora tinha dito sobre precisar emagrecer e tudo mais (isso, na verdade, a estava fazendo perder a cabeça e o sono), mas também precisava se preocupar com o solo de Odile, de O *Lago dos Cisnes*. O dia da audição para o professor Sergei estava chegando e ela já não conseguia dormir direito há quase uma semana, porque sempre achava que estava perdendo tempo precioso de ensaio. Conseguir o solo era muito importante, pois no evento do meio do ano estariam presentes representantes de diversas companhias de balé do mundo, e o solista quase sempre conseguia algum convite para fazer audições, depois que terminasse os estudos. Essa era uma das vantagens de estudar em um conservatório famoso e prestigiado como a Academia Margareth Vilela.

Clara apareceu, um pouco atrasada e com a maquiagem borrada, posicionou-se atrás dela na barra e começou o alongamento, tentando chamar a atenção da amiga. Mila sabia que não podia ignorá-la, até porque a professora não estava realmente prestando atenção naquela parte da aula, e ela não tinha nenhuma desculpa para simplesmente fingir que não estava ouvindo.

– Mila-chan, você não sabe o que eu ouvi agora no corredor!

– O relógio despertando? – Mila perguntou sussurrando, fazendo Clara quase gargalhar.

– Não dessa vez. É algo muito melhor! E urgente! Ouvi um dos monitores falando para o outro que...

Antes de Clara terminar a frase, a porta da sala de aula se abriu e um monitor colocou a cabeça para dentro. Com a interrupção, todos os alunos se viraram para ele, que sorriu sem graça, pedindo desculpas, e deixou que um garoto entrasse.

– ...essa era a fofoca. Um garoto novo, oba! – Clara completou, baixinho, levantando os braços para comemorar. Jonas, que estava atrás dela, fez um barulho estranho com a boca, desgostoso. Clara deu um coice para trás, tentando chutá-lo.

O novato entrou na sala sem olhar para ninguém, de cabeça baixa, cumprimentou a professora e se posicionou na barra próxima à porta. Usava uma calça de moletom cinza e uma camiseta preta comprida, e seus cabelos castanhos estavam perfeitamente ajustados, como se ele fosse um astro *rockabilly* dos anos 1960. Mila podia ouvir a respiração de todos, já que a sala inteira ficou em silêncio. A curiosidade de todo mundo era enorme! O garoto era muito bonito, mas tinha uma beleza que não a interessava nem um pouco. Era quase óbvia, um personagem da Disney, um príncipe encantado da Bela Adormecida. Um tédio só, credo (não que ela se importasse com garotos, claro. Ela não estava nem aí).

Mila se virou para frente, fazendo o alongamento e tentando pensar no progresso de seu *fouetté* enquanto ouvia Clara dar risadinhas infantis. Revirou os olhos, sorrindo. Sabia que o garoto seria a nova vítima da amiga, porque era assim que as coisas aconteciam ali no balé. Clara sempre conseguia o que queria. Enquanto fazia seu *plié*, notou que Laura também fuzilava o novato com os olhos, o que resultaria em uma briga épica. Restava saber qual seria o gosto desse menino: se era a beleza óbvia de garota loira bonitona como Laura, se era algo diferente e sensual como Clara ou se ele sequer gostava de garotas – ou de qualquer ser humano. Neste caso, as duas estariam pagando muito mico mandando todos os tipos de sinais na direção.

Mila ficou curiosa pelo próximo capítulo dessa novela. Raramente se metia nas fofocas, mas podia jurar que o jeito sério e cruel com que ele olhava para todo mundo da sala era igual ao de Edward Cullen, de *Crepúsculo*. Sim, ela tinha lido a série famosa de livros e era uma das paixões secretas da sua vida. E sim, ela já tinha sonhado em ser uma bailarina vampira para poder dançar pela eternidade sem sentir dores no corpo, o que seria totalmente incrível. Será que existiam histórias sobre bailarinas vampiras asiáticas por aí?

– Separem-se e venham para a frente em grupos de quatro, vocês da primeira barra começando pela quinta posição e cinco, seis, sete e oito. Vamos lá. A professora brandia de forma calma e autoritária, fazendo com que alguns bailarinos fossem para a frente da sala. Como estava na primeira barra, o novato foi junto no primeiro grupo, e Mila não tinha imaginado que ele ficaria tão inseguro assim tão cedo. Ele tinha entrado na sala cheio de pose! Mas, ali na frente, com outros três alunos do avançado, Edward Cullen titubeava em alguns movimentos e errava passos básicos. Era bem vergonhoso.

– Tadinho, ele deve estar nervoso! – Clara falou em voz baixa.

– Tadinho nada, é um vampiro! – Mila disse para a amiga, que fez cara de quem não estava entendendo a referência. Observava a professora fazer a coreografia e os alunos imitarem logo depois, com arabescos e giros. Edward Cullen era bom no giro, mas as pernas não estavam retas e os braços pareciam soltos no corpo. Não era excelente.

Outro grupo foi chamado à frente, imitando os movimentos e seguindo a contagem da professora, que batia palmas fervorosamente. Mila sempre ficava com um pouco de vergonha alheia ao ver uma das Marcelas dançando, porque a garota errava coisas básicas e, sinceramente, não deveria estar na sala do avançado.

– A mãe dela é amiga íntima da diretora, sabia? – Clara sussurrou no ouvido de Mila assim que Marcela errou um salto supersimples. Mila não sabia se a informação era verdadeira, mas talvez fizesse sentido. Não tinha outra explicação para ela ter sido selecionada para aquela turma. A garota era um completo desastre.

Quando Laura foi para a frente da sala com outro grupo de alunos, depois da professora ter quase feito Marcela chorar com as críticas, Mila tentou prestar atenção se Edward Cullen olharia para a garota de forma diferente. Virou o rosto discretamente e sorriu ao perceber que ele olhava de forma fixa para Clara, que aparentemente já olhava de volta, fazendo charme. Ele tinha sido fisgado e, definitivamente, gostava de garotas. Definitivamente. O jeito que ele olhava sua amiga era quase palpável, como uma dança do acasalamento. *Arrumem um quarto!*

Mila balançou a cabeça, focando-se em exercícios nos calcanhares e em como Laura fazia seu *fouetté*. Contou os giros e viu que ela não era tão boa assim, e isso a deixou um pouco menos nervosa. Não deveria, claro, mas infelizmente o sentimento em sala de aula era de competição. Competir diariamente com suas colegas e amigas pelos melhores solos, pelos bons lugares, pelos elogios dos professores e dos olheiros de companhias de dança. Mila não se orgulhava de querer que Laura errasse os giros, mas tinha se acostumado com esse sentimento.

Aquela velha história de que bailarinas eram pessoas boazinhas e altruístas não era totalmente verdade. Elas eram guerreiras e batalhadoras, que buscavam seu lugar ao sol e deixavam sua marca em uma comunidade disputada por ótimos artistas – e não somente nacionais, mas de todo o mundo. Pelo menos, era o que a mãe de Mila tinha repetido a vida toda: que ser a melhor fazia parte de ser quem ela era.

Quando a professora chamou seu grupo para a frente, ela e Clara caminharam quase juntas. Reparou que algumas pessoas olhavam para ela com a mesma expressão de expectativa do dia do recital, mas respirou fundo e tentou ignorar. Será que todo mundo passava por isso? Será que ela olhava assim para os outros alunos também?

– *Front* e *plié*, e fecha e abre e vira para o lado, controlem a pélvis e os joelhos, *retiré*, *plié*, pirueta... – a professora falava nomes de passos e Mila acompanhava com os outros bailarinos. Mantinha o foco na música de fundo e no tornozelo direito, que teimava em doer, não importava quantos remédios ela tomasse. Mas ali, naquele momento, ela se sentia livre. Sentia-se como um pássaro, abrindo as asas e girando pelo ar, acompanhando um movimento que era natural e gracioso, como tinha se acostumado.

Fez um movimento leve para o lado, como a professora tinha feito, e trombou com Clara. O encontro fez seu joelho doer. Mila não fazia ideia de como isso tinha acontecido e ficou estarrecida ao ver que a amiga não prestava atenção no que estava fazendo porque estava olhando para Edward Cullen o tempo todo. Isso não era justo! Clara estava atrapalhando as outras pessoas porque não estava a fim de fazer nada direito.

– Clara Benassi, você está em outro lugar hoje! Presta atenção no movimento das pernas e dos joelhos! – Madame Eleonora brandiu, esticando a perna de Clara de forma grosseira, fazendo cara feia. Mila esfregou seu próprio joelho antes de voltar a dançar, jurando que daria uma dura na amiga assim que pudesse. Mas, agora, precisava focar em seu *plié* e na pirueta, já que a outra garota, que ela sempre esquecia o nome, estava fazendo tudo de forma incrível.

– Acho que estou apaixonada! – Clara disse quando saíram da sala, horas depois. Normalmente elas iriam para a aula teórica de História da Dança, mas não dessa vez. Durante alguns dias, em uma sala no fim do corredor, aconteceriam os ensaios para as audições de *O Lago dos Cisnes*, Mila estava começando a ficar com a barriga dolorida só de pensar nisso. Tudo revirava. Sentia os lábios tremerem e os dedos ficarem gelados. Mas colocou as mãos na cintura e se virou para Clara antes que ela arrumasse alguma desculpa para ir atrás de Edward Cullen, que tinha olhado para elas com aquela cara de vampiro sedento de novo.

– Clara, você precisa prestar mais atenção! Você me machucou na sala! – Foi tudo o que conseguiu dizer antes de ficar realmente nervosa e ansiosa. Era péssima com confrontos e não sabia se Clara ia ou não ficar chateada com o que falasse. Era melhor não brigar. Respirou fundo, vendo a amiga franzir a testa, provavelmente assustada com o rompante de raiva de Mila, antes de sorrir de forma doce e amigável. Argh, ela sempre fazia isso! De que adiantava se esforçar tanto para dar uma bronca?

– Desculpe, Mila-chan! Eu estava cega pelo amor, não foi de propósito!

– Eu sei que não foi de propósito – Mila desconversou, revirando os olhos. Prendeu e soltou o cabelo algumas vezes, tentando acalmar a tremedeira dos braços. – Mas não vem com essa de estar apaixonada, esse garoto é assustador.

– Você é assustadora! Já viu quantas vezes prendeu seu cabelo em um minuto? Quer ficar careca como eu?

Mila parou o coque que estava fazendo e voltou a soltar as madeixas, que caíram em seus ombros. Não tinha reparado que mexia tanto no cabelo quando começavam os ataques de ansiedade ou sabe-se lá qual o nome do que sentia. Não era legal, os dedos ficavam doloridos, a barriga remexia e suava frio, como se estivesse com febre. E não estava, ela tinha uma saúde de ferro!

Balançou a cabeça e seguiu andando pelo corredor em direção à sala do ensaio, com Clara em seu encalço falando sobre Edward Cullen. Alguns alunos também passavam por elas, como Laura e Marina, fazendo com que Mila sentisse a boca ficar seca. Respirou fundo algumas vezes e levantou a cabeça. Nada nem ninguém podia afetar sua performance. Era uma bailarina incrível e sabia bem disso.

Mas por que será que suas mãos suavam tanto?

7
O LAGO DOS CISNES
(TCHAIKOVSKY)

O dia da audição tinha chegado mais rápido do que Mila esperava, e ela sentia que sua vida inteira girava em torno de cisnes, príncipes e Tchaikovsky. De Odette a Odile, versão boa e versão má. Não que ela fosse reclamar disso. Aquele era um dos balés mais bonitos da história, além de ter uma coreografia complexa e cheia de movimentos difíceis, como os famosos *fouettés* que tanto a preocupavam. Os giros foram eternizados em 1895 com a bailarina italiana Pierina Legnani, considerada a primeira a realizar 32 *fouettés* consecutivos. Mas a crescente melhora nas técnicas do balé e todas as performances clássicas da história deixaram as futuras bailarinas que interpretariam Odile com a obrigação de fazer *fouettés* perfeitos, embora isso fosse realmente muito difícil. Se Mila queria esse solo, ela precisaria mostrar que tinha condições de cravar esses giros, não importava como. Era questão de honra.

– Você já fez o quê? Vinte? Está muito bom! – Clara repetia enquanto se aqueciam na coxia do pequeno auditório onde fariam as audições. Estavam usando o tutu, a saia rodada e curta de tule, que era necessária para a caracterização na apresentação. Mila balançou a cabeça, mexendo o calcanhar e alongando as pernas. Já tinha colocado as sapatilhas de ponta e fazia alguns movimentos para tentar esquecer a ansiedade que sentia. O corpo tremia por inteiro e ela sabia que não era medo de errar, porque tinha certeza que era boa o suficiente para aquele papel. Não fazia ideia de por que estava tão nervosa daquele jeito.

– Não está muito bom. Está ruim. São trinta e dois *fouettés*, não vinte – Mila observou, fazendo alguns movimentos sem sair do lugar. – E foram vinte feitos na maior dificuldade, você mesma viu!

Clara deu de ombros, aquecendo os braços. Não iria competir para o solo, nem era de seu interesse. Queria um dos papéis de cisne do corpo do balé, que ela já achava o suficiente. Se Mila queria tanto se matar de ensaiar para um solo duplo naquela altura do campeonato, era por sua conta e risco. Era o começo do curso delas! Ainda tinham muito para aprender.

As duas se aqueceram e pontuaram movimentos, mas Clara não parava de falar sobre como Edward Cullen tinha conversado com ela no dia anterior e em como ela queria chamá-lo para sair.

– Ou para ir ao meu quarto, tanto faz – Clara disse, rindo. Mila riu também, balançando a cabeça. Não podia deixar as histórias da amiga a distraírem. Era importante demais. Olhou para o grande espelho da coxia e levantou o rosto, esticando o corpo. O papel de Odette, o cisne branco, ela sabia que poderia fazer bem. Mas Odile, a versão má, não era assim tão fácil. Olhou para os lados vendo Marina ensaiar de forma graciosa e sentiu as pernas tremerem de leve. Balançou a cabeça, respirando fundo, e voltou a encarar seu reflexo. Você consegue, Mila! Você é a melhor de todas!

Assim que o professor Sergei entrou na coxia, todo mundo parou o que estava fazendo para encarar suas feições sisudas. Ele era alto e muito magro e vinha com os braços cruzados, avaliando todos os alunos de cima a baixo. A sala estava repleta de gente, de aspirantes a parte do corpo do balé até os aspirantes aos solos, e tudo estava nas mãos daquele professor, a quem todo mundo queria agradar.

Mila colocou a língua pra fora quando viu Laura sorrir radiante e apertar o collant quando o professor passou por ela. Alguns queriam agradar até demais, e ela não os culpava. Se soubesse ser um pouco mais como Clara, provavelmente tentaria chamar atenção também.

– Todo mundo conhece a história de Odette e de O *Lago dos Cisnes*. Uma garota pura e virgem, presa no corpo de um cisne. Ela quer a liberdade, mas apenas o amor verdadeiro pode quebrar o feitiço – o professor disse, ainda encarando os bailarinos que pareciam estar prendendo a respiração. Mila estava. Ele a encarou por alguns segundos e levantou as sobrancelhas. – Vamos fazer primeiro as audições para Odette e Odile. Garotas, por favor, em posição. Vejo vocês no palco em cinco minutos.

Quando ele saiu da coxia, todo mundo começou a se movimentar de forma intensa. Mila estava acostumada com a correria, tinha feito outras audições na vida – nunca para O cisne negro, claro –, nada daquilo era novidade. Ajeitou o cabelo, abraçou Clara, vestiu seu bolero preto e seguiu em frente, tranquila, até o palco, seguindo outras bailarinas. Posicionaram-se na lateral, vendo o professor de pé e de costas para onde estavam as cadeiras da plateia.

– Vocês podem fazer qualquer trecho do clássico enquanto Odette, o cisne branco. A solista escolhida precisará interpretar de forma graciosa as duas personagens, então eu não quero movimentos bruscos nem mecânicos. Se vocês já atuaram em um balé de qualidade, sabem que o rosto é importante. A interpretação! – o professor Sergei discursou, puxando a prancheta e fazendo Mila concordar ferozmente com a cabeça. – Marina Santos, pode vir para o centro do palco. Pianista, do começo.

Mila não queria realmente prestar atenção em como Marina estava dançando. Em como ela era magra, esbelta, alta e tinha os braços perfeitos para o papel. Em como a pele escura dela brilhava com o holofote e era maravilhoso de ver. Não queria pensar que o *fouetté* dela era muito bom, embora não tão perfeito. Ela era linda.

Sacudiu o corpo tentando se aquecer, mexendo o tornozelo e se esforçando para abstrair o fato de que precisava ser a melhor. Ela realmente queria aquele papel. Queria muito! Era tudo pelo qual tinha treinado e trabalhado por tanto tempo! Semestre passado tinha feito parte de um trio em A *Bela Adormecida*, e ela sabia que estava pronta para um solo. Um que pudesse levá-la para o The Royal Ballet. Que a fizesse realizar seu sonho.

– Camila Takahashi, sua vez. Por favor, para o centro. Pianista, do começo — o professor chamou, fazendo Mila acordar dos pensamentos e caminhar até o centro do palco. Mexeu os ombros, relaxou os braços e, assim que a música começou, movimentou todo o corpo de forma graciosa e leve, como ela sabia fazer bem. Os braços se movimentavam como as asas de um cisne e Mila andava na ponta da sapatilha, esquecendo-se, por alguns minutos, de que estava sendo avaliada e de que aquilo era importante demais para cometer qualquer erro. Sempre acabava se esquecendo de tudo quando a música começava. Deixou-se sorrir ao fazer uma pirueta perfeitamente alinhada e continuou dançando um trecho do segundo ato da peça, quando o príncipe se apaixona por Odette. Ela adorava aquela parte, sabia bem o que estava fazendo.

Assim que seu momento terminou, encarou ofegante o professor e pôde ver um rastro de sorriso em seu rosto carrancudo. Agradeceu com graciosidade e voltou para a lateral do palco, recebendo tapinhas e elogios das outras garotas. Seu corpo estava agitado pelo esforço e adrenalina, então sentia as veias da testa pulsarem e o suor escorrer pelas costas.

– Entediante – Laura disse, sorrindo, assim que passou por ela, para o centro do palco lindo depois de ser chamada pelo professor. Mila revirou os olhos. Por que ela ainda dava ouvidos para aquela garota? Não era realmente possível que tudo que Mila fazia era um tédio, certo? Ela era uma pessoa positiva e divertida! Ok, talvez não divertida, mas definitivamente tinha seus bons momentos.

Ah, droga, a quem queria enganar? Era totalmente entediante. Mila abaixou a cabeça, respirando fundo e bebendo água da sua garrafinha. Sentiu a barriga doer e a cabeça latejar com mais força. Os dedos das mãos estavam ficando gelados e sua visão foi ficando turva enquanto piscava várias vezes para fazer a sensação ruim ir embora. Não tinha por que ficar decepcionada, certo? Ela tinha ido bem.

Laura, por outro lado, definitivamente não seria escalada. Mila não estava torcendo para nada ruim acontecer, mas assim que a outra garota errou um giro fácil, ela não conteve o sorriso. Carma era algo real, no fim das contas. Talvez, se ela tivesse ficado calada, as coisas teriam sido diferentes. Era o que sua mãe sempre dizia: se sua crítica não for para melhorar o trabalho de outra pessoa, é melhor nem abrir a boca. E Laura era uma dessas pessoas que precisava muito ficar calada.

Mila conseguiu acalmar a ansiedade fechando os olhos e ouvindo o som incrível do piano. Conseguia sentir cada nota no peito, irradiando por todo o seu corpo como uma recarga de energia. Tchaikovsky era realmente um gênio, embora o balé de O Lago dos Cisnes não tenha sido um sucesso logo de cara. Na verdade tinha sido um verdadeiro fracasso, e só foi ser aclamado anos depois de ele ter morrido. Devia ser uma verdadeira tristeza morrer sem ver um balé completo tão bonito como aquele, principalmente quando era uma composição sua.

– Você foi muito bem! – disse uma garota, encostando ao lado de Mila na parede lateral do palco. Ela abriu os olhos, saindo do transe da música, para encarar uma menina alta e magra. Tinha cílios muito grandes e usava aparelho fixo.

– Obrigada!

– Acho que você merece o papel muito mais do que todas nós – a garota continuou, dando de ombros e encarando outra bailarina que se apresentava no palco. Mila ficou em silêncio, assistindo à audição junto com ela. Não achava que merecia mais do que ninguém, mas queria muito poder merecer. Era um ciclo estranho de pensamentos nocivos.

– Giulia Moraes, sua vez! Pianista, do início! – o professor gritou, olhando a prancheta. A garota ao lado de Mila acenou para ela com a cabeça e caminhou para o meio do palco.

– Ela é muito boa, mas não tem chances. Exige um certo tipo de estética, sabe como é? O professor deve querer uma solista padrão – Laura disse, se encostando na parede ao lado de Mila. Sem Clara, ela só era uma garota chata e implicante, e Mila não queria bater papo com ninguém, muito menos com ela. Tirou os olhos de Giulia e queria dizer para Laura que quem não tinha chance era ela, mas respirou fundo e mordeu os lábios, guardando aquilo para si mesma. Não gostava de conflitos e não iria causar nenhuma briga.

– Ela é muito boa – limitou-se a dizer. Laura fez um barulho estranho com a boca.

– Você faz cocô cheiroso ou coisa assim? Ou talvez com purpurina?

– Laura, o que você tem contra mim? O que eu fiz pra você? – Mila se virou para a garota, sentindo os dedos das mãos formigarem. Estava começando a ficar ansiosa e não queria discutir, mas esse tipo de comentário estava ficando cansativo. Por dentro, torcia para Laura sair andando e não bater boca com ela, mas sabia que tinha mexido com a pessoa errada.

– Você se faz de santinha, mas aposto que estava torcendo pra que eu caísse naquele giro! – Laura sussurrou de forma grosseira. Mila franziu a testa.

– E você queria que eu fosse perfeita no meu?

– Não.

– Então qual é a diferença entre nós duas aqui? Não quero o seu mal.

– A diferença é que eu sou sincera sobre o que sinto. Você finge que é Odette, mas aposto que é Odile. Se faz de boazinha, mas é uma cobra.

– Você não me conhece! – Mila disse com a voz um pouco esganiçada, sentindo muita dor de barriga. Droga, por que isso estava acontecendo naquele momento?

– Eu conheço bem o seu tipo.

Mila encarou a garota por alguns segundos, sentindo a dor na barriga ficar mais intensa. Respirou fundo e fechou os olhos. Não tinha porque se explicar para ninguém, então virou o rosto sem dizer mais nada e caminhou até o outro lado da sala, ouvindo o professor chamar outra aluna. Giulia, a bailarina que tinha acabado de dançar, olhou para ela e Mila sorriu por um momento, levantando os dedos polegares e fazendo a garota corar, feliz.

Laura não sabia quem ela era. Não sabia o que ela sentia e nem as coisas que enfrentava. Por que se achava no direito de falar o que queria e quando bem entendia? Mila não compreendia nada disso. Tentou se lembrar de qualquer motivo que pudesse ter dado para que achassem que ela era uma cobra, ou seja lá o que pensavam, mas não encontrava nada na memória. Será que era o jeito como agia? Ela parecia alguém que se sentia superior?

Acabou segurando o choro. Queria chorar de raiva, porque a opinião das outras pessoas não deveria importar tanto. Não era para mexer tanto com o emocional dela como vinha acontecendo ultimamente. Balançou a cabeça, respirando fundo e observando a menina que dançava no centro do palco, parecendo um anjo flutuando em uma nuvem. Os cabelos eram loiros e estavam soltos, uma escolha inusitada para o balé. Ela era linda, mas não tinha nenhuma expressão no rosto. Olhou para o professor e viu que ele nem prestava atenção na garota, o que era bem cruel, embora nada incomum. Perguntou-se ele tinha feito o mesmo com ela, mas balançou a cabeça novamente tentando afastar os pensamentos. O que sua mãe diria nesse momento? *Sua dança é quem você é, Camila. As pessoas se incomodam só com o que as intimida.* Era o que ela dizia quando Mila chegava da escolinha de balé, no começo da adolescência, chorando porque alguma garota tinha sido má com ela. Seu pai era um pouco mais distante e dizia que era fraqueza, que ela precisava engolir o choro e treinar mais. E era o que Mila fazia desde então.

A última bailarina para a audição tinha feito sua performance e o professor chamou todas no centro do palco.

– Você, você e você. – Ele apontou para duas garotas e Laura. – Podem voltar para suas aulas. As outras, alinhadas para a próxima parte.

Laura desceu do palco sem nem olhar para trás, o que Mila achou ótimo. Não queria pensar em qualquer drama naquele momento, que era crucial para a audição. Qualquer duelo que ela fosse querer ter, teria que ser mais tarde, embora no fundo torcesse para que tudo voltasse ao normal assim que saíssem do auditório.

– Vocês podem escolher qualquer trecho do clássico como Odile, o cisne negro. Preciso ver a força nos braços, no rosto e no *fouetté*. Camila – ele encarou Mila, que mordeu os lábios e se endireitou –, você primeiro.

O pianista começou a tocar um trecho do terceiro ato do balé e Mila respirou fundo, se concentrando. Era isso, o momento de mostrar por que estava ali. Estendeu os braços como uma asa e fez os movimentos que já havia treinado tantas vezes antes. A cabeça ia de um lado para o outro e ela se segurou na ponta da sapatilha para fazer alguns movimentos marcantes.

– Me mostra mais agressividade nesse rosto, não estou vendo nada! – o professor gritou, e Mila fechou os olhos novamente.

Droga. A ideia que tinha sobre o amor vinha de filmes e livros e ainda que tivesse treinado expressões de alguém na posição de Odile (que estava enganando o amor de outra pessoa), não era exatamente como se sentisse aquilo na pele. Pensou em todas as noites sem dormir, em como seu pé doía e latejava devido às madrugadas ensaiando o *fouetté* perfeito, na ansiedade que vinha sentindo, na professora dizendo como tinha engordado, nos comentários maldosos dos colegas de classe e em como Laura achava que ela era entediante.

Mila não queria ser um tédio.

Com muita confiança, e mudando de ideia sobre o que faria naquele momento para chamar atenção, Mila trocou alguns movimentos e se preparou para tentar os *fouettés* perfeitos que eram raros entre as bailarinas, inclusive as da idade dela. Pela cara que o professor fez, ele não imaginava que ela tentaria aqueles passos também. Não naquele momento. Não importava quantos giros fosse fazer.

Um, dois, três, quatro, cinco, seis, sete, oito, nove e dez e onze seguidos, doze, treze, quatorze, quinze, dezesseis, dezessete, dezoito e dezenove e vinte, faltava pouco, vinte e um, vinte e dois, vinte e três, vinte e quatro, olhando direto para o professor a cada volta que dava em torno de si mesma, vinte e cinco e seis e sete e oito.

Quando desceu com os dois pés no chão, parando na pose que tinha conseguido fazer, Mila achou que ia vomitar. O gosto em sua boca era de toda a comida que tinha ingerido na semana, e ela fez um esforço danado para não parecer apavorada. Respirou com dificuldade, levantando o rosto e ajeitando os fios de cabelo que caíram do coque. A adrenalina e a exaustão faziam seu ouvido apitar e ela demorou para escutar algumas alunas batendo palmas. Achou ter ouvido a Giulia dar um grito de felicidade, mas podia ser só o agudo infinito que ecoava dentro da sua cabeça.

O professor ainda encarava Mila com uma expressão indecifrável, quase curioso. Ela fez um movimento de agradecimento, ainda respirando com dificuldade, e caminhou até a lateral do palco, segurando a vontade de correr para o banheiro e colocar tudo para fora. Tentou sorrir quando Marina e outra garota a cumprimentaram, espantadas, mas não conseguia pensar em nada. Só em respirar.

As outras alunas se apresentaram aos poucos e ela começou a sentir sua cabeça voltar ao normal. Quando o barulho agudo parou, levou alguns segundos até sentir uma dor latejante nos pés e nos joelhos e, sem pensar duas vezes, sentou-se no chão, quase desabando. Assistiu o resto das apresentações enquanto mordia os lábios e pensava no que tinha feito.

Sua mãe ficaria muito orgulhosa. Não sabia se os *fouettés* tinham saído perfeitos, mas ela definitivamente tinha se superado. Clara nem iria acreditar. Alguma coisa a tinha impulsionado para aquela escolha, que poderia muito bem ter sido desastrosa, e ela não conseguia se lembrar o que era.

Assim que o resto das audições acabaram, o professor ficou parado olhando para a prancheta. Foi até sua assistente algumas vezes e voltou ao palco, por fim, pedindo para que as bailarinas se alinhassem para os comentários. Mila se levantou, sentindo as pernas tremerem e a barriga doer com ainda mais intensidade, e se posicionou no centro do palco, passando as mãos suadas nas mangas do bolero.

– Camila Takahashi, eu nunca tinha imaginado a Odile como uma garota japonesa com aparência de boneca – ele disse assim que pontuou algumas alunas e chegou na vez de Mila, que prendeu a respiração sem saber se aquilo era realmente um elogio. – Mas também nunca tinha visto uma garota da sua idade fazer 28 *fouettés*, e preciso dizer que fiquei emocionado. Claro que precisa trabalhar as pernas em alguns deles e pode aumentar a velocidade do seu chicote, mas o solo é seu!

Mila não escutou se ele tinha dito qualquer outra coisa depois disso. Arregalou os olhos e até ignorou o comentário sobre ser uma boneca, que havia achado um pouco ofensivo. Segurou um grito e, com os lábios tremendo, sorriu e agradeceu a oportunidade. Qualquer coisa que saiu da boca dela depois disso não foi registrada pelo seu cérebro.

Assim que o professor dispensou as alunas, Mila se virou para a saída do palco pronta para correr até Clara, mas sentiu alguém encostar em seu ombro. Virou-se a tempo de ver uma das amigas de Marina, Raquel, passar por ela com um sorriso irônico no rosto, elogiando sua performance e parabenizando pela vitória. Lembrou-se de que Marina dançava melhor do que a amiga, mas Raquel era a personificação da bailarina russa que todo mundo falava.

– Como sua substituta, estarei aqui assim que você não conseguir mais repetir a pequena façanha. Aproveite bem enquanto pode! – Raquel disse, acenando e caminhando para a coxia, sem olhar para trás. Mila franziu a testa porque não tinha ouvido nada sobre substituta, embora fosse algo comum em balés compridos nos quais a solista precisava interpretar duas personagens. Precisava admitir que não registrara nada do que o professor tinha falado com mais ninguém depois daquela última frase. *O solo é seu.* Respirou fundo, ignorando Raquel e sorrindo.

Quem era a garota entediante agora?

8
DON'T CRY
(J DILLA)

Clara queria, de todo jeito, comemorar a vitória da amiga. Tinha tentado de tudo, desde se oferecer para levar Mila em um bar na cidade até pedir pizza no dormitório, mas Mila só queria se trancar no quarto, não sem antes garantir para a amiga que a primeira opção não seria válida em momento nenhum da vida. A sensação de que toda a comida do mundo estava presa em sua garganta ainda era real, e ela ainda sentia os lábios e as mãos tremerem. Com muito esforço, conseguiu convencer Clara a celebrar o solo no dia seguinte e rumou para o dormitório, ligando para a mãe assim que ficou sozinha.

– Como esperado, agora você precisa trabalhar no que o professor pontuou. Nada de descansar! Você agora é uma solista, não uma bailarina qualquer – sua mãe disse assim que ouviu a novidade. Mila apenas concordou. Já imaginava aquela reação, embora soubesse que, no fundo, a mãe estava muito orgulhosa. Tinha se acostumado a interpretar os sentimentos ocultos nas falas de sua família. – Um minuto, a *batchan* quer falar com você.

Mila concordou, esperando a avó pegar o telefone. Ouviu um barulho grave feito com a garganta e sorriu sozinha, apoiada na parede da sala comunal do dormitório, tentando imaginar o rosto da avó naquele momento. Era uma senhora japonesa muito sincera, mas de uma fofura extrema.

– Camila, você precisa comer bem – a avó aconselhou pronunciando o nome dela como *Camira*, um vício que trazia da língua materna. – Sei que deve estar comendo fruta no lugar do almoço e do jantar, não pode. A *batchan* vai enviar *gohan* assim que sua mãe comprar uma panela elétrica nova. O gosto é melhor. Essa porcaria que sua mãe faz não presta.

– Obrigada, *batchan* – Mila disse, com lágrimas nos olhos. Podia sentir o gosto do arroz que sua avó fazia e que ela tinha se acostumado a comer desde criança. Como uma bailarina adolescente, obcecada com o corpo, era comum querer sair da mesa sem ter terminado o prato. Nessas ocasiões, sempre ouvia sua *batchan* falando "não jogue fora coisas de tanto valor. Você deveria estar grata por ter comida na mesa! Meus pais não tinham condições e eu era grata por qualquer farelo de pão", que se unia ao clássico discurso sobre como sua família tinha sido humilde e sobre como ela deveria dar valor a tudo o que tinham conquistado. Sorriu sozinha sentindo saudades de casa. – Amo você.

– Certo, vai dormir. Não deixe sua mãe mexer com a sua cabeça. *Oyasumi nasai*!

– Boa noite!

Mila desligou o celular e encarou brevemente a sala comunal, secando os olhos com as costas das mãos. Não podia simplesmente ir dormir, não era bem assim que as coisas funcionavam. Respirou fundo, ainda sentindo a boca tremer, lembrando de toda a responsabilidade que teria dali pra frente. Sem conseguir pensar, correu até o banheiro, levantou a tampa do vaso sanitário e se agachou no chão, colocando qualquer resquício de ansiedade e nervosismo para fora.

Como a porta do banheiro ainda estava aberta, Mila sentiu um pouco de vergonha ao pensar que Valéria poderia ouvir os barulhos de vômito. Não que devesse alguma coisa a ela, porque na verdade nem se importava com a opinião da garota, mas tinha se acostumado com a sensação de que seus problemas incomodavam as pessoas e não queria ser um incômodo para ninguém, muito menos para quem morava com ela. Pensou em se levantar ou chutar a porta de qualquer jeito, mas sua barriga doeu novamente e ela precisou enfiar o rosto dentro do vaso. Como seria discreta se não conseguia nem ficar em pé? Que humilhação. Talvez Valéria estivesse fora?

Como se a *roommate* lesse seus pensamentos, um oboé começou a ser tocado no quarto ao lado. Mila franziu a testa, apoiando o queixo no vaso e prestando atenção na música que ela estava tocando. Era Tchaikovsky. Sorriu sozinha. Era uma das músicas que sempre escutava à noite no quarto, antes de dormir, enquanto ensaiava sem parar. Sentiu o estômago embrulhar e o som do oboé aumentar gradativamente, de acordo com o barulho que ela mesma fazia. Sorriu mais uma vez.

Talvez Valéria, no fundo, fosse uma garota legal.

Mila acordou com a sensação de que tinha sido atropelada por um trem. Ou por um cisne gigante, de acordo com o sonho maluco que teve. Tudo nela doía, da garganta até o dedo mindinho (que provavelmente tinha uma bolha), e por alguns minutos cogitou não ir à academia e ao refeitório, como fazia todos os dias, para poder dormir um pouco mais. Enquanto pensava em frases motivacionais para fazer seu corpo ignorar a exaustão, acabou pegando no sono sem perceber, porque no seu subconsciente a agenda do dia permanecia inalterada. No sonho, inclusive, ela e o garoto ruivo de alguns dias atrás tocavam oboé no auditório, o que tinha sido bem divertido. Qual era mesmo o nome dele?

Acabou acordando, de novo, no maior susto quando ouviu o celular tocar. Com os cabelos bagunçados, olhou para o relógio e deu um grito que faria sua *roommate* acordar apavorada se ainda estivesse dormindo. Estava quase na hora da primeira aula do dia, o que significava que ela tinha perdido todo o começo da manhã!

– Você é um cisne ou a Bela Adormecida? – Clara perguntou, rindo do outro lado da linha assim que Mila atendeu o celular e o colocou no viva voz, vestindo-se rapidamente, de forma quase desastrada.

– Hoje eu sou o Corcunda de Notre Dame! – Mila gritou de volta, enfiando o collant, a calça de moletom justinha e a camiseta cropped de manga comprida. – Está fazendo frio?

– Sempre está fazendo frio! Que saudades da minha terra! Você sabia que um dos presidentes do Brasil era de Fortaleza? – Clara disparou a falar sozinha enquanto Mila não respondia. Estava preocupada demais colocando tudo que iria usar nas aulas dentro da bolsa e tentando ajeitar o cabelo na frente do espelho. Colocou o celular no bolso da calça, ainda ouvindo Clara falar sobre Castelo Branco e sobre todas as outras pessoas que nasceram no Ceará, enquanto corria para escovar os dentes e lavar o rosto. – Não que eu seja a favor da gente ter tido um militar como presidente, claro. Acho uó, é vergonhoso.

– Onde você está? – Mila finalmente achou que estava pronta e puxou o celular do bolso, dirigindo-se para a porta. Antes que Clara pudesse responder, Mila girou a maçaneta e se deparou com a amiga parada no corredor, espiando um dormitório que estava aberto. – Ei, você deveria estar na aula!

– E perder a bailarina perfeita correndo atrasada por Margareth Vilela? Nem em sonho. Ei, você realmente está parecendo o Corcunda de Notre Dame hoje!

– Obrigada! – Mila mostrou a língua, desligando o celular e andando depressa para o elevador. – O que fez hoje cedo?

– Além de dormir? – Clara sorriu e Mila fez uma careta. No elevador, a amiga puxou um batom marrom e mostrou para Mila, que negou fervorosamente. – Vamos, você vai assustar alguém assim. Não custa nada, é só um batom. Daí te conto sobre minha noite a dois.

– A dois? – Mila perguntou, tirando o batom da mão de Clara quase que imediatamente. Olhou para o espelho do elevador e começou a passar do jeito mais discreto que podia.

– Passa direito, tipo Kylie Jenner.

– Os meus lábios não são tão grossos assim...

– São sim, se você fizer direito! E ontem, depois que você me abandonou, encontrei com o Yuri. Passa mais batom embaixo.

– Quem? – Mila mexeu a boca para espalhar o batom e o devolveu para Clara.

– O garoto novo da aula de balé? Alô, em que mundo você vive?

– Ah, o Edwa... ele. Não sou obrigada a saber o nome de ninguém, oras – Mila disse, quase chamando o garoto pelo seu nome de vampiro. Clara sempre fazia cara feia quando ela fazia essa comparação, então Mila guardava para si mesma.

– Começamos a conversar e eu acabei indo dormir no quarto dele. Quer dizer, não exatamente dormir, se é que você me entende!

– Clara! – Mila olhou para a amiga assim que saíram do elevador. Uma garota passou por elas carregando um violoncelo enorme e quase esbarrou nas duas. Mila lembrou da irmã e que provavelmente deveria encontrá-la para contar as novidades, ainda que raramente soubesse onde ela estava dentro do conservatório. As duas não se falavam muito.

– Ele é todo delicinha, vou te contar! Uma mistura de Harry Styles com Justin Bieber!

– Não tem como você saber com certeza.

– Pelo menos de acordo com as fanfics que eu li...

Mila corria na frente, pelo jardim entre os prédios, e Clara a acompanhava um passo atrás. Continuou contando sobre a noite anterior até chegarem ao corredor próximo à sala de aula. Viram um dos pôsteres com o rosto de Kim Pak, o filho da diretora, e Clara parou para dar um beijo. Mila se virou, com a mão na maçaneta da porta.

– Você precisa parar de fazer isso! A quantidade de garotas que beija esse papel é enorme, vai acabar pegando uma doença!

– Vou morrer feliz.

– Nem sempre pegar doença significa morte, Clara, caramba...

Entraram na enorme sala de aula de Balé Clássico e correram para o fundo, vendo os outros alunos se alongando. A professora fez cara feia, mas não disse nada. Laura, que estava parada na barra próxima a elas, deu uma risadinha.

– Agora que virou estrela pode chegar tarde nas aulas! Bom saber.

– Laura, vai comer capim! – Clara rebateu, vendo Mila fazer uma careta e trocar sua botinha de pano pelas sapatilhas. Antes de começar, levou um tempo para cobrir os dedos com esparadrapo, inclusive o mindinho, que estava com uma bolha terrível. Que droga, bem no dia que iria começar os ensaios para O *Lago dos Cisnes*!

De repente, se lembrou de que o solo era dela e sorriu abertamente, deixando Clara um pouco confusa. Tirou a blusa, ficando só com seu collant, e começou a se alongar ao lado da amiga, que contava sobre a noite anterior para Laura. Mila não tinha contado sobre a grosseria que a garota tinha feito com ela na audição, porque sabia que Clara tomaria seu partido e que isso poderia causar uma briga que ela definitivamente não queria. Era melhor ignorar e seguir a vida, como tinha feito tranquilamente até hoje.

Estava chovendo bastante quando a aula de Balé Clássico terminou, e a turma se dividiu para as próximas atividades. Dava para ouvir os trovões de dentro das salas de aula, o que era um pouco assustador. O vento balançava as janelas de vidro, fazendo desenhos bonitos com as gotas de água que escorriam e dando a impressão de que o dia já estava quase no fim, o que não era bem verdade. Mila acabou saindo antes para o ensaio de O *Lago dos Cisnes*, porque Clara ficou agarrada com Edward Cullen no corredor e ignorou o fato de que a amiga, ou qualquer pessoa em volta, existia no mundo. Tudo bem, seria bacana chegar cedo na sala de treino, já que sua parte seria mais complexa. Quem teria sido escalado para fazer o príncipe? E o feiticeiro? Era tudo tão emocionante!

Ainda no corredor, sentia que algumas pessoas a encaravam enquanto andava. Como sempre, respirou fundo, levantou o rosto e continuou caminhando, tentando ignorar a dor de estômago que teimava em aparecer. Encolheu a barriga levemente, sentindo-se incomodada com o que as pessoas poderiam comentar.

Girou a maçaneta e entrou na sala de treino, vendo todos os alunos que estavam lá a encararem. A maioria sorria e acenava enquanto ela passava, parabenizando-a pelo solo. Mila sorria envergonhada, agradecendo de forma contida. No canto da sala, prestando atenção nos outros bailarinos, vestiu sua saia rodada de malha por cima do moletom, já que o tutu estava guardado, e começou a fazer alguns movimentos enquanto esperava o professor Sergei chegar.

O treino era uma das partes mais importantes da apresentação. Era quando os bailarinos aprendiam os passos, aperfeiçoavam os movimentos, ouviam as críticas e aprendiam mais sobre trabalho em equipe – o que era muito raro no balé, quase sempre uma arte solitária. Normalmente, Mila não teria esse tempo com todos os alunos, já que cada um fazia uma parte muito distinta. Mas o professor entrou e, com sua assistente, começou a passar os movimentos para um dos núcleos de cisnes que dançava no centro da sala. Ela ficou no canto, assistindo e esperando que Clara entrasse a qualquer momento.

Antes disso acontecer, e depois de um dos grupos ter treinado trechos de sua coreografia, o professor se virou para Mila e coçou o queixo de forma quase caricata.

– Você vem comigo. Marlene vai continuar passando os movimentos para o resto da turma. Lembrem-se das pernas altas e dos sorrisos! – Ele apontou para a assistente, que tomou a frente da sala. Mila pegou sua bolsa de lona e seguiu o professor para o corredor, sentindo alguns olhares sobre ela. Não queria nem imaginar o que falariam pelas suas costas. Andaram em silêncio até que ela viu Clara se aproximar, correndo para a sala de treino e parar em frente a eles. – Ei, você não é do núcleo de cisnes?

– Não sei do que você está falando! – Clara respondeu assustada, correndo em disparada para a sala que ficava no sentido oposto ao deles. O professor arqueou uma das sobrancelhas e continuou andando como se nada tivesse acontecido. Mila apressou o passo para segui-lo mais de perto.

– Para onde estamos indo, professor? – perguntou baixinho, vendo que desciam algumas escadas em direção ao corredor coberto do jardim.

– Vamos ensaiar na sala interna do auditório pequeno. Você precisa de concentração.

Ela concordou, mas não pôde evitar sentir a pontada de dor no estômago que estava se tornando frequente. Então seria só ela e o professor em uma sala interna de um auditório longe de todo mundo, no meio da maior chuva? Uau, parecia bem longe de qualquer distração mesmo. O que, ela precisava admitir, não seria de todo ruim. Precisava impressioná-lo, e não ter nenhum outro aluno por perto podia ser realmente o melhor.

Dentro da sala interna, sem nenhum tipo de som, o professor começou a passar a coreografia do começo do balé. Ele explicava cada passo, contando a história e fazendo com que ela repetisse tudo logo depois, de frente para um enorme espelho. Ficava observando de perto, com os braços cruzados.

– Levante mais a perna naquela virada. Ajuste os pés no plié – ele dizia, tocando em seu joelho e em sua perna, o que era normal. Sua professora vivia fazendo esse tipo de coisa. Mila não sabia por que isso estava incomodando. Não queria que ele ficasse muito perto.

Respirava fundo e levantava os ombros, ajustando os defeitos que ele apontava e tendo certeza de que o professor não precisaria tocar nela por algum tempo.

– Estamos aqui há três horas e ainda preciso repetir sobre sua perna direita nesse movimento – ele disse, um pouco nervoso, segurando a garota pela cintura e esticando a perna dela com suas próprias mãos. Mila quase caiu da ponta da sapatilha, sentindo a barriga doer de repente e os lábios começarem a tremer. Mas logo se recuperou e tentou ignorar o que estava acontecendo. Ah, não. Estava indo superbem, não tinha motivo nenhum para ficar nervosa! Sentiu vontade de vomitar e os dedos começarem a ficar gelados, fazendo seu coração disparar com a adrenalina como se estivesse no meio de uma perseguição.

Girou e fez os movimentos que precisava fazer. O professor avaliava, de braços cruzados. Mila encarava o próprio reflexo no espelho, ignorando o fato de que sua visão estava ficando turva e de que começava a sentir que estava fazendo tudo errado. *Respira, Mila.* Abriu os braços de forma graciosa e deu mais alguns passos, quase caindo para o lado. Então parou, apoiando-se nos joelhos com a respiração ofegante.

– Vamos fazer do começo, não gostei desses últimos movimentos. Você precisa mostrar um pouco mais de sensualidade, ou vou precisar...

– Tenho que ir ao banheiro – Mila disse de repente, se desculpando e pegando a bolsa, correndo para fora da sala do auditório. Respirava muito rápido, tentando não ficar mais enjoada do que estava, procurando a saída para o jardim coberto. Segurou o choro. Por que estava tão nervosa? O professor incomodava com a proximidade, claro, mas não era algo incomum no balé! O que iria fazer? O que estava acontecendo com ela?

Encontrou a porta de saída e, deixando algumas lágrimas caírem sem entender o motivo, correu para a parte de trás do jardim. Parou no caminho de pedras entre os prédios, no meio da chuva, sem saber muito bem para onde ir. Estava perdida. Sentiu as lágrimas se misturarem com as gotas de água que escorriam pelo rosto. Os cabelos molhados saíram do coque e a garota se sentiu mais confortável para chorar, mesmo sem motivo. Sabia que ali ninguém estava olhando para ela. A barriga continuava doendo e ela ficou parada por alguns minutos, que mais pareceram horas, sentindo todo o corpo ficar gelado e ensopado, sem conseguir enxergar muita coisa à sua frente.

Tinha certeza de que algo de ruim estava acontecendo com seu corpo. Ela só não entendia o que era e nem o motivo. Por que os erros a deixavam tão nervosa? Por que estava ficando tão cansada e triste? Por que sentia tanto medo de falarem algo dela ou de pensarem qualquer coisa sobre ela? Por que pequenas coisas, que sempre foram comuns no dia a dia, do nada a deixavam enjoada e com vontade de sair correndo?

De repente a chuva parou, mas somente onde ela estava. Olhando para os pés, ainda com as sapatilhas de ponta molhadas, viu que em torno dela não caía um pingo sequer. Prendeu a respiração, levantando o rosto e encontrando ao seu lado o garoto ruivo, encharcado, segurando um guarda-chuva vermelho no alto da cabeça dela. Ele não estava sorrindo, mas ela não conseguiu evitar que os cantos de sua boca se levantassem. Vitor estava um pouco próximo demais, mas ela se sentiu confortável, mesmo morrendo de frio. Ele continuou parado onde estava, no meio da chuva, garantindo que nenhuma gota caísse em cima dela. Mila o olhava nos olhos, agradecida, sem saber por que o garoto estava

ali. Aos poucos, se aproximou dele, que a acompanhou com o guarda-chuva até que os dois ficassem cobertos. Estavam muito próximos, e agora os dois sorriam. Ela viu que os olhos verdes dele tinham tons muito escuros que lembravam uma galáxia. Vitor, se quisesse, conseguiria contar os cílios dela, que continham grandes gotas de água.
– Ei, garoto do origami.
– Olá, bailarina.
Os dois continuaram sorrindo e Vitor apontou com a cabeça para uma parte coberta do corredor externo, que estava vazio, fazendo com que Mila o acompanhasse caminhando devagar, mantendo o guarda-chuva em cima dos dois. As sapatilhas dela mergulhavam em poças de água e barro e ela sentia seus dedos congelando. Não iria sequer perguntar para onde ele a estava levando.
Sentaram-se lado a lado em um banco na parte coberta e Vitor sacudiu o guarda-chuva longe dela, deixando-o aberto em um canto. Mila só acompanhava seus movimentos com os olhos, abraçada em si mesma para evitar tremer de frio. Percebeu que sua dor de barriga tinha passado e que não estava mais enjoada como antes. Ficaram em silêncio por um tempo.
– Então você gosta de pegar chuva usando collant e sapatilhas de balé. Isso é curioso.
– Não é exatamente o melhor jeito de terminar o dia – Mila disse, mordendo os lábios.
– Posso ser intrometido e perguntar se está tudo bem? – Vitor balançou o cabelo ruivo com as mãos, tirando o excesso de água. Mila respirou fundo, fazendo cara de choro e se lembrando de tudo que tinha acontecido.
– Ah, não, não, não...
– Tudo bem, foi só uma pergunta.
– Não, não é isso – Mila começou a explicar, olhando para o garoto ainda com uma expressão chorosa no rosto. – Estou totalmente perdida! Meu professor nunca vai me perdoar! Eu deveria voltar para a sala e... – Ela se levantou, mas logo deixou os braços caírem ao lado do corpo, abaixando o rosto, exausta. – Acho que acabei de arruinar a chance da minha vida de ir para o The Royal Ballet.

— Isso não faz nenhum sentido. Ainda é o quê, seu segundo ou terceiro semestre aqui? — ele perguntou. Mila encarou o garoto, voltando a sentar no banco.

— Como você sabe?

— A graduação de balé só veio para o conservatório há uns três semestres. — Vitor sorriu. — Eu juro que não sou nenhum tipo de *stalker*.

— Não acho que você seja. — Mila respirou fundo, soltando os cabelos do coque encharcado e torto, envergonhada. — Era só... uma oportunidade tão boa! Eu tinha o solo de O *Lago dos Cisnes* nas mãos! O melhor solo de todos!

— Uau, parabéns!

— Eu tinha. Acho que não tenho mais... Treinei tanto pra isso! Tanto! Já dormi sem sentir os meus pés! Hoje era o primeiro ensaio e eu pirei na sala e sai correndo, e... olha meu estado. Sem ofensas, mas preferia ainda estar no auditório, mesmo com o professor se aproximando demais de mim.

— Não ouvi ofensa nenhuma, mas essa parte do professor é meio esquisita.

— Não faço ideia de por que surtei daquele jeito. Eu não conseguia respirar, queria vomitar e chorar, senti algo tão estranho! Tinha um bolo na garganta e na barriga, sabe? Como se nada nunca fosse dar certo! — Mila contou de uma vez, quase atropelando as palavras, falando pela primeira vez em voz alta sobre como se sentia. Era estranho se abrir assim para um desconhecido, mas também era como tirar um peso das costas. Ela nunca, jamais, fazia isso. Olhou para o rosto de Vitor, que parecia apreensivo e preocupado, e ficou envergonhada. — Me desculpa, pareço ridícula falando dos meus problemas assim. Você nem me conhece.

— Não é melhor desse jeito? Eu não sou ninguém, você não precisa se preocupar com o que vou pensar. Não que você precise se preocupar com o que qualquer pessoa pense...

Ele tinha razão. Mila olhou de volta para o garoto e viu que ele sorria tranquilamente, a água ainda escorrendo pelas bochechas sardentas. Dali de perto, sem a chuva, ela podia reparar em como seu rosto era de verdade. Vitor era exatamente o oposto dela, com tantas pintas e sardas que ela podia desenhar uma constelação inteira.

– Você quer conversar sobre o que sentiu?

– Não. Acho que não – Mila disse, cansada, tirando as botas de pano de dentro da bolsa de lona, que estava quase toda seca por estar fechada e ser impermeável. Clara sempre zombava da amiga por usar uma bolsa assim, mas no momento ela estava superagradecida por nunca ter cedido à pressão dos comentários.

– Então você pode tentar conversar com o professor amanhã. Se o solo é seu, é porque você tem o que ele procura na personagem. Certo?

– Hm... acho que sim – Mila respondeu sem encarar o garoto, tirando as sapatilhas de ponta para colocar o outro sapato. Vitor não queria encarar o pé de Mila, embora tivesse ficado um pouco assustado de ver tanto esparadrapo e vermelhidão.

– E você pode sempre colocar a culpa numa indigestão. Ele nunca vai saber, e não é como se a gente conseguisse controlar essas coisas. É totalmente plausível sair correndo nesses casos, experiência própria.

Uma luz se acendeu dentro dela. Ele tinha razão. Ela poderia sim tentar conversar com o professor. Não era nenhuma irresponsável! Tinham ensaiado por três horas e ela tinha se saído muito bem! Seu problema em um treino não precisava exatamente anular todo o resto, certo? Ela voltaria para o dormitório, tomaria um banho quente para não ficar doente e ensaiaria a noite toda a coreografia que ele tinha passado. Iria impressioná-lo no dia seguinte.

– Você é bem legal, obrigada por me ouvir – Mila falou, sentindo as bochechas ficarem subitamente vermelhas. Vitor sentiu o mesmo, fingindo uma tosse para esconder o sorriso idiota que apareceu em seu rosto.

– Então acho que seremos ótimos amigos – ele disse, olhando para a garota, que virou o rosto para encará-lo de volta. Sorriram juntos e um calor se espalhou entre eles, embora estivessem tremendo de frio.

– Acho que sim.

9
FOURFIVESECONDS
(RIHANNA, PAUL McCARTNEY & KANYE WEST)

— Mais uma noite sem dormir? — Clara perguntou assim que encontrou Mila no corredor, em frente à sala de Dança Contemporânea, a primeira aula do dia seguinte. Mila estava com os cabelos trançados, mas parecendo um zumbi no que dizia respeito ao seu jeito de andar e às suas olheiras.

— É tão obvio assim? — A garota bocejou, esfregando os olhos e sentindo todos os músculos doloridos. Clara negou, sorrindo.

Claro que não, você só está parecendo o feiticeiro de *O Lago dos Cisnes*! Acho que trocou de papel, certo?

Mila sorriu, roendo as unhas. Esse era o motivo da insônia, ela precisava encontrar logo o professor para se explicar sobre o dia anterior. Tinha passado parte da madrugada treinando em frente ao espelho e a outra parte rolando na cama sem conseguir fechar os olhos. Estava tão ansiosa que tinha roído as unhas quase inteiras, algo que não fazia desde os 13 anos. Clara encarou os dedos da amiga, que tinha pedaços de pele arrancados e filetes de sangue.

— Mila-chan, o que você fez? — Puxou as mãos de Mila, que fechou os olhos com força. As pessoas passavam por elas e as cumprimentavam, conversando e se aquecendo pelos corredores como se fosse mais um dia comum. Mila estava um pouco irritada porque ninguém parecia preocupado com a vida.

— Não é nada!

– Como não é nada? Isso definitivamente é alguma coisa. O que está acontecendo? – Clara diminuiu o tom de voz, franzindo a testa. Mila recuou um pouco, vendo a amiga se aproximar dela.
– Você quer conversar? Está com algum problema?
– Nenhum problema, deixa de bobeira. – Mila sorriu, dando de ombros. Debateu consigo mesma a possibilidade de gritar *EU NÃO AGUENTO MAIS ME SENTIR UMA PORCARIA DE PESSOA*, mas achou que assustaria Clara e não queria fazer algo assim sem necessidade. Não. Era só um momento ruim que logo passaria. Não precisava preocupar ninguém com nada disso, muito menos sua melhor amiga, a única melhor amiga que teve na vida. Queria poupá-la do drama.
– É a pressão toda, não é? Tenho certeza de que é! – Clara disse, mexendo a cabeça. O brinco de pingente que usava balançou junto com o rosto, parecendo um chicote, o que fez Mila perder um pouco a linha de raciocínio.
– Sim. Acho que sim. – Mila suspirou e logo sorriu novamente. – Mas está tudo bem, prometo! Não se preocupe!
– Você me contaria se estivesse em alguma fria, certo?
– Quem fala em "alguma fria" hoje em dia, Clara, por favor...
– Falou a garota que usa expressões de alguém com 90 anos! Você não pode me julgar, ô Mila.
– Não é julgamento, é uma crítica social.
– Não tem nada de social nisso.
– Você vai ter menos *vida social* se falar desse jeito – Mila rebateu sorrindo, caminhando para dentro da sala de Dança Contemporânea. Clara deu uma gargalhada, entrando na frente de algumas garotas como se elas estivessem no seu caminho, fazendo com que olhassem torto para trás.
– E você sabe alguma coisa sobre vida social, Mila-chan? Você nunca foi a uma festa!

Durante a aula, a professora passou uma coreografia contemporânea simples, mas delicada, para ser feita em duplas, cara a cara com uma garota que ela não fazia ideia do nome. Elas faziam os movimentos de braços juntas, giravam e precisavam se apoiar uma na outra, acompanhando uma música *new age* que era a cara do que uma das mães de Clara costumava ouvir. Toda a coreografia falava sobre segurança e confiança, mas Mila só conseguia pensar que estava no lugar errado. Tentou, de todas as formas, se concentrar naquele momento sem pensar em como e no que deveria falar para o professor Sergei mais tarde, o que era um saco. Nunca tinha sido muito boa em dança contemporânea, mas tinha certeza que naquele dia estava sendo incrivelmente pior. Quase pisou no próprio pé duas vezes, o que ela nem sabia que era possível. Ninguém tinha falado nada, mas Denise, a sua dupla, a elogiou no fim da aula. As pessoas podiam ser bem esquisitas. Se fosse aula de Balé Clássico, ela já teria levado várias chamadas.

– Vai querer comer algo no refeitório? – Clara perguntou assim que se encontraram no corredor. Mila olhou para o relógio do celular e fez uma careta.

– Faltam vinte minutos pra apresentação da Naomi, você não vem comigo?

– Meu Deus, verdade, sua irmã vai tocar, né? A gente nunca fala muito sobre ela! Porém orquestra é muito melhor do que comida...

– Não sei se você foi irônica, nunca sei, mas a gente vai! Eu acho que perdi pelo menos... todos os últimos concertos e recitais que ela fez, então preciso assistir ao de hoje. A *batchan* me fez prometer.

– Sua avó parece ser uma mulher incrível – Clara disse, tirando um pacote de biscoito integral da bolsa e dividindo com Mila enquanto caminhavam pelo corredor apinhado de gente.

– A mulher mais incrível que já conheci – Mila concordou, avaliando o biscoito e pensando em todas as calorias que poderia comer durante o dia. A balança não demonstrava nenhum ganho de peso e ela definitivamente não estava sentindo seu corpo diferente, mas continuava ouvindo a voz da professora de balé toda vez que ia comer alguma coisa. Decidiu enfiar o biscoito inteiro na boca porque estava morrendo de fome.

– Mas acho que a sua irmã não vai muito com a minha cara.

Mila encarou Clara e sorriu, lembrando logo depois que estava com a boca cheia. A amiga gargalhou, fazendo com que as pessoas olhassem para elas. Mila queria dizer que na verdade Naomi não gostava de ninguém, muito menos dela mesma. Sempre fora distante e solitária. Não que Mila fosse exatamente o oposto; as duas só não tinham muito o que conversar. A diferença de idade e de interesses também não ajudava muito, apesar de Naomi ter 17 anos e ter sido adiantada na escola porque era inteligente demais para sua turma. Na cabeça de Mila, Naomi era indiferente. Na cabeça de Naomi, Mila era sem graça.

Desceram as escadas do prédio de aulas enquanto Clara falava sobre algum remédio que prometia curar bolhas em 24 horas, quando Mila notou Vitor caminhando com os amigos na direção delas. Na mesma hora, nada do que Clara falava parecia ter sentido. Mila sentia como se estivesse em uma cena de filme, onde todo mundo à sua volta ficava em câmera lenta enquanto os olhares dos dois se encontravam – o que era bem ridículo, porque Mila não pensava em garotos dessa forma. *Não*, ela respirou fundo, *ele é só um amigo e é supernormal sentir o coração bater feliz por ver um amigo querido.* Vitor sorriu e piscou, fazendo Mila corar imediatamente. Continuaram andando até passarem lado a lado, e ela precisou se concentrar na amiga novamente para não olhar para trás – o que era romântico nos filmes, mas esquisito na vida real.

– Você viu quem passou pela gente? Era o tarado sem noção do outro dia! – Clara disse, rindo e cutucando Mila no ombro. A garota fez uma careta, como se não se importasse com a informação.

– Tenho certeza de que ele não é tarado, você precisa parar com isso.

– Tanto faz, protetora dos nerds estranhos. O cara é seu fã, você que lide com ele. Ei, lembra daquele garoto que toca trombone e que beija supermal?

Clara entrou em outro assunto como se fosse uma conversa natural e Mila apenas concordou, seguindo com a amiga para o auditório junto com outros alunos. Como sempre, não fazia ideia de quem era o garoto do trombone que beijava supermal, mas ouvia tudo o que Clara tinha para dizer.

Do outro lado, Vitor subia as escadas do prédio de aulas com os amigos e continuava olhando para trás sem querer, como um reflexo, convencido de que não era porque Mila tinha acabado de passar por ele.

— Cara, você vai com a gente pra cidade hoje? Fiz um som misturando Racionais com James Blake que vai fazer a galera surtar! Acho que você ia curtir muito.

— Não sei quem é James Blake.

— Por isso mesmo, cara, você precisa ir. E como assim não sabe quem é? — Sérgio falava sozinho e Vitor não estava prestando atenção, o que era uma vergonha para o seu lado musical e curioso. Queria ouvir o amigo, claro, ele era uma enciclopédia da boa música e do hip-hop, mas seus pensamentos estavam em Mila: ela era tão incrível que seu coração parecia parar de funcionar por alguns momentos. Era uma engrenagem com defeito. Lembrou-se do dia anterior e de como, de longe, a viu parada no meio da chuva, encolhida, como se seu corpo não tivesse mais vontade de viver. Vitor custou a acreditar que era mesmo Mila, porque ela parecia sempre tão cheia de vida! Lembrou-se de ter ficado parado no corredor externo com os livros nas mãos sem saber o que fazer para ajudá-la, até se lembrar que Sérgio tinha levado um guarda-chuva para o treino de orquestras, porque sempre acabava indo para a cidade depois. E correu de volta para o prédio de aulas com todas as forças que tinha sem nem pensar duas vezes. Tinha até tropeçado com a correria, e seu joelho ainda estava com um roxo bem grande. Vitor queria ser alguém que pudesse estar à disposição de Mila para o resto da vida, mesmo que fosse para segurar seu guarda-chuva enquanto estivesse chovendo. Esse era um pensamento de alguém sem amor próprio, mas, como ele imaginava, romântico. Mal sabia ele que isso quase sempre significava a mesma coisa.

♫

Mila e Clara sentaram no auditório esperando o recital de Naomi começar. Clara estava entretida em alguma conversa pelo celular, provavelmente com Edward Cullen, enquanto Mila não conseguia parar de pensar em tudo o que deveria falar para o professor, com medo de não ter mais seu lugar na apresentação do meio do ano. O medo de ter perdido uma grande chance estava tomando sua cabeça. Tinha sido boba e nem sabia o motivo.

Perdida em pensamentos e completamente exausta, Mila quase dormiu esperando o recital começar, e levou o maior susto quando os alunos começaram a entrar no palco sob o som de poucos aplausos. O auditório não era muito grande, então conseguia ver claramente a irmã ao lado de outros contrabaixos, do lado direito do maestro, que já estava de costas para o público. Naomi era muito pequena e magrinha, tinha os cabelos muito escuros, como os de Mila, porém cortados rente às orelhas. Usava enormes óculos de grau, que davam a ela um ar de personagem de desenho animado, além do arco de orelhas de coelho que fazia Mila revirar os olhos. Ela sempre usava esse tipo de coisa, sem se importar com o que as pessoas iriam falar. No fundo, Mila sabia que esse jeito dela era algo incrível e louvável, mas ao mesmo tempo achava que a irmã estava pagando o maior mico.

– Esse maestro é muito gatinho – Clara sussurrou enquanto a orquestra se preparava para começar. Mila sorriu, se endireitando na cadeira para prestar mais atenção. Amava orquestras! Observava cada instrumento, que tinha seu lugar fixo em uma disposição pensada para a melhor organização do maestro e da acústica. Observava cada uma das pessoas que revisava as partituras e sorria, prestes a começar algo tão incrível que tocaria o coração de muitos. Havia flautas, fagotes, violinos, trompas, tubas, violoncelos e os contrabaixos.

– Mal consigo ver a Naomi com esse instrumento gigantesco na frente dela! Por que ela não escolheu tocar flauta? – Mila comentou, ainda olhando para o palco, ouvindo Clara rir baixinho.

– Nem sei como ela consegue carregar isso por aí...

Mila continuava prestando atenção na irmã e nos alunos em volta, notando que Naomi estava concentrada na partitura e não sorria para ninguém. Sua irmã sempre fora uma garota bem séria e focada, o que não combinava com as roupas divertidas que usava no dia a dia. Com certeza enganava várias pessoas que tentavam aproximação, só para receber dela uma enxurrada de descaso. Enquanto puxava o cclular para enviar uma foto da orquestra para sua avó, Mila ouviu o garoto ao seu lado dando uma risadinha irônica, daquele tipo que é seguida de algum comentário maldoso. Era sempre assim. Tentou ignorar o papo, mas no fundo era bem curiosa.

– Esse maestro não é aquele cara que ficou com a Joyce na festa de ontem?

– Não, mas é muito parecido com ele. Você consegue ver o Thiago daqui? Está atrás dos violoncelos!

– Onde?

– Do lado daquela japa com orelhas de coelho. Meu Deus, o que é aquilo?

– Que garota esquisita!

– Achei que japonesas eram boas em outras coisas e não em música clássica, se é que me entende! – disse o garoto ao lado de Mila, rindo.

– Que horror, cara. Ela tem a maior cara de boneca de porcelana, tipo aquele filme da gueixa...

– Eu quis dizer matemática, seu ridículo. Você só pensa nessas coisas, hein?

Os dois riram, mudando o rumo da conversa para o pobre amigo Thiago, que tinha sido sacaneado. Mila ainda estava segurando o celular apontado para o palco, sem abrir a câmera. Franziu a testa sentindo as narinas inflarem de raiva. Aquilo não estava certo. A orquestra começou a tocar e ela só conseguia pensar que deveria virar a mão na cara dos garotos ao lado. Essa vontade era nova para ela. Normalmente, detestava qualquer tipo de confronto.

Era a primeira vez que ouvia alguém comentar algo assim sobre sua irmã. Sempre vinha dela ridicularizar o jeito que Naomi se vestia e as péssimas escolhas para a armação dos óculos, mas nunca de outra pessoa. Aquilo tinha despertado algo que Mila nem sabia que existia. E não era só sobre sua irmã: eles tinham generalizado sua ascendência inteira de uma forma nojenta e pejorativa. Mila ouvia aos montes esses comentários sobre ser japonesa e ser boa em matemática. Sobre ter cara de boneca, já havia ouvido antes, mas, sinceramente, tinha ignorado porque não sabia se aquilo era algo bom ou ruim. Dessa vez, estava furiosa. Percebeu que tinha passado a vida toda achando que esse tipo de generalização era bobeira, que não importava e que eram comentários indefesos. Naquele momento, porém, só queria ter coragem de fazer alguma coisa.

Mal se concentrou no recital. Estava com raiva e muito nervosa porque sabia que não seria capaz de fazer nada. Era covarde, no fim das contas, e as pessoas eram ruins e sairiam impunes, o que era muito injusto. Roía a pele em volta das unhas sentindo uma ansiedade tão grande que, assim que a orquestra acabou e todos bateram palmas, ela se levantou e se colocou na frente do garoto que estava sentado ao lado dela, sem a mínima ideia do que iria fazer. Não era de ceder a qualquer tipo de impulso. O garoto não entendeu nada e pediu para que ela saísse da frente. Mila respirou fundo, esperando alguns segundos para começar a falar, com os lábios tremendo. Ela precisava dizer alguma coisa, mas por que sentia como se tudo estivesse tremendo? Estava com medo do quê?

– Ouvi vocês falando sobre a garota da orquestra. O nome dela é Naomi.

– E daí? – o garoto perguntou, cruzando os braços. Clara estava de pé, vendo as pessoas saírem do auditório, sem entender o que Mila estava fazendo. Chamou a amiga e ela não deu a menor bola. Não era comum que ela simplesmente parasse para falar com pessoas que não conhecia, algo estava errado.

– E daí que... você generalizou. Falando sobre... ser japonesa e gueixa? Isso não é certo. Você ao menos sabe o que é isso?

– Ah... – O garoto riu debochado, encostando o dedo em seu queixo. Mila abriu os olhos nervosa, se afastando. – Você quer provar de alguma forma que estou errado?

– Não. Você é nojento, não encosta em mim! Só achei que gostaria de saber que não está certo. Você não pode julgar ninguém por conta da etnia ou descendência. A minha personalidade ou a da minha irmã não é definida por isso. A de ninguém é.

– Nem prestei atenção no que você disse, gata. Só está me fazendo perder tempo.

Antes que Mila pudesse responder, Clara encostou ao seu lado, apertando a amiga na fileira de cadeiras, e jogou o resto de água da sua garrafa na calça bege do garoto. Ele ficou todo ensopado na virilha, pingando de tal forma que parecia ter feito xixi na calça. Bem como nos filmes adolescentes que elas viam.

– Ei, você é maluca!? – ele berrou, chamando o amigo que estava logo atrás. Clara mostrou o dedo do meio e puxou Mila pelo braço para fora do auditório.

– Você não devia ter feito isso – Mila disse à amiga assim que pararam em frente à escada, com outros alunos passando entre elas. Clara deu de ombros.

– Adorei você ter falado o que estava pensando, Mila-chan, mas acha mesmo que ele ia agradecer e perceber que estava errado? Os caras não fazem isso. Ainda mais quando é uma garota que corrige o erro deles.

– Achei que... ele poderia aprender alguma coisa. Não sei. Nem falei o que estava pensando, na verdade! – Ela fez cara de brava, franzindo a testa e pensando na injustiça com Naomi, que nem estava ali para se defender.

– Uhhh... você queria xingar, não é? Queria bater nele? CAMILA TAKAHASHI QUERIA BATER EM ALGUÉM?

– Preciso ir para o treino! – Mila bufou, soltando os cabelos da trança e prendendo-os em um coque alto. Clara balançou a cabeça.

– Fala pra mim, não é justo simplesmente ir embora assim! Peraí que vou pegar minha câmera...

– A raiva já passou, obrigada por me defender! Você é tipo meu príncipe encantado. Deveriam escrever livros sobre você.

– Isso é tão injusto! Só um palavrão!

– Te vejo mais tarde! – Mila sorriu, apertando a mão da amiga de forma carinhosa e correndo escada abaixo na direção do prédio de aulas. Sentia-se um pouco melhor, mas precisava se concentrar no que tinha a fazer. Precisava lutar pelo seu solo, por mais que esse pensamento a deixasse prestes a ter outro ataque de ansiedade. Estava virando um disco arranhado, tinha plena noção disso.

Ficou parada no corredor por um tempo, torcendo as mãos, até decidir entrar na sala de treino e pôr logo um fim em toda aquela agonia. Deu de cara com o professor Sergei ensaiando o Porta, o garoto que faria o solo do feiticeiro, com um pianista no canto tocando Tchaikovsky. Ela entrou devagar, sem chamar muita atenção, e se encostou na lateral da sala, observando o treino do outro enquanto mexia o tornozelo, que teimava em doer. Porta era grande e alto, um pouco intimidador, mas provavelmente perfeito para o papel do vilão. Nunca tinha pensando em como ele sabia dançar tão bem e, por alguns segundos, gostaria de ter prestado atenção para ao menos saber o nome verdadeiro dele.

– Vitor, estamos com essa parte fechada. Por hoje é só, amanhã quero ver mais expressão. Você é basicamente um gigante com cara de criança, precisamos mudar isso.

Vitor? Ah, não, ele tinha o mesmo nome do garoto do origami – o que, de uma forma esquisita, fez Mila sorrir. Acompanhou o Porta com os olhos, como ainda preferia chamá-lo, até ele sair da sala de cara fechada, encarando o professor que estava de braços cruzados e olhava para ela. Ok, havia chegado a hora. Tinha passado a noite preparando um discurso sobre dor de barriga, embora soasse bem ridículo em voz alta, e talvez um pouco vergonhoso. Mordeu os lábios e se aproximou dele, ciente de que o pianista estava prestando atenção e de que ele seria mais alguém que saberia sobre seu problema de saúde inventado.

– Sabe que o que fez ontem foi falta de responsabilidade, certo? Não vou tolerar isso – o professor disse, de repente, fazendo com que ela prendesse a respiração. Era isso, estava tudo acabado.

– Desculpe. – Mila mordeu os lábios sem saber o que dizer. Poderia implorar e pedir perdão? O que deveria fazer ou falar? – Realmente quero esse papel, eu mereço e...

– Vamos lá, do começo. Espero que tenha acertado aquela perna. Não quero ver expressão de pobre coitada em momento nenhum sem necessidade. Precisa se aquecer?

Mila arregalou os olhos e fez um barulho estranho com a boca. Encarou o professor, que caminhava em direção ao piano, de costas para ela.

– Faço isso em um minuto! – disse animada, sentindo a eletricidade correr pelo seu corpo enquanto largava as coisas na lateral da sala e trocava suas botas pelas sapatilhas. Então não tinha perdido seu solo. Tinha criado um monte de cenários na cabeça e nada tinha acontecido. Ainda era Odette e Odile! Era só isso que importava.

> Now I know that you're up tonight
> Thinkin' how could I be so reckless
> But I just can't apologize
> I hope you can understand, yeah
>
> (Agora eu sei que você está acordado essa noite
> Pensando em como eu pude ser tão irresponsável
> Mas eu apenas não posso me desculpar
> Espero que possa entender, yeah)

10
N. 1, IN G MAJOR III. ADAGIO
(HÄNDEL)

Mila encarava o espelho do seu quarto, vestindo apenas suas roupas íntimas e as sapatilhas de ponta. Precisava revezá-las mais com as outras que tinha porque essa estava começando a abrir na lateral, embora ela achasse que ficavam mais bonitas e com mais personalidade desse jeito. Abriu os braços, esticando o corpo e fazendo movimentos simples enquanto seguia a música de Händel no celular. Na sua cabeça, ouvia a voz do professor de História da Arte contar que Händel era *um músico difícil de incluir dentro de uma só definição, ou mesmo dentro de várias.* Encarou o próprio reflexo, respirando fundo e fazendo uma careta. Queria ser esse tipo de artista que ninguém consegue definir o que faz, mas cuja arte todos são capazes de sentir profundamente, reverberando pelo corpo inteiro. Queria ser alguém que reverbera, que as pessoas olham e sentem na ponta dos dedos, nos fios de cabelo e não conseguem explicar com palavras.

Com isso em mente, voltou a dançar, analisando todos seus movimentos e passos, colocando cada trecho da música em seu corpo. Por algum motivo não estava conseguindo se envolver tanto quanto queria com a dança, o que era frustrante. Era muito frustrante, na verdade. Repetiu os mesmos movimentos algumas vezes, até ouvir o barulho alto demais do oboé de Valéria e cair da ponta das sapatilhas, franzindo a testa. Era sempre assim! Que horas eram? Sua *roommate* não dormia?

Ok, quem era ela pra falar alguma coisa?

Puxou o celular, ainda tocando Händel, e viu que Clara estava online. Sentou com as pernas cruzadas na cama, ouvindo o oboé de Valéria ecoar pelas paredes, e enviou uma mensagem para a amiga.

> *Mila Takahashi:* O que você tá fazendo acordada a essa hora?
> 02:45

> *Clara Benassi:* ESTOU ENTEDIADAAAAAA
> 02:46

> *Clara Benassi:* ACHO QUE VOU MORRER DE TÉDIO
> 02:46

> *Clara Benassi:* ISSO É POSSÍVEL?
> 02:46

> *Mila Takahashi:* Por que tá escrevendo em capslock igual minha mãe?
> 02:47

> *Clara Benassi:* Pra demonstrar o tamanho do meu tédio. E A INTENCIDADE. GOSTO DE INTENCIDADE.
> 02:48

> *Mila Takahashi:* Tenho certeza que INTENSIDADE se escreve com S e não com C.
> 02:49

> *Clara Benassi:* Vou te bloquear.
> 02:50

> *Clara Benassi:* Mentira, amiga, te amo...
> 02:50

> *Clara Benassi:* Quer passear escondida pelo conservatório? Quem sabe ver o sol nascer no campo de golfe?
> 02:50

> *Mila Takahashi:* Tem um campo de golfe??????
> 02:51

> *Clara Benassi:* Deve ter...
> 02:52

> *Clara Benassi:* Mas o que VOCÊ tá fazendo acordada? Não tem academia de manhã?
> 02:53

> *Mila Takahashi:* Estou ouvindo um solo de oboé ao vivo.
> 02:54

> *Clara Benassi:* Parece divertido. 02:54

> *Mila Takahashi:* Parece o inferno. 02:55

Valéria parou de tocar por alguns minutos e Mila cogitou voltar para o espelho para dançar. Ouviu sua barriga reclamar de fome e tirou as sapatilhas, esperando Clara falar alguma coisa no chat. Mexeu nos dedos calejados e machucados, com bolhas e unhas quebradas, massageando de leve o pé. Iria tomar um banho bem quente para aliviar um pouco as dores e, quem sabe, conseguiria dormir. Os últimos dias haviam sido extremamente estressantes e tinham feito com que explodisse de ansiedade. Agora, só precisava ser ela mesma que tudo daria certo.

> *Clara Benassi:* Desculpa a demora, minhas mães estavam brigando no grupo da família porque meu tio preconceituoso mandou corrente a favor daquele político supermala e nazista. O que perdi do inferno de oboé? 03:10

> *Mila Takahashi:* Nada, acho que ela cansou. 03:11

> *Mila Takahashi:* Seu tio mala é aquele que mora em Teresina? 03:11

> *Clara Benassi:* Não, esse é outro. Também é mala. O da vez mora lá em Manaus, com o resto da família da mulher dele. 03:12

> *Mila Takahashi:* E suas mães estão bem? Manda beijo pras duas!!!! 03:13

> *Clara Benassi:* Estão furiosas, mas a Mãe está bem pior porque é, tipo, o irmão dela. Ninguém quer ter um irmão mala. 03:14

> *Mila Takahashi:* Faz sentido. 03:14

Era a primeira vez na vida que Mila tinha uma melhor amiga. Era a primeira vez na vida que podia conversar por horas por mensagem, mesmo sabendo que encontraria com ela dali algumas horas. Podiam falar sobre qualquer coisa! Até a cor do céu rendia assunto. Era fácil para as duas conversarem, assim como era bom também só ficar lado a lado, sem nada para fazer. E era a primeira vez que Mila tinha alguém assim, que se interessava por ela. Clara era a melhor amiga que ela poderia ter pedido ao universo.

Antes de conhecer Clara, Mila tinha algumas ideias erradas sobre a vida. Tinha sido criada de uma forma mais radical, em uma família cheia de velhos conceitos e pensamentos retrógrados, e muitas coisas que ela via e presenciava agora, morando fora de casa, eram totalmente novas e diferentes. Algumas eram até assustadoras. Seus pais não tinham culpa, claro, tinham crescido em outra época e nada era como nos dias de hoje. Mas ela e Naomi eram de uma geração diferente e, depois de crescidas, sentiam como a criação delas acabava refletindo muito em quem elas eram. Pelo menos Mila tinha muita noção disso. Era um clichê de romance ambulante: nunca tinha saído para um bar, ido a uma festa, beijado na boca, ido a um show sem ser de música clássica e nem visto uma drag queen ao vivo, por exemplo. Mas, depois que conheceu Clara, viu que tudo isso era normal na vida de muita gente.

Clara tinha duas mães, que a amavam muito e que faziam de tudo por ela. Mila as conheceu no último semestre, quando as duas foram até Margareth Vilela para assistir a um recital da filha. Eram lindas, felizes e tratavam Clara exatamente como qualquer outra família, o que, na época, foi algo totalmente diferente do que Mila imaginava. Não mais.

Estava deitada de sutiã e calcinha na cama, olhando para o teto e segurando o celular enquanto Clara enviava milhares de mensagens falando sobre Edward Cullen, vulgo Yuri, dando mais detalhes do que Mila queria saber. Ela não queria ler sobre o tanquinho esculpido com qualquer tipo de pedra que Clara não sabia escrever o nome, muito menos sobre como ele era sem roupa.

Era o tipo de coisa que Mila tentava não pensar porque afastava da sua cabeça o que realmente era importante: seu trabalho, sua dança, seu próprio corpo.

> *Mila Takahashi:* **NÃO QUERO SABER TAMANHO DE NADA, VAMOS PARAR ESSA CONVERSA!** 03:25

> *Clara Benassi:* **Mila-chan, você é muito radical...** 03:26

> *Clara Benassi:* **Sua vida não vai mudar de repente se você ficar sabendo dessas coisas.** 03:26

> *Clara Benassi:* **E eu juro que sua perna não vai cair se você der alguns beijos.** 03:26

> *Clara Benassi:* **Ou muitos.** 03:26

> *Mila Takahashi:* **Não quero beijos, quero aplausos...** 03:27

> *Clara Benassi:* **É isso que você quer escrito na sua lápide? Não foi assim que eu te criei.** 03:28

> *Mila Takahashi:* **Quero minha lápide feita de dinheiro, não sei se você sabe.** 03:29

> *Clara Benassi:* **MILA, VAI DORMIR!.** 03:30

Mila gargalhou, olhando novamente para o teto. O barulho do oboé recomeçou e ela bufou, levantando da cama e se despedindo de Clara, porque realmente precisava de um banho. Tentaria dormir. Tinha que focar nos próximos ensaios de *O Lago dos Cisnes*, embora seu *fouetté* ainda não estivesse totalmente bom. Droga, isso a manteria acordada por algum tempo ainda, mesmo deitada e pronta para sonhar com cisnes.

Já de manhã, encarou seu corpo cansado e suado em um espelho lateral da academia. Uma garota ao seu lado tirava fotos e fazia poses. Ela se afastou para não atrapalhar ou aparecer sem querer, mas não pôde deixar de comparar as pernas da garota com as suas, que eram musculosas e torneadas. Sabia que era por conta de todos os anos de treino e exercícios físicos, que muitas bailarinas da sua idade tinham pernas maiores para aguentar as horas de treino, mas no fundo só queria se sentir leve como achava que a garota da academia deveria se sentir. Esse também era mais um daqueles pensamentos nocivos que ela não fazia ideia de como começavam e nem de como pará-los.

Saiu da academia e atravessou um dos jardins do conservatório, puxando uma banana de dentro da bolsa de lona. Comia frutas regularmente, como o nutricionista mandava, embora trapaceasse às vezes fingindo para si mesma que tinha comido, quando na verdade não tinha. Mila sabia que estava sendo irresponsável, mas quando se dava conta, já tinha feito algo assim e já estava sem comer nada a horas.

Na entrada do prédio de dormitórios, enquanto caminhava para o seu quarto a fim de tomar um banho rápido, encontrou Naomi, sua irmã, saindo do elevador. Ela carregava seu enorme violoncelo, que realmente era quase duas vezes o seu tamanho, e usava uma touca da Hello Kitty.

– Não sabia que você levantava tão cedo – Mila comentou sorrindo, segurando a casca de banana nas mãos. Naomi encarou a irmã mais velha e deu de ombros, ligeiramente encurvada pelo peso do instrumento nas costas.

– Não sabia que você comia.

– Muito engraçada. – Mila mostrou a língua, vendo os cantos da boca de Naomi se levantarem discretamente. – Você já resolveu os problemas com sua *roommate*? Mamãe disse que pode falar com a coordenação pra te trocar de quarto se quiser.

– Não ligo, não me incomoda mais. Quando ela toca qualquer tipo de música esquisita mais alto, bato tanto na parede que tenho certeza de que ela sente o chão tremer. Sempre funciona.

Mila mordeu os lábios, espantada com a resposta da irmã, quando Kim Pak passou por elas, saindo do outro elevador, usando óculos escuros. Ele encarou as duas rapidamente e acenou. Mila não sabia se era para ela, apesar dos dois já terem trabalhado juntos, mas percebeu que estava em alguma galáxia distante quando Naomi acenou de volta, revirando os olhos de forma dramática.

– Da próxima vez vou usar a sua toalha como pano de chão! – ele gritou para ela, andando para fora do prédio em direção aos jardins. Mila arregalou os olhos e encarou a irmã, cruzando os braços, completamente apavorada com essa interação.

– Detesto esse cara! – Naomi reclamou, como se fosse algo normal e casual ela estar falando sobre toalhas com o futuro dono do conservatório, o pianista mais famoso da idade delas, com o cara que tinha fã-clubes e pôsteres seus pregados nas paredes.

– Você conhece o Kim? Em que planeta estamos?

– Ele é namorado da minha *roommate* e não sai do nosso dormitório. Os jovens de hoje, com essa necessidade de ficarem grudados o dia inteiro, são nojentos. – Naomi balançou a cabeça fazendo Mila rir com seu tom reprovador, embora ela ainda estivesse impressionada com a quantidade de informações valiosas para Clara que tinha recebido no último minuto. – Vou para a aula. A *batchan* enviou *motis* pra mim, vou deixar alguns no seu quarto mais tarde. Se você quiser comer, né?

Naomi saiu andando para o prédio de aulas e Mila respirou fundo, seguindo para o elevador. Parada, esperando chegar em seu andar, começou a roer o resto das unhas pensando nas aulas e no treino do dia. Sabia que estava indo bem nos ensaios, mas também sabia que era seguida de perto pela sua substituta, Raquel. O ensaio do dia seria com ela, o que deixava Mila mais insegura e ansiosa do que esperava ficar.

Nunca tivera tantos problemas com insegurança antes. Sempre se achou o suficiente e capaz, embora, claro, tivesse seus dias ruins. Quem não tinha? Na escola, era sempre a garota mais magrela da turma, a "tábua", a "girafa", e sendo japonesa, os comentários não eram muito criativos. Como toda bailarina, tinha uma grande preocupação com o corpo, mas raramente havia chegado a pensar que não era bonita o bastante ou que precisava de algo mais para se sentir bem. Então aquele sentimento de insegurança era quase uma novidade. Ela sabia que era boa, mas e se Raquel fosse ainda melhor?

Entrou no dormitório, correu para o quarto e tirou a roupa rapidamente. Não tinha tanto tempo até a próxima aula de Rítmica, então precisava tomar um banho rápido. Só de sutiã e calcinha,

encarou seu reflexo no espelho desanimada, porque estava se sentindo feia. Que droga. O cabelo estava esquisito, as olheiras proeminentes, os braços não pareciam longos o suficiente e as pernas musculosas não passavam exatamente a leveza que ela tinha em mente. Nada naquele dia estava certo.
    O que poderia fazer?
    Caminhou até o banheiro e, antes de entrar no chuveiro, encarou o vaso sanitário. Ficou parada em frente a ele, com as pernas tremendo de ansiedade, enquanto mordia os lábios e pensava na garota que tinha ouvido vomitar alguns dias atrás. Sabia que não era bom para a saúde, que poderia desencadear um distúrbio alimentar grave e que não era exatamente a decisão certa. Mesmo assim, ajoelhou em frente ao vaso sanitário e pensou. Ficou alguns minutos encarando a água parada na louça, respirando fundo e avaliando todos os seus pensamentos. Em certo momento, esqueceu o que estava fazendo ali.
    Se colocasse tudo para fora, talvez pudesse comer mais. Talvez pudesse enganar seu cérebro sobre estar satisfeita. Talvez pudesse enganar sua professora. Enganar sua própria autoestima, ou a falta dela.
    Respirou fundo e se levantou, fechando o vaso sanitário e ligando o chuveiro. Tinha usado tanto a palavra enganar em sua cabeça que aquilo definitivamente não poderia dar certo. Teria que pensar em outra alternativa.

    Clara caminhava pelo jardim entre os prédios usando um chapéu enorme, sendo seguida por Mila, no meio da tarde. Um sol muito gostoso tinha aparecido e elas decidiram passar alguns minutos na grama. Com tantos treinos e ensaios, fora as aulas, era difícil ter algum momento tranquilo por ali, e Clara havia convencido Mila de que aquela seria uma boa ideia. Só precisavam relaxar para repor as energias.
    – Só acho que o sol está forte demais, não tenho protetor solar! – Mila disse, amarrando os cabelos compridos por conta

do calor. Qualquer caminhada fora das salas com ar-condicionado já a deixava suando em bicas. Fez careta pensando em tirar a camiseta e ficar só de collant, e aí ouviu o som lindo de um violino em meio a vários outros instrumentos. Mila parou de caminhar e olhou para os lados, tentando encontrar quem tocava Vivaldi e alegrava tanto o seu coração. As pessoas passavam por ela abrindo espaço, já que ela realmente estava no meio do caminho e atrapalhava bastante a movimentação. Clara parou onde estava e caminhou de volta até a amiga, abanando o pescoço com as mãos de forma dramática.

– Não começa com isso de escutar instrumentos que não existem no meio do barulho! A gente vai perder os bons lugares no gramado!

– Você realmente não sabe aproveitar as coisas boas do mundo.

– Sei sim. E tenho novidades quanto a isso. Coisas boas de verdade, e não instrumentos que só existem na sua cabeça.

Mila arregalou os olhos e encarou Clara, que saiu andando de volta para o caminho inicial. Apressou o passo até chegar perto da amiga, ignorando o violino de que gostava tanto. Se isso não era sinal de amizade, não sabia o que era.

– E aí? Qual é a novidade da vez? – Mila perguntou vendo Clara estender uma toalha amarela no gramado assim que chegaram em um espaço vazio, onde estudantes não estavam agrupados tocando instrumentos ou em turmas apenas tomando sol. Aquilo era estranho para Mila, embora parecesse um pouco com as pessoas que iam ao Parque Ibirapuera, em São Paulo, para fazer piquenique com os amigos. Ela não saberia dizer exatamente, nunca tinha feito nada disso.

Estendeu sua própria toalha e imitou quando Clara se deitou, puxando a camiseta para cima e deixando a barriga à mostra. Mila ficou com o collant e a calça de malha, tampando o rosto com a camiseta antes de cutucar a amiga para cobrar a fofoca dita pela metade. Odiava todo o drama que Clara fazia antes de contar alguma coisa importante.

– Gostaria de informar que agora tenho um namorado. Real oficial.

– Quê? – Mila disse quase gritando, sentando-se sobre a toalha.

Algumas pessoas encararam as duas, mas ela não estava nem aí. *Como assim, namorado?*

– Você acredita em um mundo onde Clara Benassi não é solteira?

– Não mesmo! – Mila cruzou as pernas, vendo a amiga tirar os óculos escuros de dentro da bolsa. Ela parecia uma artista famosa toda vez que o usava em público. – Quem é? O Edward Cullen?

– Quem? – Clara franziu a testa e riu. – Ah, o Yuri! Sim. Claro. Quem mais seria?

– Bom, tem o...

– Claro que é ele. E foi incrível, tipo pedido de cinema. Estávamos pelados no quarto e ele queria beber alguma coisa, daí... Bom, no fim das contas ele perguntou se seria legal e eu disse que sim e foi isso. Romântico que só.

Mila fez um barulho com a boca porque aquilo não parecia nada romântico, mas decidiu não falar nada. Cutucou a amiga e a parabenizou, porque era um sinal de muita maturidade da parte dela. Não tinha imaginado Clara namorando ninguém até pelo menos os 30 anos de idade, então a surpresa foi genuína.

– Você sabe que agora só pode beijar a boca dele, né? – Mila riu, voltando a se deitar ao lado da amiga. O sol estava gostoso e quente, e ela pensou seriamente em tirar um cochilo.

– Quem disse? – Clara perguntou, fazendo as duas rirem alto.

Ficaram em silêncio e Mila passou a prestar atenção nas pessoas que estavam em volta delas. Um grupo de garotas tocava instrumentos de sopro em uma roda, enquanto riam e conversavam. Todas elas usavam vestidos coloridos esvoaçantes com cara de verão e todas eram loiras. Mila não entendia onde o conservatório achava tantas pessoas loiras assim. Um pouco mais distante, um casal de garotos estava de mãos dadas. Sentiu seu coração aquecer pensando em como eles se gostavam, porque olhavam muito um para o outro, sorrindo e conversando. Era como uma cena de livro. Aquilo sim era romântico, precisava mostrar para Clara.

Virou-se para chamar a atenção da amiga e sentiu o estômago reclamar alto de fome. Clara se sentou e abaixou os óculos de forma dramática.

– Ok, agora chega. Você comeu hoje? Estou preocupada contigo. Não queria dizer nada, porque você nunca quer conversar sobre o assunto, mas...

– Eu comi sim. Não se preocupe. Acho que foi alguma reação involuntária, sei lá. – Mila colocou a mão na barriga sem querer admitir que estava faminta, pois, se pudesse, comeria um boi inteiro. – Eu tô falando sério, não me olha com essa cara.

– Eu não acredito em você. Acho que não quer conversar.

– Eu realmente não quero. Mas não tenho nada pra falar.

– Você sabe que pode sempre contar comigo, certo?

Mila sabia, claro. Ela tinha certeza de que, se contasse o que estava sentido para Clara, a amiga daria ótimos conselhos (além de uma bronca) e ficaria do lado dela. Mas não, ela não podia envolver sua melhor amiga nisso. Não queria ser um peso na vida de ninguém, muito menos na de quem sempre estava com ela. Quando pensava em contar alguma coisa, sentia esse nó na garganta como se seus sentimentos não importassem, como se fosse tudo um drama que logo iria passar. Ela precisava lidar com isso sozinha.

– Acabei de lembrar de algo mais importante do que sua preocupação sem fundamento! – Mila disse sorrindo de repente, arrumando um jeito de mudar de assunto. – Sabe quem conhece a minha irmã porque usa as toalhas dela como pano de chão? Isso mesmo, Kim Pak.

– MENTIRA, ME CONTA TUDO!

11
BAD GIRL GOOD GIRL
(MISS A)

Mila demorou para sair da sala de Balé Clássico porque estava decidida a melhorar um dos movimentos que a professora tinha passado naquele dia. Encarava o espelho, ajustando o corpo e levantando uma das pernas lentamente, mantendo-a o mais reto possível. Repetiu o movimento algumas vezes enquanto via o resto dos alunos deixar a sala, embora a professora ainda tivesse ficado conversando com um garoto. Alguns minutos depois eles também saíram, e Mila se viu sozinha.

A sala de aula era gigantesca, mas ela não se importava de estar ali no meio, um pontinho de saia rosa refletido em todos os espelhos. Ajustou a posição e, com a música ainda tocando no sistema de som, repetiu o movimento por muitos outros minutos.

Prestava atenção em cada ângulo do seu próprio corpo. Sabia que estava indo muito bem nos ensaios para *O Lago dos Cisnes*, mas não estava completamente satisfeita: sua Odile ainda não era tão boa quanto sua Odette. Também sabia que os ensaios ficariam mais difíceis e frequentes a partir do próximo mês, e esse pensamento deixava sua barriga dolorida e fazia as palmas das mãos suarem. Não tinha por que se sentir assim. Respirou fundo e voltou a repetir os movimentos, até que a porta da sala se abriu e um grupo de garotas entrou, conversando. Elas riam juntas e pararam de frente para Mila quando a viram ali.

– Desculpe! A gente não sabia que a aula ainda não tinha acabado — uma delas disse, genuinamente envergonhada. Mila parou o movimento, respirando de forma pesada pelo cansaço, e sorriu de volta para elas.

– Sem problemas! Não se preocupem. Já estou de saída.

– Não, imagina! Fique à vontade. Você é incrível, a gente adora seu trabalho! – Outra garota falou, levantando o polegar e empurrando as amigas para fora da sala. Mila não teve tempo de responder; elas já tinham fechado a porta de forma silenciosa, como se estivessem atrapalhando algo muito sério, ou como se tivessem participado de algo muito secreto.

Mila encarou seu reflexo novamente e balançou a cabeça. Realmente não fazia ideia do motivo de garotas como aquelas terem vergonha de falar com ela. Elas deviam ter praticamente a sua idade! Será que era por causa do solo de O Lago dos Cisnes? Mas não fazia sentido. Desde que entrara na Academia Margareth Vilela, as pessoas a tratavam daquele jeito, como se ela fosse... popular. Balançou a cabeça e encarou o relógio na parede da sala. Precisava ir para o treino do balé porque mais tarde sua turma participaria de uma sessão de fotos para o Conservatório e já estava com vergonha antecipada de precisar posar para um fotógrafo. Nunca tinha feito um *photoshoot* antes.

Pegou sua bolsa de lona, trocou a sapatilha pela bota e caminhou lentamente para o pequeno auditório onde encontraria o professor Sergei. No caminho, colocou sua playlist de O Lago dos Cisnes para tocar, o que sempre a deixava com vontade de saltitar pelo corredor e fazer pequenas piruetas.

Mila precisava admitir que sempre achou estranho que algumas pessoas a cumprimentassem enquanto passava nos corredores do conservatório. Era sempre muito esquisito. Não conhecia mais da metade das pessoas que levantavam a mão, que sorriam pra ela ou que acenavam energicamente, como se tivessem marcado de se encontrar. Ela sempre retribuía ou sorria de volta de forma envergonhada, embora várias vezes tivesse olhado para trás para garantir que era mesmo com ela. Provavelmente já tinha ignorado muita gente porque não fazia ideia se ela era o alvo do cumprimento.

Será que esse era um dos motivos de pessoas como Laura acharem que Mila era metida?

Pensava sobre isso e fazia movimentos leves com as mãos enquanto saía do prédio de aulas. Foi quando viu Edward Cullen caminhando em sua direção com fones de ouvido, absorto em pensamentos. Não sabia se deveria cumprimentá-lo porque, afinal, eles nunca haviam sido oficialmente apresentados. Mas ele era namorado de Clara, certo? Poderiam acenar um para o outro como se fossem conhecidos. Era socialmente permitido.

Assim que ele entrou na frente para cruzar as escadas do prédio de aulas, Mila levantou a mão e sorriu, imaginando todas as cenas de *Crepúsculo* em que isso não dava certo. Infelizmente, como a vida imitava a arte, Edward Cullen sequer levantou os olhos e passou direto, como se Mila não existisse. Ela era, oficialmente, uma moradora ignorada de Forks.

Era melhor parar com as referências.

Abriu a boca, indignada com a cara de pau do garoto de ignorar a existência dela. Custava acenar de volta? Custava sorrir? Ela tinha aberto uma conexão, um canal entre eles! Mas aquilo nunca mais aconteceria. Nunca mais.

Se fosse um livro juvenil, como *Crepúsculo*, ela tinha certeza de que ele seria considerado o mocinho distraído e de personalidade forte. Ele era oficialmente um babaca. Garotas realmente gostavam de caras assim? Não entendia essa paixão por garotos malvados e incompreendidos.

Mas a quem ela queria enganar? Kim Pak era o cara mais famoso entre as garotas do conservatório e era notoriamente um babaca de carteirinha.

Percebeu que estava parada no meio da escada à toa e, batendo os pés, voltou a andar para o auditório pequeno, pensando em tudo que falaria para Clara sobre o namorado mal-educado dela. Pensou também na ironia de ser ignorada quando ela mesma era mestre em fazer isso, mas se recusava a imaginar que ele tinha feito sem querer. Ele era um vampiro, sabia muito bem o que acontecia ao seu redor.

Entrou no auditório, que era todo de madeira, passando por um corredor cheio de bailarinas com sapatilhas e collants. Pelo jeito, eram do primeiro semestre e estavam fazendo algum teste para recital. Será que era *A Bela Adormecida*? A maioria se alongava, fazia movimentos simples e todas pareciam bem nervosas e ansiosas, como era muito comum. Mila parou para encher sua garrafa d'água no bebedouro quando ouviu uma garota, que encostou na parede ao lado dela, chorando. Ela chorava bastante, mas tentava não fazer barulho ou chamar atenção. Tinha se agachado no chão e procurava desesperadamente por algo dentro de uma mochila cheia de glitter, tirando e colocando todas as coisas que estavam lá dentro. Mila olhou em volta e percebeu que um grupo de meninas dava risada e apontava para ela. Franziu a testa e se virou para a garota sentada no chão.

– Você está bem? Precisa de ajuda?

Ela pareceu assustada por ouvir alguém falando e levantou o rosto. Arregalou os olhos e segurou o choro por alguns instantes, como se tivesse visto um fantasma. Mila continuou parada, encarando a garota e preocupada com a situação.

– Ah... não, está tudo bem. – A garota sorriu, limpando o rosto e tentando ajeitar a coluna. Olhou para os lados discretamente, mordendo os lábios. – Eu nem acredito que você está falando comigo. Eu amo assistir aos seus recitais e estou superanimada com *O Lago dos Cisnes*. É meu favorito.

Mila ficou alguns segundos sem dizer nada. Como assim essa garota sabia quem ela era? Elas nem dividiam turmas nem nada. Sentiu os dedos ligeiramente gelados e a dor de barriga ameaçar aparecer, mas respirou fundo, segurando sua garrafa com mais força do que o normal.

– Você, hum... está chorando.

– É só que... – A garota voltou a chorar e suspirou algumas vezes, envergonhada. Mila se agachou ao lado dela, oferecendo a garrafa de água.

– Pode falar. Estão implicando contigo? – Mila apontou para as meninas que antes riam, visivelmente debochadas, e que pareciam congeladas no mesmo lugar agora. A garota ao lado dela, que recusou educadamente a água, deu de ombros.

– É a segunda vez que elas escondem minhas sapatilhas de ponta antes de um recital. Eu... não fiz nada.

— Elas esconderam suas sapatilhas? — Mila sentiu a barriga doer, e não foi pelos mesmos motivos de antes. Isso acontecia dentro de um conservatório? Era normal ver garotas esconderem sapatilhas ou sacanearem umas às outras nas escolas, mas ali dentro? Na Margareth Vilela? Ela estava furiosa. Já tinha sido essa garota uma vez na vida. E ninguém esteve ao lado dela para ajudar.

Como detestava conflitos, não iria tirar satisfações com as outras nem nada. Mas, em um gesto extravagante e feito para que todos no corredor pudessem ver, pegou suas sapatilhas de ponta da bolsa e entregou para a garota. Tinha outro par guardado para os ensaios do balé, então era algo que poderia fazer sem prejudicar ninguém, inclusive a pobre garota que a olhava apavorada, como se aquilo fosse algo absurdo.

— Não posso aceitar!

— Eu sei que não é o mesmo que dançar com a sua, e talvez não seja nem o mesmo tamanho... mas pode quebrar o galho. E você não pode deixar de competir porque essas meninas não têm caráter.

— Mas são suas... digo... uau. — A garota olhou para as sapatilhas como se fossem feitas de ouro. Mila balançou a cabeça, notando que as pessoas em volta estavam olhando e que as garotas em questão pareciam apavoradas. — Obrigada.

— Eu ensaio para O *Lago dos Cisnes* na sala anexa até mais tarde. Pode me devolver depois que acabar. — Mila se levantou, ajudando a garota a ficar de pé. — Como é o seu nome?

— Giovanna.

— Muito prazer, eu sou a Camila.

— Eu sei.

Mila corou levemente, sorrindo. Acenou discretamente para Giovanna e virou de costas, andando em direção à sala anexa onde o professor Sergei provavelmente já esperava por ela. Os olhares dos alunos do primeiro semestre estavam sobre Camila e, como normalmente fazia, levantou o rosto e caminhou da forma mais confiante que conseguia, embora sentisse as palmas das mãos suando. Ela tinha sido uma Giovanna quando mais nova, e queria muito poder ter a coragem de Clara para passar sermão em todas as meninas que faziam aquele tipo de maldade. Mas tudo bem, cada coisa tinha seu tempo. Respirou fundo, ainda sem saber como e por que todos aqueles alunos pareciam saber quem ela era, e entrou na sala anexa, de onde já se ouvia Tchaikovsky tocando.

Ela precisava ser Odile. Estava suando, não sentia as pernas, mas continuou repetindo o mesmo movimento até sentir que era tão orgânico que poderia fazê-lo enquanto caminhava para o refeitório. O professor Sergei gritava que ela precisava relaxar o rosto, que precisava de expressão, que precisava parar de pensar em como seu corpo estava reagindo à música e entrar na personagem. Não era sobre os movimentos, era sobre o que estava sentindo! Por mais que Laura ou qualquer outra pessoa falasse sobre ela, ser Odile não era fácil. Era difícil ser maldosa. Ela simplesmente não entendia esse papel.

As meninas da sua turma comentaram sobre O Cisne Negro, o filme que falava exatamente sobre isso, mas Mila ainda não tinha parado para assistir. Sabia do terror psicológico de ser alguém que não é você. Sabia que o papel de Odile exigia muita interpretação, e por isso tentava reencenar todas as aulas de teatro que tinham tido no primeiro semestre. Foi no teatro que ela aprendeu que viver e experimentar também eram uma aula, por mais clichê que isso soasse.

Parou para beber água enquanto seu par romântico, que interpretaria Siegfried, treinava um solo. O nome dele era Matheus, e o professor Sergei o havia garimpado da turma do intermediário, porque achou que ele tinha talento. E Mila estava gostando demais de treinar com ele. O garoto deveria, sim, mudar para o avançado no próximo semestre. As piruetas que dava eram demais!

– Você está mandando superbem no segundo ato! E acho uma pena o professor diminuir o balé, a gente merecia um palco de quatro horas! – Porta chegou perto de Mila, encostando na barra ao seu lado. A garota soltou e prendeu os cabelos, concordando com ele, que era bem mais alto. Ela precisava esticar bem o pescoço para encarar o rosto dele.

– Obrigada! Você também está incrível!

– Minha mãe era bailarina, sabe? Nunca achei que fosse chegar até aqui.

Mila encarou o garoto e sorriu, vendo que ele assistia Matheus e o professor com brilho nos olhos. Ela realmente nunca tinha reparado como Porta era legal. Com os problemas de reclusão e de confiança, raramente dava espaço para conhecer novas pessoas. Inclusive quando essas pessoas eram do sexo masculino.

– Sua mãe deve estar muito orgulhosa de você – Mila respondeu e viu o garoto sorrir abertamente.

– Ela está. Óbvio que queria o filho sendo um príncipe, mas eu acabo culpando a genética dela pelo meu gigantismo. Príncipes são delicados, não monstruosos.

– Ei, princesas raramente são asiáticas! – Ela deu de ombros e ele concordou.

– A Mulan era.

– Você é uma pessoa Disney, então! – Mila riu e viu Porta corar levemente.

– Não conta para o Jonas, ele vai acabar comigo.

O professor Sergei chamou os dois de repente para uma das cenas em que o trio aparece, quando Mila precisaria encarar Odile em sua essência. O momento em que enganava o príncipe, fingia ser Odette e recebia um pedido de casamento que não era para ela. O momento de deixar de ser a boazinha para ser a vilã.

Ela sorriu. Isso poderia dar certo.

♪

O ensaio demorou um pouco para acabar porque o professor fez o trio repetir a mesma cena pelo menos quatro vezes. Mila não precisou fazer muitos *fouettés*, claro, mas já tinha sentido a pressão que seria com a expectativa das pessoas para esse exato momento da peça. E ela nem podia reclamar; sabia exatamente no que estava se metendo quando competiu por aquele papel.

Com o atraso do ensaio, ela, Porta e Matheus corriam pelos corredores do prédio de aulas para chegar a tempo em uma das salas, onde um estúdio itinerante havia sido organizado para uma sessão exclusiva de fotos da Academia Margareth Vilela. Com as turmas de balé crescendo a cada semestre, muitas revistas e mídias online pediam informações dos melhores alunos, e a coordenação e o departamento responsável pelo marketing tinham resolvido fazer essas fotos. Mila não tinha como recusar, apesar da falta de dom para posar e modelar. Dos mais de duzentos alunos, somente trinta tinham sido selecionados.

Ao abrirem a porta cuidadosamente, encontraram mesas de maquiadores, cabeleireiros e araras de roupas com outros alunos se revezando. Uma lona enorme e branca havia sido instalada e várias pessoas ajustavam luzes, câmeras, tripés e outras coisas que ela nunca tinha visto ao vivo. Mila logo avistou Clara sentada e correu até ela, que estava ao lado de Marina e Laura.

– ...e você não pode pensar que todas as garotas sofrem do mesmo jeito. Você nunca vai passar pelo que eu passei e isso é um fato, não uma opinião – Marina dizia de forma objetiva, visivelmente cansada. Ela estava com o cabelo crespo preso em um coque alto e já de maquiagem feita. Laura, ao lado dela, tirava alguns bobs dos cabelos loiros, que caiam pelos ombros em cachos dourados e macios. Mila se aproximou devagar, colocando sua bolsa em uma estante que tinha sido improvisada, acenando para Clara sem querer atrapalhar o papo.

– Você diz isso porque é negra? – Laura rebateu.

– Claro que digo isso porque sou negra.

– Eu não acho...

– Mas não é achismo, Laura! – Marina realmente parecia cansada de ter que repetir a mesma informação. Olhou para Mila, que tirava as botas ao lado delas. – Você acha que teve as mesmas experiências que a Camila? Já ouviu piada sobre comer cachorro, falar "flango" ou qualquer outro comentário xenófobo que as pessoas fazem como se fosse engraçado?

– Camila, você come cachorro? – Laura perguntou, rindo. Marina revirou os olhos.

– Você come? – Mila rebateu a pergunta de volta.

– Laura, você é idiota. – Clara rebateu, balançando a cabeça. Mila reparou que ela também estava maquiada, com lábios pegajosos de gloss. Ela detestava gloss. Parecia que a pessoa tinha acabado de comer um frango cheio de gordura. Frango, não "flango". Credo, ela realmente já tinha ouvido muito essa "piada", e não era nada divertida.

– Camila, diz pra ela que ninguém tem as mesmas experiências e que a gente não pode basear nossas opiniões só em coisas que a gente já viveu?

– Laura, ninguém tem as mesmas experiências. – Mila se levantou descalça, soltando os cabelos. – Achar que todo mundo é igual é ignorância.

– Mas as pessoas deveriam ser tratadas de forma igual. – Laura fez careta, claramente irritada de estar sendo repreendida por Mila.

– Eu discordo – Marina disse, vestindo uma saia branca, comprida e transparente por cima do collant da cor de sua pele. – Cada um tem limitações e históricos diferentes. Seria injusto um tratamento exatamente igual. É importante respeitar as diferenças. – Apontou para suas sapatilhas de ponta, que eram de uma cor marrom desbotada, visivelmente pintadas a mão. – Você já teve dificuldade pra encontrar uma sapatilha da sua cor?

– Não, mas...

– Nada te dá o direito de achar que sabe como é viver na minha pele! – Marina balançou a saia. Mila estava parada, observando como a garota estava linda, quando foi puxada pelo braço por uma maquiadora, o que acabou interrompendo o assunto.

– Você, japinha, não sei se tenho uma base com o seu tom amarelado, mas acho que podemos fazer uma mistura.

Mila deu de ombros, seguindo a mulher enquanto Marina encarava Laura com uma expressão de vitória no rosto. Aquele papo ainda iria render muito entre elas, com Mila por perto ou não.

Minutos depois, as quatro estavam juntas a outros vários alunos em frente à lona branca, encarando o fotógrafo que ajustava a luz e testava alguns ângulos para a foto em grupo. Mila sentia o coração bater forte e as pernas bambas, embora estivesse se achando muito bonita. Os cabelos estavam soltos ("Não precisamos alisar, mas vou passar a chapinha só para garantir!"), os olhos pintados de uma cor violeta ("Será que se eu puxar um gatinho com o delineador seu olho vai parecer um pouco maior?"), de collant com uma cor parecida com a da sua pele ("Esse é o tom mais dourado que a gente tem!") e uma saia esvoaçante e transparente, também da cor violeta. Sinceramente, se pudesse, ficaria daquele jeito todos os dias porque estava se sentindo bonita demais.

O fotógrafo gritava algumas palavras e posições e os bailarinos se revezavam entre as caras sérias e os sorrisos forçados ("Pareçam naturais!"). Mila, que estava apenas tentando se fundir no meio de todo mundo, achava isso impossível. Olhou para Clara, que estava quase no centro do grupo, e trocaram um sorriso. A amiga parecia estar em seu habitat natural, fazendo poses divertidas e ousadas ao lado de Laura. Mila respirou fundo e voltou a fazer uma expressão séria, tentando buscar a Kylie Jenner que existia dentro de si.

– Vocês deveriam usar essa roupa transparente todos os dias.
– Um garoto atrás dela disse, fazendo com que Mila perdesse a concentração. Que nojo, ele estava falando com ela? – Eu já te vi dançando e sei que não é boazinha como parece, não precisa me olhar desse jeito.

– Eu não te conheço – Mila sussurrou, voltando a prestar atenção no fotógrafo, que continuava gritando com o grupo. O garoto atrás dela riu baixo, fazendo os cabelos da nuca da garota se arrepiarem. Era o tipo de coisa infeliz que você às vezes ouvia quando estava de collant.

– Uma garota que dança como você não pode ser boazinha, fala sério.

– Cala a boca, você não me conhece! – Mila mordeu os lábios, com raiva. Em um movimento impulsivo e incomum, deu um passo para trás, pisando com a ponta da sapatilha nos pés do garoto, que reclamou em voz alta e fez com que todo o grupo olhasse para ele. Envergonhado e murmurando algo que ela não pôde ouvir, ele se afastou um pouco, dando lugar a uma garota alta que Mila tinha visto várias vezes na aula, mas que nunca lembrava o nome. Seu coração ainda batia forte de nervoso, e ela precisou morder a parte de dentro da boca para que seus lábios não tremessem. Já deveria estar acostumada com esse tipo de comentário, não era tão incomum no meio do balé, embora estivesse aprendendo que realmente não tinha que lidar com nada disso. Dava passos lentos e sabia que era um caminho enorme para percorrer.

Na hora da foto individual, depois da garota alta ter feito poses quase dignas de circo, Mila foi chamada pelo assistente do fotógrafo. Bebeu mais um gole de água da sua garrafinha, sentindo a dor na barriga aumentar e as mãos ficarem geladas. A visão estava ficando turva e ela piscava os olhos insistentemente para não tropeçar. Estava apavorada. No palco, amava ser o centro das atenções. Ali, aquilo parecia totalmente diferente. Encarou algumas pessoas à sua volta, que já tinham tirado suas fotos ou que ainda iriam participar, e viu Porta encostado em uma cadeira próxima à lona. Ele sorriu, levantou os polegares e mexeu os lábios devagar para que ela pudesse entender o que dizia.

– É só dançar.

Mila sorriu, sentindo cócegas gostosas na barriga que, reparou, estavam substituindo a dor. Era só dançar, ele tinha razão. Era tão óbvio! Caminhou um pouco mais segura para o meio da lona, encarando o fotógrafo e pensando em Odette e Odile, levantando os braços e jogando a cabeça para trás. Era só dançar, fazia todo o sentido. Era engraçado como a força podia vir de pessoas que nem conhecia ou de pequenos momentos ou detalhes. A cada dia isso ficava ainda mais claro.

You don't know me, you don't know me
You don't know me, you don't know me
So shut up boy, so shut up boy
So shut up boy, so shut up, shut up

(Você não me conhece, você não me conhece
Você não me conhece, você não me conhece
Então cale a boca garoto, então cale a boca garoto
Então cale a boca garoto, então cale a boca, cale a boca)

12
FRESH AIR
(FUTURE)

— Eu estou com muito sono. Muito sono! – Clara reclamava enquanto caminhavam para o prédio de aulas. O dia estava ensolarado, embora um pouco frio, e, apesar de ainda ser manhã, as pessoas iam e vinham de todas as salas, auditórios, corredores e espaços abertos em uma sintonia que sempre parecia ensaiada. Mila estava com os fones de ouvido, onde tocava Vivaldi, sentindo vontade de dar piruetas. O conservatório era lindo, com paredes muito brancas e jardins floridos, o que sempre parecia um clipe musical de muito bom gosto e de alto orçamento. Era impossível não se imaginar dançando enquanto escutava alguma música! Não tinha conseguido dormir, a insônia e a ansiedade tinham batido forte novamente, mas de alguma forma não sentia sono nenhum. Então apenas deu um tapinha no ombro da amiga para mostrar solidariedade.

— Aposto que ficou conversando no celular até de madrugada – disse um pouco alto demais por conta da música em seu ouvido. Clara colocou a língua pra fora.

— Estava recebendo vários nudes.

— Clara!

— Ué, prioridades. Entre nudes e dormir, sempre vou escolher nudes.

— Daí passa o dia me pentelhando! – Mila reclamou, balançando a cabeça.

— Da próxima vez eu peço pra enviarem pra você também, pode deixar.

– Ah, valeu, é realmente disso que preciso na vida.

Antes que Clara pudesse responder algo afirmativo e irônico, Mila subiu os degraus da escadaria principal um pouco depressa para fugir do assunto. Falar de nudes, garotos e relações íntimas demais a deixavam desconfortável. Não era algo que ainda sabia lidar bem porque, sinceramente, tinha zero experiência nessa área. Então, sim, parecia coisa de outro mundo. Parecia que não era algo para ela.

– Preciso ir ao banheiro, se quiser ir na frente...

– Eu te espero – Clara respondeu, encostando na parede e puxando o celular do bolso. Mila deu de ombros e seguiu para o banheiro do primeiro andar, que era repleto de salas de aula dos instrumentistas. Amava como, apesar de tirar os fones do ouvido, continuava escutando música de todos os cantos. Isso não era tão comum nas escolas exclusivas de balé. Ali na Margareth Vilela, com tantos talentos e aulas diversas – e obviamente como um conservatório de música –, ela se via tentando identificar os instrumentos, os compositores e as composições como parte de uma brincadeira que sabia que Clara detestava. Por ela, no sistema de som do conservatório só se ouviria The Weeknd, Steve Aoki ou qualquer outro músico que estivesse na moda. Nada de Bach, Strauss ou Vivaldi.

No banheiro, uma garota limpava a caixa prateada de um grande instrumento de sopro que Mila não tinha conseguido identificar qual era. Aparentemente, estava sujo de refrigerante. Em outro canto, uma menina dedilhava um violão com um ritmo latino, visivelmente esperando alguma amiga sair das cabines. Outra garota, que usava um hijab colorido, passou por ela e a cumprimentou, saindo porta afora. Mila tentou buscar na memória seu nome, porque sabia que a conhecia de algum lugar, mas não conseguia se lembrar. Estava distraída demais com todos os sons, que não eram tão comuns no banheiro do andar das salas de dança. Precisava passar mais tempo naquele andar.

Ao voltar ao corredor, encontrou uma Clara triste e desmotivada, rolando os olhos e bufando sozinha. Mila se aproximou, franzindo a testa, quando a amiga a encarou, suspirando alto.

– Acabei de ser ignorada.

– Ah, não! Isso sim é um problema de verdade! – Mila disse de forma irônica e divertida. Clara pareceu muito brava e continuou suspirando alto enquanto voltavam a caminhar.
– Não estou brincando, estou seriamente afetada. Meu psicológico não esperava por isso.
– E quem cometeu esse ato imperdoável? Foi seu namorado vampiro? Porque eu ainda não o perdoei por aquele dia...
– Ele não conseguiria me ignorar nem se quisesse, meu amor. – Clara piscou, sorrindo e voltando rapidamente a parecer triste e decadente. – Não, o Kim Pak passou por mim, e você sabe que sempre prometi que nunca iria me submeter como outras garotas, que parecem fãs dos Beatles em volta dele, né?
– Você beija o pôster dele, Clara.
– Não importa! Ele não está vendo quando isso acontece. – Clara rolou os olhos, observando Mila rir. – Não custava nada ele retribuir meu cumprimento, sabe? Não ia fazer a mão dele cair nem nada.
– Você realmente cumprimentou o cara e ele não fez nada?
– Sabe como é o jeito dele. Simplesmente passou reto, como se nada mais existisse no mundo fora ele mesmo. E eu não fui a única, esse é o mico pior!
– Ele cumprimenta até a minha irmã nerd! Acho que o Kim só fala com esquisitos agora. – Mila sorriu, subindo as escadas para o próximo andar, com Clara ainda bufando logo atrás dela.
– Você sabe que ele fala com você, né? E por que a gente sempre tem que usar a escada e não o elevador?
Mila ignorou a amiga, caminhando pelo corredor até a sala de aula de Dança Contemporânea. Ela não entendia essa paixão pelo filho da diretora, fora o fato de que o cara era realmente talentoso. Ela, na real, não entendia paixão nenhuma por qualquer artista ou pessoa! Não tinha crescido como muitas garotas da sua idade, com pôsteres de celebridades nas paredes, revistas adolescentes repletas de caras da novela ou CDs para ficar olhando os encartes. Até achava divertida a ideia de ter ídolos, mas, sinceramente, isso nunca tinha feito parte de quem ela era. Clara achava esse fato totalmente esquisito e sem sentido, e constantemente o usava como

alvo de acaloradas discussões e zoações quando se conheceram. Afinal, quem nunca tinha beijado um pôster grudado na parede do quarto? Mila se sentia um extraterrestre.

No início da tarde, depois de sofrer um bocado na aula de Dança Contemporânea e passar o horário de almoço inteiro discutindo com Clara sobre a real utilidade das polainas, Mila entrou na sala de Balé Clássico sorrindo: estava tocando "O Reino das Sombras", de *La Bayadère*, por Ludwig Minkus, que era uma das músicas favoritas de sua mãe. Quando mais nova, elas tinham ido assistir a *La Bayadère* em um teatro no Rio de Janeiro, e Mila nunca se esqueceu da forma como as bailarinas se moviam em sintonia e delicadeza, quase flutuando no palco. Foi uma das apresentações mais marcantes que assistiu.

Na sala de aula, que era enorme, a professora se alongava em frente ao espelho, enquanto os alunos se organizavam aos poucos nas barras encostadas nas paredes laterais. Mila logo se sentou no chão, trocando suas sapatilhas enquanto assistia a rotina de exercícios que a professora fazia. Ela se inspirava na coreografia do balé original, cheia de *grand battement*, movimentos onde as pernas são chicoteadas para cima como uma grande tesoura. Eram movimentos que exigiam bastante equilíbrio, o que Mila adorava. Desafios!

Ah, que papo de nerd.

Levantou-se e apoiou na barra lateral, fazendo alguns *pliés* e alongando as pernas. Esticou a coluna e os braços e se preparou para a sequência de movimentos iniciais, que normalmente a professora fazia como aquecimento. Agacha, levanta, fica na ponta dos pés, abre os braços, vira a cabeça, desce da ponta, abaixa os braços, agacha de novo. A música ao fundo ainda era "O Reino das Sombras", em loop, o que fazia Mila se sentir como uma daquelas bailarinas que assistira no palco quando criança. Assim que a professora mandou iniciarem os exercícios com as pernas esticadas para frente, de lado e para trás, Mila imaginou os tutus brancos e as luzes dos holofotes.

– *Devant, a la seconde, derrière e en cloche!* Mais uma vez! Jonas, ajeite esse joelho! – Madame Eleonora passava próxima aos alunos, acompanhando a música e os movimentos. – Marina, não deixe a perna despencar na hora da descida, ela precisa estar firme. Raquel, a coluna precisa estar mais ereta, você não está na sua casa!

Mila sabia que deveria manter a postura com as costas eretas, deixando o quadril imóvel e encaixado. Era aquele tipo de movimento que a fazia se sentir uma bailarina de verdade, porque não era tão comum em outros estilos de dança e parecia sempre muito delicado, sutil, pedindo uma boa abertura.

– Cuidado com as costas ao fazer o *derrière*! – a professora gritou, com os braços cruzados. Ela mesma foi até a barra e fez os movimentos de forma muito etérea e natural, como sempre acontecia. Mila tinha um respeito absurdo por ela e sabia que ter aquele tipo de naturalidade e leveza era tudo o que uma bailarina sempre sonhava. Esticou a coluna e se preparou para levantar a perna para trás quando ouviu um grito logo ao seu lado, que a deixou perdida por alguns segundos e a fez sair do transe da música e da rotina. Uma das garotas tinha esbarrado em outra, que Mila tinha certeza de que se chamava Pérola, e, de repente, uma confusão tomou lugar bem ao seu lado. Pérola puxou o cabelo da garota, fazendo-a gritar ainda mais e chutar a canela da outra, o que não foi uma boa ideia. Pérola caiu para frente, gritando e com o pé visivelmente quebrado, de uma forma horrível que era basicamente o pesadelo de toda bailarina.

Mila prendeu a respiração, ouvindo os gritos da turma e os berros de Pérola, deitada no chão. Seu coração começou a bater forte e sua visão ficou turva. Afastou-se um pouco da confusão e foi em direção à sua bolsa, tentando manter a respiração em um ritmo lento, embora o ar estivesse começando a faltar e as extremidades dos dedos das mãos estivessem ficando geladas. Ah, não. De novo, não. Sentiu a barriga dar um nó e a vontade de vomitar aparecer de repente. Pérola ainda gritava, sendo acudida por alguns dos alunos, enquanto outros corriam pelos corredores atrás dos socorristas e da ambulância. Mila roía as unhas tentando não pensar no nó que estava em sua garganta, sentindo as pernas tremerem. Decidiu que não poderia ficar mais ali. Trocou rapidamente as sapatilhas pelas botas de pano, com as mãos trêmulas e geladas – o que não foi fácil –, e saiu porta afora pelo corredor em direção ao jardim, tentando buscar ar enquanto respirava com dificuldade. Sentia-se extremamente culpada por não ter ficado para ajudar a turma como podia.

Passou pelo caminho de pedras e resolveu entrar no auditório pequeno, que estava com as portas abertas. Seria um ótimo lugar para se esconder do mundo sem precisar responder qualquer pergunta ou questionamento de quem estivesse passando. Não estava bem e precisava se acalmar. Esse pânico desconhecido tomava conta do seu corpo como se estivesse em um filme de terror, e Mila só conseguia pensar em chorar, correr, vomitar e que algo muito ruim aconteceria. Era como se o seu corpo pudesse prever que nada estava bem e que algum desastre estava chegando. Só que nada nunca acontecia, o que a deixava ainda mais assustada.

Sentada no fundo do auditório quase vazio, Mila encarou os alunos da aula aberta de flauta, tentando se fundir com a madeira da cadeira ao mesmo tempo em que tentava respirar fundo, em intervalos regulares. As mãos ainda tremiam e ela sentia os dedos gelados. A sensação de estar sendo perseguida tinha diminuído, embora ela agora se sentisse tão triste que poderia chorar por dias. O que estava acontecendo com seu corpo? Ela não podia perder o controle do que sentia dessa forma!

Estava tão absorta tentando se acalmar que só reparou que alguém tinha sentado ao seu lado quando a pessoa estendeu no seu rosto um papel branco pautado, com rabiscos de notas musicais, em formato de tsuru, um passarinho muito comum no origami. Encarou o papel dobrado de forma minuciosa por alguns segundos antes de olhar para Vitor, que estava sentado com os pés apoiados na cadeira da frente, relaxado ao lado dela. Mila prendeu a respiração sem perceber, encarando os olhos verdes do garoto e os cílios avermelhados piscando em sua direção.

– Olá, bailarina.

– Olá, origami – ela respondeu quase em um sussurro. Pegou o tsuru nas mãos e tirou os olhos de Vitor, encarando o bichinho de papel com mais cuidado. Sua respiração estava voltando ao normal e ela percebeu que as mãos não tremiam mais como antes. – Você quem fez?

– Eu sou um clichê ambulante, eu sei.

– Nunca consegui fazer um. – Mila respirou fundo, sorrindo envergonhada. Sabia que estava um desastre, descabelada e suando, embora não quisesse realmente pensar nisso. Não era como se importasse de verdade, era só o garoto ruivo esquisito.

– Eu posso te ensinar. É fácil depois que você pega a manha.

Ela concordou. Tirou os olhos do tsuru e encarou o palco, onde os estudantes tinham voltado a tocar. O som das flautas era lindo e ela ficou perdida em pensamentos.

– Você vem sempre assistir às aulas abertas?

– É minha primeira vez. Eu nem sabia que estava tendo essa aula aqui – Mila disse, dando de ombros, sem tirar os olhos do palco. – Eu só... entrei.

– Você está bem?

Mila sentiu vontade de chorar. Tinha certeza de que seus olhos se enchiam de lágrimas e de que mordia os lábios para que não tremessem de novo. Vitor, de repente, não sabia o que fazer ou falar. Deixou que ela se acalmasse e respondesse (ou não) sua pergunta antes de voltar a dizer qualquer coisa. Sabia que podia tentar ser engraçadinho e acabar desrespeitando o espaço da outra pessoa. E essa era a última coisa que queria fazer.

Depois de alguns minutos em silêncio, Mila se virou para Vitor, puxando e cruzando as pernas em cima da cadeira. Olhou para o garoto, notando que ele parecia estranhamente inseguro, e tentou um sorriso. Sabia que ele deveria estar nervoso por sua causa. Ela era a garota esquisita, não ele. Vitor sempre aparecia nos piores momentos e estendia a mão para ajudá-la. Mila era muito grata, mesmo sem dizer nada disso para ele.

– Pérola quebrou o pé na aula de balé hoje e eu acho que foi um gatilho para aqueles sentimentos estranhos que não sei porque aparecem de vez em quando — ela explicou lentamente, voltando a pensar na cena que tinha visto acontecer ao seu lado. Respirou fundo, achando bom colocar para fora. De alguma forma, fazia a cena ficar menos aterrorizante.

– Coitada da Pérola.

– Não sei se ela vai conseguir dançar de novo.

– Sinto muito.

– Eu também.

Os dois ficaram em silêncio novamente, em respeito à garota machucada. Mila voltou a roer as unhas e Vitor prestou atenção no palco por alguns segundos. O professor de flauta tocava algo muito bonito, arrancando aplausos dos alunos.

– Dança é uma parada muito frágil. Porque nosso corpo é frágil. Qualquer movimento em falso e todo o futuro pode sumir de uma só vez. Isso é assustador.

– Mas aposto que isso também é o que torna tudo tão incrível – Vitor pontuou. Mila franziu a testa e pensou naquilo. – Por saber que é frágil, talvez sua mente dê mais valor e seja mais prazeroso.

– Faz sentido.

– Eu sou um gênio da improvisação. – Ele riu, fazendo Mila sorrir também. Por algum motivo, percebeu que fazia com o garoto o que normalmente fazia com Clara: imitava algumas expressões faciais e acabava sorrindo junto, mecanicamente. – Se você não pudesse mais dançar, o que gostaria de fazer?

– Não faço a mínima ideia. Eu realmente nunca pensei nessa possibilidade. – Ela deu de ombros. – Se você não pudesse mais tocar violino, o que faria da vida?

– Eu gostaria de cozinhar. Sei fazer uma massa de lasanha muito incrível, você deveria provar algum dia.

– Seria legal.

Mila sentiu o rosto ficar corado e não entendeu bem o motivo. Voltou a encarar o palco para que ele não notasse, porque normalmente ficava muito aparente quando estava envergonhada. A genética oriental garantia bochechas muito vermelhas, o que nem sempre ajudava.

– Meu maior sonho é tocar "As Quatro Estações", de Vivaldi, na Filarmônica de Nova Iorque. Como primeiro violino, sabe? Usando minha camisa havaiana. – Vitor escondeu o fato de que também tinha o sonho de tocar sua versão de Drake na Filarmônica. Não era uma informação útil para o momento.

– Camisa havaiana? Você parece mais rebelde do que eu esperava! – Mila sorriu, vendo o garoto fazer uma careta convencido. – Meu maior sonho é a The Royal Ballet, em Londres.

– Não tenho irmãos e não vejo meus pais há quase um ano – Vitor disse de repente, mudando de assunto. Mila arregalou os olhos sem saber como alguém conseguia ficar um ano longe de casa desse jeito. Para ela, no momento, parecia algo totalmente fora da realidade. Sua mãe nunca deixaria que isso acontecesse.

– Tenho uma irmã mais nova, que também estuda aqui, e vejo minha família todo final de semestre. Foi o maior tempo que já fiquei longe de casa. Eu nem imagino como seja ficar mais do que isso.

– Você se acostuma. – Vitor deu de ombros. – Meus pais compensam bastante com objetos sem valor sentimental algum. Eu falei que sou um clichê ambulante.

– O filho prodígio com pais super-ricos que nunca aparecem? Eu já vi esse filme.

– Vejo todos os dias. – Ele sorriu e Mila imitou, embora tivesse ficado com pena. Devia ser bem triste viver daquele jeito. Ela realmente não conseguia imaginar. Como nunca teve muitos amigos, sua família era basicamente todas as pessoas que conhecia e com quem mais passava seu tempo. – Eu tenho medo de morrer e não deixar marca nenhuma no mundo.

– Essa conversa tomou um rumo inesperado – Mila disse sorrindo e se sentando de forma confortável na cadeira. Nem se lembrava mais do que tinha acontecido na aula de Balé Clássico e nem de qualquer sentimento ruim que pudesse ter sentido. – Eu tenho medo de não ser o suficiente. Eu nunca tive esse medo, sabe? Sempre fui muito confiante do que fazia e de quem eu era.

– E o que você acha que mudou?

– Eu... não sei. Talvez eu tenha ficado cansada. Talvez eu tenha visto o mundo fora da minha cidade e tenha cansado de tentar acompanhar tudo. Isso aqui é muito diferente do que eu tinha imaginado.

– De um jeito bom ou ruim?

– De um jeito incrível! – Mila sorriu, mordendo os lábios. Vitor acompanhou o movimento e mordeu os lábios também. Sentia seu coração batendo muito forte e estava com medo de que Mila pudesse ouvir da cadeira ao lado. Ela soltou o cabelo do coque, que já estava frouxo, e deixou que caísse pelos ombros e braços. Seu perfume era como o som de uma música calma e relaxante, e ele podia ficar ali sentado por horas, só prestando atenção em todos os seus movimentos. Ela era tão linda que fazia seu peito doer. Vitor tossiu de repente, para tentar mudar os pensamentos.

Mila sentiu um frio gostoso na barriga. Fingia que estava prestando atenção no palco, mas queria saber o que Vitor estava fazendo e para onde estava olhando. Nunca tinha se sentido assim. Era como se a ideia de ele estar olhando para ela fizesse com que Mila se sentisse tão bonita que ficava com vergonha só de pensar.

– Como estão os treinos para O *Lago dos Cisnes*? – Vitor voltou a puxar assunto. Mila balançou a cabeça várias vezes.

– Estão muito bem! Mas estou tendo uma dificuldade danada com a personagem da Odile. Sabe? O cisne negro?

– Igual ao filme?

– Basicamente. É uma realidade: eu sou uma péssima vilã.

– Talvez você só precise ser um pouco mais rebelde. Não precisa ser como a personagem da Natalie Portman no filme. – Vitor perguntou, sentando de frente para a garota, e ela negou.

– Não sou rebelde – Mila disse. Vitor concordou, mordendo os lábios. – Você acha que tenho cara de metida?

O garoto encarou Mila por alguns segundos. Ela sorriu e fez o sinal de paz e amor com os dedos – o que Vitor achou bem fofo – e revirou os olhos quando ele não respondeu nada.

– Talvez um pouco.

– O que é? São meus olhos? Ou o jeito que minha boca fica quando tá relaxada?

– Quem tá te chamando de metida?

– Tem uma garota... que é amiga da Clara. Eu não sei qual é o problema dela comigo, tenho certeza de que me odeia. Ela disse que sou uma cobra. E eu, tipo, não acho que isso faça nenhum sentido. Eu nunca nem falei mal dela, e olha que ela merece muito!

– Você não gosta de falar mal das pessoas? Como isso é possível? Acho que posso falar mal de pessoas que nem conheço.

– Eu tenho pavor de conflitos – Mila disse, voltando a roer as unhas. Vitor concordou, olhando de relance para o palco.

– Então, você é uma cobra? – ele perguntou, levantando uma sobrancelha, visivelmente irônico. Mila sorriu, ainda com o dedo na boca.

– Você que é.

Os dois caíram na gargalhada. Riram tão alto que um monitor que estava assistindo à aula aberta no auditório se aproximou e pediu para que se retirassem. Falou algumas coisas sobre elegância, responsabilidade e desrespeito com a turma, o que fez com que Mila e Vitor se levantassem rapidamente e saíssem do auditório sem nem entender o que estava acontecendo.

– Nunca fui expulsa de nada na vida antes! – Mila comentou, boquiaberta, enquanto desciam as escadas para o jardim. Os dedos tinham voltado a tremer, mas não era a mesma sensação ruim de antes.

– Parabéns, você é oficialmente rebelde, quase uma anarquista. – Vitor sorriu, levantando uma das sobrancelhas. Mila encarou o garoto, achando graça em como ele conseguia fazer isso. Se ela tentasse, no máximo iria franzir a testa inteira, parecendo uma careta mal feita. – Quer sentar um pouco aqui? Acho que eles não têm como nos expulsar das escadas.

Mila concordou e sentou ao lado dele no canto de um dos degraus, colocando sua bolsa de lona junto com a case do violino de Vitor, no degrau abaixo. Os dois ficaram em silêncio, observando alguns alunos caminharem para todos os lados e passarem por eles, apressados. Mila jogou o pescoço para trás, de olhos fechados, deixando que o pouco sol batesse em seu rosto. O sentimento de desespero de antes era só uma sombra que ela mal se lembrava. Ali, em silêncio, se deu conta do quão perto estava de Vitor depois de esbarrar o braço no dele quando se ajeitou para esticar as pernas. Como nos livros e nos filmes, sentiu uma eletricidade na pele, um arrepio subir nas costas e as bochechas ficarem vermelhas. O coração batia como se estivesse no palco dançando, com adrenalina pulsando nas veias, e ela finalmente entendeu tudo que as pessoas falavam sobre atração. E era assustador. A proximidade com o garoto a deixou nervosa, mas de um jeito totalmente diferente do que costumava ficar com a dança.

Vitor também estava de olhos fechados com o rosto virado para trás, deixando que o sol refletisse em sua pele quase translúcida, se não fosse pelas milhares de sardas. Mila ficou um tempo prestando atenção nele, até que o garoto abriu os olhos e a encarou sorrindo, como se soubesse o que ela estava fazendo. Mila se endireitou e se virou para frente, morta de vergonha.

– Na escola, eu era chamado de Rony Weasley, o amigo do Harry Potter, sabe? – Vitor contou, tentando quebrar o gelo e o silêncio. Ele acabou descobrindo que, se falasse algo sobre si mesmo, Mila teria a liberdade de falar sobre ela, sem que ele precisasse ficar perguntando ou pressionando uma conversa de qualquer jeito. Mila agradeceu mentalmente.

– Já me chamaram de Cho Chang. – Ela riu. – Isso porque meu sobrenome é claramente japonês e a personagem tem ascendência chinesa. Só que eu também sempre fui um bocado nerd, sabe? Então os apelidos não eram muito criativos.

– Eu sempre fui aquele típico nerd que não tinha ideia do que fazer dentro da sala de aula. Provavelmente só não reprovei porque meus pais tinham dinheiro e subornavam a escola, sei lá.

– Nossa, eu sou boa demais em matemática e não faço ideia do motivo. Sempre passava de ano direto, e olha que eu dividia meu dia com a escola de balé.

– Quer dizer então que você é o estereótipo da garota de família japonesa certinha que tira notas boas?

– Oh meu Deus, eu sou. Que horror.

Os dois riram juntos. Ficaram novamente em silêncio, até que Mila puxou o celular para ver as horas. Sabia que precisava voltar para a aula ou seguir para uma das salas de treino, mas a verdade é que não queria ir embora. Era a primeira vez que aquilo acontecia na sua vida, que ela se sentia confortável perto de algum garoto e que não precisava se preocupar com o que falar ou em como se comportar.

– Olha... Eu sei que pode soar meio maluco ou repentino, e quero que você saiba que vou te perguntar algo porque eu gosto da sua companhia e porque talvez você vá curtir muito algo diferente desse ambiente todo aqui. – Vitor se virou para Mila, de repente, fazendo com que ela saísse de seus pensamentos e encarasse o garoto com certa expectativa. Ele tinha dito que gostava da companhia dela, certo? Essa era a informação que tinha feito seu coração bater um pouco mais forte, ela não podia ter ouvido errado. – Eu tô indo para a praça da cidade encontrar com um amigo e uma galera que dança por lá. Você quer ir?

– Quero.

Ela nem pensou antes de responder, o que, obviamente, deixou tanto Vitor quanto ela mesma perplexos. Não era correto deixar de treinar para passear na cidade com um garoto. Na verdade, isso era tudo o que ela tinha aprendido que era errado, mas algo dentro de Mila queria muito fazer algo totalmente diferente. Algo que não fosse rotina ou que não fosse óbvio.

– Você disse que quer, né? Porque eu posso ter ouvido o que eu queria ouvir, às vezes minha criatividade faz essas coisas e...

– Eu disse que sim. Vamos! – *Antes que eu me arrependa*, Mila completou em pensamento. Levantou-se e pegou sua bolsa de lona, sentindo-se um pouco mais animada do que deveria. Encarou o garoto, que ainda estava sentado, sem saber o que fazer. Viu Vitor sorrir também, como se algo maravilhoso tivesse acabado de acontecer. Ele se levantou e pegou a mala do seu violino.

– Certo! Ok. Beleza. Uau. – Ele repetiu algumas vezes, puxando o celular, desajeitado. – Vou pedir para o Sérgio vir nos buscar.

Em sua cabeça, Vitor só conseguia pensar que Camila Takahashi tinha aceitado ficar mais um tempo com ele. Era inacreditável. Será que estava sonhando?

Mila seguiu ao lado de Vitor até o saguão de entrada do conservatório, vendo todos os muitos alunos ocupados com instrumentos, aulas, cadernos de música e tutus passarem por eles. Naquele momento, ela só pensava que sua mãe iria surtar se soubesse o que estava prestes a fazer. Mas, ao invés de qualquer outra coisa que pudesse imaginar sentir, ela só sorriu animada. Se quebrasse o pé amanhã e não pudesse mais dançar, queria se lembrar que tinha feito algo totalmente fora do normal e que estava tudo bem. Ela podia ser um pouco Odile e menos Odette por um dia.

13
LOSE YOURSELF
(EMINEM)

Mila se sentia cada vez mais nervosa enquanto os minutos se passavam e ela e Vitor esperavam por Sérgio. Pelo que tinha ouvido, o garoto era percussionista na Margareth Vilela e faltava aulas pontuais para poder tocar na praça com outros instrumentistas e jovens que moravam na cidade, mas não faziam parte do conservatório. Mila até então não fazia ideia de que esse tipo de coisa acontecia. Era um mundo totalmente diferente para ela. Novamente, era a extraterreste por ali.

Resolveu enviar uma mensagem para Clara assim que sentou no banco da frente do carro de Sérgio, um modelo importado que provavelmente custava uma fortuna. O garoto parecia muito legal e não parava de falar com Vitor sobre o que estavam fazendo na cidade, quem estava lá e tudo mais, e isso deixou Mila um pouco mais confortável por não precisar responder nada nem conversar. Seu coração batia forte e ela não sabia se iria se arrepender mais tarde por estar fazendo aquilo, e nem se era uma boa ideia sair do conservatório assim, com alguém que mal conhecia. Mas também sentia uma animação fora do normal, embora suas mãos estivessem começando a tremer e ela precisasse apertar os dentes para que não batessem. Era uma batalha dentro de si mesma pela qual ela não tinha passado antes. Tudo o que fazia era calculado, sempre bem pensado e com a certeza de onde queria chegar. Naquele momento, nada disso era uma realidade.

Mila Takahashi: Você não vai acreditar onde eu tô agora, sério. Se eu digitar tudo errado é porque minhas mãos estão tremendo PRA CARAMBA.   15:45

Clara Benassi: Eu já ia te ligar porque não te vi na sala, e isso é sinal de que algo está errado com o mundo. Você estava lá quando a Pérola se machucou? Estou horrorizada, eu cheguei depois e vi todo mundo já desesperado.   15:46

Clara Benassi: ONDE VOCÊ TÁ?   15:46

Mila Takahashi: Nem me fala. Eu tava bem do lado dela.   15:46

Clara Benassi: ONDE VOCÊ TÁ AGORA?   15:47

Mila Takahashi: Eu tô indo pra cidade. No carro de alguém que não conheço.   15:47

Clara Benassi: VOCÊ O QUE???   15:47

Clara Benassi: QUER QUE EU CHAME A POLÍCIA? VOCÊ FOI SEQUESTRADA?   15:47

Mila Takahashi: NÃO! NÃO! PARA DE ME LIGAR, EU TÔ BEM E TÔ VIVA E NÃO POSSO FALAR NO TELEFONE PORQUE ACHO QUE VOU VOMITAR SE ABRIR A BOCA!   15:48

Clara Benassi: Então pera, você tá aí por escolha própria? Isso é sério?   15:48

Mila Takahashi: É estranho, né? Eu tava conversando com o Vitor e aí ele falou da cidade e eu topei sem nem pensar. Eu.tô.no.carro.de.alguém.que.eu.nem.conheço. Acho que vou vomitar de boca fechada.   15:48

Clara Benassi: Vitor? O garoto tarado do outro dia?   15:48

Clara Benassi: Mila, você tá bem? HAHAHA   15:48

> **Clara Benassi:** VOCÊ ESTÁ SENDO REBELDE SEM NINGUÉM TE OBRIGAR? E EU ESTOU VIVA PARA VER ESSE DIA CHEGAR?
> 15:48

> **Mila Takahashi:** Ele não é tarado! Ele é... legal. Eu vou parar de digitar porque acho que tô sendo mal educada, eles até desligaram o som alto do carro quando entrei. Tava tocando um daqueles hip-hop que você adora. Sério, esse aqui é total seu ambiente. Você iria amar.
> 15:49

> **Clara Benassi:** Curte por mim, eu vou morrer um pouquinho nessa aula chata de História da Arte, mas depois EU QUERO SABER DE TUDO. EM DETALHES. TIRA FOTOS E FILMA. E NÃO FAÇA NADA QUE EU NÃO FARIA.
> 15:49

> **Mila Takahashi:** Difícil, amiga. Te amo.
> 15:49

> **Clara Benassi:** Te amo, usa camisinha, bjs.
> 15:50

Mila sorriu, tendo plena noção de que havia ficado vermelha. Guardou o celular na bolsa, mantendo-o próximo das mãos por motivos de segurança, já que realmente tinha acabado de se tocar que estava no carro de alguém que não conhecia. Era bom que sua mãe nunca soubesse disso. Nunca mesmo. Nem em uma próxima vida.

– E então, bailarina, você vem sempre na cidade? – Sérgio perguntou, buzinando para algum carro na rua enquanto passavam por prédios baixos e jardins no centro de Vilela. Mila olhava para fora da janela, apreciando a paisagem. Virou-se para o garoto, mexendo a cabeça e respirando fundo para ter certeza de que não iria vomitar se falasse alguma coisa. Tinha agradecido mentalmente o fato de que tinham esperado um tempo antes de conversarem com ela.

– Acho que vim uma ou duas vezes para comprar comida, mas foi bem no começo do semestre passado. Nunca vi essa parte.

– Nunca? Uau, não quero parecer mal-educado, mas isso é bem estranho pra mim. Eu pareci mal-educado? – Sérgio fez uma careta, genuinamente preocupado. Ela sorriu e Vitor fez um barulho com a boca.

– Totalmente mal-educado, cara.

– Foi mal, sério. Eu também acho que nunca falei com uma das bailarinas do conservatório. Desculpe se eu for um pouco grosso.

– Você não está sendo nada grosso, tá tudo bem. Não sou diferente de nenhuma outra garota do mundo, eu juro – Mila disse, sorrindo. Olhou discretamente para Vitor e viu que o garoto mexia nos cabelos com um sorriso meio de lado, com a boca fechada. Voltou a encarar a janela porque seu coração de repente havia pulado de um jeito fora do normal. Ela achava que nunca tinha visto um sorriso tão bonito – o que era totalmente ridículo, precisava se controlar.

– A galera da cidade é incrível. Tem um moleque que dança muito bem, você vai adorar conhecê-lo...

Sérgio desatou a falar e Mila apenas concordava, percebendo que ele tinha começado a estacionar o carro em uma das ruas. Desceu, sentindo as pernas tremerem e o corpo ficar meio mole de repente, enquanto pisava na calçada de paralelepípedo. O que estava fazendo? Respirou fundo, vendo Vitor se aproximar com a mala do violino nas mãos, enquanto Sérgio andava na frente liderando o caminho até a praça.

– Tá tudo bem? Se você se sentir desconfortável ou quiser ir embora, a qualquer momento, é só avisar. Nem precisa falar nada, pode fazer um gesto tipo assim – ele piscou os olhos meio depressa, fazendo ela sorrir. – Eu já pego o carro e te deixo de volta no conservatório. Não precisa ter vergonha de me falar, ok?

– Obrigada. – Foi a única coisa que ela teve coragem de dizer. No fundo, estava agradecida por aquelas palavras porque se sentia fora do seu habitat natural. E ela sabia que sua ansiedade estava misturada com animação, mas aquilo poderia acabar a qualquer momento, deixando-a simplesmente apavorada – afinal, essa sensação estava quase virando um costume. Encarou Vitor por alguns segundos, respirando fundo, e começou a andar lentamente com o garoto ao seu lado.

Olhou para os lados e sentiu a brisa nos cabelos soltos. O clima estava gostoso, com um sol leve, que estava se preparando para ser trocado pela noite. A cidade não parecia movimentada por ali, até que caminharam mais um pouco e ela começou a ouvir um som alto. Conhecia a música de algum lugar, tinha certeza, mas não era nada do que costumava ouvir. Talvez fosse The Weeknd? Ou algum artista um pouco mais antigo? Kendrick alguma coisa? Como chamava mesmo? O som ficava mais alto à medida que se aproximavam. Ela prestou atenção na letra da música, percebendo que estava mixada com várias outras.

You better lose yourself in the music, the moment that you own it, you better never let it go
(É melhor você se soltar na música, no momento que é seu e é melhor nunca deixar ir embora)

    Ok, era Eminem, isso ela sabia bem. Clara tinha ouvido essa música por semanas seguidas no semestre passado e teve um breve vício no rapper depois de ver algum clipe da Rihanna, um amor que logo foi trocado por outro. Mila não conhecia nada de hip-hop, mas aquela música era difícil de esquecer. E parecia irônico como se encaixava com o sentimento embolado dentro dela.
    Sem perceber, aproximou-se um pouco mais de Vitor, quando avistou a praça cheia de gente logo à sua frente. Devia ter umas vinte pessoas espalhadas por uma área que parecia uma pequena quadra de futebol. Havia músicos com instrumentos no colo sentados no chão, algumas pessoas de pé rindo e conversando, outras batendo palmas e cantando com a música, e uma mesa improvisada com caixas de música portáteis, de onde saia o som principal e a mixagem. Mila presenciou uma das cenas mais legais que já tinha visto: pessoas dançando no centro de uma roda, como se fizessem parte daquilo tudo. Elas não usavam roupas específicas e nem dançavam nada que parecia ser de um só estilo. Apenas se jogavam no chão, giravam em torno de si mesmas, faziam movimentos repetidos e cheios de vida, sorrindo e gritando junto da multidão. Garotos e garotas faziam todo tipo de coreografias, e a mente de Mila viajava de um para o outro, sentindo a barriga vibrar e a vontade de sorrir aumentar a cada segundo. A galera

dançava break, hip-hop, popping, locking e vários outros estilos que ela só tinha visto em filmes. Era incrível.

– Eles são bons, né? – Vitor perguntou, percebendo que a garota encarava a roda de dançarinos com brilho nos olhos. Mila concordou sem mover o rosto. Vitor sentiu que seu braço estava encostado no dela e podia jurar que todos os pelos da sua nuca estavam arrepiados, mas fez um barulho com a garganta e sorriu acenando para os amigos, como se nada estivesse acontecendo. Ele tinha que pegar leve. Sérgio já estava atrás da picape de mixagem e as pessoas gritaram o nome de Vitor assim que entrou no espaço do campinho de cimento.

– Você parece ser bem mais popular do que eu imaginava.
– Mila comentou próxima ao rosto do garoto, já que o som estava alto demais. Viu que muita gente vinha até eles, cumprimentavam Vitor e sorriam para ela. A parte mais legal era que ninguém realmente parecia se importar por ela estar ali, como se fosse normal que desconhecidos chegassem e fizessem parte daquilo tudo. Mila se sentia confortável desse jeito, sem ser o centro das atenções. Aquilo não era sobre ela, era sobre todas aquelas pessoas cheias de talento que se sentiam livres fora dos muros do conservatório de música clássica.

Vitor se virou para a garota, percebendo que seu rosto estava bem próximo ao dela. Encarou Mila nos olhos, sorrindo, vendo que ela parecia um pouco assustada com a aproximação, mas não saiu do lugar. Seus braços ainda estavam encostados e ela parecia tímida demais para sair de perto dele. Vitor estava bem com isso, enquanto ela estivesse bem. Piscou os olhos, vendo Mila sorrir de leve, o que fazia as bochechas da garota esconderem seus olhos em duas fendas.

Ficaram um tempo observando as pessoas dançando e a música tocando, quando um amigo de Vitor passou oferecendo cerveja. Mila negou, envergonhada, e Vitor fez o mesmo.

– Você não precisa fazer o mesmo que eu pra que eu me sinta incluída. Mas obrigada, mesmo assim.

– Eu quase nunca bebo, mas eu faria isso por você. – Ele riu, vendo Mila voltar a encarar as pessoas.

A garota tirou algumas fotos e enviou para Clara, que provavelmente ainda estava dentro da sala de aula. Já eram seis horas da tarde e o sol começava a ir embora, deixando o céu com uma cor avermelhada e bonita, como Mila tanto gostava. Encarando as nuvens, as cores, os sons, as músicas e os movimentos, ela respirou fundo, sentindo que o nó em sua barriga não estava mais ali. Suas mãos não estavam tremendo e ela nem se lembrava mais do sentimento ruim de mais cedo.

Por algum motivo esquisito, sentiu vontade de chorar. Não de tristeza, era alguma coisa mais profunda, como a alegria de viver que só sentia quando estava no palco – e do lado de Vitor, o que ela agora sabia. Estava muito agradecida por aquela experiência.

Mila queria falar algo, queria poder chegar mais perto do garoto e sentir seu perfume doce, mas estava com vergonha. Não sabia bem o que falar e não queria parecer idiota. Ele curtia a música e batia palmas, gritando junto com os outros dançarinos e músicos. Nesse momento, um cara chegou perto, com outros dois, e cumprimentou Vitor.

– Brother, você não me disse que tinha uma namorada bailarina! Quem é? – o garoto perguntou, fazendo tanto Vitor quando Mila corarem sem graça. Mila desencostou um pouco o braço do garoto, sem saber o que dizer.

– Essa é a Camila e ela é minha amiga, tenha um pouco mais de respeito nessa sua cara grande e feia. – Vitor deu um leve soquinho no braço do garoto, fazendo o outro rir. Mila mordeu os lábios, mentalmente agradecida pela mudança de clima.

– Meu nome é Murilo, esse é o Ângelo e esse é o Cody. Você veio dançar com a gente? A Luiza também é bailarina, acabou de entrar no conservatório. – O cara apontou para uma garota que estava dançando break no meio da roda. Mila fez cara de surpresa e ele riu. – Se quiser aprender um pouco dos passos, tenho certeza de que todo mundo aqui vai querer te ensinar!

– Obrigada – Mila disse, sinceramente agradecida. Ainda encarava Luiza, que tinha cabelos cheios e cacheados que balançavam em volta do seu corpo enquanto girava. Ela era linda.

Um dos outros garotos que estava com Murilo piscou para Mila.

— Se quiser aprender qualquer outra coisa também, pode me chamar. Eu adoro uma garota que consegue colocar os pés atrás da cabeça...

— Sério, Ângelo, cara, que nojo! — Vitor repreendeu, rolando os olhos e colocando a mão na testa, visivelmente envergonhado dos amigos.

— Brother, eu já te disse pra parar com esses comentários. Quer perder os dentes? — Murilo fez cara feia, se desculpando e puxando os dois para longe de Vitor e Mila.

— Foi mal por isso, ele não sabe se comportar na frente das pessoas. Ele fala essas coisas até quando tá só com a gente. Nem sei porque ele é amigo do Sérgio até hoje.

— Não é a primeira vez que escuto isso, tá tudo bem. — Mila sorriu, achando fofa a forma como Vitor estava envergonhado, com as bochechas vermelhas.

— Não tá tudo bem, você não é obrigada a ficar ouvindo bobagem de marmanjo que parece que ainda tá no ensino médio.

— A maior parte dos caras do conservatório parece nunca ter saído da escola.

— Acho que não é só no conservatório, não... — Vitor completou e Mila concordou. Voltaram a encarar a roda de dança. Nenhum dos dois sabia muito bem como começar uma nova conversa, então só ficaram batendo palmas e gritando junto do resto do pessoal. Era reconfortante dessa forma.

Quando o céu ficou escuro, Mila olhou o celular e percebeu que já deveria estar de volta à sala de prática, porque no dia seguinte teria um ensaio de *O Lago dos Cisnes*. Depois do último vacilo, precisava ser mais do que perfeita e nada poderia ser uma desculpa. Era verdade, ela não queria ir embora. Mas sabia que tinha responsabilidades.

Avisou para Vitor e em questão de minutos estavam dentro do carro de Sérgio, em silêncio, com os vidros fechados. Tinha esfriado bastante, embora Mila tivesse pensado em abrir as janelas para que o clima não ficasse tão esquisito. Ela sentia o ar diferente.

Vitor sorria sozinho, dirigindo e olhando para a garota vez ou outra. Mila não conseguia sorrir porque os dentes estavam trincando novamente e ela sentia o corpo todo tremer. E não era de frio.

Ela nunca tinha estado sozinha com um garoto dentro de um carro. Muito menos com um garoto que ela queria tanto beijar. Aquele tipo de sentimento não era normal e Mila não sabia como lidar com isso, fora ficar calada e sentar em cima das mãos para que parassem de tremer. O que garotas normalmente faziam quando sentiam essas coisas? Ela não podia simplesmente falar para Vitor e estragar tudo. E se ele não quisesse beijá-la? Seria vergonhoso demais.

Sentiu sua respiração ficar pesada e sabia que era a ansiedade falando mais alto. Ela não era boa falando ou fazendo qualquer coisa sem planejamento, e beijar de repente um cara que conhecia há pouco tempo era definitivamente algo muito mais rebelde do que ela jamais havia pensado. Sempre acompanhou peças de balé com cenas românticas, flores, promessas de amor eterno e uma leveza que ela imaginava ser como as pessoas que queriam beijar alguém se sentiam. Não era nada do que estava acontecendo naquele momento. O clima estava estranho, Vitor parecia nervoso, embora simpático, e ela podia ver que as pernas dele também tremiam. Estava frio lá fora, mas ela sentia o corpo quente e podia jurar que estava suando na nuca. Então era assim que todo mundo se sentia antes do primeiro beijo?

Não que eles fossem se beijar, claro. Ele podia só gostar dela como amigo ou como um admirador, talvez. Por que diabos estava pensando em beijo naquele momento? Ela precisava se controlar.

Vitor sentia a palma das mãos suando mais do que o normal e tinha certeza de que se abrisse a boca, falaria algo idiota como normalmente fazia. Nessas horas, era melhor ficar calado. Não tinha tido tantas namoradas assim na vida e as primeiras investidas não tinham sido exatamente da parte dele. Eram sempre amigas de amigos, com quem o relacionamento já era um pouco mais natural e as coisas simplesmente aconteciam. A sua ex-namorada, por exemplo, ele tinha beijado bêbado em uma festa, e os dois acabaram namorando por um tempo porque ele ficou com vergonha de dizer que não estava exatamente apaixonado por ela. Claro que não deu certo, porque nem ela gostava dele. Depois disso, Vitor nunca mais deixou de falar o que sentia.

Mas com Mila era diferente. Não sabia o que fazer. Olhava de relance para ela, que parecia petrificada em seu assento, sentada em cima das mãos e com a boca fechada em linha reta, olhando para frente. Quando seus olhares se encontraram, os dois deram um sorriso leve e sem graça, o que deixou o clima ainda mais estranho. Vitor queria poder dizer que ela era linda. Queria dizer que gostaria de beijá-la se isso não fosse fazer Mila correr dele para sempre. Ele precisava ser normal, agir de forma natural e não forçar nenhum tipo de barra. Provavelmente ela nem queria beijá-lo, era ele que estava inventando uma fanfic sem noção na própria cabeça. Por que uma garota como Mila iria querer alguma coisa com um cara normal como ele? Não fazia sentido.

Enquanto esperavam, com o carro parado, os portões da Academia Margareth Vilela se abrirem, Mila bufou e se abaixou em seu banco, tateando o chão do carro.

– Meu celular caiu em algum lugar aqui! – disse, com a voz trêmula. Por que tinha que ser desastrada logo naquele momento?

– Será que caiu entre a porta e o banco? Peraí que vou te ajudar... – Vitor falou, mantendo o carro ligado com a luz do teto acesa, tirando o cinto de segurança e abrindo a própria porta. Mila encarou o garoto, que dava a volta no carro. Ali fora, além dos faróis, as luzes do conservatório brilhavam um pouco mais a frente e alguns postes tinham se acendido quando passaram. Fora isso, estava uma escuridão só. Era tudo envolto de mata e árvores muito altas, parecendo mais tarde do que realmente estava.

Mila tirou seu cinto de segurança também e, com delicadeza, abriu a sua porta. Vitor se abaixou ao lado dela usando o próprio celular como lanterna. Ficou envergonhada de repente porque ele estava muito perto, então saiu do carro para não atrapalhar a busca pelo celular perdido. Parecia uma cena de um livro de ficção ou terror, porque estava realmente tudo escuro em volta deles. Talvez devesse ter esperado um pouco mais para reclamar sobre o celular, quando eles já estariam perto das escadas do conservatório e onde, obviamente, haveria mais iluminação.

O garoto demorou alguns minutos e fez um barulho de comemoração, colocando a mão com dificuldade em um lugar na lateral do banco. Mila se aproximou, encostando no carro e observando ele puxar o celular e se levantar, parando logo à sua frente. Vitor entregou o aparelho a ela, ainda segurando a lanterna do seu. Eles estavam próximos e o garoto conseguia sentir as pernas vacilarem, de tanto que tremiam. Olhou para a garota, ainda sorrindo, sem saber o que falar ou fazer. Ela também não se moveu, mas sorriu de volta. O que deveria fazer?

Mila segurou o celular com força nas mãos, parada em frente a Vitor. Estava um pouco escuro, mas ela conseguia ver os lábios dele formarem um sorriso, o que fez seu coração bater de forma descompassada. Mila queria que ele desse um passo à frente e a beijasse. Viu que ele se aproximou um pouco mais e pôde sentir o cheiro do perfume dele, o que fez com que ela fechasse os olhos de forma lenta. Abriu logo depois porque sabia que deveria estar parecendo uma maluca. Não era isso que as pessoas faziam nos filmes? Elas fechavam os olhos e esperavam pelo beijo! Tudo bem que o momento era bem diferente do que tinha sonhado, porque aquilo não parecia nada romântico. Mesmo assim, parecia muito certo.

Encarou o garoto de perto, vendo-o apoiar uma das mãos no carro e encará-la nos olhos a menos de um palmo de distância do seu rosto. Os olhos dela corriam dos lábios dele até os cílios ruivos, que ela conseguia enxergar um pouco por conta da luz do celular dele. Sentiu que tinha parado de respirar. A boca dele parecia molhada e convidativa, e Mila nunca tinha sentido aquele desejo em todos os seus dezoito anos de idade. Era assustador, mas a sensação também subia pela espinha dela como um choque elétrico. Suas pernas estavam moles e ela sabia que poderiam ceder a qualquer momento, o que era um sentimento totalmente esquisito para quem se exercitava tanto quanto ela.

Vitor se aproximou um pouco mais, fazendo os narizes se encostarem, olhando para a boca da garota. Mila achou que fosse desmaiar. O cheiro dele era incrível, o calor que emanava era reconfortante, e ela não conseguia pensar em mais nada além do fato de que suas bocas estavam próximas e entreabertas. Vitor engoliu em seco e falou um pouco mais rouco do que queria.

– Eu quero beijar você, mas se não for o que você quer, eu não vou fazer nada.

Mila prendeu novamente a respiração e, em um impulso, esticou os lábios para frente, fazendo com que as bocas se encostassem. Ela podia ver que o garoto estava de olhos abertos, pego de surpresa. Naquele momento, ela não ligava. Colocou os braços em volta do pescoço dele, como tinha visto em muitos filmes, e apertou sua boca na dele com um pouco mais de força. Os lábios de Vitor eram quentes e macios, e quando ele começou a beijá-la com a língua, Mila sentiu seu corpo ceder um pouco. Ela fechou os olhos sem pensar.

Mila não ouviu sinos tocarem como os romances diziam. Ela só pensava que podia sentir o cheiro dele misturado ao seu perfume e ao ar noturno das árvores. Ela nunca mais se esqueceria daquilo. Finalmente tinha dado seu primeiro beijo. Era mais molhado do que tinha imaginado – e bem mais gostoso também.

Não fazia ideia de quanto tempo estavam se beijando, mal parando para respirar, quando sentiu o celular vibrar na sua mão, assustando os dois. Separaram as bocas, ainda encarando um ao outro, enquanto ela desenrolava os braços do pescoço e encarava a mensagem que Clara tinha enviado.

– A gente tá aqui fora tem uns vinte minutos, isso é doideira! – ela falou, sentindo as bochechas ficarem vermelhas e os lábios latejarem. Vitor sorriu de leve, passando a mão no cabelo e encarando o próprio celular, abismado.

– Foi o beijo mais longo que eu já dei. Vamos chamar o livro dos recordes.

Os dois riram envergonhados. Mila não queria dizer que era seu primeiro beijo, o que já era um recorde por si só. Devia ser a garota mais velha ali a nunca ter beijado. Ficou calada. Encararam o portão do conservatório, que tinha se fechado porque provavelmente eles demoraram demais para entrar.

– Acho então que... a gente precisa entrar. Você precisa entrar. Eu te deixo lá nas escadas e vou buscar... sabe... o Sérgio e tal. – Vitor se enrolou um pouco, fazendo Mila sorrir.
– Obrigada.
Voltaram para dentro do carro de forma desengonçada, mas Mila se sentia muito mais confortável do que antes. Os dois sorriam de forma natural e, de repente, pareciam duas pessoas que se conheciam há muito tempo. O coração dela ainda batia forte e ela mexia nos lábios sem acreditar que aquilo realmente tinha acontecido. Clara ficaria orgulhosa da sua rebeldia.

14
MONTAGUES AND CAPULETS - ROMEO AND JULIET
(PROKOFIEV)

Tombé, pas de bourrée, glissade, pas de chat! Tombé, pas de bourrée, glissade, pas de chat! Tombé, pas de bourrée, glissade, pas de chat.

Mila sabia que tinha feito 28 *fouettés* na frente do professor e que, mesmo eles não sendo perfeitos, ela tinha ganhado a vaga de protagonista na adaptação de *O Lago dos Cisnes*, o que era um dos seus grandes sonhos. Além disso, teria a oportunidade de mostrar seu talento para olheiros de todo o mundo na apresentação geral do meio do ano e, quem sabe, ganhar uma bolsa para estudar em companhias de balé fora do país. Seria incrível. A recompensa para tudo o que havia se dedicado a vida inteira.

Olhou para o espelho da sala de prática mais uma vez, respirou fundo e voltou a treinar os giros, que precisavam ser pontuais. Nada de pernas tortas, braços soltos, ângulos errados ou qualquer trabalho desleixado. Esticou a coluna, levantou o rosto e, acompanhando o ritmo da música, girou uma, duas, três vezes.

Não estava perfeito.

Parou, exausta, colocando as mãos nos joelhos e pegando a garrafinha de água. Quando a encostou na boca, foi transportada para momentos antes, para o sentimento daquele primeiro beijo que ela nunca esqueceria. Os lábios quentes e úmidos de Vitor encostando nos dela, o cheiro do garoto e da mata ao redor, os braços dele próximos a ela. Um arrepio subiu pela sua espinha sem que pudesse evitar. Quando voltou a si, percebeu que estava derramando água na própria roupa de forma desastrada e fez um barulho alto e irritado com a boca.

Ela não podia se distrair assim. O *fouetté* perfeito era a única coisa que precisava estar na sua mente. Virou-se para o espelho, percebendo que estava um completo caco de ser humano, e decidiu voltar para o seu quarto para tomar um banho quente e lavar aquelas lembranças momentaneamente. Poderia funcionar. Ali, naquele estado, os giros só eram giros, e não um objetivo de vida como deveriam ser.

Infelizmente não funcionou. Mila tomou banho pensando em tudo o que havia acontecido naquele dia, o que era bastante comum. Quem tinha inventado que banhos limpavam os problemas ou distraíam a cabeça? Era totalmente o oposto! Era o momento perfeito para pensar em todos os erros e acertos, de sonhar com coisas que você precisava ter dito ou feito ou relembrar beijos quentes e cheiros incríveis. Sua cabeça não parava de pensar e ela sentia as bochechas ficarem vermelhas, o que era muito bobo, sinceramente. Ela não era esse tipo de pessoa!

Ou será que era e ninguém nunca a avisou?

Com o pijama no corpo, se jogou na cama ouvindo sua *roommate* tocar oboé a toda altura e, naquele momento, aquilo não a irritou, como sempre acontecia. Olhava para o teto e sentia seu rosto sorrindo de forma infantil, enquanto sua barriga doía de um jeito que ela não estava acostumada. Não era vontade de ir ao banheiro; era ansiedade mesmo, mas não da forma ruim que sentia ultimamente. Era algo bom, que corria pelas veias como um veneno, fazendo a garota sentir uma animação e uma alegria que queria ter sentido antes.

Sacudiu as pernas para o alto, sorrindo, e soltou um leve grito que estava contido há algum tempo. Virou e desvirou na cama, balançando os braços e o corpo como em uma comemoração silenciosa e imatura, que representava um pouco a forma como ela se sentia. Enviou uma mensagem para Clara para saber como a amiga estava, mas milagrosamente não recebeu nenhuma resposta de volta.

 Adormeceu ouvindo o som do oboé e relembrando a cena do seu primeiro beijo algumas vezes, como se fosse uma terceira pessoa na frente do portão do conservatório naquele momento. Parecia desengonçado e molhado demais, mas, sinceramente, ela estava de parabéns.

 Vitor encarou o próprio reflexo na porta de vidro do prédio de dormitórios e não conseguiu se mexer. Tocou os próprios lábios, ainda sentindo a dormência gostosa de ter passado tanto tempo beijando Mila. Era como na música de axé, sabe? Ele queria ficar com ela na praia, no barco, no farol apagado, no moinho abandonado e sei lá mais o que rimava com isso. Ótimo, agora ele passaria o resto da noite cantando Netinho sem nem saber a letra toda da música.

 Sorriu sozinho, ainda encarando seu reflexo, achando estranho o fato de Mila o ter beijado de volta. Na verdade, estranhava por ela ter começado o beijo de alguma forma. Era surreal. Será que estava sonhando? Não parecia verdade. Esse tipo de coisa não acontecia com ele. Vitor era o garoto invisível, esquisito e desengonçado, não o cara que ficava com a garota mais bonita do mundo.

 Podia sentir as bochechas pegando fogo. Passou as mãos pelos cabelos vermelhos, sem saber o que fazer. Iria para o seu quarto, devanear sobre os lábios da garota, tomar um banho para esfriar o corpo e dormir? Ou usaria aquela excitação toda na sua música e escolheria, de uma vez por todas, o que tocaria na apresentação do meio do ano? A segunda opção parecia mais atrativa. Ele não estava com nada de sono! Nunca estivera tão acordado em toda a sua vida! Com o case do violino nas mãos, deu meia-volta e rumou até o prédio de aulas.

 Enquanto caminhava, murmurava uma melodia do Childish Gambino, encarando a noite iluminada por vários postes de luz espalhados pelos jardins. Algumas pessoas ainda passavam de um lado para o outro, conversando ou apenas pensativos, independentemente do horário. Vitor estava se imaginando em um clipe de música, no qual, finalmente era o protagonista. Todas aquelas pessoas eram extras, parte do cenário que, no fim, fariam um enorme círculo em volta dele com algum tipo de coreografia irada de hip-hop. Ou de balé. Ou quem sabe os dois juntos, o que seria bem incrível.

Imaginou sua apresentação do fim do semestre. Ele estaria em cima de um palco com a plateia cheia de gente, um holofote em cima dele. Começaria tocando uma música clássica no violino para fazer todo mundo lacrimejar de emoção. Em seguida, o holofote se dividiria e todo mundo ficaria confuso. Ele começaria a tocar Drake, fazendo a plateia gritar de espanto e, então, Mila entraria no palco e faria uma performance. Ou podia só ficar ali, parada. Era sua musa inspiradora. Só o fato dela existir já fazia o mundo valer mais a pena.

Sorriu sozinho, entrando no prédio de aulas e puxando seu cartão de estudante, procurando uma sala de treino vazia. Claro que aquilo seria algo impossível de acontecer: era o tipo de coisa que só acontecia em filmes adolescentes, e ele estava crescidinho demais para pensar nisso. Mas não custava sonhar, né? Tinha pensado tanto em Mila e olha onde tinha chegado. Eles se beijaram. De língua e tudo!

Realmente não custava nada sonhar.

Pegou seu violino e nem pensou em posicionar o suporte para partitura. Fechou os olhos e começou a tocar o que vinha à sua cabeça. Era Vivaldi, "As Quatro Estações". Sorria, de olhos fechados, externando tudo que sentia no momento. Pensou no toque da garota em sua nuca, no seu corpo encostando no dela, nos lábios se mexendo e no calor que ela irradiava naturalmente. Era como música. Tudo se encaixava perfeitamente. Cada nota, cada tom, semitom, corda, movimento. Era perfeito. Mexia o arco com leveza, acompanhando o ritmo com a cabeça. Ali, sozinho, ele se sentia a pessoa mais sortuda do mundo. O que será que Mila estava sentindo?

– Você BEIJOU O CARA? – Clara gritou, no meio do corredor dos dormitórios, enquanto caminhavam para o elevador

na manhã seguinte. Mila fez uma careta ao ver que as pessoas em volta pararam para encará-las e puxou a amiga pelo braço.
– BEIJOU MESMO? Tipo, foi você que esticou o pescoço e lascou um beijo no garoto tarado?
– Garotas fazem isso, Clara, não é novidade. E ele não é tarado! – Mila reclamou em voz baixa, arrastando a amiga pelo corredor, morrendo de vergonha.
– Garotas fazem, eu faço, mas VOCÊ? Estou sem palavras. Estou orgulhosa! Ô, Mila, mil e uma noites de amor com você com certeza, hein! Sério mesmo.
– Para com essa música! E não estou orgulhosa, meu *fouetté* está uma porcaria e eu só quero esquecer todas essas coisas pra me concentrar no ensaio de hoje – Mila disse, tendo plena certeza de que seu rosto estava vermelho de novo. Entraram no elevador meio cheio e Clara continuava dando risadinhas.
– Você até falou a palavra "porcaria", estou oficialmente orgulhosa e montando seu primeiro fã-clube. Quem sabe o garoto da lasanha não vai querer ser o presidente?
– Eu vou ignorar você.
– Preciso encontrar esse cara, na real. Ele não pode sair beijando minha melhor amiga sem pedir permissão. Quem ele pensa que é? Onde é o dormitório dele? VOCÊ FOI NO DORMITÓRIO DELE?
– Estou oficialmente te ignorando.
Mila saiu do elevador na frente da amiga, enfiando os fones de ouvido e ligando a música do celular. Sorriu de leve porque sabia que Clara ficaria feliz com a situação e falaria daquilo sem parar por muito tempo, o que sempre era divertido. Mas agora ela precisava deixar de ser a garota que beijou alguém para se focar nos treinos de dança. Ela tinha outras prioridades.
Levantou a cabeça, ainda mexendo no celular e respondendo a uma mensagem de sua mãe, quando viu, de longe, os cabelos vermelhos de Vitor ao lado de Sérgio. Os dois estavam distraídos, andando pelo caminho de pedras que levava ao prédio principal de aulas, e não tinham notado que ela ia em direção a eles. Que falta de sorte! O que faria? Oh céus, o que deveria fazer? Deveria falar

com ele? Dar um alô de longe como se nada tivesse acontecido? Deveriam beijar na boca de novo? Na frente de todo mundo? O que as pessoas faziam naquela situação?

Mila ficou seriamente nervosa. Parou de andar e Clara parou ao seu lado, sem entender nada. Olhou para os lados e puxou a amiga para o corredor lateral, perto dos jardins, o que faria as duas darem uma volta enorme para chegarem ao prédio de aulas.

– Mila-chan, por que estamos indo por aqui? Amiga? Mila? CAMILA? – Clara gritava atrás dela. – Olha, eu curto faltar às aulas e não teria nenhum problema com isso, mas você precisa falar comigo!

Clara parou de andar e fez com que a outra virasse de frente para ela. Puxou os fones de ouvido de Mila, vendo que o rosto dela estava vermelho e que fazia uma careta com a testa franzida, mas sem criar rugas.

– Caraca, sua pele é boa demais!

– Clara, eu cometi um erro enorme! Muito grande, totalmente desastroso.

– A gente ainda pode ir pra aula, não perdemos nada ainda, Jesus, sua nerd...

– Eu não devia ter ficado com o Vitor ontem. Eu fiz besteira. O que eu faço agora? Minha cabeça tá uma bagunça, preciso me concentrar na aula e estou fugindo do meu caminho pra não dar de cara com ele porque nem sei o que se faz no dia seguinte!

– Ah... – Clara olhou para os lados procurando por Vitor, sem sucesso. Voltou a encarar a amiga, que parecia realmente preocupada, e sorriu. – Você tá com vergonha!

– É claro que tô com vergonha, enfiei a língua na boca de um cara! A gente trocou saliva e germes! Nem precisava dessa responsabilidade toda na minha vida!

As duas se entreolharam e desataram a rir de repente, como se Mila tivesse contado uma piada –, algo que nunca fazia porque era péssima nisso. As pessoas passavam entre elas olhando de forma julgadora, o que não mudava o fato de que a situação era totalmente fora do normal.

– Você não tem que se sentir esse peixe fora d'água por conta disso! Enfiar a língua na boca dos outros não é exatamente uma arte, embora algumas pessoas claramente sejam melhores do que outras nisso ...

– Ainda tem isso! Meu Deus! E se eu fiz tudo errado e mordi o cara ou sei lá? E se eu beijei mal e ele rir da minha cara quando me encontrar de novo? Ou me ignorar? Ninguém nasce beijando bem! Clara, eu deveria ter ficado na minha bolha e não ter saído da minha zona de conforto! Eu sou uma idiota! – Mila balançou a cabeça, sentindo a barriga doer de uma forma nada boa. Dessa vez poderia ser vontade de ir ao banheiro, embora tivesse ficado menstruada, o que gerava uma leve confusão.

– Você não é idiota! E eu tenho certeza absoluta que não beijou nada mal. E se beijou, não tem nenhum problema também! Era seu primeiro beijo, tenho certeza de que ele...

– Ele não sabe disso.

– ELE NÃO SABE? – Clara gritou e soltou uma risada. – Amiga, você é quase uma personagem daqueles filmes juvenis americanos! Que clichê! Estou adorando! Precisamos que alguém escreva esse livro. Ah, espera, não seria nada inédito...

– Eu nunca mais vou olhar na cara do Vitor! Que tal você escrever um livro sobre isso? – Mila bufou, respirando fundo e voltando a caminhar com passos pesados pela lateral do jardim a caminho da sala de Dança Clássica.

– Então é melhor correr, porque ele tá logo ali atrás e... CALMA, eu tô brincando, você realmente quase saiu correndo? Meu Deus, quem é você?

Balé clássico é uma arte por si só. Não só a dança, a música, os movimentos e as sapatilhas subindo e descendo da ponta. Todo o conjunto era tão lindo que, desde pequena, fazia com que Mila perdesse o fôlego enquanto assistia alguém dançar. E quando você esquece de respirar por algum motivo, é porque seu corpo inteiro parou para prestar atenção naquilo, o que não é pouca coisa.

Madame Eleonora estava incrivelmente linda na frente da sala. Ao lado dela, três estudantes repetiam os movimentos, fazendo com que os alunos aplaudissem de tão bonito que era. Mila imitava cada pedacinho mentalmente, muito grata por estar ali naquele momento e aprender tudo que sempre tinha amado. A música de fundo era Prokofiev e os passos eram trechos da peça *Romeu e Julieta*, misturando coreografias conhecidas.

– Um, dois e três... Levante o rosto, Marcela. Bruna, você está fazendo o movimento com as pernas muito rápido! Boa movimentação de braços, Jamila. – A professora batia palmas e gritava em cima da música, ajustando as posições dos alunos. – Agora o próximo grupo: Camila, Renata e a outra Marcela. Do começo, vamos lá.

Mila conseguia sentir a música reverberando em seu corpo, e era inebriante o jeito como os movimentos fluíam naturalmente. Olhava fixamente para seu reflexo no espelho enorme na frente da sala e não podia deixar de sorrir com todo o conjunto do momento. A música, as palmas da professora, a forma como se sentia leve e agitada ao mesmo tempo, o sentimento de estar fazendo algo perfeito e até as lembranças do beijo da noite anterior. Sorriu sozinha assim que terminou a coreografia, ofegante e saindo do centro da sala para dar espaço ao próximo grupo. Mexia o tornozelo dolorido enquanto caminhava, prestando atenção nos movimentos dos outros bailarinos.

– ...ela foi para o Rio de Janeiro com os médicos do conservatório. De helicóptero, claro. – Mila ouviu uma das Marcelas contando enquanto chegava perto do grupo que estava encostado na parede dos fundos, onde algumas bolsas e mochilas ficavam jogadas no chão.

– Sinto muito pela Pérola, mas é menos uma.

– Que horror, Gabi! – Marcela riu, debochada. As meninas riram junto.

Mila se aproximou delas, recebendo olhares confusos e reprovadores. O pequeno grupo sorriu e se dispersou, como se estivesse evitando sua presença. Ela apenas respirou fundo, abrindo sua bolsa de lona. Não era a primeira vez que isso acontecia. Clara dizia que as pessoas ficavam desconfortáveis com quem elas achavam que eram uma adversária forte na competição, mas Mila sabia que as meninas queriam mesmo era que ela estivesse fora dali, como a Pérola aparentemente estava.

Mila não ia negar que aquele pensamento de "quanto menos bailarinas boas, melhor" já tinha passado pela sua cabeça algumas vezes, mas era empática o suficiente para ignorar esse lado mesquinho.

Mas logo seus pensamentos se desviaram do assunto daquelas meninas para os beijos de um certo garoto... algo que ultimamente ela não estava conseguindo controlar.

Enquanto caminhava para a sala de ensaio, Mila ouvia Clara mandando áudios no celular para meia dúzia de pessoas sobre o que provavelmente seria uma festa naquela semana. Como uma mania, a cada passo que dava, mexia o tornozelo e fazia ponta com o pé, imitando passos de coreografias. Não estava ouvindo nenhuma música, mas ainda conseguia repetir na sua cabeça o som da obra de Prokofiev sobre o casal mais famoso da história. Gostava muito da peça *Romeu e Julieta*, embora achasse alguns movimentos muito mais contemporâneos do que clássicos, o que não eram exatamente seus favoritos. E, embora todo mundo dissesse o quanto a história dos dois era romântica, Mila sempre a achava dramática demais e pouco realista. Ninguém se apaixonava assim, só de olhar para a cara de alguém. Ela duvidava muito que existisse isso de alma gêmea ou algo parecido.

– Mila-chan, aposto que está pensando no garoto ruivo porque está com essa cara engraçada. E, preciso te informar, você estava dançando perdida em pensamentos, o que até eu achei meio mico.

– Eu não estava pensando nele até esse momento, obrigada por isso. – Mila colocou a língua para fora, ajeitando o corpo enquanto ainda caminhava.

– E aí, decidiu o que vai fazer? Vai falar com ele? Beijar a boca dele de novo?

– Tenho mais com o que me preocupar.

O *fouetté* era uma preocupação. O ensaio para o solo também. Seu peso, seu sono e a cólica que sentia também incomodavam. Mas ela obviamente estava mentindo para si mesma, porque agora beijos eram parte de tudo isso. Aquilo fazia suas mãos começarem a tremer de repente e a barriga doer de leve.

– Claro que tem. – Clara fez uma careta, visivelmente irônica. – Mas você sabe que pode só mandar uma mensagem para o garoto e tentar resolver isso sem olhar pra cara dele, né?

– Não tenho o telefone dele.

Clara olhou espantada para a amiga, que apenas rolou os olhos. Não tinha pensado nisso até agora. Realmente, se tivesse o telefone dele, poderia pensar em uma abordagem menos vergonhosa, mas aquela não era uma opção no momento. O melhor a se fazer era fugir dele para todo o sempre.

– Mudando de assunto, como está o Edward Cullen? O Yuri?
– Ela sorriu para Clara porque sabia que falar da amiga renderia horas de uma conversa unilateral, que era exatamente o que ela precisava no momento.

– Nem me fala. Ele continua lindo e gostoso, mas ontem eu conheci o Breno do intermediário e acho que estou apaixonada.

– Mas já?

– Não existe momento certo pra essas coisas, Mila-chan. Você deveria saber melhor do que todo mundo. – Clara piscou para a amiga enquanto saíam do prédio de aulas.

– Mas não estou apaixonada por ninguém fora o Siegfried, se é que me entende. Não pelo Matheus, que está dançando comigo. É pelo príncipe mesmo, aquele inventado pela história para ser o cara perfeito, embora ele tenha sido bem idiota por confundir a mulher que ele ama com outra.

– Mas esse Matheus é uma gracinha...

– Não acho que ele goste tanto de garotas, mas você deveria tentar. Vai que ele é bi?

– Seria o meu sonho? – Clara disse, rindo e fazendo a amiga sorrir também. Despediram-se e Mila andou sozinha em direção à sala onde seria o ensaio para o solo, que ficava nos fundos de um dos auditórios. Respirou fundo ao girar a maçaneta da porta, sentindo o coração disparar rapidamente ao ver o professor Sergei encenando alguns movimentos para Matheus e Porta, que pareciam nervosos e cansados. Sentiu a boca seca, mas levantou o rosto e entrou na sala determinada a acertar todas as expressões faciais e a não querer vomitar, o que ultimamente estava sendo o mais difícil.

Será que Julieta se sentia assim quando pensava em enfrentar sua família e a sociedade pelo amor de alguém que tinha acabado de conhecer?

Balançou a cabeça. Precisava pensar em *fouettés*, não em amores. Se Julieta tivesse a responsabilidade de um solo, com certeza aquela história nem teria acontecido. Era por isso que grandes heroínas não eram bailarinas na vida real.

15
ONE DANCE
(DRAKE)

Mila caminhava sozinha em direção à aula de Dança Contemporânea, com os fones de ouvido na playlist de *O Lago dos Cisnes*, e olhando para os lados o tempo todo. Já fazia quatro dias que o fatídico beijo tinha acontecido e, desde então, não tinha trombado com Vitor em lugar nenhum. O que era ótimo, claro. Sensacional. Maravilhoso demais. Super duper master blaster.

Mas por que será que ele não tentou falar com ela? Será que ele tinha se arrependido? Ou tinha detestado tanto o beijo dela que nem cogitava voltar a se encontrar? Será que ele era mais um daqueles garotos que só queriam dar uns beijos e nunca mais aparecer? Clara tinha conhecido uns assim pelo caminho, embora várias vezes ela tivesse feito esse papel. Mila nunca conseguiu entender. Se você tinha contato com alguém, era porque se gostavam e se respeitavam, certo? Era o que fazia sentido para ela, embora fosse confuso porque ela mesma não sabia se gostava de Vitor. Era só um sentimento quente de carinho, talvez. Ela não tinha com o que comparar.

Mas continuava olhando para os lados. Inconscientemente, queria vê-lo no meio da multidão, sorrir de volta e acenar de longe como se nada tivesse acontecido. E a ideia de que ele não estava nem aí, de que não estava por perto, fazia o estômago dela doer e a sensação de enjoo voltar.

Respirou fundo. Precisava ser mais forte do que isso. Se nenhuma Laura tinha feito ela se sentir para baixo, não seria um garoto que faria isso. Estava decidia: nada de garotos.

♫

Vitor saiu da aula de violino cantarolando a *Caprice nº. 24*, de Niccolò Paganini, um dos violinistas mais famosos da história. As pessoas podiam não saber seu nome, mas já tinham escutado alguma de suas composições pelo menos uma vez na vida. Era incrível. O professor de violino estava tentando ajudá-lo a encontrar a música perfeita para sua apresentação no sarau do meio do ano, mas Vitor ainda não fazia ideia do que queria apresentar. No fundo, sabia que queria tocar sua versão de uma das canções de Drake, embora provavelmente seu professor o enforcasse com as cordas do próprio violino se isso acontecesse. Esse seria um triste fim para uma ideia tão boa. Já imaginou? Hip-hop e música clássica?

Ele precisava pensar direito. O plano tinha que ser perfeito.

Enquanto caminhava em direção à sala da aula, de História da Arte, olhava as pessoas que passavam como nunca tinha feito antes. Sempre se sentiu bem sendo invisível. Mas dessa vez ele queria ser visto, embora os olhos de Camila nunca aparecessem nos corredores. Ele tinha pensado em ficar na porta do elevador do prédio do dormitório até conseguir vê-la, mas sabia que isso seria esquisito demais e poderia assustar a garota, ou qualquer um que estivesse passando. Precisava ser mais forte do que isso.

Não conseguia parar de pensar que tinha feito tudo errado. Sabia bem que Camila estava se preparando para um solo importante e que não tinha muito tempo para pensar nele ou nos beijos que deram alguns dias atrás. Ele é que estava sendo bobo e infantil em querer sorrisos ou segurar a mão dela enquanto caminhavam. Droga, ele tinha plena noção do quão ridículo isso soava. Parou no meio do corredor para visualizar uma mensagem de Sérgio o convidando para uma festa que aconteceria em quatro dormitórios diferentes naquela noite. Estava totalmente fora do clima para qualquer interação social. Colocou Drake para tocar nos fones de ouvido e continuou caminhando em direção à sala da próxima aula. Com certeza havia alguma música que representava tudo que ele estava sentindo. Drake sempre sabia das coisas.

𝄞

Mila fazia seu alongamento com os fones de ouvido, sem prestar muita atenção às pessoas que estavam na sala de Dança Contemporânea. A música a deixava mais calma, embora as cenas da coreografia de O *Lago dos Cisnes* nunca saíssem de sua cabeça. Conseguia visualizar tudo que tinha feito no ensaio no dia anterior e todos os trechos que ainda precisavam de trabalho, o que já era o suficiente para tirar seu sono. Queria impressionar o professor Sergei e sabia que era capaz disso.

Ainda sentada, alongando as pernas, Mila mexeu os braços em movimentos leves, imitando uma das cenas da coreografia. Estava de olhos fechados, distante de tudo que acontecia dentro da sala. A responsabilidade de ser solista em uma apresentação daquele porte era grande e ela não tinha certeza de como as outras pessoas lidavam com aquela pressão. Sabia que seriam três apresentações grandes e outras menores, com alunos que tinham decidido fazer números solos ou em grupo. A dela seria a única oficial da turma avançada de balé e, dentre todos, ela tinha sido a escolhida para representar todo mundo. Bom, ela, Porta e Matheus, que nem do avançado era.

Respirou fundo e abriu os olhos, vendo Clara sentada na sua frente, encarando-a com uma expressão engraçada. Mila tirou os fones em um movimento rápido.

– O que foi agora? – perguntou com certo mau humor, o que não era a sua intenção.

– Você é bonita demais pra ficar com essa cara de bunda pelos cantos.

– Não sei lidar com um elogio e um xingamento na mesma frase – Mila rebateu sorrindo, agradecendo mentalmente por ter Clara ao seu lado. A última coisa que ela se sentia era bonita.

— Dependendo da bunda, não é exatamente um xingamento.

As duas riram. Mila percebeu que estava com os músculos doloridos e que suas mãos suavam. Aquela sensação de que algo ruim aconteceria estava se tornando tão comum que ela nem percebia mais quando começava a acontecer. Secou as palmas das mãos na calça de malha, torcendo para que Clara não percebesse.

— Nem vou perguntar se você vai na festa hoje.

— Eu realmente não vou — Mila disse, agora prendendo os cabelos novamente em um coque alto. Puxou sua bolsa de lona procurando por grampos.

— Essa é aula de Contemporâneo. É bom deixar os cabelos soltos porque esses grampos podem machucar se a professora te mandar dar alguma cambalhota.

Mila sorriu pensando que isso nunca aconteceria, mas deixou a bolsa de lado, amarrando os cabelos em um rabo de cavalo. Nem se lembrava da última vez que tinha dado uma cambalhota, se as sessões de pilates não contassem.

— Você está mais tranquila quanto ao seu peso? — Clara perguntou, puxando o celular da garota do chão. Mila colocou as mãos na barriga, sentindo as pernas tremerem de leve com o assunto vindo à tona.

— Não. Quando é que a gente fica tranquila quanto ao peso sendo bailarina?

— É uma das coisas que não gosto no balé clássico, sabe? Exigirem um modelo de corpo, de altura, de alongamento... Na minha escola em Fortaleza, tinha meninas gordas que dançavam muito melhor que a maioria daqui! É injusto demais. Eu vou me formar pra mudar isso!

— Acredito em você! — Mila fez um sinal com os punhos fechados, como se torcesse pela amiga. — É totalmente injusto, poxa. Sei que existem companhias de dança que não se importam com esses padrões, mas não é o caso da maioria dos balés clássicos. Eles dizem que precisa haver leveza, que seu pé precisa sustentar seu corpo, só que ninguém fala que as primeiras bailarinas da história eram garotas normais, cheias de curvas.

– Sério? Eu só lembro das histórias de Balanchine e das bailarinas super-magras que ele escolhia.

– Isso é porque você não presta atenção nas aulas de História da Arte – Mila disse, piscando para Clara. A amiga apenas sorriu, dando de ombros.

– Sempre tenho você pra me ensinar coisas novas, pra que prestar atenção nas aulas chatas? O professor nem é bonito.

Antes que Mila pudesse responder, ouviram barulhos e gritos vindos do canto da sala, onde alguns alunos pareciam estar no meio de uma briga. A professora de Dança Contemporânea entrou no meio rapidamente, xingando em outra língua e exigindo que os outros alunos ajudassem a separar. Mila e Clara se levantaram, de longe, prestando atenção. O coração de Mila tinha disparado, como sempre acontecia quando via algo assim, e suas pernas tinham voltado a tremer. Era como se algo estivesse acontecendo com ela.

– Ele está bêbado, eu acho. Falou coisas horríveis pra mim e daí eu meti a mão na cara dele. – Uma garota, que estava descabelada, contava para a professora. Mila e Clara se entreolharam.

– Ele não deve estar bêbado, é só homem mesmo – Clara sussurrou, fazendo Mila bufar indignada.

Depois de pouco tempo, a professora mandou o garoto se retirar da sala. Aparentemente a situação estava se resolvendo. Mas Mila continuava com aquela sensação de que algo estava errado. A aula começou com todos imitando a coreografia passada, e as pernas dela não paravam de tremer. Ela não queria estar ali, não queria estar dançando, e essa sensação era algo que nunca tinha sentido. Estava apavorada por uma briga de alguém que nem conhecia. Quando isso iria acabar?

Depois de mais de seis horas de aulas, Mila caminhava sozinha e exausta para o prédio de dormitórios em meio ao vento frio do começo da noite. Apertava o casaco contra o corpo, embora fosse uma temperatura que ela já estava acostumada. Queria tomar um banho quente e voltar para a sala de prática para treinar seu solo. Estava distraída, ainda pensando no jeito que tinha se sentindo na sala de Dança Contemporânea, quando viu sua irmã passando por ela, segurando seu violoncelo enorme nas costas, como se nem a conhecesse.

— Eu vou avisar a *batchan* que você me ignora assim! — ela gritou para que Naomi ouvisse. A garota menor apenas mexeu os braços como se informasse que tinha entendido a mensagem, mas continuou andando como se nada tivesse acontecido. Mila deu um sorriso, puxando seu celular e aproveitando a deixa para enviar notícias para sua mãe. O que será que estariam fazendo em casa sem as duas? Tinha certeza de que sua avó atormentava todo mundo por conta da comida ruim que ela dizia que sua mãe fazia. Isso sempre deixava Mila com um sorriso no rosto, porque era algo familiar e reconfortante na sua memória. Não era como as brigas e conflitos que a faziam ficar enjoada e dolorida, com medo de algo ruim acontecer. Eram discussões amenas que sempre acabavam em grandes pratos de arroz e lições sobre a vida dura que todo mundo levava.

Isso era o suficiente para aquecer seu coração, e o sentimento de medo ia embora.

Quando saiu do elevador em seu andar, caminhando em direção ao seu quarto, ouviu o som de uma música que ficava cada vez mais alto. Ela franziu a testa sem entender. O que estava acontecendo? Alguém estava dando festas àquela hora? Lembrou-se então de Clara falando sobre quatro possíveis reuniões que aconteceriam em dormitórios diferentes, mas não seria realmente possível que uma delas acontecessem bem no seu, certo? Valéria, sua *roommate*, não poderia fazer isso sem avisá-la! Ou poderia? Mila tinha certeza de que nenhuma daquelas festas eram permitidas pelo regulamento do conservatório, então qual o ponto de achar que haveria alguma regra para isso?

Suspirou ao colocar a mão na maçaneta da porta e pôde ouvir o som alto lá dentro. Era definitivamente em seu dormitório e estava exausta demais para pensar nisso. Não era como se fosse dormir àquela hora mesmo, então que aproveitassem enquanto estivesse fora, ensaiando. Como todos deveriam estar fazendo.

Abriu a porta e caminhou lentamente até seu quarto em meio a várias pessoas rindo, bebendo, falando alto, dançando e comendo alguma coisa que ela imaginava ser pizza, porque fedia a queijo. Ficou de cabeça baixa porque realmente não queria falar com ninguém. Pegou suas roupas, correu até o banheiro, tomou banho e arrumou a bolsa para passar algumas horas na sala de prática. Saiu do dormitório de fininho, esperando não ser vista e torcendo para aquilo tudo já ter acabado quando voltasse para dormir.

Do lado de fora, no corredor, Mila ficou alguns minutos encostada na parede ao lado da sua porta, ainda ouvindo o som da música alta. Às vezes se sentia mal por ser um peixe fora d'água e queria ser como os outros estudantes da sua idade, que se divertiam e se permitiam passar por essas experiências. Era cansativo se sentir como um extraterrestre. Era solitário também.

♫

Vitor tinha finalmente conseguido fugir de Sérgio e seus amigos antes da tal festa começar perto do dormitório deles. Uma das quatro festas, claro. Arrumou uma desculpa qualquer, um trabalho que estava fazendo sobre um violinista chamado Drakovisky, mas era só um nome inventado mesmo, o melhor que conseguiu fazer na hora da mentira. Era um péssimo mentiroso. Espantou-se por ninguém ter suspeitado que estava enrolando para poder se livrar da interação social, embora tivesse pensado que, talvez, as pessoas tivessem fingido cair na dele só para que pudesse ir embora em paz. De qualquer forma, estava tudo bem. Só que agora ele precisaria passar algumas horas na sala de prática para não ter que trombar com ninguém em lugar nenhum dos dormitórios. O que faria? Talvez uma versão de "One Dance", uma das músicas que mais estava ouvindo naquela semana? Drake era realmente um gênio musical.

Vestiu seu casaco comprido e saiu do prédio de dormitórios segurando a bolsa do seu violino. Colocou a gola para cima, para esconder o pescoço do vento frio, e caminhou lentamente na noite iluminada pelos vários postes de luz no meio dos jardins entre os prédios. Alguns alunos andavam de um lado para o outro, voltando das aulas ou indo para as práticas, como ele. Apesar de não ser exatamente permitido depois de certo horário, não era supervisionado. Chutava algumas pedrinhas do chão, cantando "One Dance" mentalmente, até que congelou ao ver Camila sentada no mesmo banco de madeira de quando se falaram pela primeira vez. Ela estava parada, perdida em pensamentos, quase imóvel. Só seus cabelos soltos mexiam com o vento, e a cena parecia saída de algum videoclipe famoso. Ela era bonita demais, não tinha nem como aquilo tudo ser de verdade.

Aproximou-se lentamente porque era a primeira vez que a via desde que tinham se beijado. Seu coração batia forte e ele mordia os lábios sem saber muito bem o que fazer. Sem falar nada, sentou ao seu lado e esperou que ela falasse com ele, se quisesse. Sabia que ela deveria estar preocupada com muitas coisas e não queria ser mais um problema nessa lista.

Os dois ficaram em silêncio por alguns minutos.

– Foi o meu primeiro beijo – Mila contou quase como um sussurro. Vitor virou o rosto para ela e viu que a garota ainda olhava para a frente, com as bochechas avermelhadas. Ela não queria encará-lo, senão perderia a coragem de falar com ele.

– Queria que tivesse sido o meu também – ele disse, sorrindo. Não fazia ideia de que tinha sido o primeiro cara que ela tinha beijado, e essa informação fez seu coração querer sair pela boca. Ele não sentia mais frio, apesar do vento. Não tinha como: seu corpo inteiro estava pegando fogo.

– Eu estava com vergonha de te encontrar.

– Foi o melhor beijo de toda a minha vida – Vitor completou, tentando parecer sério. Queria que ela soubesse. Queria que ela entendesse.

Mila se virou para o garoto e sorriu, ainda muito avermelhada. Ficou alguns segundos em silêncio sem saber o que falar, até que sorriu de verdade, escondendo o rosto com as mãos, envergonhada. Vitor sorriu de volta, respirando fundo e encarando os jardins à sua frente.

– Ah, tenho certeza de que o beijo só foi incrível porque você estava nele. Eu sou péssimo nisso, foi uma sorte braba você não ter sido mordida – ele brincou, tentando deixar a garota mais confortável.

– Não tenho como comparar, mas foi o melhor primeiro beijo que eu poderia ter tido. Embora eu ache que tenha babado demais, então peço desculpas por isso.

Vitor sentiu seu rosto ficar muito quente e não conseguiu esconder uma risada. Encarou a garota de novo, fazendo com que ela o olhasse nos olhos.

– Não quero ser um problema a mais pra você, ok?

– Você não é – Mila disse, sorrindo. *Não é mais*, ela pensou. Era gostoso estar ao lado dele, e ela se sentia bem melhor com aqueles pensamentos ruins indo embora. – Você está indo para a sala de prática? – ela perguntou, apontando para o violino que estava no colo do garoto. Ele concordou.

– Eu só queria fugir da festa e dos meus amigos, achei que queria ficar sozinho, até encontrar você aqui.

– Uma das festas é no meu dormitório, eu literalmente fugi do inferno.

Os dois riram juntos.

– Como estão os ensaios para o solo? Você tem se sentido mal? – Vitor perguntou, preocupado. Mila respirou fundo e mexeu a cabeça de forma positiva.

– Estão indo bem, eu sei a coreografia inteira e tenho sorte por estar fazendo, nesse ponto da minha vida e da minha carreira, uma peça de quatro horas em apenas uma. É uma remontagem, claro. E sorte a minha, porque essa pressão acabaria comigo. Eu nem entendo o motivo, sempre fui boa em aguentar pressão.

– Você pensou em conversar com o psicólogo do conservatório? Ele deve ter lidado com casos parecidos, talvez você não se sinta tão sozinha.

Mila encarou o garoto, sentindo suas pernas tremerem por um motivo totalmente diferente do que sentia durante o dia. Ela tinha pessoas à sua volta que se preocupavam com ela e que entendiam o que ela passava. Clara era a melhor amiga de todas e a melhor companhia que podia ter. Sua família também era muito presente, e ela tinha muita sorte. Mas Vitor tinha esse jeito simples, era muito fácil ficar do lado dele. Ela se sentia confortável para falar coisas que normalmente não falaria com outras pessoas.

– Se esse sentimento não for embora, eu vou conversar com o psicólogo sim. Obrigada por se preocupar.

– Eu fiz muita terapia quando era mais novo. Hoje em dia eu poderia me formar em psicologia com uma facilidade tremenda. – Ele sorriu para a garota. – Isso não é totalmente verdade, tenho certeza de que não teria paciência para tantos livros sobre a mente humana. Deve ser difícil à beça.

– Eu nunca fiz terapia. Yoga, sim. Acupuntura também. Por incrível que pareça, meus pais nunca pensaram que terapia poderia ser uma boa ideia.

– É sempre uma ótima ideia.

– Acho que as pessoas tendem a pensar que, porque somos bailarinas e porque ouvimos música clássica, dançamos com leveza e que por isso nossa cabeça não é uma bagunça. Mas tudo é uma bagunça, se querem saber! Desde a ponta dos meus dedos tortos do pé até os grampos do meu cabelo, que doem demais.

– Isso é bagunça pra caramba. – Vitor sorriu, vendo ela fazer um movimento concordando com ele. – Você estava indo para a sala de prática? Não está cansada?

– Não tenho o luxo de ficar cansada. Não com um solo importante e... bom, mesmo antes do solo. Não sou uma pessoa que apenas... descansa. Sei que soa patético. – Ela balançou a cabeça, falando um pouco mais rápido do que o normal. – Estou exausta. Exausta. Meu corpo parece que vai se despedaçar e, por incrível que pareça, hoje, pela primeira vez, não senti vontade de dançar. Não sei o que está acontecendo comigo. E nem sei porque estou falando disso. Parece que quando falo se torna real, e não quero me sentir assim de novo.

– Guardar pra você não vai fazer tudo sumir.

– Mas posso sempre fingir que está tudo bem. – Ela sorriu forçadamente. Vitor arqueou uma sobrancelha, daquele jeito que ela não conseguia fazer, parecendo preocupado. Mila balançou as mãos e se levantou do banco de madeira, apertando o casaco contra o peito. Não estava exatamente com frio, mas o vento ainda incomodava. A conversa tinha feito ela se lembrar do sentimento estranho e sua barriga tinha começado a ficar dolorida. Sentiu que poderia vomitar e não queria ficar sozinha. – Você se importa de ficar comigo por mais um tempo? Não como alguém que me beijou, mas como meu amigo mesmo?

– Seria um prazer – Vitor respondeu, sorrindo e se levantando do banco. Viu a garota concordar e caminhou na frente, o que foi bom, porque assim ela não veria o rosto dele. Não conseguia voltar com a boca ao normal, seu sorriso não saía da cara e ele achava que estava parecendo um pimentão. Não importava se estivesse do lado dela como quem a beijou ou como alguém que ela só queria a companhia: ela queria ficar perto dele, e isso já era suficiente.

𝄞

Mila nunca tinha dançado assim, sozinha, na frente de um garoto. Talvez na frente de algum bailarino durante um ensaio, mas nunca assim, do jeito que estava acontecendo. Sempre tinha pensado que seria exposição demais, embora aquilo não a incomodasse no momento. Era reconfortante, de alguma forma. Vitor estava no fundo da sala de prática, sentado no chão com as pernas cruzadas e o violino nas mãos. Ela, de frente para o enorme espelho, treinava *fouettés*. Girava uma, duas, dez vezes. Soltava e prendia os cabelos, fazendo tudo de novo. Pedia para que ele filmasse os giros com o celular e verificava as gravações algumas vezes antes de voltar ao espelho. Não sabia nem quanto tempo já tinha passado desde que estavam ali.

– Vou tentar fazer o máximo de *fouettés* agora, então não se preocupe se eu parecer prestes a morrer por algum momento – Mila avisou, limpando o suor com a sua toalha que tinha o logo do conservatório. Entregou seu celular a ele novamente, dando play na música e pedindo para que filmasse tudo. Ela precisava ver como estava sua expressão, mesmo sabendo que seria um movimento arriscado. Vitor concordou, parecendo incrédulo, e ficou de pé no fundo da sala.

– Não sei o que são *fouettés*, mas vamos lá.
– São os giros. Como chicotes, que me fazem girar várias vezes seguidas. Eu fiz no máximo vinte e oito até hoje, você vai ver o que são...

Ao som de Tchaikovsky, Mila encarou a si mesma no espelho. Arrumou a coluna, subiu na ponta das sapatilhas, esticou o pescoço e ajeitou os braços. Deu um impulso e girou. Uma, duas, três e quatro. Cinco, seis, sete e oito, nove e dez. Onze, doze, treze, quatorze, chicoteou de novo, quinze, dezesseis, sentia que sua respiração estava falhando, dezessete e dezoito. Fechou os olhos, dezenove, vinte e vinte e um. Puxou a respiração novamente, ajustando o joelho e vinte e dois, vinte e três, vinte e quatro, vinte e cinco e vinte e seis. Faltavam poucos para passar do seu próprio limite. Vinte e sete, vinte e oito, mais um chicote, vinte e nove e trinta.

Colocou os dois pés no chão e cambaleou para trás. Vitor correu até a garota e amparou sua caída, ainda com o celular ligado nas mãos. Ele estava com os olhos arregalados, e Mila parecia ter corrido uma maratona inteira. Vitor sentou a garota no chão, pegando a toalha e a garrafa de água que estava em sua bolsa de lona. Mila sentia uma dor incômoda no pé e agradeceu a preocupação dele, que ainda filmava seu rosto, mesmo sentado na frente dela.

– Foram vinte e nove, não foram? – ela perguntou, ansiosa e animada. Seu coração estava disparado e a respiração estava tão pesada que ela sentia a garganta arder. Poucas bailarinas faziam tantos *fouettés*, ainda mais na idade dela. Algumas, ao longo da história do balé, fizeram trinta e dois. Não era para qualquer um e ela sabia que era um esforço além dos limites para o seu corpo.

– Fo... foram trinta. Tenho certeza, eu contei cada um.

– Trinta? – Mila também arregalou os olhos, vendo Vitor concordar. Ela abriu um sorriso enorme e ele parou a gravação, estendendo o celular para ela. – Foram trinta mesmo?

Assim que terminou de assistir e de contar seus próprios giros, Mila tirou os olhos do celular, ainda com a música de Tchaikovsky ao fundo, e encarou Vitor, que estava com uma expressão de orgulho e espanto ao mesmo tempo. Os dois ficaram se olhando por algum tempo, como se tudo ao redor deles estivesse congelado. Ela ainda estava, esbaforida, descabelada e com o pé doendo. Mas, de repente, começou a rir. Levantou-se em um impulso, vendo Vitor fazer o mesmo, e soltou uma gargalhada. Ok, trinta era incrível. Era incrível. Ainda bem que tinha aquilo em vídeo, Clara iria surtar!

Mila de repente soltou um gritinho animado e abraçou Vitor, em comemoração. O garoto, que não esperava, cambaleou um pouco para trás, mas segurou na cintura dela para não cair. Sentiu seu cheiro e o collant molhado de suor e não conseguiu deixar de sorrir com o corpo dela grudado no dele daquele jeito. A música de fundo fazia com que o momento se tornasse ainda mais perfeito do que ele jamais tinha imaginado. Quando Mila percebeu que estavam abraçados, mesmo estando confortável, deu um passo para trás, ainda sorrindo. Vitor, ao ver que ela poderia ficar com vergonha, correu até onde estava sentado antes e puxou seu violino. A garota, ao ver que ele tinha se posicionado para tocar, parou a música do celular e encarou Vitor, sentindo seu corpo ficar quente e mole. Não sentia mais o pé doendo, nem a dor de barriga ou a respiração pesada. Encarava o garoto tocando a mesma música de Tchaikovsky que estavam ouvindo e só conseguiu sorrir mais uma vez. Era um dos sons mais bonitos que já tinha ouvido. Era uma das imagens mais bonitas que já tinha visto.

16
PRETTY HURTS
(BEYONCÉ)

> *Clara Benassi:* Vou assistir agora o vídeo que você mandou na noite passada. Eu, obviamente, não estava em condições de ver meu celular. 08:00

> *Clara Benassi:* Permaneço ainda sem condições, mas como te amo, vou assistir mesmo assim. 08:00

> *Mila Takahashi:* Obg! 08:01

> *Mila Takahashi:* Você vai faltar a aula hoje? Eu vou pro pilates primeiro e não pra academia. Meu pé tá um pouco dolorido. 08:01

> *Mila Takahashi:* Clara? 08:02

> *Clara Benassi:* FORAM TRINTA? EU CONTEI CERTO, NÉ? 08:06

Mila sorriu, olhando para a mensagem da amiga, enquanto saía do seu dormitório em direção ao pilates do conservatório. Seu corpo estava todo dolorido, mas ela tinha dormido muito bem. E também, depois de um bom tempo, ela finalmente estava com fome. Encarou o próprio reflexo no espelho do elevador, sorrindo, e puxou duas maçãs da sua bolsa de lona.

> *Clara Benassi:* Não me ignora, foram trinta mesmo! Uau, eu quero colocar isso na internet, as pessoas precisam saber quem você é! 08:13

Mila Takahashi: É bem legal, mas não exagera! Muitas garotas já fizeram trinta fouettés! 08:13

Clara Benassi: Eu tô cagando, os seus foram os melhores! E você sabe que eu sou contra essa adoração máxima aos giros, mas você foi incrível! 08:14

Mila Takahashi: Eu sei que os giros não são tudo... 08:14

Mila Takahashi: Mas o que importa pra mim aqui é que fui melhor que eu mesma. 08:14

Mila Takahashi: * do que eu mesma. 08:14

Clara Benassi: nerd. 08:15

Clara Benassi: Meu coração, que no momento está cheio de álcool, borbulhou de orgulho. Espero que o professor Sergei veja esse potencial todo. Eu não gosto do jeito que você fala que ele te trata. 08:15

Mila Takahashi: Ele trata todo mundo assim. 08:15

Mila Takahashi: Mas obrigada! 08:15

Clara Benassi: Aliás... 08:16

Clara Benassi: EU CONSIGO VER O GAROTO TARADO NO REFLEXO DO ESPELHO, OK? NÃO PENSE QUE NÃO VI! *inclua aqui um emoji bravo porque tô com preguiça de procurar um* 08:16

Mila Takahashi: Você podia ter procurado no tempo que passou digitando. 08:17

Clara Benassi: Você tá ignorando meu comentário sobre o ruivo beijoqueiro. 08:17

Mila Takahashi: Ele é legal. 08:18

Clara Benassi: Eu vou ter que ir pra aula só pra saber mais sobre isso! Até daqui a pouco, beijoqueira! 08:18

> *Mila Takahashi:* **Eu vou te ignorar, bjs.** 08:19

> *Mila Takahashi:* **Não, abraços. Nada de beijos.** 08:19

Mila estava muito feliz e animada, mas seus pés ainda doíam bastante. Mesmo depois do pilates, na aula de História da Arte, Mila precisava mexer o calcanhar várias vezes para sentir que estava tudo bem – o que era normal para uma dançarina, pequenos machucados faziam parte. Tinha sorte de nunca ter sofrido uma lesão maior do que isso e agradecia mentalmente ao seu corpo por ser tão forte.

Estava ignorando, claro, os episódios que a deixavam nervosa, com dores, enjoo e ansiedade. Aconteciam a qualquer momento e os gatilhos podiam ser alguma briga à sua volta ou simplesmente sua própria cabeça. Era um saco. Precisava respirar fundo várias vezes para deixar de sentir medo de se levantar da própria cadeira na sala de aula, por exemplo, como tinha acabado de acontecer na aula de História da Arte. Por alguns minutos ela pensou que talvez não conseguisse repetir os *fouettés* no ensaio para O *Lago dos Cisnes* e sua visão embaçou, sentiu vontade de vomitar e tudo parecia girar. Era uma sensação que conhecia bem. Abaixou a cabeça na mesa, respirando e contando várias vezes para tentar fazer o coração bater mais devagar, porque sentia que seu corpo falhava na missão de aguentar fundo. Mas Mila era forte, poderia aguentar.

O problema era que sua cabeça não parava de pensar em todas as coisas ruins que poderiam acontecer, e ela não fazia ideia do por quê.

– Você está suando em uma aula em que ficamos sentadas, que nerd – Clara disse brincando, vendo a amiga se levantar com dificuldade no fim da aula. Mila passou a mão na testa, sorrindo e refazendo o rabo de cavalo.

– Só estou preocupada – disse, sendo sincera.

– Vai dar tudo certo. Sempre. Você é incrível, já te disse isso antes?

Mila encarou a amiga e sorriu, fazendo uma careta dramática em seguida.

– Ai, que brega que você é.

— Sim, porém uma brega muito incrível também. — Clara sorriu. — Ah, te contei de ontem à noite?
— Não quero saber. — Mila sorriu também, andando rápido na frente. Clara correu para pegar sua bolsa e seguiu a amiga.
— Acabei ficando com duas pessoas diferentes ontem.
— Sério? — Mila se virou para Clara, que até ficou espantada com o interesse repentino da amiga no assunto. Mas então Mila balançou a cabeça. Não queria saber.
— Sério. Yuri e Breno, aquele do intermediário.
— Eu achei que você estava namorando o Yuri.
— Na verdade, não sei. Não ligo.
— Um dia quero ser como você. — Mila se virou para Clara, parando na frente das escadarias. — Mas não hoje. Vamos almoçar porque vou para uma sala de prática, já que tenho ensaio mais tarde. E não quero ouvir mais sobre Jacob ou Edward, isso está ficando muito confuso.
— Quem é Jacob, sua louca? — Clara perguntou, rindo e correndo atrás da amiga, que tinha disparado para o refeitório.

A música de Tchaikovsky tocava ao fundo e Mila dançava o *pas de deux* de *O Lago dos Cisnes* com Matheus. O professor Sergei caminhava entre eles, batendo palmas e corrigindo qualquer angulação errada das pernas, braços ou até da respiração. Era desconfortável o jeito como ele olhava e tocava nos bailarinos, mas aquela era uma prática comum e elas precisavam aguentar calados. Não era nada realmente fora do normal.
— Esse joelho está horrendo, Camila, cuidado com a altura da perna! Matheus, preciso de mais expressão! Você não é uma princesa!
Mila rolou os olhos e desceu da ponta para recomeçar um movimento, corrigindo a altura da perna. Olhou para Matheus e viu que ele estava com uma expressão de raiva no rosto, algo que ela não tinha visto ainda. O garoto era sempre sorridente, mas estava visivelmente emburrado. Ela entendia: também estava

exausta, pingando de suor e com as pontas dos dedos levemente dormentes. Se parasse por alguns segundos, sentiria a barriga dolorida e as pernas tremendo, mas ela não podia se dar a esse luxo naquele momento. Segurou as mãos de Matheus, subiu na ponta e voltou a fazer a coreografia contando de um a oito para si mesma, acompanhando o ritmo da música e dos movimentos. Braços leves, pernas esticadas, giros. Olhos ferozes, você é a Odile!

– Cuidado com o pescoço, Camila! Preciso dele mais longo! Do começo!

O coração dela estava disparado. Ajeitou os cabelos que saíam do coque e respirou fundo, balançando a cabeça. Recomeçou a coreografia. Estava tudo certo. Nada daquilo era diferente do que enfrentava todos os dias nas aulas e nas apresentações de palco. Ela podia lidar com qualquer coisa. Tinha lutado muito a vida toda por aqueles poucos momentos.

– Cinco, seis, sete e oito. Camila, eu preciso de mais expressão. Seu rosto não me diz nada. Quem é você? O que está acontecendo no momento em que se encontrou com o príncipe?

A garota concordou, ajeitando o collant e voltando à posição inicial. Era Odile, estava fingindo ser Odette, mas ainda era Odile. Era cruel, misteriosa e manipuladora. Olhou para o seu reflexo no espelho e sentiu a visão meio turva, mas respirou fundo e voltou a fazer a coreografia desde o começo. Ela sabia tudo de cor, cada movimento e cada giro. Não era nada que não pudesse fazer.

– Para, não está bom. Quantas vezes eu já falei sobre a sua expressão, Camila? – o professor perguntou, gritando do fundo da sala. A voz dele ecoou pelas paredes e Mila apenas engoliu em seco, concordando. Matheus fechou a cara novamente. – Não estou nem aí se seus olhos são pequenos, eu preciso ver alguma coisa. Era só o que me faltava, um clichê ambulante cheio de técnica e com nenhum tipo de emoção... Onde eu estava com a cabeça?

Mila fechou os olhos e concordou, sentindo o coração bater tão forte que mal conseguia respirar. Balançou os braços e as pernas para tirar um pouco da tensão e, piscando os olhos, se ajeitou novamente na posição inicial. Seu tornozelo tinha começado a doer, mas, naquele momento, aquilo não era importante. Dançou o melhor que podia, o tempo todo pensando sobre sua expressão e sobre a forma como estava sendo vista de fora. Sabia que precisava respeitar a opinião do professor, afinal, ele era uma autoridade no assunto. Mas era muito difícil saber que estava falhando em algo que sempre fora tão excelente.

Assim que terminaram uma das partes da coreografia, depois de muitos gritos de desaprovação, o professor pediu para que Mila fizesse a parte do solo de Odile sozinha, e Matheus e Porta ficaram no fundo da sala assistindo. Ela encarou os garotos, que pareciam chateados e cansados, e sabia que estava sendo muito difícil para eles não rebaterem os gritos que o professor dava. Seus olhos se encontraram com os de Porta e eles sorriram, comparsas. Mila sentia o corpo tremer, mas tudo estava sendo acobertado pela adrenalina. Só o que importava naquele momento era completar a coreografia de forma certeira e com graça, como ela sabia que era capaz.

– Do início.

Ela tinha treinado muito para aquele solo da Odile e nada poderia ficar em seu caminho. A música começou a tocar e ela, mesmo sentindo a respiração falhada, iniciou a coreografia com uma expressão misteriosa no rosto, fazendo com que Porta e Matheus aplaudissem uma de suas piruetas, que tinha sido realmente incrível. Ela mal conseguia ouvi-los. Seu coração palpitava tão alto que ela só torcia para que suas pernas aguentassem até o final. Tinha chegado o momento dos *fouettés* e ela sorriu sozinha, porque sabia que era muito melhor do que o professor esperava. Girou uma, duas, três vezes e, na quarta, foi acordada de seus pensamentos com o professor gritando para que parasse.

– Algo está errado. Vou te dar cinco minutos para beber água e quero ver outra pessoa aqui na minha frente, ou você vai para o lugar da substituta até eu ver que tudo que apontei está melhor. Cinco minutos.

Mila ficou parada respirando fundo, sem entender o que havia acontecido. Tinha plena noção de que estava petrificada e de que não se mexeu até ver o professor sair por uma das portas da sala de ensaio, quando sentiu alguém encostar em seu ombro.

– Está tudo bem? Vamos tomar água no corredor, esse cretino vai voltar a qualquer momento – Porta disse, com a voz mais alta do que deveria. Mila saiu de seu transe e olhou para o garoto, que parecia preocupado.

Ela concordou, ainda sem entender o que tinha feito de errado. Mal teve tempo de mostrar os *fouettés* que tanto havia treinado! Não era justo. Ele tinha falado que a colocaria como substituta? Ele não podia fazer isso, podia?

Seguiu Porta até o corredor, onde Matheus estava encostado mexendo no celular. Fora os três, estava tudo vazio e silencioso. Mila encostou no bebedouro, recolheu água nas mãos e jogou no rosto. Sentiu as pernas começarem a tremer e o coração acelerar, deixando-a tonta. Apoiou-se em Porta para não cair no chão, sentindo a barriga doer e seu pé latejar. A adrenalina tinha passado e tudo que conseguia sentir era dor. Em todo o corpo. Até sua cabeça estava dolorida, e a vontade de chorar deixava o rosto dela queimando. Não podia ser fraca. Não podia ficar daquele jeito.

– Você não está nada bem. Quer que eu chame alguém? – Porta perguntou nervoso, amparando a garota com um dos braços. Mila negou, sentindo algumas lágrimas descerem sem aviso pelas suas bochechas. Secou rapidamente, tentando manter um ritmo de respiração que talvez diminuísse as batidas no seu peito. – Não sei por que o professor está sendo um babaca. Ele normalmente é, mas hoje está demais. Alguns movimentos estavam errados, claro, isso é normal. Mas ele falou que você estava sem expressão. Isso não é verdade. Matheus quase chorou duas vezes quando te viu fazendo o solo. Tive que bater nele pra que ficasse quieto.

Mila sorriu de leve, se apoiando na parede e sentando no chão com as pernas juntas. Tudo girava, e ela tinha certeza de que vomitaria a qualquer momento. Porta se ajoelhou na frente dela.

– Esse professor é extremamente racista. Eu já tinha ouvido falar sobre isso na época em que você e Raquel foram escolhidas, porque algumas das garotas disseram que a Raquel tinha errado muito mais do que a Marina, por exemplo, que merecia ter sido sua substituta. Raquel é só mais uma dançarina ambiciosa sem talento.

Mila abaixou a cabeça, lembrando o que o professor tinha dito sobre ela ser um clichê de técnica sem expressão. Ela tinha ouvido coisas desse tipo muitas vezes na escola e em outros lugares durante a vida. Era a japa nerd, quase um robô. Mas ela não era inexpressiva. Nunca foi. Naquele momento, sentada no chão do corredor, aquelas palavras doeram muito mais do que antes. Ela estava fazendo tudo certo!

Sentiu vontade de vomitar. Colocou a mão na boca como um reflexo.

– Não é certo ele te tratar desse jeito.

– Ele é o professor, tem autoridade – Mila disse com dificuldade.

– Por isso mesmo – Porta falou, visivelmente bravo. Ela levantou o rosto, ainda agachada na frente dele.

– Isso é só a escola. Nas companhias de balé no mundo todo vão ter pessoas assim. É melhor a gente só se acostumar e aceitar e...

– Eu não treinei a minha vida toda pra ouvir grosseria de um velho babaca. Você também não. A gente tá aqui é pra mudar isso também.

Mila respirou fundo. Sabia que Porta tinha razão, mas algo dentro dela continuava martelando que não se mexia com autoridade e que ela não era ninguém dentro daquela sala de aula. Tinha que engolir e fazer o que precisasse. Era como seu pai tinha ensinado, desde pequena. Não importava o motivo, ele sempre estava certo. "Apenas escute", era o que ele mais dizia em japonês pela casa.

– Mila? Vou ligar para a Clara, você parece que vai desmaiar. Mila?

Ela piscou os olhos algumas vezes, sentindo a visão ficar turva e sem conseguir controlar o que falava. Não sentia as pernas e nem os dedos das mãos, e seu coração ainda estava disparado, fazendo seu peito doer. Tudo estava errado, ela precisava ir para aquela sala e mostrar ao professor Sergei que, por mais babaca que ele fosse, ela queria aquele solo. Precisava daquilo.

Abriu os olhos assustada imaginando estar atrasada para voltar ao ensaio do solo. Percebeu que estava deitada e se sentou rapidamente, puxando o braço para esfregar os olhos. Reparou que estava tomando soro na veia e, sem entender nada, olhou para todos os lados até se certificar de que estava na enfermaria do conservatório, com uma cortina cobrindo sua cama e uma música leve ao fundo. Era Strauss? Talvez fosse. Balançou a cabeça procurando seu celular pela cama, até ver que estava em cima da mesinha de cabeceira, junto com uma luminária de nota musical, um copo de água e um vaso de flores. Ela nunca esteve naquela cama antes e pensou que o ambiente era um pouco mórbido demais. E brega.

Puxou o celular e soltou um grito, colocando uma das mãos na boca. Eram sete horas da manhã do dia seguinte. Não era possível, era? Sentiu as pernas tremerem e a vontade de vomitar voltar, e ficou confusa por alguns minutos. Tinha recebido várias mensagens e ligações de sua mãe, que não foram atendidas. O que havia acontecido?

A cortina abriu de forma tímida e ela viu Clara aparecer. Olhou para a amiga, que sorria aliviada.

– Que bom que você acordou! Eu sabia que, se perdesse algum dia de aula, o mundo iria girar ao contrário. Se é que ele é redondo, né? Vamos falar a verdade...

– Clara? – Mila chamou quase sussurrando. Mostrou o celular para a amiga e piscou os olhos várias vezes. Clara mordeu os lábios, entrando no cubículo entre as cortinas.

– Ei, eu sei que o planeta é redondo, não precisa ficar brava. Não quer descansar mais um pouco? A enfermeira disse que você precisa de descanso!

– Clara!

– Não vou mentir. Fiquei tão preocupada que fui até o auditório de pijama e descalça. Quando o Porta me ligou, eu só conseguia pensar que você tinha... Enfim, eu estava apavorada. Pensei que nunca mais deixaria você pegar tão pesado consigo mesma e que eu estava sendo uma péssima amiga permitindo que ficasse mal assim. Eu sabia que você estava mal, acha que sou boba? Só quis dar o seu espaço.

– Mas eu estou bem! – Mila respondeu, respirando fundo.
– Minha bunda! – Clara sentou na ponta da cama, pegando a mão da amiga. – A enfermeira disse que você apagou por uma descarga nervosa, por ansiedade. Por estafa, sabe o que é isso? Seu corpo e sua cabeça estão exaustos e você precisa dar mais do que um beijo pra relaxar um pouco!
– Então eu desmaiei – Mila constatou, se lembrando de Porta sentado na frente dela no corredor. Fazia sentido. Lembrou-se do ultimato do professor Sergei e de que precisava ter voltado para o ensaio logo depois. Arregalou os olhos e encarou Clara. – Preciso falar com o professor! Ele deve estar preocupado!
– Aquele babaca? Porta me contou tudo. Como eu nunca tinha percebido que o Porta era bonitinho?
– Ele é legal. – Mila balançou a cabeça. – Clara, preciso encontrar o professor. Ele disse que iria me colocar de substituta se eu não voltasse pra aula e...
Clara encarou a amiga com um olhar estranho, quase de piedade. Mila arregalou os olhos, sem entender.
– O que houve? Essa sua cara nunca é coisa boa.
– Não quero te falar.
– Clara, o que houve?
– Não posso ver você ficando triste!
– Clara!
– O professor te colocou como substituta.
Mila fechou os olhos sentindo vontade de chorar. Isso não era verdade, era? Ela tinha lutado tanto para chegar até ali! Não era possível. Precisava falar com o professor. Precisava explicar para ele que foi só um problema, que ela não saía desmaiando por aí toda hora. Ela nunca tinha desmaiado na vida!
Puxou a agulha do braço com delicadeza, vendo Clara chamar a enfermeira. Vestiu sua roupa novamente, prendeu o cabelo em um rabo de cavalo e bebeu o copo de água que estava em cima da mesinha. Quando abriu a cortina, já com sua bolsa de lona nos braços, viu Clara e a enfermeira chegarem perto dela.
– Eu vou até o professor. Ele não pode fazer isso comigo. Não sou descartável, isso não é justo.

– Camila Takahashi, você precisa descansar – disse a enfermeira, já sabendo que não poderia impedir a garota de sair da enfermaria. Não era a primeira a chegar ali naquele estado, exausta, e nem seria a última. O máximo que podia fazer era auxiliar.

– Eu descansei bastante. Estou me sentindo bem melhor, obrigada – Mila disse, sorrindo para a enfermeira. Não era mentira, claro. Mas suas pernas estavam tremendo de nervosismo porque sabia que precisaria falar logo com o professor. Aquilo não podia estar acontecendo. Ela teria tempo para descansar depois.

Vendo a enfermeira concordar, ela saiu em disparada da enfermaria, correndo pelo corredor e saindo do prédio de aulas enquanto Clara gritava seu nome. Lá fora, precisou parar alguns segundos para que seus olhos se acostumassem com a luz do sol. Onde o professor Sergei estaria numa hora dessas? Os ensaios só seriam mais tarde. Talvez encontrasse o nome dele em alguma programação nos murais dos corredores. Correu novamente até o prédio de aulas, subindo as escadas tomando cuidado para não esbarrar com ninguém. O dia estava movimentado e muitos alunos andavam de um lado para o outro, carregando seus instrumentos, seus tutus, conversando ou ouvindo música de forma silenciosa, como se nada de mais estivesse acontecendo. Para todo mundo, era apenas mais um dia. No primeiro corredor, encarou o mural com os horários de aulas e outras informações até enxergar o nome do professor no meio da lista. Ele estaria, dali a quinze minutos, com uma turma de iniciantes no segundo andar para uma aula extra. Era tudo o que precisava saber.

Subiu as escadas correndo, sentindo o pé doer de leve. Caminhou pelo corredor até encontrar a sala onde estaria e, depois de checar lá dentro, resolveu ficar ao lado da porta esperando ele chegar. Encostou na parede, respirando fundo e mexendo o calcanhar de leve. Alguns alunos de balé passavam por ela sorrindo, cumprimentando e acenando de longe. Mila sorria para todos, sentindo o coração bater forte com a sensação de que algo estava muito errado e de que alguma coisa muito ruim estava prestes a acontecer. Não estava preocupada com sua cara, com seu cabelo despenteado e nem com a roupa que usava, a mesma da noite anterior.

Quando o professor se aproximou e encarou Mila parada ao lado da porta, sua expressão de cansaço mudou para uma que ela não reconhecia muito bem. Era sarcasmo? Ele estava caçoando dela?

— Professor, posso falar com o senhor por um minuto? — perguntou, balançando a cabeça e sentindo a voz falhar um pouco. As mãos tinham começado a tremer e ela apertou com força a alça da bolsa de lona.

— Você está melhor?

— Sim, foi algo momentâneo. Nunca desmaiei antes na vida, não se preocupe. Eu ainda posso fazer o solo, pode confiar em mim.

— Eu sei que você pode. Você tem a técnica, tem ótimos *fouettés* e uma postura maravilhosa.

— Obrigada.

— Não duvido que você possa. Mas eu não quero.

— Você... não quer? Mas você me escolheu. Eu mereci o solo — ela disse, sem entender, com a voz um pouco mais aguda do que o normal, sem se importar com as pessoas que passaram em volta deles e ouviam a conversa.

— Você vai ficar como substituta, participando dos ensaios, até eu ter certeza de que está preparada, de que vai me mostrar uma expressão bonita como a que Raquel faz. Não quero uma boneca, quero uma bailarina.

— Você quer alguém igual a todo mundo — ela disse para si mesma, em voz baixa. Estava decepcionada. Lembrou-se das palavras de Porta no dia anterior e sentiu uma leve vontade de sorrir, nervosa. Ele não queria uma boneca, e sim uma bailarina. O que ele achava que Mila era?

O professor apenas deu de ombros, como se concordasse com ela, e entrou na sala de aula. O assunto tinha terminado. Mila poderia se humilhar bastante, implorar pelo papel e se jogar no chão de raiva. Ele era o professor e ela sabia que precisava respeitá-lo como autoridade, como pessoa mais velha e como alguém acima dela em uma hierarquia. Mas não era obrigada a concordar com ele.

Ela era uma bailarina, e não uma boneca. Confiava em si mesma o suficiente para saber disso. Só precisava respirar fundo e repetir isso algumas vezes.

Droga, o que iria fazer?

17
FEEL
(KENDRICK LAMAR)

Mila estava sentada no banco de madeira no caminho entre os prédios, e mordiscando uma maçã com o olhar perdido. Estava sol, os alunos andavam para todos os lados, e ela ouvia de longe o som de vários instrumentos. Alguns tocavam Bach, outros Strauss, Tchaikovsky, Vivaldi e muitos músicos clássicos que normalmente tinham uma conexão direta com suas canções. Naquele dia, eram sons. Sua mente estava meio adormecida, como se aquilo tudo fosse apenas um sonho, e ela comia a maçã devagar, com as pernas cruzadas em cima do banco. Sabia que estava perdendo a aula de balé clássico, mas não estava realmente pensando naquilo.
Oh, Deus. No que tinha se transformado?
Ela não era mais a solista de O Lago dos Cisnes. E nem sabia direito a razão. Tudo aquilo que vinha treinando e se esforçando desde o começo do ano parecia ter desaparecido em poucas horas, e sua cabeça ainda estava muito confusa. O que faria dali em diante? Como podia ser descartada daquele jeito?
O que iria contar para sua mãe?
Mordeu a maçã com raiva, percebendo Clara sentar ao seu lado com uma garrafa de água.
– Acho que as pessoas estão falando sobre mim – Mila disse, com a boca cheia. Clara estendeu a garrafa para a amiga, que bebeu quase tudo.
– É claro que as pessoas vão falar. Você vai ao banheiro e as pessoas comentam. Não tem como fugir disso. O negócio é como

você vai agir daqui pra frente. Você pode fazer a Britney, em 2007, e raspar a cabeça ou fazer a Rihanna e ignorar com classe.

— Eu vou... não sei. Eu deveria chorar e espernear, fazer um escândalo. Certo? Amaldiçoar os descendentes do professor? — Mila perguntou, debochada.

— Isso seria bacana. E antiquado.

— Eu deveria duvidar de mim mesma? Achar que não sou boa o bastante? Achar que a culpa foi minha? Que eu poderia ter feito melhor?

— É o que eu faria, mas você é mais forte do que isso!

— Você teria mandado ele... sabe? Para aquele lugar.

— À merda.

— E teria dito na cara dele que ele é um babaca racista, preso no século passado, com a ideia de que o balé é mais bonito com um padrão de meninas.

— Provavelmente.

— Mas e se a culpa foi minha? — Mila olhou para Clara, que tomou a garrafa de água das mãos dela. — E se eu realmente pudesse ter feito melhor?

— Ô, Mila. Você é a Camila Takahashi. É a pessoa que lota os assentos nos auditórios quando faz uma apresentação. Você fez a professora de balé clássico chorar quando dançou *La Bayadère* no semestre passado. É a garota que todo mundo quer ver longe daqui porque é considerada a melhor de todas. Claro que você poderia ter feito melhor, a gente sempre pode fazer. Mas não é sua culpa. Você é uma estudante, Mila. Esse professor tinha que ter vergonha de não ensinar nada além de ignorância.

Mila encarou a amiga e mexeu a cabeça, concordando. Sentiu algumas lágrimas encherem seus olhos, mas secou o rosto rapidamente com a parte de trás das mãos.

— Vou ser uma ótima professora, né? — Clara perguntou, e Mila sorriu, concordando.

— Eu só queria que esse dia melhorasse um pouquinho. Ou que fosse tudo um sonho. Queria acordar sentada ao lado do bebedouro, com o Porta ajoelhado na minha frente e o professor gritando pra gente voltar ao ensaio.

– Também queria o Porta ajoelhado na minha frente.
– Queria não ter que sentir pena de mim mesma, achando que o mundo é injusto ou que a minha vida está uma porcaria. Porque não está. Eu só estou confusa... Lutei tanto por isso e, de repente, tudo acabou.
– Nada acabou, Mila-chan – Clara disse, dando um peteleco na testa da amiga, sentindo-se muito sábia de repente. Tipo o Yoda. Definitivamente, era o Yoda. – Você ainda é a substituta na única apresentação oficial do avançado. A Raquel ainda pode sofrer um acidente gravíssimo e perder a apresentação no dia.
– Credo, não vou pensar algo ruim dela.
– Você é boazinha demais. Eu penso algo ruim por você.
Clara se levantou, alongando a coluna. Tinha dormido parte da noite numa cadeira ao lado de Mila na enfermaria e estava com as costas quebradas.
– E você ainda pode fazer sua própria apresentação e dançar balé clássico com um poema no fundo falando sobre o renascimento de um cisne subjugado e...
– Isso certamente me daria uma vaga na The Royal Ballet! – Mila disse, e as duas riram juntas.
– Essa vaga vai ser sua. Mais dia ou menos dia. Essa não era a sua única oportunidade.
– Obrigada. – Mila sorriu para a amiga, que sentou novamente no banco de madeira. As duas ficaram observando as pessoas passarem por elas, até que Laura e Marina se aproximaram. Clara rolou os olhos e esticou os braços, antes que a garota pudesse falar alguma coisa.
– Laura, se você está aqui pra falar alguma bosta, já vou logo avisando que, em uma briga de puxar cabelos, eu ganho, porque sou meio careca.
– Eu não sou tão óbvia assim, ok? – Laura bufou, fazendo uma careta e vendo as outras garotas sussurrarem que ela era mesmo.
– Mila, sinto muito pelo que aconteceu. – Marina tinha uma expressão genuína de preocupação. – Eu ouvi falar algumas coisas conflitantes sobre o motivo de você ser substituída pela Raquel, mas prefiro acreditar que foi burrice do professor.

– Obrigada. – Mila sorriu, prendendo o cabelo novamente. Já era a décima vez que fazia isso em poucos minutos.
– Sinceramente, a Raquel é minha amiga... mas ela só é bonita.
– Ela nem é tão bonita assim – Laura rebateu, recebendo o olhar reprovador das outras garotas. – É minha opinião, nem tô julgando ela nem nada. E, Mila, conte a verdade. Foi porque você dormiu com o professor? Ou porque você não quis dormir com ele e...
– Meu Deus, que papo é esse? – Clara perguntou, aumentando o volume da voz. Laura deu de ombros.
– Eu tô ouvindo de todas as fontes. E como eu sei que a Mila não é esse anjo que vocês pensam, logo imaginei que ela tivesse dormido com aquele cara velho.
– Eu vou bater em você... – Clara se levantou, e Mila puxou a amiga de volta para o banco.
– Deixa ela falar. Que mal faz? Não vai fazer eu me sentir pior ou melhor com o que aconteceu. – Mila olhou para Laura. – Eu sou uma cobra, Laura. Já entendi. Mas se você não vai acreditar em mim, por que eu deveria tentar te explicar alguma coisa? Não te devo nada.

Clara, Laura e Marina encararam a garota com olhares espantados. Mila também arregalou os olhos e depois relaxou o rosto, dando de ombros. Não conseguia sentir nem nervoso por ter respondido uma discussão. Só sentia um vazio, como se estivesse presa em uma nuvem muito alta, vendo tudo lá de cima. Levantou-se lentamente do banco de madeira, pegando sua bolsa de lona e a garrafa de água das mãos de Clara.

– Vou procurar o psicólogo do conservatório. Até me senti bem respondendo a Laura, sem medo de acontecer uma briga. Devo estar doente mesmo. À beira da morte.
– Vou com você! – Clara disse, e Mila balançou a cabeça.
– Vai pra aula, amiga, obrigada. Eu te aviso tudo por mensagem, não se preocupe. Eu tô bem, só... triste – ela disse, virando de costas e caminhando para longe das meninas. Olhou para trás de novo e colocou a língua para fora. – Não sei porque o solo não é mais meu, Laura. De verdade. Estou tentando entender também.

Me esforcei muito, deixei de dormir, de me divertir e de viver como uma adolescente normal pra conseguir algo como um solo desses... E pra quê? Para o professor virar e dizer que quer uma bailarina e não uma boneca? Eu sou uma das melhores dançarinas desse conservatório. Eu não precisaria dormir com ninguém pra conseguir o que quero. E nem você, que é uma das piores, deveria precisar. – Mila sorriu e olhou para Clara. – Caramba, eu realmente preciso de um médico.

I feel like a chip on my shoulders
I feel I'm losin' my focus
I feel like I'm losin' my patience

(Eu sinto que tem um peso nos meus ombros
Eu sinto que estou perdendo o foco
Eu sinto que estou perdendo a paciência)

Ela tinha decidido não contar nada para a sua mãe por enquanto. O professor tinha dito que, apesar de ser a substituta, ela ainda tinha chances de se apresentar, certo? E, por mais que não quisesse a aprovação dele de alguma forma, ele ainda era o professor e ainda era responsável pela apresentação. Precisava lidar com isso da melhor maneira possível. Mas como fazer isso? Como não se sentir triste ou decepcionada por ter perdido o solo que tanto sonhava em fazer?

Sinceramente, ela deveria se jogar no chão e chorar até parar de sentir essa dor estranha no peito, como se tudo estivesse errado. Talvez devesse gritar e colocar tudo para fora. Mas não tinha ideia de como as pessoas faziam isso.

Sentada na frente da sala do psicólogo, Mila começou a roer as unhas sentindo as pernas tremerem bastante. Não sabia bem o que falar, o que contar para ele, não sabia se deveria falar tudo o que aconteceu ou explicar desde o começo do semestre, quando começou a se sentir mais fraca e medrosa. Deveria falar sobre quase ter vomitado para emagrecer? Porque, pensando agora, não seria algo que ela realmente faria. Falaria sobre seu primeiro beijo e como, só de pensar em Vitor, seu corpo relaxava um pouquinho? Respirou fundo, tentando ignorar a quantidade de perguntas. Puxou os fones de ouvido, abrindo sua playlist que normalmente a deixava mais calma, tentando se concentrar em todas as coisas, menos na sua própria cabeça. Antes que começasse a realmente se entregar para o que estava ouvindo, a porta do psicólogo se abriu e ela se levantou em um pulo.

𝄞

Algumas horas depois, Mila caminhava em direção ao prédio de aulas, segurando sua bolsa de lona. Sua cabeça ainda estava muito confusa e ela tinha aberto algumas feridas no papo com o psicólogo, mas sabia bem que não era algo que melhoraria de uma hora para outra. Deveria ter procurado ajuda há muito tempo. Talvez não falasse sobre nada daquilo com a sua mãe porque tinha receio que não fosse ser compreendida. Provavelmente ela diria que era para engolir o choro, para amadurecer e parar de se sentir daquele jeito porque, afinal de contas, a nossa cabeça comandava o nosso corpo todo. Que isso era maturidade.

Se isso fosse verdade, ela realmente estaria jogada no chão chorando, esperneando. Porque era o que sua cabeça *madura* de dezoito anos queria fazer.

Enquanto caminhava, podia ouvir alguns comentários. Sabia que a Academia Margareth Vilela era um lugar enorme, que a maioria dos alunos nunca iria se esbarrar duas vezes no mesmo ano e que, fora das turmas de balé, pouca gente sabia quem ela era. Mas fofocas corriam rápido demais. E, sinceramente, as pessoas adoram uma boa fofoca. Ela ainda lembrava quando uma estudante de piano tinha se tornado assunto por muito tempo, no ano passado, e ela só tinha descoberto recentemente que era a tal da Tim, que namorava o filho da diretora. Tinha ouvido um monte de coisas diferentes e, provavelmente, nenhuma delas eram verdadeiras. E agora, aparentemente, o motivo de fofocas absurdas era ela mesma: Camila Takahashi.

A Mila da música do Netinho, que declarava as mil e uma noites de amor e tudo mais, ela não sabia a letra de qualquer forma.

E não era exatamente como acontecia no dia a dia na sala de balé, em que ouvia sussurros sobre ela mesma, comentários maldosos e questionamentos sobre ser ou não adotada, só porque as pessoas sabiam que o filho da diretora era coreano e adotado. Então, obviamente, já que ela era asiática, deveria ser a mesma coisa. Mila tinha acabado de passar ao lado de dois alunos – um com uma flauta e o outro com um trombone – que falavam de uma bailarina que tinha morrido porque havia perdido seu lugar num balé.

Mila parou por alguns segundos e começou a rir sozinha. Escondeu o rosto nas mãos, pois sabia que estava parecendo uma pessoa maluca no meio dos jardins, mas não conseguia evitar. Morrido? Sério mesmo?

Claro que estava doendo. Claro que era estranho e que ela gostaria só de ficar deitada chorando e pensando em tudo o que tinha feito de errado. E que provavelmente faria isso mais tarde. Mas morrer? Pelo gosto duvidoso do professor retrógrado? Não mesmo.

Um outro grupo de pessoas sentadas no gramado debatia sobre um amigo de um amigo ter dito que a tal bailarina tinha engravidado do professor e precisou se retirar por um tempo do conservatório. O que, se fosse verdade, seria totalmente o oposto, já que ele era a autoridade e estaria coagindo uma estudante a algo sexual. Quem iria se retirar era ele, hein! E direto para a cadeia.

A garota parou perto da escada do prédio de aulas, respirando fundo e sentindo a barriga doer de leve. A ansiedade tinha dado lugar para uma tristeza que Mila nunca havia sentido antes. Era como se nada daquilo estivesse realmente acontecendo. Era surreal. Logo ela, que tinha batalhado tanto por um espacinho. Sentiu raiva.

Encostou na parede de pedra ao lado da escadaria e precisou respirar algumas vezes, da forma que o psicólogo a ensinou, para acalmar as mãos, que começaram a tremer. Mexia os dedos devagar, para levar oxigênio a cada pedacinho de célula. Talvez o sonho de se apresentar como Odette e Odile na frente de um olheiro da The Royal Ballet tivesse se transformado em pó no momento, mas seu corpo precisava continuar firme. Ela ainda tinha muitas aulas para assistir, movimentos para melhorar e uma marca para deixar naquele lugar. Lembrou de Vitor ter perguntado se ela já tinha pensado em ser outra coisa senão bailarina, e essa resposta continuava negativa. Ela amava tudo aquilo que fazia, mesmo com todos os problemas que sabia que enfrentaria. Mas, naquele pequeno minuto, tentando acalmar sua respiração, ela pensou se estava no lugar certo, fazendo a coisa certa. Perguntou a si mesma se precisava realmente passar por tudo aquilo.

Talvez fosse isso que as pessoas chamavam de amadurecimento. Ela estava cansada de fingir que estava tudo bem.

Mila percebeu que estava encostada na parede com os olhos fechados e, quando os abriu, pensando em voltar a caminhar para a próxima aula, viu um origami de tsuru bem na frente de seu rosto. Piscou os olhos algumas vezes e sorriu, pegando a dobradura de papel nas mãos. O presente era cheio de partituras com anotações, o que fazia o origami ser todo bonito e especial. Olhou de relance para Vitor, que estava ao lado de Sérgio, com um sorriso torto no rosto.

– Ouvi falar de uma garota que caiu de uma torre ao descobrir que não poderia mais ser um cisne – ele falou de forma dramática, como se contasse uma fofoca, sorrindo. Mila rolou os olhos, sem conseguir parar de sorrir também.

– Eu ouvi falar de um professor racista que precisa aprender com os próprios alunos o que ele deveria ensinar. – Sérgio deu de ombros, com os braços cruzados. Mila encarou o garoto e concordou.

– Não sei do que estão falando.

– Eu também não. A garota que conheço teria se pendurado na cortina e balançado de volta pra dentro da torre, com toda a certeza. – Vitor fez um sinal positivo com os dedos, e Mila concordou veementemente.

– Essa garota é legal.

– Esse professor é maluco, né? – Sérgio disse, vendo Mila desencostar da parede e andar lentamente até a escadaria. – Nunca vi você dançando e peço desculpas por isso, mas o Vitor aqui é seu fã número um e, se tudo o que ele fala é verdade – e acredito que seja porque meu parceiro tem bom gosto –, você é a garota mais talentosa deste lugar. Não só a garota, a pessoa mais talentosa daqui. E olha que sou talentoso pra caramba, e o Vitor não manda tão mal.

– Ah, obrigado, cara! Que isso. – Vitor sorriu, encabulado.

Mila escondeu um sorriso e encarou os garotos, agradecida. Balançou o tsuru nas mãos, já pensando que o colocaria no seu criado-mudo ao lado do outro origami que tinha recebido.

– Estou muito triste, mas vai ficar tudo bem. Obrigada pelo presente.

– Sei que você deve estar querendo ficar sozinha e não quero ser o cara chato que vai te incomodar. Mas vou esperar você aqui depois da sua última aula, e nós podemos ir à cidade ver o Sérgio tocar. Vai ser bonito, cheio de gente de fora que nunca ouviu a fofoca do momento e que não faz ideia de quem você é. E, obviamente, que você pode e deve dizer que não quer, se...

– Isso parece incrível! – Mila concordou, mordendo os lábios. – Não posso garantir que não vou sair correndo pra passar a noite lamentando meus problemas na cama, mas gostaria muito de ir com vocês.

– Acho que chegou aquele *momento*, cara – Sérgio brincou, parecendo dramático. Mila franziu a testa, encarando Vitor.

– Acho que sim. Preciso de muita coragem, só um momento. – O garoto respirou fundo, puxou o celular do bolso e estendeu para Mila. – Pode me dar o seu número? Juro que é só pra perguntar se você vai estar a fim de ir mesmo após pensar melhor sobre o convite, embora eu não tenha problema nenhum em passar a noite aqui esperando por uma resposta cara a cara.

Mila balançou a cabeça, sentindo o rosto ficar muito vermelho. As pernas tremeram de leve, mas ela tinha certeza de que não era algo ruim naquele momento. Mordeu o lábio novamente, puxando o celular das mãos de Vitor e anotando seu número nele. Ainda estava tudo nublado na sua cabeça, mas talvez o dia tivesse melhorado só um pouquinho.

18
I AIN'T NO JOKE
(RAKIM)

Já estava de noite quando Mila e Vitor chegaram ao campinho da praça da cidade. Caminhavam em silêncio, ela carregando sua bolsa de lona, e ele com um casaco comprido e o *case* do violino nas mãos. Na praça, a música rolava alta, e Sérgio estava atrás de um computador com um fone grande de ouvido, mexendo e mixando as músicas na hora. Alguns amigos estavam em volta dele e todos cumprimentaram Vitor de longe, quando viram o garoto entrar pelas grades da quadra. Mila o seguia de perto, quase perto demais, porque apesar de já ter ido à praça antes, não conhecia ninguém ali e sentia um frio na barriga como se fosse a primeira vez. Estava ansiosa para ver o pessoal dançar ritmos diferentes e só aquela ideia já fazia seu coração bater mais rápido. Era como uma grande aula ao ar livre.

— Você não deu sorte de vir num dia em que tenha uma banda inteira aqui, porque às vezes acontece — Vitor falou baixo, perto do rosto da garota. Mila concordou, nervosa com a aproximação. Seria interessante ver uma banda tocar naquela praça. Nunca tinha visto uma ao vivo, inclusive na Margareth Vilela.

— Eu nem sabia que existiam bandas no conservatório — ela confessou, um pouco mais alto. As pessoas continuavam cumprimentando os dois, e ela sorria para todo mundo, com o braço encostado no de Vitor, quase sem perceber. A praça estava mais cheia do que da última vez e isso era um pouco sufocante.

– Existe de tudo, a gente só não vê. É raro abrirem espaço para o que é diferente. – Vitor sorriu. – Quem começou a vir pra cá foi uma galera que era da Dexter, sabe? A banda de punk rock da apresentação do semestre passado.

– A banda da namorada do filho da diretora...

– Essa mesma. Daí o DJDJ... o Sérgio, trouxe o computador, juntou uma galera e fez um som. Ele quis trazer o que normalmente não nos deixam tocar nas aulas lá no conservatório, sabe? Um pouco de hip-hop, de rap, de música eletrônica. Eu vim de intrometido, mas o Sérgio tem feito algo muito bacana pra galera que não se sente representada lá dentro. E eu apoio e tô curtindo porque tudo o que eles fazem é bom pra caramba.

Os dois passaram pelo meio das pessoas, até acharem um canto mais vazio. Mila deixou a bolsa de lona presa nos pés e prestou atenção em todo mundo que passava por eles, roendo as unhas de suas mãos trêmulas. Era uma galera que raramente via pelo conservatório. Ou talvez visse, mas aqui fora eles tinham uma expressão diferente, vestiam-se como queriam e eram quem deveriam ser. Era muito louco que isso não podia acontecer dentro da própria escola!

– Quem é aquela garota? – Mila perguntou, apontando para uma menina com um afro enorme e que dançava ao som da música tocada por Sérgio. Vitor olhou para o meio da galera, onde uma roda começava a se abrir em torno da garota.

– Essa é a Solange. Ela é ex-namorada do Sérgio e às vezes, aparece por aqui. É do curso de Ópera e Canto, mas dança como uma profissional.

– Ela é incrível!

Solange continuava dançando em cima do *beat* do DJ enquanto todos se afastavam. Era sensacional como faziam barulho, torciam um pelo outro, comemoravam giros e movimentos pontuais, como se fosse algo orquestrado. Era como se existisse um maestro invisível, e todo mundo entendesse a exata hora em que precisavam gritar e aplaudir.

Vitor continuou apontando para as pessoas, explicando para Mila quem era quem. Foi quando percebeu que a garota estava nervosa e, ao encostar em seu braço, sentiu que ela tremia. Seria bom distrai-la um pouco para que se sentisse mais à vontade.

– Aquele é o Paulo, ele toca oboé.

– Igual a minha *roommate*. – Mila sorriu.

– Nunca vi tanta gente que toca oboé na minha vida! – Vitor também sorriu, fazendo o coração de Mila aquecer um pouquinho. Com as pessoas abrindo a roda, ficou um pouco mais apertado onde estavam, e ela conseguia sentir seu braço encostar no dele. Isso talvez fosse perfeitamente normal para todo mundo, mas ela conseguia sentir como se estivessem só os dois ali. De repente, lembrou da noite ao lado do carro, no escuro. Os lábios de Vitor nos seus e o calor do corpo dele por perto. Sentiu um arrepio subir pelas costas e respirou fundo para prestar atenção no que o garoto falava. – Tem o Jorge e o Joe. Eles tocam viola e fazem algumas aulas comigo. Mas sei que o Joe sempre traz um banjo pra cá e, às vezes, cria coragem pra tocar.

– Acho que nunca vi um banjo na vida.

– Pessoas normais veem banjos, a gente vê oboés.

Outra pessoa entrou no meio da roda e começou a dançar junto de Solange, e Mila cruzou os braços, prestando atenção. Eles faziam movimentos parecidos com dança contemporânea, mas com *popping*, *locking*, funk e outras danças urbanas. Quando o garoto e Solange deram um salto juntos, a galera foi à loucura, gritando ao mesmo tempo. Vitor também levantou os braços, comemorando. Ele olhou para Mila e incentivou a garota a fazer o mesmo. Ela sorriu com vergonha.

Mas a verdade era que a garota estava fascinada com aquelas coreografias que a faziam prender a respiração sem perceber. Não era como no balé, em que todos tornam-se uma unidade só. Cada um tinha sua expressão e seu conjunto de movimentos. Mas era sensível como o que ela mesma fazia e cada movimento bem-executado ao ritmo da música deixavam os pelos do braço dela arrepiados.

– Você não precisa ter vergonha. Ninguém está olhando pra gente – Vitor disse e deu um berro logo depois que terminou de falar. Apesar de Mila e o cara que estava na frente deles tomarem um susto, ninguém mais pareceu se importar. A batida da música não era tão alta, porque o som não tinha como reverberar em local aberto, mas todo mundo conversava e fazia o que bem entendia. Apontou para um canto em que estava um casal se pegando de forma muito explícita, mas ninguém nem olhava para eles.

    Mila ficou subitamente corada vendo a cena e se virou para a roda de pessoas dançando, escondendo um sorriso. Vitor viu e deu um sorriso também, porque ela ficava incrivelmente linda com as bochechas vermelhas, diferente dele mesmo, que virava um pimentão. Ela, ainda sentindo um pouco de nervoso pela aproximação dele, soltou os cabelos que estavam presos no coque de sempre.

    Soltar os cabelos era um ato tão libertador, que nem conseguia explicar. Jogou o elástico na bolsa, que ainda estava entre seus pés, e massageou de leve o topo da cabeça, sentindo o corpo ficar um pouco mais relaxado sem seu cérebro parecer estar sendo puxado para cima o tempo todo.

    Enquanto a música mudava de leve com uma ponte de ritmos bem rápidos, e Sérgio saía de trás do computador, dando espaço para uma garota, Mila tomou um susto ao ouvir um barulho que era como se o chão estivesse sendo arranhado. Deliberadamente se encostou em Vitor, sem pensar em nada além de seu coração estar saindo pela boca. Ela se assustava fácil demais. Manteve seu rosto encostado no ombro do garoto, escondendo-se um pouco atrás dele, a tempo de ver cinco pessoas chegarem ao campinho com skates, algumas os segurando nas mãos, outras, passando por todo mundo que já estava ali. Era de onde vinha o barulho. As rodinhas arranhavam o chão, enquanto o barulho de saltos e da madeira batendo se repetia várias vezes. A música tinha mudando o ritmo para algo mais antigo, e as pessoas comemoravam, cantando e dançando.

    – Eu só tinha visto pessoas andando de skate na televisão. Ou na internet, claro. Me sinto uma extraterreste! – Mila disse, fazendo Vitor sorrir, explicando-se um pouco pelo susto. Ele sentia o queixo dela em seu ombro e estava sem coragem de se mexer, porque não queria que ela saísse dali.

    – O meu *roommate* anda de skate o dia todo na pequena sala comunal do nosso dormitório, não tem mistério nenhum.

– Você consegue andar? – ela perguntou, surpresa. Ele negou com uma careta.

– Eu já quase quebrei meu pé tentando. Ou seja, nunca acontecerá novamente. É só pra quem tem equilíbrio, o que, definitivamente, não é o meu caso. Ei, talvez você consiga! – Vitor virou o rosto de leve, com a sobrancelha esticada. Mila arregalou os olhos e ia responder quando Sérgio se aproximou dos dois com um copo na mão.

– O que os pombinhos estão cochichando?

– Você tá me chamando de pombo? – Vitor perguntou, rindo envergonhado. Mila tirou o queixo do ombro dele lentamente.

– Acho que seus amigos são todos incríveis. Preciso te apresentar pra Clara, ela vai amar tudo isso.

– Não são exatamente todos meus amigos, mas fico feliz que pense que sou popular assim. – Sérgio piscou, bebendo um gole do seu copo. – As pessoas só aparecem, se juntam, sabe? É meio natural.

– Quando é que as pessoas vão começar a fazer aquelas batalhas legais de rap? – Mila perguntou, genuinamente curiosa. Sempre tinha imaginado como seria aquilo ao vivo.

– Estranho é ainda não terem feito. – Vitor deu de ombros, e Sérgio concordou.

– O Rapina não veio hoje, ele sempre puxa o duelo de rap.

– Eu realmente acho que o conservatório está perdendo muita coisa focando só em música clássica. E eu sou a bailarina que não sabe nem como conseguiu passar de semestre em Dança Contemporânea. Não entendo nada que vem depois de 1850.

– Eu sabia que você era a mais velha do grupo! – Vitor falou baixinho, fazendo Mila sorrir. Sérgio rolou os olhos com uma careta vendo a interação dos dois.

– Vocês são meio fofos e bobinhos. Achei que já estariam se beijando uma hora dessas.

– Eu vou chutar você daqui! – Vitor resmungou com os dentes cerrados. Mila mordeu os lábios, pensando que um beijo não seria a pior coisa naquele momento, mas sacudiu a cabeça e voltou a encarar Sérgio.

– Então o que você toca aqui é hip-hop? – ela perguntou, com a voz meio rouca. Tossiu de leve, negando o copo de bebida que o garoto ofereceu.

– Hip-hop é o movimento. Eu toco música eletrônica com uma pegada funk, R&B e outros ritmos diferentes. Misturo Flying Lotus com Dr. Dre, por exemplo. Hip-hop é tudo isso, sabe? Os bboys e bgirls dançando, a galera do skate, os duelos, o grafite, o DJ... É todo um estilo de vida e luta.

– Não cometa o erro de dizer que viu tudo isso no filme do Eminem. Eu já fui essa pessoa sem noção um dia – Vitor comentou baixinho, próximo ao rosto de Mila. A garota sorriu, concordando.

– Eu nunca nem vi o filme do Eminem! – ela respondeu, e ele gargalhou alto. Sérgio balançou a cabeça.

– Posso te passar uma playlist bacana depois, se quiser, pra parar de falar de Eminem com o namorado aí. Só tem os clássicos nacionais, sabe? Thaíde, Racionais, Sabotage, Projota, DJ Hum.

– Teve uma época em que a Clara era apaixonada pelo Projota. E por um outro cantor chamado Emici... da? Não sei se pronuncio esse nome direito. Ela ficava cantando pelos cantos, embora seu fanatismo não dure muito. Hoje ela tá ouvindo Selena Gomez.

– Não posso julgá-la. – Sérgio sorriu. – Eu vou gostar dessa Clara.

– Você vai amar a Clara! – Mila concordou.

Os três prestaram atenção quando a DJ trocou a música, e começou uma que fez Sérgio e Vitor sorrirem juntos. Um hip-hop com o estilo meio antigo, que fez Mila se lembrar da abertura de *Um Maluco no Pedaço*, aquela série divertida com o Will Smith que passava na TV. Algumas pessoas gritaram com os braços para o alto, e Sérgio deu um tapa de leve em Vitor.

– Você precisa tocar isso, vai ficar maneiro com o que a gente treinou na semana passada. É a sua chance!

Vitor concordou, sorrindo, como se tivesse tido uma ideia genial ao mesmo tempo que o amigo. Entregou o casaco e o *case* do violino para Mila, que não estava entendendo nada. O garoto segurou o instrumento no ombro e caminhou para o meio da roda sentindo como se o mundo estivesse aos seus pés. Finalmente, essa seria sua hora! Suas pernas estavam tremendo, porque Mila estava assistindo. Ele sabia que não poderia fazer nada errado, então estufou o peito e respirou fundo. Afinal, era sua chance de mostrar quem ele realmente era para a garota dos seus sonhos. Com os gritos da galera, começou a tocar o violino no ritmo da música, imitando os instrumentos e acompanhando a melodia. Sentia a música entrar pelos seus dedos e braços, espalhando-se por todo o corpo como um choque elétrico, uma carga de adrenalina. Sérgio deu um grito animado.

    Mila ficou parada exatamente onde estava, com sua bolsa de lona entre os pés, o casaco e o *case* do violino de Vitor nas mãos. Estava começando a esfriar, e o vento fazia com que ela tremesse um pouco. Mas o som que vinha do campinho era uma das coisas mais sensacionais que já tinha ouvido na vida e aquecia seu corpo da mesma forma quando estava no palco. O som do violino era limpo, expressivo e encorpado, do jeito que admirava, e o rap clássico com a batida fazia aquilo ser completamente surreal. Mila nunca se imaginou ali, no meio de tanta gente talentosa, tantos ritmos e corpos diferentes, enquanto crescia cercada pelo mundo do balé clássico. Não conseguia tirar os olhos de Vitor, que mexia o arco do violino para cima e para baixo, junto com os movimentos da cabeça e dos pés, que acompanhavam a batida. Ele era lindo. No seu próprio jeito desengonçado e diferente, cheio de sardas e sorrisos divertidos, com os cabelos vermelhos, talvez um pouco grandes demais.

    Era difícil admitir isso para si mesma, mas Mila não queria parar de olhar para ele.

    Seu corpo começou a mexer com a música e, sem perceber, gritou junto com Sérgio no momento de alvoroço geral de uma virada na coreografia de um dos bboys. O garoto olhou para Mila, que parecia estupefata com as bochechas vermelhas e sorria de forma doce.

    – O Vitor é um cara de ouro, não machuque o coração dele, não. Independentemente de como for, o cara é seu fã.

    – Eu sou fã dele também. E não pretendo machucar o coração de ninguém – ela disse sem pensar, próxima do rosto de

Sérgio, sentindo os dedos tremerem com uma animação diferente do que estava sentindo momentos antes, olhando de relance para Vitor ainda no meio da galera. O garoto concordou, satisfeito. – E obrigada pela aula. Eu quero muito ouvir a sua playlist e saber mais sobre tudo o que me ensinou. É fascinante. E assustador que eu nunca tenha ouvido nada assim antes.

– É a cultura e a história de gente negra da periferia. Foi o que fez meu pai sobreviver e poder criar toda minha família do zero. Todos nós já somos privilegiados demais só de podermos estar nesta cidade, nesta escola, juntos. Mas todo mundo é bem-vindo pra curtir, porque é um movimento universal. Fico feliz que esteja aqui.

– Eu também.

19
LA STRAVAGANZA N.2
(VIVALDI)

Mila acordou assustada com o despertador. Ficou sentada na cama por alguns segundos, piscando os olhos para se acostumar com a claridade. A janela do quarto estava aberta, e a luz do dia iluminava tudo ao seu redor, como sempre gostava. Mas não naquela manhã.

A garota lembrou que a noite anterior tinha sido incrível na cidade e, absorvendo todas as coisas novas que viu, ouviu e sentiu, tinha até se distraído dos próprios problemas. Mas foi só chegar no seu quarto que isso mudou. Estava exausta, mas não tinha conseguido sair da frente do espelho por muito tempo. Olhava-se de cima a baixo, tentando entender quem ela era e o que faria dali em diante. Precisava de motivação. Até então, tudo o que ela fazia era para se tornar a solista na apresentação do meio do ano, para que olheiros de companhias de dança a vissem no palco. Em especial a The Royal Ballet, claro. Porém, agora, sendo a substituta e com sua autoconfiança abalada, não conseguia arrumar um bom motivo para ensaiar até de madrugada, como estava acostumada a fazer. E enrolar sua mãe estava sendo mais difícil do que pensava.

Tinha ido deitar com um gosto ruim de tristeza na boca. E tinha chorado por muitas horas, tentando tirar aquele peso de dentro do peito. Ela não era uma farsa, disso tinha certeza. Nada do que tinha acontecido era sua culpa. Passou a noite repetindo isso para si mesma enquanto se enrolava nos cobertores, molhando o travesseiro de lágrimas. Tinha dado um duro danado, e seu esforço não tinha sido valorizado. Mila era material para solista. Não podia ser jogada de lado dessa forma.

Voltou a deitar na cama, olhando para o teto e respirando fundo algumas vezes. Sentiu vontade de chorar outra vez, mas a respiração estava ajudando a controlar, como o psicólogo havia ensinado. Era como se não tivesse motivos para sair dali. Não queria se levantar. A primeira aula seria de balé clássico, e ela ainda precisava ir ao pilates antes, para checar o tornozelo e fazer alguns exercícios de fortalecimento.

Puxou o celular para desligar o alarme, que tinha tocado de novo e estava enchendo o saco, e viu que tinha mensagens da Clara, do Vitor e da mãe dela. Esfregou os olhos de leve, para que entrassem em foco.

> *Clara Benassi:* Minha polaina nova chegou e ela combinou muito com a minha alma!
> 23:13

> *Clara Benassi:* Já que você não perguntou, eu mesma digo que é preta e bem gótica.
> 23:17

> *Clara Benassi:* A quem eu quero enganar? Sou um unicórnio feliz.
> 23:19

> *Clara Benassi:* Mila-chan, você tá viva? Me dê notícias! Te amo! Bjs
> 23:24

> *Mila Takahashi:* Eu não sei se estou viva, porém passo bem.
> 07:10

> *Mila Takahashi:* É melhor me dar essa polaina, ela está combinando mais com a minha alma *gore* no momento.
> 07:11

> *Clara Benassi:* Que isso! Acordamos de cara com o cemitério hoje, hein?.
> 07:13

> *Clara Benassi:* Eu porque acordei cedo, e você porque essa atitude aí não é digna de Odile nem de Odette.
> 07:13

Clara Benassi: Amiga, foi mal! Não quis te fazer lembrar de O Lago dos Cisnes, sou idiota. Tentei apagar a mensagem, mas não consegui. Que droga de novo milênio é esse??? 07:14

Mila Takahashi: Estamos no mesmo milênio faz alguns bons anos. 07:15

Mila Takahashi: E eu tô bem, não precisa se desculpar ou não falar do balé comigo!!! 07:15

Clara Benassi: nerd. 07:16

Clara Benassi: Você tem consulta com o psicólogo hoje? Seria bom colocar isso pra fora. 07:16

Mila Takahashi: Serão duas consultas por semana. A próxima é amanhã! Vai ficar tudo bem!!! 07:16

Clara Benassi: Okay! Vou passar aí pra gente ir pro pilates juntas! Já que estou acordada mesmo, melhor fazer algo de útil. 07:17

Mila Takahashi: Me encontra na aula depois, talvez eu demore um pouco pra levantar. Tirei um tempo para a vida, me sentindo vítima, sentindo pena de mim mesma e tudo mais. E isso pode levar alguns minutos ainda. Não se preocupe! 07:18

Clara Benassi: Leve quanto tempo precisar. É natural. Ser gótico é parte do ser humano. 07:19

Mila Takahashi: Mas a polaina é minha. 07:20

Clara Benassi: Você acha mesmo que não comprei duas porque uma era pra você? Te amo! Qualquer coisa, me avisa! 07:21

Mila Takahashi: Te amo! Obrigada. 07:21

Mila sorriu sozinha segurando o celular, pensando que Clara tinha sido um dos maiores presentes da sua vida ultimamente. Que o balé era competitivo, ela tinha certeza. Também sabia que, quando as pessoas estão juntas por objetivos parecidos, elas têm a tendência de se unir. Ninguém faz nada sozinho. E ela sabia que não conseguiria passar por tudo aquilo sem Clara ao seu lado. Ainda sorrindo, mesmo com a vontade de chorar – o que era uma sensação esquisita e conflitante – olhou o celular outra vez para ver as mensagens de Vitor. Eles tinham trocado poucas palavras no dia anterior, antes de Mila confirmar que iria para a cidade. Então, ela ainda não sabia bem como seria poder conversar com ele a qualquer hora do dia. Só de pensar nisso, sua barriga ficava dolorida de felicidade.

> *Garoto do Origami:* **Chegou bem? Fiquei muito feliz que você tenha ido comigo pra pracinha! Obrigado por aceitar o convite. Durma bem e descanse. Se precisar de mim, é só avisar. <3**
> 23:30

Mila sentiu seu rosto esquentar enquanto lia a mensagem dele. Era infantil sentir-se dessa forma, claro, mas não conseguia controlar. Na noite anterior, estando perto dele o tempo todo, foi difícil não pensar em quando se beijaram, porque a boca dele estava para onde quer que ela olhasse. Não era nada fácil se concentrar no que uma pessoa fala quando você quer a boca dela grudada na sua! Ela nunca tinha sido a pessoa que pensava em beijos, porque nunca foi uma prioridade. O sentimento era novo, e ela se sentia boba de perder o foco com isso.

Mas ele era tão fofo! E prestativo!

E tocava violino de uma forma tão suave e mágica!

E beijava tão bem!

Mordeu os lábios ainda sorrindo e pensando no que deveria responder para Vitor. Precisava falar algo, porque já tinha visualizado a mensagem e seria burrice simplesmente fingir que nada tinha acontecido. Mas o que escreveria? Agradeceria pelo passeio? Pela mensagem? Pela preocupação? Pela carona? Pela força que estava dando para ela naquele momento difícil e esquisito? Seria bacana enviar uma letra de música como as pessoas fazem nas redes sociais quando querem mandar alguma indireta? Existia alguma música atual sobre parar de falar para beijar logo?

Formulava várias mensagens diferentes e apagava tudo antes de pensar em enviar, sentindo os dedos trêmulos. Nada estava bom o bastante. Olhou para a cadeira da penteadeira e viu o casaco dele, que ela tinha usado na noite anterior por causa do frio. Era o casaco comprido com gola grande que ele sempre usava. Poderia ser um bom começo.

> *Mila Takahashi:* **Bom dia!** Obrigada pelo passeio, foi uma experiência incrível!!! E também foi um prazer poder te ver tocando. Obrigada pelo casaco. Ele evitou uma morte horrível por congelamento!!!! *07:40*

Enviou a mensagem sem revisar os pontos de exclamação. Droga será que tinha colocado animação demais? Releu a própria mensagem algumas vezes, avaliando todas as possibilidades do destinatário em compreender o que ela queria dizer. Ele iria pensar que ela estava superinteressada, certo? Como dizer para ele que queria vê-lo de novo, sem ser totalmente explícita sobre isso?

Ela poderia usar o casaco! Uma bela desculpa. Poderia dizer que queria devolvê-lo, o que implicaria zero a sua vontade vê-lo e tascar um beijo naquela boca macia. Talvez fosse uma bela mensagem, mas como escreveria isso? O celular vibrou de leve nas mãos e ela encarou a tela.

> *Garoto do Origami:* **Bom dia!!!** *07:43*

> *Garoto do Origami:* Fico ainda mais feliz em saber que foi uma boa experiência! O pessoal lá manda muito, né? Quem sabe você não anima dançar na próxima vez? *07:43*

Então ele queria encontrar com ela uma próxima vez. Mila sorriu sozinha, envergonhada da própria risada e da própria sombra.

> *Garoto do Origami:* E sobre o casaco, quer me encontrar na hora do almoço? Ele deve estar com saudade do dono, e seria um perigo deixar essa tristeza se arrastar por mais um dia. *07:44*

Mila arregalou os olhos e deu uma risadinha novamente, apertando o celular contra o corpo. Ele tinha usado a desculpa do casaco! E isso era ótimo, porque ela não precisaria fazer isso! Ah, como o romance era algo sensacional! O que ela deveria falar a seguir? Onde estava a Clara para ajudar com umas dicas?

> *Mila Takahashi:* ihfsuwrhgalurghp 07:45
>
> *Garoto do Origami:* Concordo, porém meu tradutor disse que isso não faz nenhum sentido. 07:46
>
> *Mila Takahashi:* Desculpa!!!! Eu digitei sem querer porque o celular caiu, e eu tentei pegá-lo. Não é nada de língua de outro espaço. 07:46
>
> *Mila Takahashi:* Ou outra língua qualquer. 07:46
>
> *Mila Takahashi:* Enfim. 07:46

Ai, como ela era boba. Que mico! *Pare de falar de língua, Mila!*

> *Mila Takahashi:* Te vejo hoje no almoço, claro. Não podemos deixar o casaco sentir saudade, seria um atentado contra o mundo da moda. 07:47
>
> *Garoto do Origami:* Blz! Eu super concordo. Obrigado pelo apoio, vamos fazer o mundo dos casacos um lugar melhor. Te vejo mais tarde! 07:47
>
> *Mila Takahashi:* Até! Beijos! 07:48
>
> *Garoto do Origami:* Beijos!!! 07:48

Por que falou de beijos? Mila fechou os olhos e esticou os braços para os lados, sem saber o que fazer em seguida. Era a primeira vez que trocava mensagens assim com um garoto e tinha sido uma experiência enervante e bastante emotiva. Ficou ainda um tempo deitada, com o coração batendo rápido, sorrindo à toa e olhando para o teto, até que se sentou e lembrou-se que também tinha uma mensagem da sua mãe para ler. E era bom que se levantasse logo ou a sala de pilates ficaria lotada. Não era hora de ficar sonhando acordada se nem mais se lembrava porque estava sentindo pena de si mesma.

Mila saiu do pilates uma hora depois, mexendo o pé, que ainda doía um pouco, e prendendo os cabelos. As pessoas passavam por ela e a cumprimentavam, como se nada tivesse acontecido. Viu alguns olhares tortos, claro, mas isso que já era esperado. Como os bailarinos passavam o dia no conservatório, as fofocas entre eles corriam depressa demais. Nesse ponto, todo mundo já sabia que Mila havia sido retirada do papel de solista da apresentação, e que alguém com menos experiência – e menos talento – estava em seu lugar.

– Como puderam trocá-la por aquela garota? Já viu a Raquel dançando? Mês passado ela fez um recital, e foi um fiasco.

– Ela não é mais bonita que a Raquel, mas é mais talentosa.

– Quem é Raquel?

– O que será que ela fez pra perder o papel?

– Eu ouvi falar que o professor é um babaca.

– Mas ele é maravilhoso!

– Aposto que ela não conseguiu fazer os *fouettés*, e ele ficou decepcionado.

Ela ouvia todo tipo de comentário enquanto caminhava para o corredor do prédio de aulas. Rolava os olhos para alguns, mas, no geral, sabia que as pessoas estavam sendo sensatas. Elas sabiam quem Mila era. Ou, pelo menos, elas pareciam saber. Resolveu pegar seu celular e ligar alguma música para se distrair e parar de ouvir qualquer tipo de fofoca. Apesar de qualquer coisa, aqueles comentários não faziam bem, e ela tinha começado a sentir os dedos formigarem e a cabeça latejar. Respirou fundo, sentindo a boca ficar seca.

Ligou em *La Stravaganza*, do Vivaldi, o concerto número 2 de violino em mi menor, que era o oposto de como acordou se sentindo, mas que realmente amava. O compasso era em allegro, um andamento musical leve, ligeiro e animado, que normalmente é interpretado com movimentos coreográficos mais rápidos e agitados. Sorriu sozinha parada no corredor, ouvindo o início da música. Quase que automaticamente, ao levantar os olhos do celular, ela viu todo o conservatório de uma forma diferente, mais viva. A música tinha esse poder de transformar os ambientes. As pessoas passavam por ela conversando, algumas correndo e outras observando os murais de aulas e anúncios. Mila encarou o chão escuro de mármore, os rodapés enfeitados e as paredes brancas, que pareciam sempre limpas demais. Cada coisa parecia ter cor e ritmo, quase que com vida própria. Continuou sorrindo enquanto caminhava devagar próxima a parede, acompanhando a música com o movimento dos pés e dos dedos das mãos. Era impossível não querer dançar.

Ainda com os fones no ouvido, observou o mural do primeiro andar e viu uma mensagem que sua memória reconheceu na hora. Franziu a testa e se aproximou. Era um flyer do Clube da Diversidade, chamando as pessoas para uma reunião que aconteceria na hora do almoço em uma das salas de prática de instrumentos de corda. Mila ficou parada por um tempo encarando a mensagem e pensando no dia em que duas meninas a abordaram nos jardins falando sobre debates periódicos entre pessoas que não se sentiam representadas ou que não se encaixavam na suntuosa Academia Margareth Vilela por causa da cor da pele, da religião, da ascendência ou qualquer outro motivo para segregação.

Se não tivesse combinado de se encontrar com o Vitor, pensaria em dar uma passada nessa reunião.

Entrou na sala de balé clássico com alguns alunos olhando diretamente para ela, e aquele sentimento estranho voltou. Raquel estava ao fundo, com algumas amigas e parecia ter parado de respirar ao vê-la caminhando pelo meio da sala. Mila olhou para a garota e sorriu, ainda ouvindo Vivaldi, que ecoava dentro dela como um abraço. Acenou de leve para Raquel em um impulso e se virou na direção de Clara, Laura e Marina, colocando sua bolsa no chão da sala e trocando sua bota pela sapatilha de ponta. Não escutava as garotas conversando entre si, mas sorria sozinha cruzando a fita da sapatilha e fazendo um laço apertado no calcanhar. Era uma parte da rotina que ela adorava.

– Ei, Mila! – disse Clara ao mexer as mãos na frente do rosto da amiga, fazendo com que tirasse os fones de ouvido e encarasse o ambiente da sala de dança que tinha uma música de piano ao fundo e várias pessoas conversando. – Ainda estamos no "cemitério" de hoje mais cedo?

– Já sou um espírito flutuante de filme de terror. – Mila sorriu, sentindo os dedos voltarem ao normal, embora sua boca ainda estivesse seca.

– Eu sempre disse isso – Laura falou, rolando os olhos e fazendo as garotas rirem.

– Minha sapatilha está desbotada, né? Dá pra perceber? – Marina estendeu uma sapatilha marrom com algumas manchas rosadas na frente das garotas. Clara e Mila se entreolharam. – Eu sabia que dava pra perceber!

– Se você não tivesse falado, eu nem olharia pro seu pé. – Clara deu de ombros.

– Vou ter que encomendar outra base de pele só para a sapatilha, porque gastei a minha inteira no último recital. E eu não posso ficar sem nenhuma por causa dessa festa no fim de semana...

– Por que você não usa com a cor normal mesmo? – Laura perguntou, ajeitando o cabelo. Marina olhou para a garota com uma careta.

– Pela Deusa, Laura, quanta ingenuidade! – Clara reclamou.

– Simplesmente porque a cor "normal" não é a cor da minha pele. É normal só pra você – disse Marina.

– Não é fácil achar sapatilhas de outras cores. – Mila mostrou a dela, que era rosada e destoava um pouco do tom amarelado da sua pele.

– Eu passo base na minha pra combinar com as minhas pernas escuras, mas depois de suar ela fica bem desbotada mesmo. E dá um trabalhão arrumar... um saco! – Marina balançou a cabeça, terminando de colocar sua sapatilha do jeito que estava mesmo.

– Não tenho base pra passar, mas acho que ficaria num tom muito mais amarelo do que eu gostaria. – Mila sorriu, levantando-se.

Clara estava mandando mensagens no celular. – Você não vai se aprontar?

– O Breno quer me ver depois da aula, mas eu já tinha combinado algo com o Yuri. Estou mega indecisa.

– O Yuri tá bem ali no canto, falando com uma das Marcelas... – Laura apontou, e Clara rolou os olhos.

– O problema é dele! Ela é chata pra caramba.

A professora bateu palmas chamando todo mundo para as barras. Alguns alunos ajudaram a organizar a sala enquanto Clara corria para calçar sua sapatilha. Mila foi para a frente da sala, como normalmente fazia, mas se arrependeu da escolha naquele dia. A professora olhou para ela com um sorriso simpático e assustador, como se estivesse olhando para um filhotinho de gato todo sujo de lama.

– Você está bem para fazer a aula hoje, Camila?

– Estou ótima, obrigada. Não se preocupe. – Mila sorriu sentindo as pernas tremerem. Deveria ter ficado lá no fundo para não ser vista. Agora toda a turma olhava para ela novamente, não sendo exatamente o que queria naquele momento.

– Não estou preocupada. Você é capaz de qualquer coisa, e acredito muito no seu talento. – Madame Eleonora sorriu de leve, fazendo Mila sorrir também. – Agora vamos do começo, dançarinos dançam, não importa o que aconteça! Comecem o aquecimento e eu quero ver pernas bem esticadas e colunas eretas. Jonas, eu falei com você!

Mila saiu da sala de aula vendo as garotas rumarem para o gramado, onde almoçariam juntas alguma coisa que a mãe de Clara tinha enviado. A comida era sempre gostosa e com um toque italiano. Mila sempre gostava de beliscar, mas hoje não. Tinha um encontro marcado com o dono do casaco que estava em sua bolsa de lona e, ao pensar nisso, seu coração bateu um pouco mais forte. Era um sentimento estranho de vitória, quando na verdade ainda não tinha ganhado nada. Andou até a escadaria principal do prédio e pegou o celular para enviar uma mensagem para Vitor, quando viu que ele tinha feito isso primeiro. Mas não era exatamente o que ela queria ler.

> *Garoto do Origami:* Mila, me perdoe? O professor quer estender a aula, e eu só vou ficar livre depois que o horário do almoço tiver terminado!! A gente se fala depois? Bjs
> 11:46

Tirou os olhos do celular, sentindo um peso esquisito no peito. Tudo bem, era normal alguém cancelar algo e, se Vitor estava ocupado com um ensaio ou com uma aula, era super compreensível e responsável que não pudesse encontrá-la. Ela mesma teria cancelado porque existiam prioridades e, se você está em um conservatório, a prioridade não é outra pessoa. Mas por que se sentia triste com isso, como se ele tivesse feito algo muito ruim? E se ele só não quisesse vê-la e tivesse arrumado uma desculpa?

Parou por alguns segundos, encostada no corrimão da escadaria que saía do prédio e respirou fundo. Suas pernas tremiam e ela sentia vontade de vomitar, a fome dava lugar ao enjoo. Não podia ficar desse jeito. Contou sua respiração, como tinha aprendido, e tentava repetir para si mesma que não tinha por que se sentir daquele jeito! A sensação de que tudo estava errado, que ela não era suficiente e que queria simplesmente sumir porque algo ruim aconteceria tinha voltado – junto com a autossabotagem e a vontade de pensar em todos os problemas.

Respirou mais algumas vezes, piscando os olhos e fingindo olhar algo no celular para que ninguém notasse o pânico que havia tomado conta dela naquele momento. O que faria? Pensou em encontrar com Clara e as outras garotas no gramado, mas a real era que não queria ouvir Laura fazer qualquer comentário sem-noção. Não estava no clima. Talvez fosse melhor ficar sozinha? Ou fazer qualquer coisa para se distrair e parar de pensar que Vitor não queria se encontrar com ela.

Respondeu apenas um "ok, boa aula!" e colocou o celular de volta na bolsa.

Lembrou do mural e do flyer do Clube da Diversidade e levantou o rosto, com a testa franzida. Correu escadaria acima até o corredor e encarou o mural, procurando pelo número da sala de prática. Isso seria interessante, e ela poderia se distrair dos próprios problemas.

    Subiu até o segundo andar e caminhou contra o fluxo do intervalo de aulas, tomando cuidado para não bater em ninguém. E também para não ser vista pelo Vitor por ali, já que eram as salas de instrumentos de corda, e, se ele realmente estivesse em aula, poderia vê-la passando pelo corredor. Seria terrível, porque ele pensaria que ela estava o espionando ou qualquer coisa parecida. Que desastre. Esgueirou-se com cuidado, olhando algumas salas de prática até encontrar uma com a porta aberta, exatamente a que procurava. Não tinha sido tão difícil e não havia nenhum sinal do garoto do origami por perto. Ficou parada no batente sem saber o que fazer. No que estava pensando?

    Lá dentro, havia algumas pessoas sentadas no chão com instrumentos nas mãos. Estavam conversando e rindo, e Mila logo identificou as duas garotas que tinham falado com ela semanas atrás. Qual era o nome delas mesmo? Seria mal-educado perguntar? Deveria só entrar cumprimentando ou fingir que era invisível, sentando sem chamar a atenção de ninguém? Suas mãos tinham começado a suar.

    – Camila, você veio! – A menina baixinha se levantou, muito animada. De repente, toda a roda olhou para a porta, encarando Mila de cima a baixo. Alguns estavam boquiabertos, outros sorrindo. Provavelmente metade não estava nada impressionada pois não fazia ideia de quem ela era. Mila sorriu de leve. Agora não tinha mais volta. Teria que entrar e fazer alguma social.

    – Olá – Mila disse, com os dentes ainda cerrados, apertando a bolsa de lona contra o corpo. A menina que havia levantado correu até ela e a escoltou até um lugar na roda ao seu lado, sob o silêncio do resto das pessoas da sala.

    – Oi, Camila! Lembra de mim? Eu sou a Amélia e essa é a Sayuri. Nós falamos com você há algum tempo – a garota de *hijab* disse, sentada do outro lado da roda. Mila concordou, sorrindo e acenando. – Obrigada por ter vindo. Sua presença faz muita diferença!

Mila não fazia ideia de como faria diferença ali, mas concordou, envergonhada. Encarou as pessoas do grupo e percebeu que não conhecia ninguém. A roda começou a se apresentar, como se estivessem lendo seu pensamento, até que outra pessoa entrou na sala. Mila encarou Solange, a ex-namorada de Sérgio, que estava dançando na pracinha na noite anterior. Sorriu sozinha porque não tinha sido apresentada a ela, mas já era muito fã.

– Foi mal a demora, minha gente. Eu estava presa na aula de História da Arte e tinha arrumado treta com o babaca do Júlio e daí, enfim... – Solange sentou-se ao lado de Amélia e encarou Mila. – Ah, você é bailarina que o Vitor comentou, né? Eu te vi ontem na cidade!

– Não fomos apresentadas, mas eu amei ver você dançando! – Mila limpou as palmas suadas na calça de moletom, sorrindo. Então Vitor tinha falado dela para o pessoal? Isso era bom, certo?

Outras apresentações foram feitas e Mila sentia-se um pouco mais confortável em saber os nomes das pessoas e qual curso faziam ali na Margareth Vilela. Havia alunos de trombone, oboé – óbvio! –, trompete, flauta transversal, tímpanos, pratos, fagotes ou, como Solange, estavam na turma de ópera e canto. Era bem legal que todo mundo se unisse assim, vindo de diversas formações. Era quase uma orquestra completa.

– Hoje nós vamos discutir sobre a falta de consequências para comentários racistas no conservatório e como a gente pode conversar com a diretoria sobre isso. A diretora tem um filho asiático, não é possível que ela não saiba que existam esses problemas dentro da própria escola dela! – Amélia disse, eloquente, com um caderno nas mãos. – E também chegaram nossos *pins* metálicos! Todo mundo vai ganhar um!

20
EU GOSTO DELA
(EMICIDA)

Mila saiu da sala de prática no fim da reunião com o *pin* metálico nas mãos e um monte de informações novas na cabeça. As pessoas despediam-se no corredor, cada um rumando para um lado diferente, já que o horário de aula estava prestes a começar. Mila ainda ficou parada um tempo olhando para o *pin*, depois de sorrir e acenar para as pessoas que se despediram dela. Tinha sido uma experiência diferente, e ela conseguia ver alguns lados que nunca tinha notado antes. Não fazia ideia de como comentários e piadas eram recebidos de forma totalmente distinta dependendo da pessoa e do seu histórico. Era algo que deveria ter pensado, mas que não tinha tido ninguém para dividir e elaborar essas ideias. Havia ouvido comentários maldosos a vida inteira e sempre ignorava pensando que eram só piadas. Não eram. Ela não podia mais ficar calada, se tantas pessoas eram machucadas e estavam se unindo para esse tipo de coisa parar de acontecer. Ela tinha responsabilidades também.

Sorriu sozinha e colocou o *pin* metálico, que estava escrito "Clube da Diversidade" em letras vermelhas, na sua bolsa.

– Na próxima reunião seria bacana você contar sobre o que aconteceu no seu solo de *O Lago dos Cisnes* – Clara aconselhou assim que Mila a encontrou para a aula de dança acrobática e contou tudo que tinha acontecido na hora do almoço. – O professor foi totalmente racista, e no fundo você sabe disso.

– Eu ainda preciso entender como tudo isso faz eu me sentir, sabe? – Mila disse, vendo Clara concordar. – Fui tão omissa com essas coisas. A vida inteira fui taxada de "japa nerd" na sala porque eu gostava de matemática e eu simplesmente ignorava que as pessoas achassem óbvio que eu tirasse notas boas. Elas acham que a gente nasce inteligente?

– Já ouvi alguém falando que o cérebro dos asiáticos é maior e mais rápido, acredita? – Clara bufou. Mila fez uma careta.

– Isso é tão ridículo. Aposto que ninguém sabe que minha mãe me obrigava a fazer os deveres de casa quatro vezes até eu decorar cada número como se fizessem parte de mim. Nada disso é inteligência automática! Quem me dera!

– Tá doida, eu teria me fingido de morta se uma das minhas mães fizesse isso!

– Eu poderia ter tentado, mas ela provavelmente me ressuscitaria pra que eu fizesse o dever todo de novo. – Mila piscou irônica, fazendo Clara gargalhar.

– Ai, sua mãe deve ser uma figura.

– Ela certamente é.

As duas caminhavam juntas no corredor, e Mila não conseguia parar de pensar em todas as conversas das pessoas do clube. Sabia que ela mesma teve comportamentos racistas no passado, e que não fazia ideia. Mas também sabia que estava disposta a prestar mais atenção e mudar. Isso era a parte mais importante. Mudaria por ela, pela sua irmã, por Amélia, por Sayuri, por Solange, por Marina e por todo mundo que precisasse. Era disso que se tratava a *sororidade*, certo?

A última aula do dia seria o ensaio de O *Lago dos Cisnes* e Mila tinha passado um bom tempo elaborando como passaria por aquilo sem demonstrar o quão frustrada estava. Enquanto caminhava para a sala do auditório menor, onde normalmente ensaiavam, ela sentia que estava suando, com as pernas trêmulas e os dedos das mãos dormentes. Já tinha se acostumado com a sensação de medo, embora soubesse que não havia nada pior para acontecer naquele ensaio do que já tinha acontecido. Quer dizer, ela não poderia se tornar substituta da substituta, por exemplo. Se bem que não podia contar com as regras normais, porque era bem capaz do professor Sergei inventar algo assim só para deixar ela pior.

Teria que ter paciência. Encontrou o Porta no caminho do auditório e acenou feliz para ele, pois era uma companhia simpática e prestativa, o que tornava todo o resto do dia menos assustador.

– Dançar com a Raquel não é nem um pouco divertido. Ela já pisou no meu pé três vezes e ainda disse que a culpa é minha porque meu pé é grande! – Porta reclamava, falando sem parar enquanto caminhavam.

– Sinto muito – Mila disse, tentada a rir. Balançava as mãos para tentar sentir as pontas dos dedos novamente, porque queria checar o celular caso Vitor enviasse alguma mensagem.

– Ah, outra coisa... você é uma garota, certo? – Porta parecia envergonhado com o que iria falar. Mila franziu a testa, sorrindo, com o celular nas mãos.

– Até onde eu me lembre, sim.

– E... bom... é que... eu tô chamando essa garota pra sair. Ela é bonita demais pra mim, e eu não sei se ela realmente tá a fim. Não quero meter os pés pelas mãos, sabe? Até porque eles são grandes, e isso seria um problema.

– E no que posso ajudar? Não sou boa com essas coisas de relacionamento, só pra avisar. Sou tipo *a pior pessoa do mundo* pra falar disso!

– Se eu ler a mensagem que ela me mandou, você me diz o que entendeu? Porque eu reli tipo duzentas vezes e eu não tô certo se ela quer mesmo me ver ou se só está sendo educada. – Porta puxou o próprio celular do bolso, buscando pela mensagem. Mila concordou, sem saber muito o que poderia dizer e com receio de, provavelmente, ele estar sendo passado para trás. – Ela disse... "Porta, seria muito legal te ver. Vou estar na festa sexta-feira, se você quiser aparecer por lá".

Porta olhou para Mila, com expectativa, enquanto entravam no auditório. A garota franziu a testa.

– E então? Não sei se ela me chamou para a festa ou se só falou "ei, se a gente se esbarrar, a gente se fala".

– Quantos pontos de exclamação ela usou? – Mila se virou para o garoto, com a mão na maçaneta da sala de ensaios. Porta encarou o celular, contando.

– Uns quatro. Em cada frase.

– Ela tá a fim, fica tranquilo.

O ensaio tinha sido um saco. O professor Sergei mal se dirigiu à Mila durante todo o tempo, e o clima estava tenso na sala. Matheus reclamou várias vezes sobre os erros de Raquel e, embora o professor pegasse pesado com ela, não se comparava com os gritos que tinha dado com Mila. A diferença era visível, o que só fez Mila sentir-se pior do que estava antes. Sentada no fundo da sala, ela acompanhava os movimentos com os braços e as pernas, às vezes fechando os olhos e se imaginando dançar na frente do espelho. Como Odile e como Odette. Quando abria os olhos, só se sentia um patinho feio mesmo, ignorado pelos outros cisnes, o que era uma analogia bem real com tudo que estava sentindo nos últimos tempos.

Quando chegou em seu quarto algumas horas depois, ouvindo sua *roommate* tocar oboé nas alturas como acontecia normalmente, Mila tirou a roupa e ficou só de calcinha e sutiã na frente do espelho. Encarou o próprio corpo e soltou os cabelos compridos, sentindo o alívio de sempre. Mas algo dentro dela borbulhava junto com uma vontade de vomitar. Ela não era bonita como Raquel. Não tinha os lábios vermelhos e a pele branca, como as paredes do conservatório. Não tinha as pernas finas, já que as suas tinham músculos proeminentes, nem seios bonitos e redondos. Era uma tábua. Sentiu os olhos se encherem de lágrimas e detestou seus olhos também, pois eram o que a fazia ser tão diferente das outras de bailarinas. Chorou ainda mais. Sentou-se em frente ao espelho, abraçada às pernas, deixando que a raiva de tudo tomasse conta dela. Era justo. Pelo menos isso seria justo.

 Chorou, colocando tudo o que sentia para fora, e não fazia ideia de quanto tempo tinha ficado sentada daquele jeito, balançando o corpo para a frente e para trás, com frio. Sua *roommate* tinha parado de tocar o oboé, então ela sabia que estava tarde o suficiente. Levantou-se lentamente, puxou o celular da bolsa e ligou no Tchaikovsky. Ficou de pé na frente do espelho, com o rosto vermelho e o nariz inchado, e começou a dançar. Dançou cada movimento de O *Lago dos Cisnes*, ainda chorando, prestando atenção nas pernas retas e nos braços leves. Fez alguns *fouettés* – que não estavam perfeitos, mas eram bons o suficiente – e parou para respirar, sentindo o corpo pegajoso pelo suor. Podia não ser a mais bonita, mas definitivamente era boa no que fazia. Por que as pessoas não podiam só olhar para isso?

 O despertador tocou de manhã, e Mila percebeu que ainda estava de calcinha e sutiã, enrolada no cobertor, deitada na cama. Havia dormido por poucas horas e sua cabeça estava doendo de tanto chorar. Ficou sentada por alguns minutos e decidiu voltar a dormir, pois não queria fazer mais nada naquele dia. Talvez tomar um banho, porque estava nojenta e tinha ido dormir do mesmo jeito após o ensaio da noite anterior. Precisaria trocar a roupa de cama também. Enrolou-se ainda mais no cobertor quando o celular fez um barulho que ela sabia que era de mensagens chegando. Ficou com os olhos abertos ponderando o que fazer. Estava curiosa e queria saber que mensagens seriam. Tinha falado com sua mãe na noite anterior, então as chances de ser sua progenitora eram mínimas. Talvez fosse Clara?

> *Garoto do Origami:* **Bom dia!!! Desculpe por ontem, novamente! O professor pegou no meu pé o dia todo, e minha bateria acabou. Foi um desastre. Estou tentando descobrir uma boa música para a apresentação do meio do ano, não estou dando sorte!**
> 07:30

> *Garoto do Origami:* Espero que eu não esteja te atrapalhando, sei que você é ocupada. Ontem pensei em tentar te encontrar depois do ensaio, mas não quis incomodar.
> 07:32

> *Garoto do Origami:* E nem quis ser esquisito. 07:33

> *Garoto do Origami:* Talvez eu já esteja sendo. Droga.
> 07:33

  Mila encarou as mensagens ainda enrolada no cobertor e sentiu seu rosto sorrindo sem querer. Sabia que estava sendo boba, e que Vitor tinha zero responsabilidade em mantê-la atualizada sobre o que fazia, mas tinha sido legal da parte dele vir falar com ela primeiro. Inclusive porque Mila tinha sido um pouco mal-educada com a mensagem no dia anterior, algo que ela não sentia orgulho.

> *Mila Takahashi:* Bom dia!!! 07:35

> *Mila Takahashi:* Não precisa pedir desculpas, está tudo bem! 07:35

> *Mila Takahashi:* Você não me atrapalha como pensa. E nem é esquisito. Eu prometo. 07:36

> *Mila Takahashi:* Ok, talvez você seja esquisito. Mas é de uma forma legal. 07:36

> *Garoto do Origami:* Obrigado!! 07:37

> *Garoto do Origami:* Normalmente as pessoas trocam mensagens à noite, quando estão deitadas. Sempre vi nos filmes assim. 07:37

> *Mila Takahashi:* Somos pessoas esquisitas. 07:37

> *Garoto do Origami:* Aceito compartilhar meu título com você. 07:38

> *Garoto do Origami:* Hey, já está indo para a aula? 07:38

> *Mila Takahashi:* Não. Hoje eu sou um fantasma de mim mesma. Vou ficar debaixo do cobertor, como um vegetal.
> 07:39

> *Garoto do Origami:* Está tudo bem?
> 07:39

> *Mila Takahashi:* Não. Mas vai ficar, não se preocupe.
> 07:40

> *Garoto do Origami:* Você sabe que dizer pra alguém não se preocupar não significa que a pessoa não vai realmente se preocupar, certo? Ou algo assim.
> 07:40

> *Mila Takahashi:* É uma tentativa válida.
> 07:41

Mila sentou-se na cama, mexendo nos cabelos que estavam emaranhados como um ninho. Conversar com Vitor era animador, mas ela ainda sentia uma vontade ruim de chorar. Era como se uma nuvem cinza de desenho animado estivesse em cima da sua cabeça, trovejando e enviando raios toda vez que sentia algo bom.

> *Garoto do Origami:* Hey, e se eu passasse aí e te levasse pra tomar café? Sei fazer uma salada de frutas memorável.
> 07:43

> *Garoto do Origami:* Mentira, mas eu compro uma na máquina de lanches lá debaixo, que é deliciosa. E orgânica!.
> 07:43

A garota sentiu o coração bater forte, como se desse um choque em todo o seu corpo. A nuvem ainda estava lá, o que era um sentimento conflitante. Ele queria se encontrar com ela e era legal saber disso. Fazia cócegas na sua barriga de uma forma engraçada. O que faria? Seus planos de ser uma planta o dia inteiro estavam comprometidos por causa de um cara? Não sabia o que pensar sobre isso.

> *Mila Takahashi:* Não sei. Estou de mau humor e com aquela vontade gótica de odiar o mundo.
> 07:45

Garoto do Origami: Totalmente compreensível. Mas eu posso odiar o mundo junto com você. Prometo não ser legal e fazer um bom papel de vampiro, do tipo que brilha como naquele filme.
07:46

Mila Takahashi: Ele não é nada gótico.
07:46

Garoto do Origami: Um cara de milhares de anos que vive como um adolescente indo pra escola todo dia sem precisar? Ele odeia o mundo, certeza. É gótico. Ele não tem culpa de brilhar!
07:46

Mila Takahashi: Isso foi muito convincente!!
07:47

Garoto do Origami: Obrigado.
07:47

Garoto do Origami: E aí? O que me diz? Estou no elevador do primeiro andar, porque não sei onde é seu dormitório pra bater aí na porta e fazer todo aquele romance em que as pessoas sabem magicamente onde a outra mora.
07:47

Mila olhou para o celular e para o resto do seu quarto. Sabia que passar o dia trancafiada ali não seria fácil, porque não era quem ela realmente era. A nuvem cinza estava na sua cabeça, e ela se sentia tão para baixo que poderia começar a chorar a qualquer momento. Mas talvez pudesse passar o dia com pequenos objetivos, certo? O primeiro seria encontrar Vitor e depois ela veria qual seria o próximo. Com sorte seria relacionado às aulas, porque ela não estava no clima de pensar em beijos e em nada desse tipo.

Mila Takahashi: Te encontro no refeitório em vinte minutos, tudo bem? Preciso tomar banho!
07:50

Garoto do Origami: Perfeito!
07:51

Garoto do Origami: É sobre encontrar no refeitório...
07:51

Garoto do Origami: Não sobre você tomando banho, claro.
07:51

> *Garoto do Origami:* **Embora tomar banho seja ótimo pra saúde.**
> 07:52

> *Garoto do Origami:* **Errhh... vou fingir que só mandei "perfeito" e que o resto das mensagens não existiu. Te vejo daqui a pouco!!**
> 07:52

A garota sorriu sozinha, levantou-se devagar e sentiu o corpo dolorido. Sabia que tinha exagerado na noite anterior e que talvez chorar e dançar tivesse sido desgastante demais, mas teria que lidar com isso. Procurou uma roupa limpa e rumou até o banheiro, torcendo para que sua *roommate* já tivesse ido para a aula. Não queria ouvir nenhum tipo de comentário sobre estar descabelada, como bailarinas não tinham piolho ou qualquer outra besteira.

E, ok, seria impossível não pensar em beijos, como tinha previsto. Enquanto se arrumava e penteava o cabelo, Mila sorria sozinha e sentia um nervoso gostoso na barriga, pensando na noite em que ela e Vitor se beijaram. Olhou-se no espelho, já pronta, usando uma camiseta branca por cima do *collant* rosa e uma calça justa de malha por cima da meia-calça, e pensou que não tinha como ficar melhor do que aquilo. Não estava se achando bonita, mas se Vitor queria encontrar com ela mesmo assim, era porque tinha visto alguma coisa legal.

Embora a opinião de um cara não devesse mudar em nada o que ela sentia sobre si mesma. Isso não fazia sentido.

Cruzou o corredor vendo algumas pessoas correndo de um lado para outro, provavelmente atrasadas para aulas. Segurava o casaco de Vitor em uma das mãos e apertava sua bolsa de lona com a outra, esperando que elas parassem de tremer. Desceu pelo elevador, ouvindo as pessoas conversando sobre política e assuntos atuais, mas não conseguia se concentrar em nada daquilo no momento. Sua nuvem cinza ainda estava lá, mas ela só conseguia pensar que veria Vitor daqui a pouco. Era até engraçado pensar nisso, porque, há poucas semanas, ela nem sonhava que nada disso estaria acontecendo.

Saiu do elevador e caminhou direto para o refeitório, que não estava cheio. Da porta, viu os cabelos vermelhos de Vitor, sentado sozinho em uma mesa para duas pessoas. Quando ele a viu, acenou e levantou dois copos de salada de frutas, sorrindo. Ele tinha um sorriso tão bonito, que fez Mila prender a respiração por alguns segundos. Seu coração batia forte enquanto caminhava até o garoto e ela não conseguia ouvir nenhum barulho ao redor. Não fazia ideia de que seu coração podia bater tão alto assim. Até o nosso corpo tinha uma orquestra própria.

– Pensei em trazer uma lasanha pro café da manhã, mas daí pensei também que você é uma atleta e que deveria comer coisas mais saudáveis – Vitor comentou assim que Mila sentou na cadeira em frente a dele. Ela sorriu, agradecendo e aceitando sua salada de frutas. – Você está linda pra quem disse que estava gótica no dia de hoje. Embora góticos também sejam lindos.

– Estamos insultando muito os góticos hoje – Mila disse, e ele riu, concordando. Ficaram alguns minutos em silêncio comendo a salada de frutas.

– E aí, como foi seu dia ontem?

Mila ficou petrificada por alguns segundos. Ele queria saber sobre o dia dela. Isso não era uma coisa de pessoas em um relacionamento? Ela não entendia muito bem disso, e Clara não era uma grande ajuda porque não encarava nada como relacionamento sério. Sentiu sua bochecha ficar vermelha e tossiu, engasgada com alguma fruta.

– Está tudo bem? – Vitor perguntou entregando sua garrafa de água para ela. Mila olhou para ele, mais vermelha do que o normal, e aceitou a água.

– Meu dia ontem foi... estranho. Você tem certeza de que quer ouvir tudo o que aconteceu? Não foi só uma pergunta retórica?

– Se você quiser me contar, eu vou adorar ouvir. – Ele sorriu e Mila concordou, sorrindo também.

A garota contou sobre o começo do dia, sobre as sapatilhas da Marina, sobre o Clube da Diversidade e o ensaio para O Lago dos Cisnes. E como se sentiu sendo a substituta. Não com todos os detalhes, claro. Ele não precisava saber sobre suas inseguranças, embora já soubesse o suficiente.

– Hoje estou com uma nuvem de tempestade na cabeça e não é nada bonita.
– Não estou vendo nada. Pra mim parece tudo lindo como sempre.
– Talvez você só não seja gótico o suficiente. – Mila enfiou uma garfada de frutas na boca para conter o sorriso bobo.
– Meu gosto musical não é nada gótico, disso eu tenho certeza.
– O que você gosta de ouvir? – Mila perguntou, curiosa. Apoiou o queixo com a mão, colocando o cotovelo na mesa. Vitor mordeu os lábios, e ela não conseguiu parar de pensar que eles deveriam parar de conversar para se beijarem, mas piscou os olhos algumas vezes tentando se concentrar no que ele falava.
– Adoro Vivaldi e os clássicos, mas os violinistas contemporâneos nacionais são incríveis. E Vivaldi era ruivo como eu, então vamos dizer que o violino está no sangue. Embora ele seja de Veneza, e minha família claramente seja uma mistura bem brasileira – Vitor falava um tanto rápido e muito animado. – Mas o meu cantor favorito é o Drake.
– Drake? O cara da música com a Rihanna?
– Drake. Do *Hotline Bling*. Exatamente.
– Eu nem imaginava! – Mila mexeu a cabeça em aprovação.
– O Drake é um gênio! Eu adoro hip-hop e jazz. Conhece Miles Davis? Então! O cara é um dos maiores músicos da história da humanidade. Eu estava ouvindo uma música dele antes de você chegar... Quer ouvir um pouco?

Mila concordou sem nem pensar duas vezes. Vitor, parecendo muito feliz em dividir aquilo, puxou seu celular e compartilhou os fones de ouvido com a garota. Deu play no aparelho e estava tocando *So What*, do Miles Davis. Ficaram em silêncio ouvindo o som por alguns minutos, e Vitor parecia estar curtindo muito cada nota e cada escala. Mila achava fascinante. Tanto a música, claro, quanto a alegria no rosto de Vitor naquele momento. O trompete tinha um som puro e fez Mila ficar arrepiada.

– Tudo o que toco tem muita influência de jazz e hip-hop. Acabei conhecendo o Sérgio por conta disso. Eu estava no meu primeiro semestre aqui, e ele me ouviu tentando tirar Racionais no violino, o que foi um desastre total no início. Ainda é um pouco, mas eu já aprendi bastante também.

– Eu nem imagino como seja Racionais no violino! – Mila disse, sorrindo e devolvendo os fones de ouvido para o garoto.

– Um dia eu te mostro. – Vitor piscou, fazendo Mila corar.

Os dois ficaram em silêncio de novo, terminando a salada de frutas. Não era nem um pouco desconfortável ficar do lado dele, e ela sentia como se fossem muito próximos de alguma forma. Imaginava que era assim que as pessoas se sentiam depois de trocar saliva com alguém, mas também que aquele calor entre eles era especial demais. Lembrou-se das primeiras vezes que o tinha visto e de como sempre havia sido confortável. De como ele sempre estava ali para ajudá-la de alguma forma.

– Minha primeira aula do dia é daqui a quinze minutos, e estou com vontade negativa de dançar. Sabe o que isso significa? Será que estou ficando doente? – Mila perguntou, colocando a mão na testa.

– Você está triste, é normal se sentir assim. Não se sinta culpada por isso.

– Eu estou triste. E me sinto uma fraude às vezes. É muito sentimento ao mesmo tempo, não sei como meu coração ainda não explodiu.

– Acho que nada na nossa vida vem sem explicação. E acredito que tudo o que vem pra gente é coisa que podemos suportar. Às vezes, a gente nem sabe que pode, mas a vida vai te mostrando que superar cada coisa é uma vitória. Você vai ficar bem. – Vitor colocou de leve sua mão sobre a da Mila e a garota sentiu como se tivesse levado um choque. Não era um choque ruim, se isso existisse de alguma forma. Não conseguiu tirar os olhos da mão dele.

– Humm... Você fala bonito demais pra quem é esquisito – ela disse, um pouco rouca. Ele também encarou as mãos encostadas e puxou a dele de volta, com medo de ter passado um pouco dos limites.

– Tenho certeza de que, na minha vida passada, eu era tipo um trovador ou um contador de histórias.

– Acho que eu era uma bailarina. É realmente o único talento que eu tenho.

Os dois sorriram juntos, e Vitor levantou-se de repente, pegando os dois copos vazios de salada de frutas. Mila piscou os olhos várias vezes e se levantou também, vendo ele ir até uma lata de lixo e voltar.

– Acho que você precisa ir para a aula, certo? – Vitor perguntou. Mila fez uma careta, mas logo balançou a cabeça.

– Eu não quero – respondeu, fazendo drama. De repente lembrou que estava com o casaco dele no colo até então e o estendeu para que Vitor o pegasse. – Eu só quero choramingar e culpar a minha própria vida pelos desastres que estão acontecendo.

– Isso não parece nada divertido.

– Vou voltar para o quarto e me enrolar no cobertor e...

– Eu posso ir pro balé clássico no seu lugar, se quiser. Ninguém vai notar a diferença! – Vitor sorriu, irônico. Mila colocou a língua para fora. – Aposto que o meu *pliè* é melhor do que o seu.

– Não sei se eu quero ver essa cena... – disse ela, vendo o garoto fazer uma pose clássica de balé com os braços e abaixar as pernas, como se fosse fazer um *pliè* de verdade. Mila escondeu o rosto nas mãos, rindo. – Meus olhos, por favor!

– Se você não for pra aula, seu dublê entrará em ação.

– Você não faria isso – Mila respondeu baixinho, vendo Vitor andar porta afora do refeitório na frente dela, ainda fazendo pose. Mila olhou para os lados, confusa e correu atrás do garoto. – Você nem sabe qual sala é.

– Você pode me levar até lá e depois ir pro quarto. É a turma do nível avançado, né? Bem dentro das minhas habilidades mesmo. – Ele continuou andando e balançando os braços. Mila seguiu os passos dele, até ficarem lado a lado.

– Vai ficar lindo de tutu.

– Quem não fica lindo de tutu? – Vitor sorriu, parando no caminho de pedras do jardim entre os prédios. A luz do sol entrava pelas frestas das árvores, o que sempre deixava o ambiente bonito e bem etéreo, como a cena de algum filme europeu chique que todo mundo considerava arte só por existir. Mila parou ao lado dele, olhando para cima e respirando fundo. Vitor virou-se para a garota com a sobrancelha levantada e estendeu a mão para ela.

Mila sentiu o coração despencar de repente e tinha certeza que seu pulmão não funcionava mais. A respiração ficou pesada e ela arregalou os olhos, sem saber o que fazer. Vitor mexeu a mão estendida, ainda sorrindo. Aquilo nunca tinha acontecido com ela antes. Olhou para as mãos e o rosto do garoto, sentindo um frio na barriga antes de estender a própria mão e fazer os dedos dos dois se encostarem.

A mão dele era quente e maior do que a dela, e Mila sentia que se encaixavam perfeitamente. Era uma sensação tão gostosa! Seus dedos eram compridos, como ela sempre achava que eram os de um violinista, e aquele pensamento fez um arrepio subir pelas suas costas.

Vitor apertou a mão dela de leve, sorrindo ainda mais e olhando para cima, fechando os olhos ao encarar uma faixa de luz sol. Mila conseguia ver as sardas dele e os cabelos vermelhos brilharem na luz como se estivessem pegando fogo. Ele era tão bonito! Vitor abaixou a cabeça e encarou a garota, que estava com as bochechas quase roxas. Ela devia estar com vergonha, sendo a coisa mais fofa que ele já tinha visto. Como o mundo tinha coragem de deixar ela triste? Puxou a garota mais para perto e voltou a andar, agora mais devagar, para que ela acompanhasse seus passos.

Mila piscava os olhos tentando se acostumar com o que estava acontecendo, encarando as mãos juntas, e o garoto caminhando ao seu lado. Era surreal. Viu que algumas pessoas à sua volta estavam olhando para eles, mas isso pouco importava. Ela estava de mãos dadas com um garoto. Pela primeira vez na vida. Se sua mãe soubesse disso, sairia de São Paulo para ir até lá dar uma surra nela.

Ok, ela não precisava pensar em sua mãe naquele momento. Sorriu sozinha, endireitando a coluna e fingindo para si mesma que estava tudo bem, que era só mais um dia normal. Fingindo que segurar a mão do cara que ela queria beijar não era nada demais.

– Você realmente vai comigo até a minha sala? – Mila perguntou, com a voz rouca, percebendo que tinha segurado a respiração sem querer. Vitor encarou a garota e concordou.

– Hoje eu serei o seu guarda costas. Se alguém quiser te fazer mal, vai ter que passar por mim primeiro.
– Ninguém exatamente queeeer me fazer mal, só o universo...
– Que bom, porque eu não sou tão forte assim. E tenho certeza de que você saberia se salvar melhor do que eu, então...
– Eu saberia, mas obrigada pela tentativa. – Mila sorriu, agradecida. Respirou fundo enquanto caminhavam pelo corredor do prédio de aulas e olhou para Vitor. – Nunca andei assim de mão dada com ninguém.
– Não tem erro, é só você não soltar.
– Eu vou dançar de mãos dadas?
– Aposto que ninguém nunca fez os 28 *fouettés* assim, hein? – Ele piscou, e Mila concordou, sorrindo. O bendito sorriso que não queria sair da cara dela. Era tão óbvio assim que ela estava ficando caidinha por ele?

Chegaram na porta da sala de Balé Clássico, e Mila continuou segurando a mão de Vitor. Encarou as pessoas lá dentro e se virou para o garoto.
– Última chance de escapar.
– Nenhuma chance, a Clara já te viu aqui. – Vitor apontou para dentro da sala, onde Clara olhava boquiaberta para os dois e caminhava até eles com uma careta. – E acho que ela vai me matar.
– Mas por qu...
– Oi, Mila-chan. Alguma coisa que queira me contar? – a amiga perguntou, olhando para os dois de mãos dadas. Mila sorriu e balançou a cabeça para os lados.
– *Nope*, nada de novo.
– Então sua mão caiu sem querer em cima da mão do garoto tarado?
– Eu não sou tarado! – Vitor falou com a voz rouca.
– É o que um tarado diria. – Clara colocou a língua para fora.
– O Vitor veio... assistir a minha aula! Porque ele quer... humm... usar o balé na apresentação dele e...
– Corta essa! Acha que tenho cara de boba? – Clara disse, rindo de forma teatral e piscando para Mila, que ficou vermelha

de repente. – Eu só quero saber todos os detalhes depois, incluindo tamanho, espessura e desempenho.

– Oh meu Deus, Clara! – Mila exclamou, soltando a mão de Vitor para esconder o rosto, morrendo de vergonha. Vitor também tinha ficado vermelho como pimentão e tinha certeza de que sua testa estava suando, mesmo com o ar-condicionado central ligado no máximo.

Mila olhou para Vitor de relance e viu que o garoto mordia os lábios sem saber o que dizer. Acenou lentamente, querendo fugir para todo o sempre, e entrou na sala de aula. Clara encarou Vitor de cima a baixo e franziu a testa.

– Você realmente não é tarado?
– Eu juro pela minha vida.
– E você gosta da minha amiga?
– Eu sou... completamente apaixonado por ela.
– Humm... – Clara fez uma careta e deu um sorriso desconfiado, com um pouco de orgulho. Vitor não saberia dizer. Mexeu o rosto de forma positiva e apontou para dentro da sala. – Entre. A professora não liga se alguém quiser assistir à aula, se ficar no fundo, sentado e quieto. Vou ficar de olho em você.

– O... obrigado?

Vitor entrou, morrendo de vergonha e sem saber onde enfiar a cara. A sala era grande, e vários bailarinos já estavam se aquecendo nas barras ao som de um piano e da professora falando na frente do espelho. Ao fundo, mochilas e bolsas estavam jogadas no chão e Clara indicou que ele deveria ficar por ali. Vitor concordou, segurando seu casaco e o *case* do seu violino próximo ao corpo, sentando-se no chão com as costas apoiadas na parede. Olhou para Mila, que estava colocando sua sapatilha próximo de onde ele estava, e sorriu dando de ombros. A garota sorriu de volta, ainda com as bochechas coradas. Vitor acenou com o dedão, e ela concordou, mexendo a cabeça lentamente.

Foi a aula mais bonita que Vitor já tinha visto na vida. Os bailarinos eram incríveis em todos os momentos! Todo mundo fazia movimentos em sincronia, com coreografias diversas e movimentos limpos e seguros. Era muito mais legal do que ele tinha imaginado. E Mila era estonteante. Ele ficava boquiaberto sempre que ela começava a dançar e mal conseguia piscar os olhos. Ela era tão linda e tão talentosa! O que tinha visto em um garoto esquisito como ele?

– Você estava segurando a mão do garoto tara... do garoto da lasanha! – Clara disse baixinho, cochichando perto de Mila, quando elas terminaram uma parte da coreografia e voltaram para as barras. A amiga mordeu os lábios sem saber o que dizer. – Estou orgulhosíssima de você.

– Não tem nada pra ficar orgulhosa... Foi só... sei lá. De repente. Ele estendeu a mão, eu segurei, e foi isso.

– Aposto que você quis morrer de vergonha na hora.

– Eu quero morrer de vergonha até agora! A gente andou de mãos dadas pelo conservatório e em um certo momento eu nem liguei mais, foi tipo... natural? E foi ótimo. Sinceramente, foi tão seguro e...

– Tá na hora de segurar outras coisas...

– Clara! – Mila disse, rindo e batendo no braço da amiga, que fazia movimentos rápidos com as pernas logo à frente dela. Olhou para trás e viu Vitor sentado exatamente onde estava há mais de vinte minutos, e, assim que os seus olhares se cruzaram, os dois sorriram envergonhados.

– Olha só, como eu posso pensar em trocar o Yuri pelo Breno quando a bunda desse garoto é bonita desse jeito? Tem condições? – Clara perguntou, olhando para Mila que tirou os olhos de Vitor e encarou a amiga.

– O Edward Cullen? – Mila olhou para onde Clara apontava. A bunda do Yuri era proeminente, mas quase todos os bailarinos eram assim. – Parece igual a de todo mundo que usa essa calça de balé.

– Você não entende nada de anatomia humana!

– Eu mal segurei na mão de alguém, e você quer que eu entenda de bundas? É só uma bunda, tá ali.

– Você vai pro inferno, cara... – As duas riram.

Assim que a aula de Balé Clássico acabou, Mila e Clara foram até Vitor, que se agachou porque suas pernas ficaram dormentes por ficarem na mesma posição há muito tempo. Ele não tinha ousado sequer se mexer para não ser expulso da sala – ou apanhar de Clara – Mila puxou a bolsa e sentou perto dele, desamarrando a sapatilha. Antes de tirá-la, encarou o garoto com uma careta.

– Acho que você não quer ver o meu pé no estado que ele está.

– Não tenho nada contra pés. Tenho até amigos que têm.

– Não diga que não avisei... – Mila sorriu de leve, tirando a sapatilha e deixando à mostra o pé vermelho, cheio de esparadrapos em volta dos dedos com roxos e unhas quebradas. Vitor arregalou os olhos e sentou-se novamente ao lado dela, sem ligar para o fato de que não sentia sua perna ainda formigava.

– Você está bem? – perguntou, preocupado. Mila concordou, mexendo o calcanhar de leve, porque ainda doía bastante.

– Achei que estaria apavorante, mas está só um pouco machucado. – Ela tirou alguns dos esparadrapos e puxou um creme da bolsa. Vitor encarava tudo com curiosidade e preocupação. – Fica tranquilo, isso é normal. Nossos pés e dedos são a base de tudo. Não tem como eles ficarem ilesos depois de tanta pressão.

– Isso parece doer muito...

– A gente se acostuma! – A garota sorriu, massageando um pé e tirando a sapatilha do outro, que parecia melhor. – Está um pouco mais inchado porque eu passei a madrugada de ontem ensaiando no quarto. Acontece. Você está decepcionado?

– Por que eu estaria? – Vitor perguntou, franzindo a testa. Mila deu de ombros, colocando a meia para calçar as botas confortáveis.

– Sei lá... porque meu pé não é delicado, como todo mundo acha que as bailarinas sejam de cima a baixo. Isso é a maior mentira, já vou logo avisando.

– Seu pé é lindo. Você é linda. Se você não tivesse pés, continuaria linda. Não faz sentido algum o que você disse. – Vitor piscou, confuso e se levantando. Mila encarou o chão por alguns segundos, esperando que sua bochecha não tivesse ficado tão vermelha como imaginava. Clara chegou perto deles.

– A nossa próxima aula é de Dança Contemporânea. Você não tem uma aula pra ir, garoto da lasanha?

– Eu não estudo aqui. – Vitor sorriu, fazendo Clara mostrar a língua.

– Eu tô de olho em você! – a garota falou alto e saiu andando. Vitor sacudiu a perna dormente, vendo Mila se levantar e puxar a bolsa.

– Acho que ela vai colocar veneno na minha comida.

– Se a Clara gosta até da Laura, vai acabar gostando de você. – Mila deu de ombros e percebeu que ele estava mancando ao lado dela. – Está tudo bem?

– Não sinto a minha perna, mas não vou reclamar de nada depois que vi como os pés de vocês ficam. Eu só não tenho condicionamento físico esportivo e meia hora sentado foi o suficiente pra todos os meus órgãos pararem de funcionar. Mas eu vou sobreviver.

– Você vai sobreviver – ela repetiu, sorrindo e andando devagar para que Vitor pudesse acompanhá-la. Encontraram Clara no corredor mexendo no celular.

– Então... o Breno me chamou pra sair. Mas eu queria sair com o Yuri também. Será que eles vão topar se a gente sair juntos? Pelados?

– De qual deles você gosta mais? – Mila perguntou. Os três caminharam lado a lado pelo corredor, seguindo o fluxo de alguns outros bailarinos até a próxima sala de aula. Vitor ainda mancava, mas fazia de tudo para ficar ao lado de Mila.

– Humm... gosto do papo do Breno, mas a bunda do Yuri...

– Yuri é o garoto com a maior bunda de todas da sala de vocês? – Vitor perguntou, e Clara concordou mexendo a cabeça fervorosamente.

– Isso mesmo, obrigada! Alguém me entende! Mila, seu namorado é muito mais legal do que você.

– Ele não... ele...

– A bunda dele é sensacional, sabe? Não sei se quero trocar isso por alguém que fala de robótica ou sei lá.

– Eu realmente nunca tinha visto uma bunda daquelas...

– Garoto da lasanha, acho que seremos bons amigos – Clara disse, entrando no meio de Vitor e Mila e fazendo os dois se entreolharem, rindo. Mila apertou a bolsa de lona contra o corpo, vendo Clara mostrar seu celular para Vitor, com prováveis fotos dos dois garotos que ela gostava. Sorriu sozinha, sentindo o peito se encher de um calor gostoso. Já nem lembrava mais da tal nuvem cinza.

21
SEE YOU AGAIN
(TYLER, THE CREATOR)

"*Allegro* é um andamento ligeiro e alegre de uma composição musical, ou seja, o quão rápido as notas devem ser tocadas."

𝄞

Mila se esgueirou para fora da cama, espreguiçando-se. Sentia o corpo dolorido, mas nada diferente de seu dia a dia. Escolheu umas roupas limpas e foi até o banheiro, arrastando os pés em um chinelo rosa que ganhou da sua *batchan*. Ficava descalça no quarto normalmente, mas a área comunal estava frequentemente imunda porque sua *roommate* nunca ligava em manter arrumada. Encontrou a porta do banheiro fechada e encostou a cabeça na madeira, fazendo um barulho alto com a boca, como se fosse algum tipo de zumbi de filmes de terror.

– Tem gente!

– Eu imaginei. Vai demorar muito? – Mila perguntou, com a voz rouca bocejando.

– Você quer saber quanto tempo exatamente eu vou demorar cagando?

– Eu quero saber... sei lá, só uma estimativa? – Mila agachou em frente à porta, abraçando suas roupas e pensando seriamente em tirar um cochilo ali mesmo, até Valéria liberar o banheiro.

– Te vi ontem de mãos dadas com um garoto. Eu achava que bailarinas não tinham namorados...

– Ah, começou...

– Vocês estão namorando? Ele é de qual curso? – Valéria parecia curiosa e entretida, mesmo estando ocupada com suas necessidades fisiológicas. Mila rolou os olhos, pensando seriamente em não responder e tomar banho no quarto de Clara. – Se você não me ignorar, eu posso cagar um pouco mais rápido.

– Ok, ok... pare de falar sobre... você sabe, cagar e tal! – Mila respirou fundo, sentindo que seu rosto tinha ficado vermelho de repente. – Não somos namorados. Ele é violinista.

– Uma bailarina e um violinista? Que clichê!

– Não é como se eu saísse por aí escolhendo as pessoas pelo instrumento que tocam!

– Faz sentido...

– Não somos namorados, e eu não faço nem ideia do que fazer. Se a gente se ver hoje, cumprimento ele com um abraço? Um aperto de mão? Um aceno de longe, como quem não se importa? Um beijo?

– Vocês se beijam?

– Aconteceu uma vez. E por que estou te falando tudo isso? Acho que tô com muito sono ainda... – Mila balançou a cabeça, se arrependendo de ter colocado tanta informação para fora. Pensou em fechar os olhos novamente, mas a porta se abriu e Valéria saiu lá de dentro com sua bolsa de maquiagens na mão. – Ei, você não estava cagando!

– Acho que você pode cumprimentar o cara como quiser. Não existe regra pra isso!

– Obrigada pela dica, bom dia, tchau! – Mila entrou correndo no banheiro e bateu a porta na cara de Valéria.

Olhou-se no espelho e percebeu que estava mesmo bastante vermelha e sorriu sozinha porque, apesar de se sentir nervosa pensando em encontrar com Vitor, ela não estava mal, com dores ou nada ruim. Era apenas algo bom.

Tomou banho, trocou de roupa e saiu do quarto com os cabelos molhados, indo direto para a academia do conservatório.

Precisava compensar pelos dias perdidos de malhação, porque sua barriga não ficaria retinha sozinha. Já estava feliz o suficiente de não ter engordado nada, apesar de ter comido um pouco melhor nos últimos tempos. Seria bom se sua professora de balé clássico nunca mais tocasse no assunto, o que ela sabia ser algo impossível.

Depois de algum tempo de cárdio e musculação nas pernas, ela voltou até o seu quarto para tomar outro banho e poder ir para a primeira aula do dia. Parou sentada na cama para espiar o celular e viu que não tinha nenhuma mensagem nova. Havia passado boa parte da noite anterior trocando mensagens com Vitor sobre o dia, sobre o fato de ele ter perdido todas as aulas para assistir às dela e sobre a nova amizade dele com Clara. Sorriu ao ler as últimas mensagens e a promessa de tentarem se ver na hora do almoço, no refeitório.

Mila sorriu sozinha, pensando que essa situação era totalmente o oposto do que esperava ter quando entrou para o conservatório, há quase um ano. Ela tinha se imaginado como a solista principal, a que faria os 32 *fouettés* e que viveria somente para isso. Era seu plano, desde que decidiu deixar de lado as coisas de adolescente para se focar na dança. Tinha feito uma escolha e agora, pensando bem, talvez estivesse traindo seu antigo eu com atitudes rebeldes que nunca teria feito.

Embora o fato de não ser mais a solista principal não tivesse sido realmente sua escolha. Nem os 32 *fouettés*, que ela ainda se esforçava para fazer. A diferença era que agora ela se sentia um pouco mais mulher e um pouco menos boneca. E isso era bom. De alguma forma, ela sentia que tinha amadurecido e que havia ainda muitas coisas novas para descobrir e viver.

Claro, o balé sempre seria sua prioridade.

Mas, talvez, beijar um garoto que respeitava quem ela era e o que ela queria ser pudesse entrar nos seus planos. Por que não?

Estava chegando à escadaria do prédio de aulas quando encontrou sua irmã conversando com Kim, o filho da diretora, como se isso fosse a coisa mais normal do mundo. Para Mila, não era. Para Clara, muito menos. Era bem estranho o fato de que sua irmã mais nova conhecia as pessoas mais populares do conservatório, sendo que, a vida inteira, ela nunca tinha sido nada popular. Aproximou-se dos dois, segurando sua bolsa de lona.

– Você não deveria estar na aula? – perguntou, fazendo Naomi dar um pulinho de susto.

– Você parece uma assombração com os cabelos soltos assim.

– Bom dia! – Kim disse, e Mila acenou de volta, cumprimentando o garoto.

– Você já contou à mamãe que não é mais a solista de *O Lago dos Cisnes*? Acho que não, né? Você ainda tá viva.

– Não é da sua conta, pirralha – Mila respondeu. Kim colocou os óculos escuros, e ela reparou que ele era bem bonito mesmo, com toda essa pegada de *boyband* de *k-pop*, ou algo parecido. Mas não era isso tudo que as pessoas falavam.

– Preciso dizer que achei extremamente injusta a mudança de solista e eu reclamei, particularmente, com a minha mãe sobre a escolha daquele professor maluco. Eu já sabia que ele não batia bem da cabeça. Todas as solistas dele normalmente têm cara de boneca russa – Kim comentou, pensativo.

– O que é bastante irônico. – Mila sorriu, sozinha, lembrando das palavras do professor sobre querer uma bailarina, e não uma boneca. – Mas obrigada pelo apoio, isso significa muito.

– Acho perda de tempo. – Naomi rolou os olhos.

– Pedir pra você guardar sua própria escova de dentes é perda de tempo! – Kim fez uma careta.

Naomi ia responder alguma coisa maldosa, porque respirou fundo, mas mudou de expressão quando olhou para a bolsa de Mila e viu o *pin* metálico vermelho.

– O que é isso? Clube da Diversidade?

– Isso? – Mila apontou para o *pin*. – É um grupo de pessoas que se reúne frequentemente para falar sobre preconceito e outros assuntos importantes no conservatório. É bem legal, você deveria ir. Faz toda diferença ver mais pessoas parecidas com a gente num mesmo lugar. – Mila sorriu. Kim concordou.

– A amiga da Tim, Sarah, sempre participa. Ela tentou me levar uma vez, mas eu não gosto muito de pessoas, sabe como é. Eu não teria saco.
– Me parece um lugar meio preconceituoso por si só. – Naomi torceu o nariz. Mila fez uma careta, porque não era possível que sua irmã pensasse essas coisas. – Eu não vou pra um lugar discutir o fato de que não sou branca. Já não basta todo mundo ver isso? Não entendi o propósito.
– Tá doida? Não é pra discutir quem é branco ou não, isso não faz nem sentido. – Mila queria sacudir sua irmã.
– Cala a boca, Naomi. Até eu sei que o que você falou é errado e eu não ligo pra nada disso. – Kim puxou o celular, ignorando que as duas irmãs estavam se olhando de forma mortal.
– Eu vou contar pra mamãe que você tá perdendo seu tempo em coisas como essa, e não ensaiando ou lutando pelo que deveria. – Naomi deu de ombros e Mila soltou uma risada.
– E eu vou contar pra ela que você pode ser um prodígio, mas é uma pessoa ignorante. Não é sobre ser branco ou não, pirralha. É sobre entender o que significa ser uma minoria dentro de um lugar tão grande como este. Eu mesma quase bati em um garoto outro dia porque ele ficou falando coisas preconceituosas sobre você!
– Eu nunca te pedi pra me defender.
– A Tim vai te matar se souber que você falou essas coisas. – Kim riu, sem tirar os olhos do celular. – Eu acabei de mandar uma mensagem pra ela, então, você se vira mais tarde.
Kim mal tinha acabado de falar quando Júlio, um dos amigos por conveniência dele e uma das pessoas mais irritantes e populares do lugar, chegou perto, rindo. Mila não o conhecia, mas tinha ouvido falar sobre ele. E a reputação dele não era nada boa.
– Olha só se não é a família do Kim vindo buscar ele da China! – o garoto disse, rindo. Kim fingiu que não ouviu e continuou digitando no celular. – Você não é a garota do balé que deu pro professor?
– Júlio – Kim falou com a voz baixa. O garoto sorriu e se aproximou um pouco mais, como se fosse um cachorro sendo chamado pelo dono. Mila podia ver o rabo dele entre as pernas.

Quando chegou perto, Kim encarou o garoto e tirou os óculos escuros lentamente, como se estivesse gravando algum filme.
– A partir de hoje, eu não permito mais que você chegue perto de mim. E nem delas. E nem de ninguém. E se abrir a boca, eu vou fazer questão de que você não esteja aqui no próximo semestre.

Mila arregalou os olhos e mordeu os lábios, porque queria soltar uma risada enquanto via Júlio se afastar contra a própria vontade. Esse era um lado de Kim que ela só tinha ouvido falar. Percebeu que Naomi ficou pálida e olhou para a irmã.

– Eu nunca pensei que fosse dizer isso, mas você deveria ouvir mais o namorado da sua *roommate*. – Mila se virou para Kim. – Dê um abraço na Tim por mim. Vocês formam um casal bem bacana.

– Humm... Obrigado.

Mila balançou a cabeça e subiu as escadarias para o prédio de aulas pensando que essa cena tinha saído de um filme de besteirol americano, não era possível. Esperava que Naomi tivesse entendido o recado, mas também era algo que ela mesma precisaria aprender e evoluir sozinha. Há pouco tempo Mila teria achado que era só uma brincadeira e provavelmente ignoraria. Desta vez, tinha entendido algo muito maior do que só sua própria experiência. Era empatia.

Vitor não conseguiu se concentrar na aula de Literatura Musical porque olhava o celular a cada minuto, checando que horas eram. Fazia muito tempo que não ficava empolgado como estava com o fato de Camila existir e estar dando bola para ele. Mila havia abdicado de tantas coisas por conta do balé, e Vitor entendia que deveria ser delicado com ela. Foi o primeiro beijo dela e isso era muito especial, mas também o deixava preocupado porque não entendia como ele tinha sido o escolhido entre tantas pessoas que possivelmente a achavam incrível. Não podia sequer pensar em pisar na bola ou em exagerar demais. Mas ele era exagerado nos sentimentos, o que não era muito fácil.

Queria segurar as mãos dela, queria abraça-la e não conseguia parar de pensar no beijo que tinham dado. Ela era basicamente a pessoa mais fantástica que já tinha conhecido, e Vitor sabia que tinha uma sorte enorme. Sonhava em poder segurar nos cabelos dela, segurar em sua nuca, encostar seu corpo no dela e...

– Você tá fazendo biquinho pra mim ou estou imaginando coisas? – Sérgio perguntou, sussurrando da cadeira em frente à dele. Vitor abriu os olhos e fez uma careta.

– Estou apenas sonhando acordado.

– Mila?

– Quem mais poderia ser?

– Vocês já... sabe? Fizeram? – Sérgio mexeu as sobrancelhas, fazendo Vitor colocar a língua para fora.

– Não é da sua conta!

– É claro que não é, mas isso não me impede de perguntar. E aí?

– Eu gostaria de prestar atenção na aula, vira pra frente.

– Eu vou me lembrar disso no futuro! – Sérgio riu, virando-se para frente e encarando o professor, que olhava para eles. – Foi mal, cara! Meu amigo aqui estava com uma dúvida.

Vitor sorriu, abaixando a cabeça. Literatura Musical não era exatamente seu forte, o que o fazia ficar entediado por boa parte do tempo. Só que agora, além de pensar nas coisas que compraria com o dinheiro do qual sentia culpa por seus pais mandarem à toa para ele, Vitor tinha uma musa inspiradora para ocupar sua mente. A garota mais linda do mundo. A garota que tinha roubado o coração dele desde o primeiro momento que a viu dançando no palco, meses atrás. Ele realmente era um cara de muita sorte. Precisava arrumar um jeito de devolver isso para o universo.

𝄞

Mila e Vitor estavam sentados lado a lado em uma mesa do refeitório, com Clara e Sérgio do outro. Estavam em silêncio, ouvindo os dois amigos discutirem sobre um dos álbuns do Projota, que Clara tinha ficado viciada há algum tempo. A essa altura,

Sérgio já tinha passado uma playlist com os maiores nomes do hip-hop nacional, e Clara provavelmente começaria a colecionar pôsteres. Vitor e Mila trocavam olhares discretos enquanto comiam, embora estivessem pensando secretamente em como dar as mãos ou ter qualquer tipo de contato mais próximo.

— Cara, você é minha nova pessoa favorita do mundo! — Sérgio disse a Clara e depois se virou para o amigo. — Sem ofensa, brother. Você é até legal.

— Não me senti ofendido.

— Mila me falou das festas que vocês fazem na cidade, e eu tô super dentro da próxima! Adoro rebolar a bunda sempre que possível.

— Isso é bem verdade — Mila concordou, mastigando sua salada. — A Clara quer ser professora de dança e tem essa super ideia de uma academia que misture todos os ritmos brasileiros e o balé clássico, sabe? É totalmente incrível.

— Uma das minhas mães faz um trabalho beneficente em uma escola de dança no Complexo do Alemão, no Rio de Janeiro, desde que eu era pequena. Daí minha outra mãe trabalha lá, na administração e com a parte das finanças. A ideia é poder fazer algo ainda maior por lá, sabe? Para as comunidades — Clara explicou, e Sérgio balançava a cabeça, animado.

— Irado! A gente pode ajudar de alguma forma?

— Tem uma parte da ONG delas que vive de doações, porque ajuda a mães solteiras e LGBTQ+ da comunidade. Se quiserem sempre aparecer por lá pra dar aulas e passar o dia com a galera, tenho certeza de que elas vão amar.

— Assim que eu me tornar uma bailarina muito famosa e rica, meu dinheiro já tem pra onde ir — Mila disse, sorrindo. — Minha família ainda não tem condições nem de me manter aqui, não fosse a minha bolsa. Então estou contando com o futuro.

— Clara, acho que podemos conversar. — Vitor levantou uma sobrancelha, sorrindo e pensando que, afinal de contas, ele poderia fazer algo útil para o universo com a família disfuncional que tinha.

Depois de uma conversa acalorada sobre sonhos e o futuro, os quatro se levantaram para encarar mais algumas horas de aulas.

Sérgio saiu na frente, junto com alguns amigos que estavam próximos dali, prometendo avisar assim que tivesse outra reunião na cidade. Clara olhou para Vitor e Mila e rolou os olhos, puxando o celular.

– Vou fingir que tenho algo superimportante pra fazer e deixar vocês sozinhos por alguns minutos. Vou, sei lá... pedir algum *nude* do Breno pra variar, não tenho muitos dele na minha coleção. Até mais, Mila-chan. – Clara acenou e saiu andando com o celular nas mãos. Vitor e Mila se entreolharam.

– Isso não foi nada discreto – a garota disse, respirando fundo porque sabia que seu rosto tinha ficado muito vermelho. Caminhou ao lado de Vitor para fora do refeitório, com os braços cruzados e sentindo as pernas meio bambas.

– Quer fazer alguma coisa nesses dez minutos antes da aula?
– Pode ser.

Estava morta de vergonha. Estarrecida. Nada tinha sido exatamente desconfortável até então entre eles, porque os amigos estavam perto, mas Mila não sabia o que fazer com as mãos ou com a própria cara. Era de se esperar que, na idade dela, as coisas fossem um pouco diferentes e que não precisasse ficar vermelha a cada referência a sexo ou a beijos. Mas, não, tinha essa incrível genética de ficar vermelha à toa e a percepção de mundo de uma garota de dez anos. As garotas de dez anos provavelmente já beijavam mais do que ela, por sinal. Era realmente uma extraterrestre.

Acompanhou Vitor até o jardim entre os prédios, onde ele se sentou em um dos bancos debaixo de uma árvore muito grande e que normalmente estava repleta de músicos espalhados pela sombra. Naquele momento, não havia ninguém. Mila sentou-se ao lado dele, cruzando a perna e mexendo de leve no pé que doía constantemente. Vitor puxou o celular e entregou um dos fones de ouvido para a garota. Deu play em uma música do Tyler, The Creator, faixa que ele gostava bastante e que se chamava *See You Again*. A letra era sobre beijos, claro, embora não fosse nenhum tipo de indireta ou algo assim. Ele realmente estava escutando mais cedo e tinha ficado no topo da lista.

Os dois ficaram em silêncio enquanto ouviam a música, e Mila fechou os olhos, sentindo o calor do sol, que entrava pelas frestas das folhas da árvore, bater em seu rosto. Sentia um frio estranho na barriga, que já tinha identificado como a sensação que acontecia perto de Vitor. Estava ficando comum.

O garoto se aproximou dela um pouco mais, fazendo com que os braços e as pernas deles se encostassem. Os dois se olharam sorrindo. A música continuava tocando, e Mila sabia que não queria que aquele momento acabasse. Era surreal ouvir hip-hop ao lado de um garoto que conheceu há pouco tempo, prestes a voltar para a aula de balé dentro do maior conservatório de música clássica do país. Não tinha como explicar as coisas que sentia dentro dela.

Viu que Vitor sentou com as pernas cruzadas em cima do banco, virado para ela. Mila, lentamente, fez o mesmo. Estavam de frente um para o outro, e ela não conseguia parar de sorrir porque, quando ele mexia a cabeça no ritmo da música, um raio de sol batia em seu rosto, mostrando os cílios ruivos e as sardas na bochecha. Os olhares se encontraram, e ela ficou com vergonha de estar com os olhos tão vidrados nele, prestando atenção em cada detalhe do seu rosto. Vitor molhou os lábios lentamente, fazendo Mila olhar para sua boca e prender a respiração, imaginando o que viria a seguir e torcendo mentalmente para que não desse nenhuma mancada. Ele se inclinou para frente e encostou os lábios nos dela.

Como da primeira vez, Mila sentiu um choque percorrer por todo o seu corpo enquanto transformava o beijo simples em algo um pouco mais denso. Sentia a língua dele percorrer sua boca, aquecendo-a por dentro como um dia quente de verão, por mais brega que isso fosse. Esse era exatamente o sentimento, não conseguia explicar melhor. Em um impulso, aproximou-se um pouco mais e colocou as mãos na nuca do garoto, puxando o rosto dele para mais perto. Não sabia de onde tirava essas ideias, só tinha noção de que era algo que seu corpo fazia impulsivamente. Vitor, sorrindo com a boca na dela, colocou uma mão em sua perna e, com a outra que estava livre do celular, encostou na bochecha da garota. Mila sentiu outro choque porque a mão dele era quente e grande, cobrindo quase o lado inteiro do seu rosto. Ela não queria que aquele momento acabasse. Esse definitivamente era o melhor beijo da sua vida, embora fosse o segundo, e ela não tivesse muito com o que comparar.

Tyler, The Creator continuava tocando no ouvido deles, falando sobre beijos e sobre querer que aquilo durasse para sempre. Ele estava completamente certo.

Mila tinha passado o resto do dia de bom humor, dando risadinhas sozinha pelos cantos e recebendo elogios da professora de balé clássico mais do que o normal, o que tinha sido totalmente incrível para a autoestima dela. No final da aula, inclusive, achou que fosse receber algum comentário sobre o seu peso, mas a professora estava mais concentrada em outros alunos e dispensou o resto da turma sem nenhum tipo de aviso. Ótimo, nada daquilo iria tirá-la da nuvem em que estava no momento. Que não era a cinza e cheia de raios, mas sim igual a do Goku.

Tinha se despedido de Clara no corredor porque teria ensaio para O Lago dos Cisnes. Mais uma vez em que ela provavelmente ficaria de lado vendo Raquel, Porta e Matheus dançando e que teria que encarar o único professor que já tinha desgostado na vida. E, embora sua cultura a tivesse ensinado que ele estava acima dela na hierarquia da escola, ela não conseguia mais respeitá-lo do mesmo jeito. Era um sentimento estranho de repulsa, confusão, tristeza e vontade de chutá-lo no saco.

Entrou na sala de ensaio, que ficava no pequeno auditório, cumprimentando Porta e Matheus, que estavam lá dentro se arrumando e trocando os sapatos pelas sapatilhas. Ela também trocou as dela, mesmo sem saber se iria usá-las naquele dia. Respirava fundo várias vezes, obrigando-se a sorrir e a mostrar que estava tudo bem. Ainda estava na nuvem, claro, mas tinha começado a sentir os dedos das mãos formigarem e um enjoo ruim, o que a deixava irritada.

– Mila, pode vir aqui? Quero testar uma coisa – Matheus pediu, mexendo os braços em frente ao espelho grande da sala. Mila, que estava se aquecendo nos fundos, encarou o garoto.

– Comigo?

– De preferência com você – ele disse, sorrindo. Matheus não era muito de sorrir, então ela concordou e foi até o garoto sem perguntar mais nada. Ele fez uma das poses da coreografia e ela entendeu que deveria fazer o papel de Odette.

– Será que minha expressão está boa o suficiente? – ela perguntou de forma irônica, e Porta berrou que sim da lateral da sala. Os três riram enquanto Mila e Matheus faziam alguns movimentos e o garoto testava posturas e ângulos diferentes do braço.

– Não tô satisfeito com essa parte. A Raquel é mais alta do que você e isso está ferrando com minha postura.

– Acho que está ótimo do jeito que está fazendo – Mila comentou, subindo na ponta e puxando o braço dele para perto. – Você, na teoria, está confuso, porém apaixonado. Se for logo encostando, vai parecer bruto demais. Dá pra rolar uma distância segura.

– Odeio que meu personagem seja ludibriado dessa forma.

– Fique feliz que você pelo menos é um personagem! – A garota sorriu, fazendo com que Matheus mostrasse a língua para ela. Porta girava algumas vezes, dando impulso e tentando chicotear sem parecer tão pesado, e Mila parou ao lado dele, batendo palmas assim que os pés do garoto encostaram no chão. – Você é o melhor dançarino da nossa sala, por favor, faça questão de contar para o Jonas que te falei isso.

– Eu vou ficar quieto, mas obrigado.

Os dois deram uma risadinha e ouviram o barulho da porta se abrindo. Raquel entrou segurando sua mochila azul e as sapatilhas nas mãos. Parou ao ver que os três estavam diante do espelho.

– O professor ainda não chegou?

– A não ser que ele esteja escondido na minha bolsa, obviamente não – Porta disse, sem se importar em ser simpático. Mila olhou para ele com cara de brava e sorriu para Raquel. Não era certo eles tratarem a garota de forma brusca, sendo que, tecnicamente, não era culpa dela. Era uma boa bailarina. Ela não era a melhor, mas era boa. E estava se esforçando de verdade para impressionar o professor, o que mostrava para Mila que a garota estava disposta a melhorar.

Raquel foi até o fundo da sala e trocou sua sapatilha, demorando um tempo maior do que o normal para ajeitar o cabelo. Mila continuou ajudando Matheus com o movimento dos braços, mas, ao perceber que a colega estava desconfortável e que provavelmente estava enrolando para começar a se aquecer por causa da presença de Mila, decidiu sair da sala para encher sua garrafinha de água no bebedouro do corredor. Não havia a menor dúvida de que ela soava como uma ameaça para Raquel, mesmo que isso parecesse um pouco convencido de se pensar. Se estivesse no lugar da garota e houvesse uma bailarina substituta como ela, também estaria pisando em ovos. Não era nem um pouco fora da realidade se sentir assim.

Voltou para a sala de ensaio, vendo que Raquel estava ao lado de Matheus, treinando alguns movimentos. Mila olhou para o Porta, que fazia caretas de forma infantil, e balançou os braços, rindo. Era engraçado como ele se mostrou uma pessoa mais bacana do que havia imaginado. Tinha sido um porto seguro ali dentro da sala de ensaios. Sempre o via perto do imbecil do Jonas, o que normalmente significaria que ele era um imbecil também. Mas hoje, inclusive, depois de ver o jeito como Kim e Júlio eram tão diferentes, embora andassem juntos, ela entendia que isso podia variar. Não que Kim não fosse um babaca, mas existiam diferenças claras ali.

Ficou apoiada de leve no piano que ficava na lateral da sala assistindo aos três ensaiando e se aquecendo. A vontade de ir na frente e dançar era enorme, mas ela precisava manter esse pensamento dentro dela, para que pudesse falar depois e desabafar com o psicólogo e resolver em uma meditação ou algo parecido. Ali, na frente de todos, ela sabia que precisava manter a linha. Não queria chorar ou demonstrar qualquer tipo de insegurança perto do professor Sergei porque já tinha dado espaço demais para ser motivo de risada.

Percebeu que Raquel estava enrolada em um movimento e que estava ficando frustrada e preocupada olhando para a porta. Mila sabia como era esse sentimento e, na verdade, ficou com certa pena. Não pelo fato de que ela era a solista usurpadora, mas porque entendia a pressão desse papel na idade delas. Inclusive porque a garota tinha entrado no papel principal de repente, faltando poucas semanas para a apresentação.

— Se você... mexer no ângulo do seu joelho na hora do movimento, seu giro vai sair um pouco mais leve — Mila aconselhou, quase sem querer, ao ver que a garota tinha ficado claramente brava com o movimento errado que fazia. Raquel olhou para Mila de relance, com uma expressão incompreensível.

— Pra fora, assim?

— Pra dentro. Sua perna está chicoteando pra fora e isso faz com que o ar acabe não fluindo tanto e... assim, oh! É meio que lei da física — Mila explicou, aproximando-se da garota e demonstrando o que queria dizer. Raquel ficou ao lado dela, com as mãos na cintura, prestando atenção. Quando Mila acertou em cheio o giro que ela estava tentando fazer, a garota rolou os olhos.

— Parece tão fácil pra você.

— É extremamente difícil, mas obrigada.

As duas sorriram, e Raquel se posicionou para fazer exatamente o que Mila tinha feito. O giro não ficou perfeito, mas ela não tinha caído como antes. Porta encarou as garotas, sorrindo.

— O Patinho Feio finalmente encontrou um cisne! — ele disse e apontou para Raquel. — Você é o Patinho Feio, que fique bem claro.

Mila fez uma careta e saiu de perto deles quando o professor Sergei entrou na sala junto com a pianista que ajudaria no ensaio. O professor bateu palmas e encarou Mila de repente.

— Pode tirar a sapatilha, você não vai precisar dançar hoje.

Mais do que nunca, ela queria chutar ele no meio do saco. Mas apenas sorriu e concordou, vendo Porta mostrar o dedo do meio, como uma ameaça silenciosa. Estava tudo bem, ela ainda podia voltar para sua nuvem.

22

FRAGILE

(TECH N9NE FEAT. KENDALL MORGAN, KENDRICK LAMAR & !MAYDAY!)

Era sábado, Mila e Clara estavam na escada principal da entrada do conservatório, dividindo um pote pequeno de iogurte. Já eram quase cinco horas da tarde, e as duas estavam esperando Vitor buscá-las para que fossem a uma das festas na pracinha da cidade. Mila estava superanimada para ver todas aquelas pessoas dançando novamente, e Clara não parava de falar sobre as músicas da playlist que Sérgio tinha feito para ela. Só parou de falar sobre isso – e de cantar, o que não era o forte dela – quando Vitor estacionou na frente delas com um som tão alto que parecia que o chão estava vibrando. Tinha dado para ouvir ele chegando de longe! O segurança que ficava na porta de vidro do conservatório até olhou feio para eles. Mila não sabia se era porque a música estava alta ou porque era claramente uma batida de hip-hop. Mais provável que fosse a segunda opção.

Mila sentou-se no banco da frente, enquanto Clara se acomodou sozinha no banco de trás, abrindo sua janela assim que saíram do conservatório. Mila fez o mesmo e colocou o braço para fora, sentindo o vento gelado. Era delicioso, uma liberdade que não fazia ideia de como explicar. Normalmente a uma hora dessas de um sábado, ela estaria ensaiando em alguma sala de prática ou na academia, fazendo cárdio. Olhou para Vitor, que prestava atenção na estrada e mexia a cabeça no ritmo da música, que parecia tão lindo quanto no dia anterior ou em qualquer outro dia em que ela o tinha visto. Mila ainda não sabia muito bem como se sentir perto dele, porque a mistura e a intensidade de sentimentos eram enormes e confusas. Ela sabia que gostava de tê-lo por perto e de que gostava muito de beijá-lo, isso era uma certeza. O garoto encarou Mila de volta e sorriu, diminuindo um pouco a velocidade do carro, ao notar que Clara estava praticamente para fora da janela.

– Clara! Volta pra dentro! – Mila colocou a cabeça para fora também, tentando empurrar a amiga para o carro. Clara soltou uma gargalhada, mas não se mexeu.

Mila balançou a cabeça porque sabia que não teria jeito de tirá-la dali, embora ficasse preocupada com a amiga. Fechou os olhos, ainda com o rosto para fora, sentindo o vento balançar seus cabelos soltos e ricochetear nela mesma. Levantou o braço e esticou os dedos, sentindo o carro tremer por causa da música, pensando que aquilo era bem legal, para falar a verdade. Não se arrependeria depois de ter vivido esses pequenos momentos enquanto ainda era nova e tinha a desculpa da idade para ser um pouco inconsequente. Não como Clara, óbvio. Mas estava fazendo o que podia. Voltou para o banco, ajeitando o cabelo bagunçado e encarou Vitor, sorrindo.

– Você está lindo – ela disse alto, para que ele ouvisse por cima da música, e imediatamente sentiu seu rosto corar, como de costume. Não era nem mais uma novidade. O garoto sorriu de forma tímida, também ficando muito vermelho de repente. Ele estava com o cabelo alinhado para trás, com pomada ou gel, dando impressão de um visual meio *rockabilly*. Tinha até uma mecha solta na testa, de propósito. O rosto repleto de sardas dava um ar vintage ao visual, como propagandas antigas que Mila só tinha visto pela internet. Seu coração batia mais forte só de olhar para ele, não tinha nem como fingir. Tinha certeza de que o garoto poderia ouvir, mesmo com a música alta daquele jeito.

Quando chegaram ao campinho da praça, o lugar já estava cheio de gente. Sérgio, atrás do computador, tocava algo eletrônico com mistura de rap, fazendo as pessoas dançarem e tocarem instrumentos diversos, acompanhando. O que era totalmente incrível e inusitado. Mila nunca tinha visto esse estilo de música sendo tocado por um trompete, um fagote e um clarinete, mas, surpreendentemente, tudo parecia perfeito e harmônico! Duas garotas andavam de skate em um canto, realizando umas manobras complicadas. Clara parecia animada demais por estar ali e cumprimentava algumas pessoas que ela aparentemente já conhecia de festas no conservatório. Mila sabia que tudo ali era a cara da amiga e estava feliz por tê-la trazido junto. Sentia como se fosse um lugar particular dela, de certa forma, e que estava o compartilhando com quem amava.

Esse alguém era Clara, que ficasse evidente. Ela gostava de Vitor, mas amar era uma coisa muito forte e, provavelmente, muito complicada para pouco tempo. Não havia nem por que pensar nisso. Balançou a cabeça, como se fosse fazer alguma diferença e levou um susto quando Vitor encostou em seu braço.

– Quer beber alguma coisa?

Ela encarou o garoto de cima a baixo, pensando sobre amor, bebida, skate, trompete e o fato que ele estava usando uma calça preta com um rasgo no joelho e uma camisa preta de manga comprida, ainda mais bonito do que costumava estar no conservatório. Lá, normalmente, ele andava com camisas sociais e jeans porque provavelmente tentava se encaixar de alguma forma. Ela soltou a respiração e negou mexendo a cabeça, vendo ele sair de perto das duas e sumir no meio da multidão.

– Caraca, isso é sensacional! Como eu não sabia dessa pracinha antes? A Marina e a Laura vão adorar!

– Aqui só tem pessoas legais, não tem como a Laura conseguir passar pela redoma invisível. – Mila mostrou a língua para a amiga e Clara a encarou com a sobrancelha levantada.

– Estou orgulhosa da pessoa irritante e mal-humorada que você se tornou, já te falei isso?

– Eu? – Mila franziu a testa, vendo a amiga sorrir e encarar a multidão novamente.

– Tem muito cara gato aqui, caramba! E umas garotas que, se eu tivesse conhecido antes, já seriam parte do meu álbum de figurinhas...

– Eu nem vou perguntar o que isso significa.

As duas encararam uma roda que começou a se abrir no meio de todo mundo, onde algumas pessoas estavam dançando. Eram bboys e giravam no chão, dando piruetas e fazendo alguns movimentos que o pessoal de Dança Contemporânea teria até inveja. Mila e Clara bateram palmas, acompanhando as pessoas em volta.

– Vamos dançar também! – Clara disse, olhando para a amiga, que negou veementemente. – Então segura minha bolsa, que já volto!

Mila ficou parada com a bolsa de Clara nas mãos, e a sua própria, vendo a garota correr pelo meio das pessoas até chegar no centro da roda, misturando-se com os outros dançarinos quase que imediatamente. Fez um giro de balé e imitou movimentos acrobáticos, fazendo com que todo mundo aplaudisse e desse gritinhos de apoio. Vitor chegou perto de Mila com uma garrafa de cerveja nas mãos, olhando por cima do pessoal.

– Não quis dançar com a Clara?

– Eu não sei de onde tirar essa coragem! – Mila sorriu sentindo que ele tinha encostado o braço nela novamente pois os pelos da sua nuca estavam arrepiados. Vitor mostrou a garrafa de cerveja, e a garota negou, fazendo careta. – Meu corpo de atleta que nunca encostou em bebidas alcoólicas provavelmente iria passar muito mal depois.

– Gosto de pessoas responsáveis. – Ele piscou e desistiu de beber também.

Clara fez uma acrobacia fazendo todo mundo comemorar, inclusive Mila e Vitor. Os dois entreolharam-se e ela pensou que seria uma ótima hora para que se beijassem, até que um garoto se aproximou.

– E aí, cara! – ele cumprimentou Vitor. Era alto, magro e usava um boné de lado, de um jeito esquisito. Olhou para Mila e balançou a cabeça, educado. – Semana que vem eu devo ir em casa pra visitar minha irmãzinha nova que nasceu, você pega as coisas da aula pra mim? Vou aproveitar pra levar meu violino no cara que curto, lá perto de casa, pra ele dar uma lustrada e...

Mila voltou a olhar Clara, deixando que os dois garotos conversassem em paz e sorriu vendo a amiga se divertir também. Era estranho estar ali, no meio de tanta gente, ao lado de Vitor. Não sabia o que fazer e isso a deixava frustrada, porque se tinha uma coisa que ela sempre sabia, era o que fazer. Sabe como é? Essa falta de planejamento era estranha. Não sabia se encostava em Vitor, se dava as mãos, se o abraçava ou o beijava quando ficassem sozinhos. Ele até dava alguma abertura, chegando perto dela, mas Mila não tinha certeza. Tudo na vida dela sempre tinha sido muito programado e organizado, e o fato de não saber que tipo de relacionamento eles tinham fazia com que ficasse nervosa com as possibilidades. Não que ela quisesse dar um nome para aquilo, claro. Não era exatamente isso. Ela tinha noção de que estavam se conhecendo e que nenhum dos dois tinha tempo de criar uma relação, nem nada disso. Mas a falta certeza de que seu sentimento era completamente recíproco a deixava muito ansiosa e, naquela altura, já estava roendo as unhas e tentando fazer as pernas pararem de tremer.

Enquanto os garotos conversavam e com Vitor ainda encostado em Mila –, Clara chegou perto dela, puxando a amiga pelo braço. Mila ficou muito vermelha, sem saber o que fazer. Olhou para Vitor, que, sorrindo, mostrou o polegar e deu de ombros, entregando as bolsas para o garoto segurar e seguindo a amiga para o centro da roda. Talvez isso a distraísse. Talvez se passasse alguma vergonha, ela pudesse parar de pensar em amor, relacionamento e essas coisas sem-noção que recentemente haviam se tornado parte de sua vida. Suas pernas pareciam que iam desabar, e ela queria muito colocar para fora todo o iogurte que tinha tomado, mas respirou fundo e, embora não quisesse, acabava olhando para Vitor, que, de repente, tinha se aproximado mais da roda e estava sorrindo e comemorando com todo mundo.

Mila encarou os dançarinos à sua volta, cada um com seu estilo diferente, e fechou os olhos por alguns segundos. Sentiu a música tocando, a batida do grave, a melodia, o ritmo do rap e sorriu sozinha. Tudo isso reverberava por dentro dela de uma forma surreal. Desde criança, estava acostumada com música clássica, compassos detalhados e movimentos treinados com afinco. Ali, ela sabia que nada disso era necessário.

Quando Sérgio olhou para o meio da multidão e viu Mila e Clara prontas para dançar, ele puxou o microfone e, rapidamente, trocou a música eletrônica para *O Lago dos Cisnes*, de Tchaikovsky. As garotas encararam o DJ, que sorria com os braços para cima. Todo mundo na pracinha comemorou e fez ainda mais barulho quando as duas começaram a fazer os movimentos do balé. Dançar com uma roupa não apropriada era difícil, mas, como tinham visto por ali, a ideia era se soltar e fazer o que seu corpo se sentisse bem fazendo.

Durou alguns segundos até que Sérgio, com o microfone, começasse a fazer *beatbox* por cima da música, nos mesmos ritmo e melodia. Mila sorriu sozinha, olhando para Clara, ainda na coreografia. Seu cabelo estava solto, e ela mal conseguia enxergar as pessoas à sua volta, fazendo alguns giros e se divertindo enquanto tentava ficar na ponta dos pés sem as sapatilhas. Sentia a emoção de poder estar ali, fora de uma sala de aula ou de um palco, dançando junto com outras pessoas uma coreografia que tanto amava. Tinha sido machucada recentemente, mas naquele momento ela só conseguia se lembrar do quanto amava Tchaikovsky e tudo o que sentia de bom quando ouvia suas melodias.

E nunca tinha imaginado que soasse tão bem junto com o *beatbox*. O elitismo do balé estava perdendo muito ao ignorar misturas tão boas e positivas.

A música durou vários minutos e, ao fim, com uma ponte para mudar o estilo para um rap *old school*, Mila parou para respirar e sair um pouco do centro da roda. Estava suando, mas não conseguia tirar o sorriso do rosto. As pessoas passavam por ela a cumprimentando e mexendo a cabeça de forma positiva.

– Isso foi totalmente maneiro! – Um garoto parou em frente a ela de repente. Ele era um dos bboys que estavam dançando minutos atrás. A primeira reação de Mila foi olhar para os lados e não encontrar Clara ou Vitor por perto.

– Obrigada! Vocês dançando são incríveis, eu quero muito aprender movimentos de bboy no futuro. – Ela sorriu, respirando

ainda com dificuldade. – Não que eu vá conseguir, vamos falar a verdade.
– Eu tenho certeza de que vai!
Ela continuou sorrindo, encarando o garoto de cima a baixo. Ele era muito bonito e musculoso, e usava roupas folgadas, com a camiseta aberta nas mangas, mostrando a lateral do corpo. O garoto chegou mais perto do rosto dela por causa da música alta, e Mila arregalou os olhos porque, sinceramente, era perto demais e saía um pouco da zona de conforto dela.
– Quer sair pra tomar alguma coisa? Você é bonita demais pra ficar sozinha por aqui.
Mila piscou os olhos algumas vezes sem saber o que dizer. Ele estava mesmo dando em cima dela? Estava agradecida pelo elogio, claro, mas não tinha interesse em sair dali ou *ficar* com ele. Não era por nada, não, mas o cara era até gato. Mas não era exatamente seu plano ficar com ninguém fora Vitor, embora fosse confuso e tudo mais.
– Obrigada! Mas eu vim com alguém – disse, próximo ao ouvido dele, mas definitivamente não tão perto quanto ele tinha feito. O garoto concordou e saiu andando, acenando. Ok, tudo isso tinha sido diferente. Ele realmente tinha dado em cima dela, o que só confirmava que Mila não queria beijar boca nenhuma fora a de Vitor. O interesse pela boca do garoto musculoso tinha sido zero.
Com os dedos tremendo, ela procurou por Vitor no meio da multidão torcendo pra não ficar sozinha por muito mais tempo. Encontrou o garoto ruivo acenando para ela, ainda segurando as bolsas das duas. Mila se aproximou, sorrindo e mexendo nos cabelos, sentindo que só o fato de vê-lo a deixava mais feliz. Ela tinha feito a escolha certa.
– Uau, vocês foram maravilhosas! – Vitor disse quase gritando, para que ela pudesse ouvir. Ele parecia muito animado, e Mila mordeu os lábios.
– Eu me senti tão bem dançando!
– Isso é o mais importante. A gente se sentiu bem assistindo também! Foi lindo, sério! Eu queria ter filmado pra você ver depois, mas eu mal consegui me mexer!

– Você fala isso porque é meu fã. – Mila piscou rápido algumas vezes, fazendo Vitor gargalhar.

– Eu não vou negar, o seu fã clube secreto não é tão secreto assim.

A garota aceitou a garrafa de água que ele ofereceu, vendo Clara chegar perto dos dois, esbaforida.

– Mila-chan, o que aquele cara gostoso estava fazendo com o rosto perto do seu? Ele estava te chamando pra sair? – Clara perguntou, rindo alto. Mila franziu a testa, colocando a língua para fora, e encarou Vitor, que ainda sorria.

– Humm... ele me chamou pra sair. Eu não aceitei, claro.

– Eu imaginei que não fosse aceitar! – a amiga disse, piscando. – Garoto da lasanha, é bom tu não dar nenhum mole, porque a Mila aqui é muito popular!

– Clara, para de falar besteira! – Mila riu, envergonhada. Vitor concordou, ainda sorrindo, embora estivesse com uma expressão um pouco mais séria.

– Eu não pretendo dar nenhum mole, mas obviamente a Mila é livre pra fazer o que ela quiser. A gente é amigo também. Por mim, eu nem soltava mais da mão dela, mas estou tentando não ser tão esquisito!

Mila encarou Vitor sem saber o que dizer, embora ainda estivesse sorrindo. Clara continuava falando sobre todas as pessoas bonitas que estavam por ali, e Mila não conseguia tirar os olhos de Vitor. Ele estava certo, ela podia fazer o que bem queria. Mas Mila não tinha muita certeza do que era. Seu coração estava disparado só de ficar perto dele, mas o que isso significava? Colocou a mão no peito e respirou fundo.

Por que estava tão incomodada? Vitor tinha dito a verdade. Ele era um cara legal, o que ela estava esperando? Que ele dissesse que estavam namorando, quando ela mesma não sabia se queria namorar? Que ele desse um discurso machista sobre ela ser sua propriedade ou algum ataque de ciúmes por outro cara estar interessado? O Vitor que ela gostava era uma pessoa decente, que colocava o bem dela acima de tudo.

Mas por que Mila se sentia tão mal?

Acordou dos seus próprios pensamentos quando Vitor entregou a bolsa para ela, dizendo que o celular dela estava vibrando. Mila concordou, puxando o aparelho e percebendo que era sua mãe. Era só o que faltava. Arregalou os olhos, ponderando o que fazer. Em hipótese alguma ela poderia saber que Mila estava fora do conservatório, muito menos, em uma festa. E, se não atendesse, também causaria algum problema, porque sua mãe sabia que no sábado ela não tinha aula nenhuma e só passava o dia ensaiando. Droga!

Sentiu as pernas ficarem bambas e sua pressão cair. Vitor segurou no braço dela, preocupado, e Mila, com os olhos cheios de lágrimas, sem saber o porquê, olhou para o garoto.

– Pode me levar ao conservatório?

23
MULHER FEITA
(PROJOTA)

Mila não tinha conseguido pregar os olhos. O fim da noite parecia um borrão. Era como se tivesse assistido tudo o que havia acontecido em um filme no qual ela não era a protagonista. Aprender coreografias era fácil perto de entender os próprios sentimentos. Sentia-se perdida.

Depois de repassar várias vezes, mentalmente, a frase que Vitor dissera na pracinha, na noite anterior, ela chegou à conclusão de que sua vontade de ouvir algo diferente não poderia se sobressair à verdade do que realmente estava acontecendo. Eles eram amigos que se beijavam. Só que Mila não sabia por que a ideia de ficar longe dele machucava tanto, e também não sabia se ele se sentia da mesma forma.

Era conflitante: ela sabia que era livre para escolher quem quisesse beijar, mas não queria que fosse assim. Queria uma certeza, um objetivo, algo concreto e seguro. O fato de nada ser certo naquele momento fazia com que ela se sentisse em uma corda bamba na vida, e era insuportável aguentar seus próprios pensamentos de autossabotagem.

Ela era a substituta. Não fazia ideia nem se apresentaria algo no meio do ano, nem se conseguiria alguma chance com uma companhia de dança. Estava insegura quanto ao seu talento porque ouvira da boca de um professor experiente que não era exatamente o que ele buscava em uma bailarina. Sentia-se feia e diferente, e só queria saber o que fazer quando visse o cara que ela gostava todos os dias, sem precisar medir palavras, abraços ou beijos.

Por que, de repente, tudo tinha se tornado tão confuso? Será que tinha alguma coisa a ver com os hormônios?

Sentou na cama e respondeu as mensagens de Clara, que tinha ficado na cidade na noite anterior. Mila tinha garantido à amiga que só voltaria ao conservatório porque realmente precisava falar com sua mãe, mas a viagem de volta dentro do carro com Vitor tinha sido no mínimo esquisita. Ele estava preocupado, perguntando se ela estava bem, mas Mila só queria ficar sozinha e chegar ao seu quarto para poder chorar e colocar aquele turbilhão de sensações para fora. Talvez devesse pedir uma sessão extra com o psicólogo. Como Vitor era sempre muito educado, não importunou a garota.

No fundo, Mila queria que ele tivesse sido chato e, como filmes, corresse atrás dela.

Balançou cabeça, afastando o pensamento, e digitou para Clara sobre como sua mãe não havia desconfiado de nada porque ela mentiu, dizendo que esqueceu o celular no quarto enquanto estava na academia. Mentir para sua família era horrível e Mila se sentia culpada, o que não ajudava em nada seus sentimentos. Pelo contrário, só ajudava a culpar ainda mais a si mesma para ficar chorando e se sentindo mal. A nuvem cinza tinha voltado.

O celular vibrou em seguida e, dessa vez, era uma mensagem de Vitor. Mila suspirou. A verdade era que não queria ler a mensagem porque não saberia bem o que responder. Ele com certeza estava preocupado e tentaria fazer alguma piada para que ela se sentisse melhor. O coração de Mila até batia mais rápido quando pensava nisso. Mas ela precisava primeiro decidir o que queria daquele relacionamento para não acabar machucando o garoto também.

Decidiu desligar o celular, tomar um banho e ir para a aula de pilates. Queria distrair a cabeça de alguma forma para tentar encaixar os sentimentos mais tarde novamente.

No fim do dia, Mila e Clara estavam sentadas no sofá da sala comunal do dormitório de Mila, dividindo um saco de granolas orgânicas e jogando jogos de celular. Não tinham comentado sobre a noite anterior e nem nada relacionado a Vitor, porque Mila sempre mudava de assunto quando algo surgia no meio das conversas.

– Você ouviu esse barulho na porta? – Clara perguntou, levantando do sofá num pulo. Mila tirou os olhos do celular e pensou que talvez estivesse tão distraída tentando se controlar para não abrir a mensagem de Vitor que nem percebeu nada ao seu redor.

– Alguém bateu?

– Acho que foi uma trombada... Quem será que...? – Clara ia perguntar, abrindo a porta, quando Valéria, a *roommate* de Mila, caiu para dentro da sala porque estava escorada no batente do lado de fora. Sentada no chão do outro lado do corredor estava outra garota, que ria bastante. As duas estavam visivelmente bêbadas.

Mila se levantou e andou até Valéria, ajudando a garota a se levantar.

– Se o monitor te pegar assim de novo pelo corredor, você vai levar um esporro – Mila reclamou, levando a *roommate* até o sofá com a ajuda de Clara.

– Vocês duas também são namoradas? – Valéria perguntou, rindo e ignorando o aviso.

– A Mila teria muita sorte se fosse minha namorada – Clara respondeu, mexendo a sobrancelha.

– Garotas também podem ser amigas, sabia disso? – Mila riu. Valéria balançou a cabeça de forma exagerada.

– Minha namorada ficou pra fora da sala! BIAAAAA! BIA! VOCÊ TÁ VIVA?

– EU TE AMO, VAL! – A garota berrava do corredor. Mila e Clara se entreolharam.

– A gente a... acabou de... na verdade, a Bia acabou de levar um soco e eu tentei acabar com a raça daquele animal, mas... não deu certo. – Valéria começou a rir sozinha. Clara arregalou os olhos e correu para o corredor para ver se a tal Bia estava bem, mas a garota já tinha ido embora.

— Vocês apanharam de alguém? Onde? Falaram com um monitor? Querem ir pra enfermaria? — Mila perguntou, sentando ao lado de Valéria. A garota negou.

— Bailarina, nada é tão simples assim. Sua vida deve ser perfeita, eu tenho muita inveja.

Mila balançou a cabeça, revirando os olhos.

— Não tenha. Você aparentemente tem uma namorada e ela é muito bonita!

— Ela é linda, né? — Valéria sorriu e Mila concordou. — Um aluno babaca viu a gente se beijando e ficou bravo, como se isso tivesse alguma coisa a ver com a vida dele, sabe? Essa gente acha que o mundo gira em torno deles! Pelo menos eu consegui arrancar alguns fios do cabelo do imbecil. IMBECIL!

— Acho melhor a gente levar ela pra cama — Clara falou, trancando a porta do dormitório. — Ei, garota do oboé! Ajuda a gente, você não é muito leve!

— Eu sou gostosa.

— Você certamente é — Mila concordou.

— E sou gorda, pode falar essa palavra. Não é ofensa nenhuma, bailarina.

— Eu nunca achei que fosse.

— Camila, se um dia eu estiver solteira, você pode namorar comigo — Valéria falou, apoiada no ombro das duas garotas que a levavam para o quarto. — Você não, você é careca. Eu prefiro quem tem cabelos — disse olhando para Clara, que bufou e fez um barulho alto com a boca.

— Eu não quero você também, fica de boa.

— Eu achei que bailarinas não tinham namorados, nem piolhos, nem irmãos caolhos ou sei lá como você cantou outro dia — Mila disse.

— Eu nunca falei nada sobre namoradas, bobinha.

— Você é muito mais legal bêbada do que sóbria, vou deixar isso registrado.

Colocaram Valéria na cama e deixaram uma garrafa de água do lado, embora ela tivesse pegado no sono assim que encostou no travesseiro. As duas voltaram ao sofá, rindo da situação.

– Por falar em namorado, eu nem te contei! – Clara bateu palmas, como se tivesse lembrado de algo. Mila encarou a garota, curiosa. – Eu meio que aceitei namorar o Yuri.

– O Edward Cullen?

– Eu até hoje não entendi a referência. Mas sim, o vampiro brilhante ou sei lá o quê. Uau, eu acabei de me lembrar como o Robert Pattinson é gostoso. Vou voltar a escrever a minha fanfic.

– Mas... e o Breno? E o... resto? – Mila falou devagar, absorvendo a informação. Em quase um ano em que eram melhores amigas, Clara nunca tinha namorado sério com ninguém. Era uma novidade reveladora, digna de algum programa de auditório que passava nos domingos.

– Você sabe que eu não sou de ficar presa a uma pessoa só, mas vou tentar. Se não der certo a gente termina. Simples. – Clara deu de ombros, puxando o celular e colocando o nome de Robert Pattinson na busca.

– Vamos apostar quanto tempo vai levar pra você enjoar da cara dele?

– Amiga, eu posso até enjoar da cara dele, mas enjoar daquela bunda... vai ser difícil.

𝄞

Quando Clara voltou para o próprio quarto, Mila se trancou no seu e ficou de frente para o espelho. Uma sinfonia de Bach saía do celular e a garota começou a treinar uma coreografia clássica. Encarando seu próprio reflexo de sapatilhas de ponta, sentia seu pé latejar, o que nunca tinha sido um motivo para parar. Mas, de repente, tinha pensado na Clara, no Yuri e no Vitor. E talvez no Robert Pattinson. A amiga tinha razão, Mila era muito certinha, precisava se permitir mais! Se ela queria algo de Vitor, talvez o certo fosse falar com ele, não importasse o que ele iria dizer. A ideia de pensar, imaginar e criar fanfics na própria cabeça só fazia a situação ficar pior do que já era.

E se tinha uma coisa que ela queria fazer sempre era beijar a boca dele. Então, por que não fazer isso acontecer?

Voltou a dançar e, sem pensar muito, acabou fazendo alguns movimentos de dança contemporânea no meio da coreografia do balé. Pensou na galera dançando na pracinha da cidade, na batida do hip-hop e se permitiu experimentar algo totalmente diferente.

Sorriu sozinha olhando para o próprio reflexo depois de uma combinação inusitada de movimentos que tinha terminado em cinco *fouettés* perfeitos. Perfeitos! Talvez o que estivesse segurando Mila fosse o próprio pensamento e o medo de coisas que não conseguia controlar.

Vitor parou em frente à sala da primeira aula do dia e encarou o celular, como estava fazendo de minuto em minuto desde o dia anterior. Nenhuma mensagem de Mila e ela sequer tinha lido a que ele havia enviado. Tudo certo, ela tinha suas prioridades e provavelmente estava ocupada. Vitor sabia que não podia simplesmente sufocar a garota só porque estava com saudades.

Pois é, ele estava com saudades. Era uma sensação de impotência absurda onde o peito doía, perdia até a vontade de comer lasanha. Nada parecia certo. Queria falar com ela, saber se estava bem e entender por que as coisas tinham ficado estranhas de repente. Ele tinha feito algo errado? Porque isso não seria novidade. Balançou a cabeça e entrou na sala depois de levar uma trombada de um violoncelista, pois estava parado na frente da porta e impedia que outras pessoas passassem. Estava perdendo a cabeça.

— Existe um tempo certo pra falar com uma garota depois que vocês se viram pela última vez? — ele perguntou para uma violinista cujo nome nem sabia, mas que sempre sentava perto dele na prática de instrumentos de corda. A garota deu de ombros.

— Depende, vocês estão juntos?
— Acho que não.
— Como você acha que não? Ou estão ou não estão.

— Então não estamos. — Vitor colocou a língua para fora, vendo a garota revirar os olhos.

— Ela pode não querer falar contigo ou estar fazendo doce, sabe? Esperando você falar primeiro.

Vitor pensou por alguns segundos, concordando. Podia ser qualquer coisa, ele não tinha ideia e a garota não tinha ajudado em nada. Pelo menos tinha sido uma tentativa. O professor entrou na sala e sentou em uma cadeira na frente de todos, discursando sobre a acústica de qualquer coisa que Vitor não estava realmente interessado em saber. Tocou seu violino conforme a partitura que havia sido entregue a cada um deles, mas sua cabeça pensava em como Drake agiria em uma situação dessas. Ele cantava tanto sobre amor, embora às vezes o próprio rapper fosse além dos limites. A própria letra de "Hotline Bling" era a prova de que nem todo mundo sabia o que fazer da vida e cometia alguns erros.

Mas Vitor sabia uma coisa sobre si mesmo: tinha força de vontade para não desistir do que queria e possuía um grande talento para comprar online as camisetas havaianas que nunca usava. Ele queria que Mila fosse sua garota, que fosse sua namorada e que ele pudesse ser alguém com quem ela podia contar sempre. Queria poder ajudá-la a não se sentir ansiosa, sozinha ou triste por toda a pressão que sofria na carreira que tinha escolhido trilhar. Ele respeitava muito a força da garota e nada disso estava em discussão, mas a vontade de beijá-la de novo e a lembrança do cheiro dela e do jeito como ela fazia seu corpo se sentir, era demais para suportar. Ele nunca tinha se sentido assim, por mais clichê que isso pudesse parecer.

Quando saiu da sala de aula, ainda segurando o *case* do violino, puxou o celular de volta e respirou fundo antes de enviar outra mensagem para Mila. Não queria parecer desesperado, mas seu coração não estava mais aguentando. Não precisava nem ser mil e uma noites de amor, como dizia a música do Netinho. Podia ser uma só, não importa. Ele só precisava abraçá-la de novo.

Nada. Ela não viu nada que ele tinha mandado e muito menos respondeu. O que deveria fazer? Só podia esperar. Talvez ela não gostasse dele como ele havia pensado, ou talvez ela só estivesse cheia de coisas na cabeça.

Passou a aula de História da Arte inteira encarando um tsuru de papel que tinha feito, origami era algo que distraía sua cabeça desde pequeno. Lembrava bem de sempre ter um monte de videogames, brinquedos e eletrônicos, mas o que ele mais gostava de fazer, além de tocar violino, eram origamis. Sua mãe nunca entendeu e sempre ignorou o pedido dele para comprar mais papel, e não qualquer jogo que estivesse na moda.

– Brother, você tem um carregador de celular pra me emprestar? – Sérgio perguntou de repente, fazendo Vitor tirar os olhos do tsuru e encarar o amigo. – Que cara de zumbi é essa? O professor tá falando de cinema europeu, mas nem está tão entediante assim como eu pensei.

– Estou pensando em... humm... na música da minha apresentação – Vitor falou, puxando seu carregador de dentro do *case* do violino. – Acho que vou com Vivaldi ou com uma versão do Arthur Iberê de Lemos, ainda não sei.

– Quem é esse cara?

– Compositor de música clássica do Pará.

– Desistiu do Drake?

– Nunca. Mas eu não sei como seria isso, né? – Vitor colocou o tsuru no bolso, sorrindo, enquanto Sérgio voltou a encarar o professor. Suspirou sozinho puxando novamente seu celular, que não tinha nenhuma novidade. Era isso. Ele iria morrer de tristeza porque seu coração nem batia mais por vontade própria. Era o fim da sua vida. Adeus, Drake.

Vitor andava em direção a uma das salas de prática, pronto para colocar todo seu drama interior nas cordas do seu violino, quando sentiu o celular vibrar no bolso e parou no meio do corredor. Era ela!

> *Mila Takahashi:* Oie! Desculpa a demora!!!! Você está ocupado? Pode me encontrar na sala de prática de balé que fica ao lado daquela máquina de bolacha orgânica no terceiro andar????
> 18:10

Sentindo seu coração quase sair pela boca, ele olhou para os lados para lembrar onde estava. Máquina de bolacha? Ela queria dizer biscoito, certo? Ok, ele sabia bem onde era, embora coisas orgânicas não fossem nem de perto suas comidas favoritas. Não queria nem pensar no que ela tinha para falar, só conseguia correr sem sequer perceber que trombava em algumas pessoas no caminho.

Mila estava de frente para o espelho na sala de prática, encarando seu celular. Estava treinando há algum tempo e finalmente tinha decidido falar com Vitor para explicar o que estava sentindo, sendo totalmente honesta. Não queria perder mais tempo pensando em todas as coisas que podiam ou não acontecer. Ela só tinha essa vida, no final das contas. Ou pelo menos era o que achava, porque sua *batchan* sempre falava de vidas passadas, mas ela nunca tinha realmente parado para pensar se acreditava nisso.

Sentou no chão para amarrar com mais firmeza a fita da sua sapatilha, quando ouviu alguém bater na porta. Seu coração disparou e ela sentiu a barriga doer. Levantou tão rápido que chegou a ficar meio tonta.

– A porta tá destrancada! – gritou. Ficou parada no meio da sala porque não conseguia dar nenhum passo para a frente: suas pernas estavam moles e ela tinha certeza de que acabaria causando algum acidente se tentasse. Viu Vitor colocar a cabeça para dentro da sala, sorridente e com as bochechas muito vermelhas. Ele acenou e entrou, fechando a porta atrás de si mesmo.

– Talvez eu tenha corrido um pouco pra chegar até aqui, caso... eu não consiga falar por alguns anos – o garoto disse, arfando e se apoiando nos próprios joelhos. Mila sorriu, soltando os cabelos do coque e respirando fundo algumas vezes. Vitor colocou o *case* do violino no chão, encostado na parede, e se aproximou dela lentamente. – Eu não queria ter enchido seu saco com as mensagens, mas...

– Ontem, quando o cara da pracinha chegou perto de mim e me chamou pra sair, eu só conseguia pensar que... – Mila contou, meio rouca, sentindo a boca tremer – ...que ele não era você. Que não tinha nada nele que se parecesse com você.

– Mila...

– Eu nunca entendi pessoas que se gostam, sabe? Nem a minha Barbie tinha namorado. Eu só queria que ela penteasse o cabelo e fosse uma dançarina famosa. Ou talvez uma fada. – Mila parou por alguns segundos e fez uma careta. – Eu acabei de perceber que minha Barbie era a cara da Laura e estou levemente brava com o mundo!

– A Laura provavelmente vai gostar de saber disso.

– Aposto que sim. – Mila riu, colocando os cabelos para trás da orelha, nervosa. Viu que Vitor acompanhou os movimentos dela sem piscar e sentiu suas bochechas ficarem ainda mais vermelhas. – O negócio é que... eu sempre achei que garotos eram perda de tempo. Que não eram interessantes. Que eram o oposto de interessantes, beirando ao tédio, pra falar a verdade. Até te conhecer. E eu não sei o que fazer com essa informação.

– Mila... – Vitor repetiu, chegando um pouco mais perto dela com um sorriso no rosto. Mila balançou a cabeça, sentindo que podia começar a chorar por causa de tantos sentimentos em conflito dentro dela, e estendeu a mão para que ele não falasse nada.

– Não sei se eu deveria odiar você por ter me beijado e ter feito a minha vida virar de cabeça pra baixo, porque... porque eu gostei. Sabe? Ou se eu deveria te agradecer, porque nunca pensei que meu coração fosse se sentir tão aquecido e tão confortável perto de alguém.

– Mila? – Vitor chamou e a garota mexeu as mãos, ignorando o fato de que ele estava um pouco mais perto.

– Eu achei que fosse uma extraterrestre. Que nada disso era pra mim. E pensei que estava feliz por ter esperado ficar mais velha pra ter essa experiência, porque estaria mais madura e saberia encarar com naturalidade, só que é o oposto! Eu tô pensando em tudo demais! Eu tô analisando tudo e...

– Não quero ficar com mais ninguém além de você. Eu nem consigo pensar nisso – Vitor falou, de repente. Mila prendeu a respiração, ainda sentindo os olhos cheios de lágrimas. – Se você não tiver certeza e se estiver pensando no que quer fazer, eu não vou a lugar nenhum. Eu vou estar aqui. Eu posso esperar.

– Mas eu não quero esperar. Você não tá entendendo.

– Mila, você é a pessoa mais incrível que eu já conheci na vida. E eu sou exagerado em tudo, mas nem tô exagerando agora. Você é linda, tem um coração enorme, é talentosa e brilhante, tem o sorriso mais bonito que já vi na vida e meu coração... ele parece uma caixa de som sempre que te vê. Ou sempre que penso em você. – Vitor se aproximou ainda mais, encarando a garota tão de perto que conseguia contar os cílios dos seus olhos. – Se a gente ficar em silêncio, talvez você consiga ouvir ele batendo.

Os dois ficaram parados por alguns segundos que pareceram horas. Mila respirava fundo, ainda sentindo as pernas moles e sem conseguir tirar os olhos da boca do garoto. Ele sorria de leve e respirava pesado. Mila não conseguia ouvir o coração dele porque o dela próprio estava ensurdecedor. Mordeu os lábios e ficou na ponta dos pés, como ficava durante o balé, para alcançar o rosto dele com facilidade. Fechou os olhos e sentiu que ele se inclinava para frente e encostava, de leve, os lábios quentes nos dela.

Se ele não tivesse colocado a mão em sua cintura, Mila teria caído, porque suas pernas não estavam se aguentando sozinhas. Vitor a puxou para perto com mais força do que havia pensado inicialmente, intensificando o beijo de uma forma desesperada e firme. Segurou a nuca da garota com as duas mãos, e sentiu quando ela o abraçou pela cintura e o puxou mais para perto, fazendo os dois andarem para trás até encostarem no espelho.

O garoto parou de beijá-la, sorrindo e olhando Mila de onde estava, ainda segurando o rosto dela com as duas mãos.

– Eu só quero ficar com você. Não consigo ver mais ninguém na minha frente.

– Tudo bem! Agora cala a boca e me beija de novo. – A garota sorriu, encostando seu corpo no dele e intensificando o beijo ainda mais.

O desespero era tanto que ele mal conseguia respirar. Sentia as mãos dela puxarem seu cabelo e achou que aquele momento era o ápice da sua vida. Tudo o que ele era, tudo o que tinha sido, era para chegar naquele exato momento. Sentiu a língua quente dela junto à sua, os lábios se mexendo como se aquilo fosse algo natural para eles, o cheiro doce e inesquecível que ela emanava. Seu corpo tremia encostado no dela, pressionando-a contra o vidro.

Mila ainda estava na ponta dos pés, pensando que nada mais importava e que era boba demais por ter pensado e teorizado tanto, quando na verdade era tão fácil estar perto dele. O calor da pele de Vitor era como estar no sol: ela se sentia inebriada, com os pelos dos braços arrepiados e com vontade de nunca mais sair dali. Era surreal. Nunca tinha sentido toda aquela urgência em ter alguém perto de si, mas conseguia sentir o corpo dele tremer, animado, e ela gostava do quão poderosa aquela sensação a fazia se sentir.

Não sabia quanto tempo ficaram se beijando e buscando o corpo um do outro com as mãos, até Mila precisar parar o que estava fazendo porque a natureza chamava. Era ridículo, mas estava com vontade de fazer xixi e não sabia o que dizer. Afastou-se lentamente da boca dele, vendo que os lábios do garoto estavam quase em carne viva de tão vermelhos e que a respiração dele era ofegante. Sorriu, encarando seu rosto, e deu um beijo antes de afastar seu corpo do dele.

– Foi mal, preciso muito ir ao banheiro.

– Eu também. – Ele sorriu, divertido. Mila mordeu os lábios, tentando prender os cabelos que estavam emaranhados por conta do suor. Ela saiu de perto e caminhou até a porta, sentindo as pernas bambearem. – Você não vem?

Vitor encostou uma das mãos no espelho e encarou seu próprio corpo, que tinha ficado animado demais com tudo o que aconteceu. Sorriu, sentindo-se meio bobo, e encarou a garota pelo reflexo.

– Tá tudo bem, eu vou depois. Pode ir na frente, acho que não consigo andar agora, sabe?

Mila sentiu o rosto queimar e deu uma gargalhada antes de sair da sala de prática, ficando mais feliz do que deveria com aquela informação.

Mila estava de pé em frente ao espelho, treinando alguns movimentos de *La Bayadère*, que sabia de cor. A música de Ludwig Minkus tocava no som da sala e ela podia ver Vitor pelo reflexo do espelho, sentado ao fundo, com o *case* de violino nas mãos. Ele assistia o ensaio dela com os olhos brilhando, sem tirar o sorriso do rosto.

– Quer vir até aqui dançar também? – Mila perguntou. O garoto negou veementemente.

– Não tenho energia pra mais nada até o final do ano, tá doida?

– Alguém já te disse que você precisa fazer algum exercício?

– Basicamente todo mundo.

Os dois riram juntos enquanto ela voltava a fazer a coreografia. De vez em quando, Mila parava e explicava para ele o que estava acontecendo na história que interpretava. Vitor fingia que estava entendendo, porque na real não fazia ideia de quem era Nikiya, Solor, Petipa ou sequer o que seria uma bailadeira. Ele parecia alguém que bailava? Devia ser isso. Não queria cortar o barato de Mila, que parecia muito animada em dividir sua paixão. E ele estava feliz só de vê-la feliz.

Mila ia começar a falar sobre o terceiro ato do balé quando, sem mais nem menos, a luz da sala piscou e se apagou, deixando os dois totalmente no escuro. Ficaram parados no mesmo lugar por alguns segundos até as luzes de emergência serem ligadas pelos corredores. A sala ainda estava no maior breu, mas dava pra ver alguma luz pela fresta da porta.

– Só porque eu estava fazendo meu show particular – Mila disse, rindo e mexendo os pés doloridos. Vitor puxou o celular e ligou a lanterna, fazendo com que a sala se iluminasse um pouco.

Como a energia elétrica aparentemente não voltaria tão cedo, pegou seu violino e o segurou no ombro.

– Acho que consigo me lembrar de algumas das notas do que você estava ouvindo. É mais ou menos assim? – ele perguntou, imitando um trecho da música de Ludwig Minkus e tocando de forma leve e limpa, do jeito que Mila amava o som do violino. Ela sorriu, percebendo que estava completamente apaixonada por aquele garoto. Não tinha jeito. Sua vida nunca mais seria a mesma.

24
HOLD UP
(BEYONCÉ)

– *Konnichiwa, batchan!* – Mila estava parada no corredor do prédio de aulas, encostada na parede e com o telefone no ouvido. Clara digitava furiosamente alguma coisa ao lado dela.
– Sim, eu já almocei. Mamãe não mandou nenhum *moti*, ou foi interceptado pela Naomi e eu não recebi. *Hai*, vou falar com ela. *Mata ne*, até mais!
– Acho que a sua irmã deve ter um estoque de comida clandestina no quarto dela.
– Talvez ela ache que eu não mereço receber a minha parte, aquela pirralha! – Mila rolou os olhos enquanto enviava mensagens cheias de emoticons raivosos para a irmã.
– Sabe da nova fofoca? – Clara tirou os olhos do celular e puxou a amiga para perto dela, de repente.
– Aparentemente não.
– A Marina estava hoje cedo aos beijos com o Porta na frente do auditório! Foi um espetáculo, eu não sabia que o Porta era hétero!
– A Marina? – Mila franziu a testa e se lembrou do que o garoto tinha dito a ela há alguns dias. Então foi Marina que enviou aquela mensagem cheia de pontos de exclamação, e Mila ficou feliz ao saber que não tinha dado um conselho errado para o novo amigo. – Acho que eu já sabia disso sem saber. Que legal!
– Você descobre as coisas e nunca me conta!
– Eu não fazia ideia de que isso era interessante. – Mila colocou a língua para fora, vendo alguns alunos entrarem para a

sala de aula. Clara rolou os olhos com tanta força que, por alguns segundos, a amiga achou que ela estivesse passando mal.

— Tudo é interessante! — Sacudiu o celular nas mãos. — Inclusive o fato de que o Yuri não me responde desde ontem e eu quero matar o ser humano! Por que os caras fazem isso? Não é mais fácil dizer que não quer conversar ou que não está disponível? Pouparia um monte de xingamento.

— Então o namoro do século vai bem? — Mila sorriu vendo Clara fazer uma careta e esticar o braço, batendo sem querer em Kim Pak, que passava pelo corredor naquele exato momento. Ele usava uma camisa social azul e óculos escuros, como de costume, e tinha levado um susto com o tapa repentino.

— Você... qual é o seu problema? — o garoto perguntou, encarando as duas meninas paradas no corredor.

— Oh meu Deus, eu não bati em você, bati? — Clara cobriu a boca com as mãos, espantada como se tivesse cometido um assassinato. Mila deu um sorriso.

— Quem tá no andar errado é você.

Tanto Kim quanto Clara olharam para Mila com uma expressão curiosa no rosto. A garota franziu a testa vendo os dois se entreolharem e deu de ombros.

— O quê? Eu tô constatando um fato! Oi, Kim, boa tarde. Você está perdido? — Ela sorriu, irônica. O garoto sorriu também e Clara ficou sem entender nada.

— Não te interessa, mas vou tocar o piano da turma de vocês hoje. Porque sua professora queria o melhor. E eu sou o melhor.

— Claro que você é! — Clara concordou com a voz estridente. Mila não entendia por que todo mundo à volta de Kim ficava meio bobo, e nem o fato de que Clara era incoerente com a própria vida ao agir desse jeito. Mas né? Cada um com sua esquisitice, quem era ela para julgar?

— Claro que você é — Mila repetiu, vendo o garoto entrar na sala de aula na frente delas e abrindo espaço entre os bailarinos.

— Eu nunca mais vou lavar a mão — Clara disse, piscando para a amiga.

— Isso seria anti-higiênico.

— Espero que tenha batido em alguma parte boa do corpo dele pra valer a pena...

— Eu vou vomitar, com licença. — Mila fez uma careta, entrando na sala sem olhar para trás. Era bem difícil não julgar a esquisitice alheia.

Lá dentro, Kim já estava posicionado no piano que ficava encostado na parede. Os alunos tinham se organizado nas barras colocadas no centro e alguns já começavam a se aquecer. Mila trocou suas sapatilhas, prendeu o cabelo em um coque apertado e correu para um dos lugares vagos na barra, que eram todos bem longe de Kim porque as pessoas foram bem rápidas ocupar os lugares mais perto dele. Como se ele fosse prestar atenção em qualquer coisa além do piano! Madame Eleonora estava à frente, dando ordens e coordenando o aquecimento.

— Vamos começar com quatro *grand pliès*! Não se esqueçam dos ombros para trás, postura ereta, braços abertos e paralelos às pernas! Marcela, você tá de brincadeira que isso é um *grand pliè*?

Mila se posicionou, sentindo a música e fazendo os movimentos como ela mandava. Diferente do *demi pliè*, o *grand pliè* mantinha as pernas mais abertas e puxava bastante os músculos internos da coxa ao agachar até o chão e voltar. Ela adorava esse tipo de exercício. Era tão divertido que não conseguia se imaginar fazendo outra coisa. Todo dia era como manhã de Natal! Ou a surpresa do Kinder Ovo! Na época em que ela ainda conseguia comprar um Kinder Ovo sem gastar todas suas economias, claro.

— Cuidado com os braços, quero leveza nos *turnouts*! Rodem as pernas para fora do quadril, os pés precisam apontar para direções opostas! Yuri, eu disse opostas. Isso aqui é aula de avançado, eu nem precisava falar nada disso. Joana, quer machucar a coluna? Emparelhe os pés!

Kim tocava uma música de David Plumpton, *"New Classics 2"*, enquanto a turma acompanhava os movimentos. Para ele, era preferível tocar piano sozinho e fazer o que bem entendesse, mas também tinha aprendido a gostar de participar de aulas e recitais de balé às vezes, quando estava de bom humor. Era legal ver os dançarinos acompanharem o ritmo dele e sentir toda a música se transformar em algo físico. Especialmente se fosse a turma do avançado, porque significava que ele não precisaria repetir o mesmo trecho várias vezes e nem ouvir tanto a voz chata da professora. Era uma das belezas de se estar em um conservatório de música clássica com o adendo das aulas de balé.

– Vamos fazer um dos movimentos que mais são pedidos na New York City Ballet! Mantenham os braços na quinta posição e façam *tendus* rápidos para frente, lateral e para trás. Assim, Clara, muito bom! Camila, não poderia ter feito melhor!

Assim que a aula terminou, Mila percebeu que a amiga não estava mais na sala e nem Edward Cullen estava à vista, o que só poderia significar que os dois estavam fazendo as pazes ou discutindo em algum lugar privado. Mila enviou uma mensagem a Clara para avisar que estaria por ali se a amiga precisasse dela e voltou a mexer nos pés, sentada com as costas apoiadas na parede. Não teve bolhas nos últimos dias, o que era ótimo, mas suas unhas ainda estavam machucadas. Massageou o pé direito com um creme caseiro que sua avó fazia, enquanto mexia o outro ainda no ritmo da música que tinham ouvido em aula. Esse maldito pé direito sempre acabava dando problemas. Toda bailarina tinha algum ponto fraco no corpo, e ela não fazia ideia do por quê o seu era um pé. Em todos os check-ups com médicos e ortopedistas, nada aparecia como errado. Tudo estava perfeito, menos a dor que sentia, que era um saco.

Caminhou pelo corredor distraída, indo em direção à próxima aula. Pensava no que tinha acontecido recentemente com Vitor e tinha plena noção de que seu rosto estava preso em um sorriso levemente esquisito. Qualquer pessoa que passasse por ela poderia supor que Mila estava com prisão de ventre, mas era só romance mesmo. Era calor e energia, a boca dele na sua e...

– Olha por onde anda! – Jonas gritou quando Mila esbarrou nele, sem perceber. A garota acordou de seus pensamentos e riu porque, no fundo, Jonas provavelmente merecia aquele encontrão. Viu Porta passando logo atrás do garoto e acenou discretamente, vendo ele fazer o mesmo. Logo mais à frente estavam Marina e Laura, e Mila pensou várias vezes em abordar a garota para falar sobre como estava feliz por ela e Porta. Mas pensou bem e decidiu que seria melhor guardar aquilo para si mesma, porque não queria invadir a privacidade de ninguém. Ainda assim sorriu para as garotas, que sorriram de volta, provavelmente estranhando o fato de que ela estava saltitando de felicidade.

Mas Mila nem tinha percebido isso. Pensou que mais tarde teria ensaio de *O Lago dos Cisnes* e, como de costume, isso fez com que seus dedos ficassem dormentes e sua barriga começasse a doer. Respirou fundo algumas vezes, embora a sensação de pânico só estivesse aumentando. Só iria ao psicólogo no dia seguinte, precisava se lembrar de todo gatilho possível para que conversassem sobre isso, e o ensaio para a apresentação definitivamente era um deles. Não importava se fosse como solista ou como substituta: o fato de um professor como Sergei estar lá, pronto para julgá-la, fazia Mila se sentir enjoada.

Ela era uma bailarina, e não uma boneca. Precisava repetir isso para si mesma.

Sentiu o celular vibrando e viu que Vitor tinha enviado uma mensagem. Era um link de uma playlist, e Mila nem pensou duas vezes: puxou seus fones de ouvido e ouviu a primeira música tocar enquanto voltava a caminhar. O ritmo era mais lento, mas a batida definitivamente era de hip-hop – ela podia ouvir até alguns instrumentos clássicos no fundo. Mordeu os lábios, mexendo as mãos no ritmo da melodia.

A sensação de andar pelos corredores ouvindo hip-hop era totalmente diferente do que sentia ouvindo música clássica ali dentro. Não que uma fosse melhor do que a outra; os dois estilos emanavam sentimentos e emoções da mesma forma, ela nem sabia explicar. Mas enquanto a música clássica fazia com que sentisse o mundo se expandir e os detalhes aparecerem, como se fizesse parte do todo de uma forma lúdica e romântica; com o hip-hop, Mila sentia que estava ouvindo movimentos. Era estranho, com certeza, mas ela enxergava cores vibrantes, energias e pessoas. Era como se cada um tivesse notas de música dentro de si e ela estivesse passando por eles como em uma partitura, com cada pessoa soando completamente diferente. Como se isso fizesse a música. Era fascinante.

Como ela nunca tinha notado tudo isso?

Entrou animada na próxima sala de aula, sem tirar os fones de ouvido, notando que Clara ainda não estava lá. Enviou outra mensagem para a amiga. Não era exatamente incomum que Clara faltasse às aulas, mas Mila sentia que alguma coisa estava errada e, embora pudesse ser apenas a sua ansiedade falando, não custava nada se preocupar.

𝄞

Horas depois, já no fim da tarde, Clara ainda não tinha dado notícias. Mila havia saído de uma sala de prática para encontrar Vitor nas escadarias do prédio de aulas que davam de frente para o jardim, já que ficaria até mais tarde ensaiando e não poderia vê-lo de outra forma. O fim do semestre estava cada vez mais próximo e ela sabia que tinha que dar o seu melhor, porque falhar em qualquer matéria não era uma opção. Nunca foi.

– Já notou que tem uma cigarra brigando por aqui? – Vitor perguntou, ouvindo o barulho alto que o bicho fazia no meio da mata. Deu um beijo de leve na garota e a encarou de um degrau abaixo na escada. Assim eles ficavam do mesmo tamanho.

– Não quero ser nenhuma nerd, não, mas... as cigarras fazem barulhos por diversos motivos. Provavelmente é um macho chamando atenção para acasalar.

– Como sempre, né?

– Ainda bem que você sabe. – Mila sorriu, colocando os braços em volta do pescoço dele. – Eu amei a playlist, mas ainda não consegui ouvir tudo. Sendo bastante sincera, ainda estou tentando entender os estilos diferentes de cada música. E porque tem um carinha que usa tanto auto-tune.

– Deve ser o Lil Wayne, mas posso estar errado também...

Mila via as pessoas passando por eles, mas não conseguia exatamente prestar atenção em mais ninguém. Era como se Vitor roubasse o cenário inteiro, como se fosse um sol no meio de todos os planetas, constelações, névoas, buracos negros e tudo mais que aquele pessoal à sua volta fosse. Estar ali, naquela escadaria, abraçada com ele, era algo totalmente fora da sua zona de conforto. A Mila de alguns meses atrás estaria horrorizada.

Só que ela não saberia que a Mila de hoje estaria tão feliz.

Ouviu uma risada mais alta do que o normal e parou de prestar atenção no que Vitor falava, que era alguma coisa sobre auto-tune e gravação (ok, ela realmente não estava prestando tanta atenção no que saía da boca dele), para encarar Naomi, que passava por eles naquele momento. Não era como se Mila estivesse escondida, ela sabia. Estava na escadaria, na frente de todo mundo, no fim da tarde, quando as pessoas trocavam de aulas ou voltavam para os dormitórios. Mesmo assim, ela fechou os olhos ao ver a irmã rindo a uma certa distância.

– Nem olha para o lado – ela disse para Vitor, que virou a cabeça imediatamente. Esse tipo de aviso só causava mais curiosidade, todo mundo sabia disso. Ele encarou uma garota pequena que usava um arco de gatinho, segurando um violoncelo enorme nas costas. Já tinha visto ela pelos corredores e achava engraçado o fato da garota parecer nova demais para estar ali, mas não sabia quem ela era. – É a minha irmã. Naomi.

– Sua irmã? – Vitor soltou o braço de Mila, fazendo a garota se desequilibrar. Mila fez uma careta, puxando Vitor de volta para perto dela. – Eu não devia cumprimentá-la?

– Talvez ela seja grossa com você. Eu sempre a ouvi repetindo o discurso da minha mãe sobre nunca namorar, que no futuro, se eu precisar me aposentar, vou ter que me casar com alguém de ascendência japonesa. – Mila rolou os olhos e Vitor levantou uma sobrancelha. – Isso é mais comum do que você pensa. Mesmo nas famílias nascidas no Brasil, como a minha. Você nem vai acreditar, mas a minha tia teve o casamento arranjado pelas famílias. Quem faz isso, sabe? Vivemos em um mundo em que mulheres podem ser presidentas!

– Eu nem sabia que isso ainda era real, caramba – Vitor disse, encarando Naomi novamente. A garota tinha parado de rir e estava fazendo uma careta.

– Não liga pra ela. Eu faço o que quiser da minha vida. Talvez só precise suborná-la pra não contar nada pra minha mãe agora. Ela ainda nem sabe que virei substituta, isso causaria um vórtice no mundo.

– Se você quiser desabafar sobre isso, sabe que tô aqui, né? – o garoto perguntou. Mila concordou, agradecida, e Naomi saiu de perto bufando porque não tinha recebido nenhuma atenção. Sabia que precisaria conversar com a irmã e com a mãe sobre tudo isso, mas tentava adiar esse momento o máximo possível. Afinal, estava fazendo tudo que podia. Continuava sendo a melhor da sua turma, embora não fosse mais a solista principal. Nem queria pensar mais nisso, porque sua barriga começava a doer quase que automaticamente.

Tentou se concentrar em Vitor, que havia voltado a falar sobre música. Encarou o garoto, sorrindo e percebendo que o dia estava indo embora, deixando o céu pintado de vermelho e laranja. Era a hora favorita de Mila. As nuvens estavam lindas e escassas, o sol já estava perdido atrás das árvores e as cores quentes criavam um filtro aconchegante à sua volta. Alguns postes já estavam começando a serem ligados e Mila sentiu o vento ficar um pouco mais frio. Era tão bonito que ela se sentiu cheia de energia. Olhou para o garoto e deu um beijo em seus lábios.

– Preciso ir para o ensaio da peça. Como eles vão fazer funcionar sem mim?

– Nada funciona sem você.

– Com certeza, ninguém pode ensaiar um solo de balé sem a substituta respirando no cangote! – Mila sorriu enquanto descia os degraus para ir até o auditório menor, onde ficava a sala de ensaio.

– Vou pra sala de prática, mas qualquer coisa me avisa!

– Pode deixar! Você também!

Os dois se afastaram e Mila apressou o passo até o auditório. Respirou fundo, mexendo os braços e tentando soltar a tensão que sempre dominava seu corpo antes dos ensaios. Não iria se abater com nada daquilo. Ninguém deveria ter o poder de fazer isso.

– E cinco, seis, sete e oito – o professor Sergei repetia, encarando Raquel e Matheus no centro da sala. Mila e Porta estavam de lado, embora a garota estivesse imitando os movimentos de Raquel com os braços. Ela tinha melhorado bastante, mas ainda fazia giros muito ruins e o *pas de deux* não estava perfeito. Matheus se esforçava, mas os dois não tinham nenhuma química. E quando isso acontecia, era muito difícil. – Façam esse movimento novamente, está péssimo.

– A Raquel precisa segurar em mim assim. – Matheus demonstrou, falando um pouco mais alto. Ele tinha um temperamento estourado, mas estava totalmente correto.

– Eu não gosto de como estão fazendo! – o professor insistiu.

– Camila, pode vir aqui pra eu mostrar pra Raquel o que estou querendo dizer? – Matheus perguntou, fazendo Mila arregalar os olhos e encarar Porta.

– Eu?

– Não daria certo com o Porta. – Matheus sorriu, vendo o professor franzir a testa.

– De jeito nenhum, o que você precisa fazer com ela que não consegue fazer com a Raquel?

– Isso... – O garoto puxou Mila pelo braço e, segurando em sua mão, fez novamente o movimento que tentava explicar. Mila girou, encostando nele e se afastando lentamente, de forma dolorosa e dramática.

Raquel observava de lado, mexendo a cabeça como se tivesse compreendido o que ele queria dizer. O professor falou algo, mas ninguém prestou atenção. Raquel se aproximou do casal e fez a mesma pose inicial que Mila tinha feito.

– Não precisa pensar que o Matheus é o amor da sua vida, mas ele pode ser aquele remédio pra cólicas no pior dia do mês – Mila disse, rindo. Raquel soltou uma gargalhada, concordando.

– Se eu fizer o giro pra esse lado não fica bom, né?

– Para o outro lado sua perna parece mais longa. – Mila mostrou o polegar, como se isso fosse um ótimo sinal, fazendo Raquel sorrir e concordar. Matheus fez o mesmo e, quando a garota se afastou, voltaram a fazer os movimentos.

Mila se aproximou de Porta, vendo que o professor tinha ido para o outro lado da sala.

– Ele disse uns palavrões em francês – o garoto contou.

– Eu sinceramente não poderia me importar menos. – Mila sorriu, percebendo que era verdade. Ela não estava nem aí. Por qualquer motivo que fosse, ela realmente não tinha nem pensado na possibilidade de estar fazendo algo contra as ordens de um professor.

– Que isso, chegou o dia em que você deixou de ser Mila para se tornar Clara. Como Odile e Odette! – Porta gargalhou.

Mila lembrou que Clara não tinha dado notícias desde cedo e correu até sua bolsa para pegar o celular, deixando o garoto sozinho. Fez uma careta ao ver que tinha quatro ligações perdidas da amiga e, tirando as sapatilhas o mais rápido que conseguiu, puxou a bolsa de lona e saiu do auditório sem prestar atenção se alguém estava chamando por ela. No corredor, ligou de volta para a amiga, preocupada, sentindo os braços tremerem. Clara nunca ligava. Nunca mesmo.

– EU QUERO MATAR O DESGRAÇADO!

– Onde você tá? – Mila perguntou quando viu que Clara atendeu com um grito raivoso.

– Tô no meu dormitório, porque se eu ficasse lá fora por mais tempo, provavelmente teria cometido um crime – a amiga disse, com raiva. – E não algo simples, mas sim um homicídio.

– Estou indo até aí. Quer me contar o que aconteceu? Você sumiu o dia todo! – Mila perguntou, caminhando mais rápido pelos jardins.

– Mila-chan, você sabe que ninguém vai me fazer duvidar de quem eu sou.

– Sei.

– E que não sou garota de um homem só, mas que a minha palavra vale ouro.

– Não poderia ter dito melhor.

– Então, quando decidi tentar deixar os contatinhos de lado e encarar uma bunda só na minha vida, você sabia que isso era sério.

– Essa frase ficou bem esquisita.

— O desgraçado do Yuri estava conversando hoje comigo e enviando mensagens. Com nudes! COM NUDES! A PORCARIA DA FOTO DE UM...

— Nós não somos a favor de nudes?

— Não quando é meu namorado com outra garota! Na minha frente!

— Ah, ele não fez isso! Ele fez isso? — Mila abriu a boca, incrédula. Era uma das coisas que não entendia no mundo. Por que você namora com alguém, entra em uma relação, se quer ficar com outras pessoas? Isso não fazia sentido nenhum. Não era mais fácil ficar sozinho? E ninguém, ninguém fazia isso com a Clara. Já dizia Patrick Swayze, "ninguém deixa a Baby de lado". Era uma verdade universal.

— Ele estava na minha frente, amiga. Arrumando uma desculpa qualquer por ter me ignorado por dois dias e mexendo no celular. Não sou boba e puxei da mão dele, e foi aí que eu vi. Mensagens de sexo casual com uma garota. A coitada nem sabia que ele tinha me pedido em namoro!

— Você falou com ela?

— Claro que sim, sororidade em primeiro lugar. Ela não tinha culpa de nada. Mandei um áudio explicando tudo bem na frente dele. O cara tem a bunda bonita, mas a cara de bunda que ele fez foi impagável.

— Vamos parar de falar de bunda. — Mila sorriu. Clara bufou do outro lado.

— Isso é Deus me dizendo pra não entrar em relacionamento nenhum. Os homens são todos falsos...

— Cigarras tentando chamar atenção.

— Ou isso. Esse papo é muito nerd pra mim — Clara soltou um gritinho. — ARGH! Não estou triste nem nada, só brava. Sabe? Não existia realmente aquela conexão de livros adolescentes com borboletas e pés levantados, mas ele era legal. Eu achava que era. Fui uma idiota.

— Você não tem culpa de nada, espero que saiba disso. O egoísta é o Edward Cullen, que agora nem merece mais esse nome. Nosferatu. Ele é um Nosferatu.

– Isso aí, nada de Robert Pattinson.

Mila apressou mais o passo, saindo do elevador e chegando o mais rápido que podia na frente do dormitório de Clara. Tocou a campainha, desligando o celular. A *roommate* atendeu, parecendo assustada.

– É melhor você ir até o quarto logo, porque ela já revirou todas as nossas coisas procurando um bastão de beisebol, sendo que a gente obviamente não tem nada disso por aqui. Alguém joga beisebol no Brasil?

– EU PRECISO DISSO PRA FAZER *LEMONADE*! – Clara berrou do quarto, fazendo sua colega de quarto rolar os olhos. Mila deixou sua bolsa no sofá e foi até a amiga.

– Você é maravilhosa, mas ainda precisa de muito dinheiro pra ser a Beyoncé. – Ela sentou na cama de Clara, sorrindo.

– Não quero saber o que você tem pra fazer hoje de noite e não me importa. Vamos assistir a todos os filmes de romance dos anos 90 porque eu preciso xingar muito todos os caras idiotas que fingem ser legais. Todos eles! Cadê o Vitor? Coloca ele no telefone pra mim!

– Você chamou ele de Vitor, que emoção! – Mila fez sinal para que Clara sentasse ao lado dela na cama. Não contaria que tinha saído no meio do ensaio da peça para se encontrar com ela, claro, porque era algo que amigos deveriam fazer sem nem pensar duas vezes. A amiga bufou e obedeceu.

– Ok, eu realmente não odeio todos os homens. Na verdade, amo que eles tenham um corpo que é esteticamente bonito e útil...

– Não tem nada de esteticamente bonito em ter um membro a mais pendurado. – Mila fez uma careta e Clara soltou uma gargalhada.

– Um dia você vai se arrepender dessa constatação! – Clara continuou rindo e balançou a cabeça. – Mas que clichê, sabe? O cara que trai a garota como se isso fosse a coisa mais natural do mundo. Eu nunca vou entender.

– Eu também não. – Mila puxou o celular. – Quer xingar o Vitor?

– Não, eu tô bem. A raiva vai passar e amanhã eu já marquei de sair com o Breno, então não é como se eu não fosse esquecer isso. – Clara fez uma careta, jogando-se na cama. – Eu só realmente queria entender a falta de palavra e responsabilidade das pessoas.

– Esse é o mistério do mundo. Se você resolver isso, talvez consiga dinheiro o suficiente pra fazer um *Lemonade* só seu. – Mila se levantou e puxou o braço de Clara, para que a amiga fizesse o mesmo. – Vamos pra sala usar aquela televisão gigante que nunca teve muita utilidade. Que tal a gente começar por *Dirty Dancing*?

– Oh, meu Deus, sim! Patrick Swayze é tudo o que preciso neste momento!

As duas pararam e se entreolharam sorrindo.

"*Nobody puts Baby in the corner!*", disseram as duas ao mesmo tempo, indo em direção à sala comunal.

25
THE GIRL WITH THE FLAXEN HAIR
(DEBUSSY)

Vitor espreguiçou-se, sentado em um dos bancos de madeira dos jardins do conservatório. De vez em quando, ele gostava de tocar seu violino ao ar livre. O som era diferente e se misturava com tudo a sua volta, fazendo com que o resultado final ficasse cheio de ruídos e personalidade. Vez ou outra, gravava o áudio e escutava na sala de prática, pensando que aquilo poderia se tornar música de verdade. Inclusive, existiam grandes grupos online em que os alunos trocavam gravações próprias, interpretações e versões de músicas clássicas. Era bem legal.

Estava com as pernas cruzadas em cima do banco, vendo feixes de luz do sol aparecerem pelas frestas das folhas das árvores. Logo à frente, duas pessoas faziam alguma vocalização, e ele também podia ouvir o som de um fagote e uma flauta doce em sintonia. Respirou fundo, endireitando as costas e puxando seu violino do *case*, examinando a madeira escura do instrumento. Este, em específico, era seu desde mais novo. Era um modelo caro, bonito e que tinha um som extremamente limpo. A vida de Vitor sempre foi uma bagunça total, mas se havia uma coisa da qual ele cuidava muito bem, era do seu violino. Era como uma parte dele, um pedaço do seu corpo, que o tornava mais importante e especial. Seu pai tinha tocado violino na infância, mas depois que herdou a imobiliária do avô, começou a se dedicar exclusivamente a ganhar dinheiro e a fazer fortuna. Acabou muito bom nisso, pois sendo muito honesto consigo, Vitor sabia que ser músico não significava pagar as contas. Nem todo mundo tinha o privilégio de ter nascido em uma família que permitisse se fazer o que bem entendesse da vida, como Vitor, que não precisava ganhar dinheiro.

Encarou as pessoas que passavam por todos os lados do jardim. Algumas com *cases* de instrumentos, livros de partituras, enfiados com a cara no celular ou com roupas de balé. Todo mundo tinha uma história e uma vida diferente. Mas para estar ali, na Margareth Vilela, todos eles eram privilegiados. Pensou em tantas pessoas talentosas que nunca poderiam estar naquele lugar e nem receber o mesmo tipo de educação musical que ele teve. Pensou em tantas pessoas que tocavam violino como ele ou até melhor, e que sonhavam em pagar as contas com isso. Pensou em crianças que sequer tinham visto um instrumento clássico na vida.

Quem sabe ele não estava destinado a tentar fazer alguma diferença no mundo? Depois que soube do projeto da família de Clara, ele havia pensado bastante sobre isso. Por que não usar o que tinha, seu dinheiro e seu talento, para levar um pouco de música às pessoas que não tinham os mesmos privilégios?

Era isto: além de conhecer Drake, Vitor tinha arrumado um novo sonho.

Colocou o violino no ombro, sorrindo, e começou a tocar o solo de *The Girl with the Flaxen Hair*, uma peça de Debussy, que ele amava na versão de Jascha Heifetz – basicamente, o melhor violinista do século XX. Tudo o que o cara fazia se tornava o melhor. A música tinha sido inspirada em um poema de Leconte de Lisle – conhecido por ser simplista, o que era o oposto de Debussy na época em que a peça foi criada. Esse prelúdio era uma das músicas mais regravadas de Debussy, e Vitor era completamente apaixonado pelo romantismo e pela paz que ela emanava. Era a clássica ideia de que a música não precisava de uma letra para passar sentimentos, mas, nesse caso, os versos do poema transformavam tudo em um sonho ainda maior.

Ali, no meio do jardim, com os olhos fechados, Vitor começou a tocar e a sentir cada nota da peça. Seu braço vez ou outra ficava arrepiado com os sons, e tinha certeza de que aquilo saía direto do coração. Fazia longos movimentos para que a música se estendesse ao máximo e para que aproveitasse cada nota sem perder um segundo. Mexia o arco do violino, movendo os dedos nas casas e nas cordas, esperando que aquele som pudesse fazer o dia de alguém mais feliz, como estava fazendo o dele. Pensou em Mila e sorriu, porque sabia que ela gostaria. Se Vitor tivesse criado alguma música na história do mundo, seria essa. E seria para ela.

♫

Clara e Marina andavam um pouco à frente de Mila, assim que saíram do refeitório. Estavam analisando um vídeo na internet em que uma menina da Angola fazia tantos *fouettés*, que mal conseguiam contar. Era mais do que impressionante, era uma cena de filme de super-herói. Mila já tinha visto o vídeo várias vezes e sorria sozinha ao pensar no quanto era bonito. Os giros eram apenas uma técnica, claro, mas a expressão e a felicidade de quem estava dançando era sempre a parte mais importante de uma apresentação.

Mila mexia em sua bolsa para garantir que não estava esquecendo de nada. Levava uma meia-calça extra – porque a última aula de Balé Contemporâneo tinha acabado com a dela –, seu laquê para as sapatilhas, o kit de costura, os grampos e, também, uma das saias de malha que gostava de usar na sala de Balé Clássico. Será que havia esquecido o maiô para a aula de acrobacia?

As três caminhavam próximas, passando pelo caminho dos jardins até chegar ao prédio de aulas. Ali, podiam aproveitar um pouquinho a luz do sol entre as árvores e o calor do dia, já que passariam as próximas horas dentro do ar-condicionado.

– Vocês trouxeram os maiôs para a aula? – Mila perguntou, vendo Clara e Marina concordarem.

– Você pode usar o que está usando agora, não vai sujar tanto assim! – Marina sorriu, pegando o celular da mão de Clara para assistir ao vídeo da garotinha novamente.

– Preciso colocar algumas roupas pra lavar... – Mila suspirou, mexendo novamente na sua bolsa.

– Vocês vão fazer o recital da Madame Eleonora? – Clara perguntou, curiosa, como se lembrasse do assunto de repente. Ela tinha essa mania.

– A *Segunda Variação do Rio Nilo*, do Petipa? – Mila encarou a amiga, ainda com a mão dentro da bolsa. Clara concordou. – Não, resolvi pegar leve.

– Isso é uma pegadinha? – Clara deu uma gargalhada, vendo Mila colocar a língua para fora sem encarar a amiga.

– Eu vou fazer, mas só vou saber o que exatamente hoje no ensaio – Marina disse sem tirar os olhos do celular.

– Eu também! – Clara sorriu. – Mas vou escolher o coro de baile, porque já estou treinando outras coisas.

– Eu não vejo graça em ser coro. – Marina torceu o nariz, vendo Clara sorrir.

– São anjos! Estrelas anônimas na Terra! – a garota disse, vendo Mila concordar. Clara encarou o *pin* metálico do Clube da Diversidade na bolsa da amiga. – Esse *pin* é tão bonito! Já teve uma próxima reunião? A Marina aqui tinha dito que queria ir.

– Se eu não tiver aula no dia, sim!

– Vai ser na próxima semana, elas avisam nos murais. – Mila sorriu. – Vamos, Marina! Vai ser legal, eu prometo. E você precisa conhecer a Solange, ela dança tão bem...

A garota concordou, e Mila piscou para Clara, ainda sorrindo. Sentiu o calor do sol gostoso na sua pele e fechou os olhos por alguns segundos, respirando fundo. Adorava que o conservatório era longe de tudo, no meio da natureza. Poder caminhar por ali em alguns momentos do dia dava uma energia boa que ela não sabia explicar. Ia chamar as amigas, quando ouviu o som de um violino tocando ao longe uma música linda e elegante, que ela achava que podia ser Debussy. Parou no meio do caminho de pedras e encarou os jardins, prestando mais a atenção. O som era limpo, alto e majestoso, fazendo os pelos do braço dela se arrepiarem. Era a coisa mais bonita que já tinha ouvido.

– Ela sempre para no meio do caminho assim? – Marina perguntou, encarando a garota um pouco mais à frente. Clara concordou, mexendo os ombros.

— Deve ter ouvido algum violino, embora eu só escute barulhos. E tem alguém tossindo ali no canto...

Mila abriu os olhos, sorrindo, e franziu a testa procurando por onde estava vindo o som. Ela sentia que era como mágica, talvez uma caixinha de música, em que se sentia atraída por notas e sons que pareciam saídos da sua própria cabeça. Ouviu Clara chamar seu nome e acordou do transe, caminhando lentamente até as amigas. Definitivamente faria Vitor tocar aquela música para ela mais tarde. Era Debussy, mas não tinha certeza de qual peça era.

Entraram na sala de balé clássico, e Mila notou que Clara olhava de forma vingativa para Yuri, o Nosferatu. Com toda razão, óbvio. O garoto parecia tranquilo na barra, fazendo *tendu* e parecendo morto por dentro. Isso fez Mila notar que era o que tinha feito Clara compará-lo com um vampiro desde o começo. Ele tinha uma bela bunda, mas nenhum brilho.

Trocou sua bota pela sapatilha e se posicionou na barra, se alongando. A professora chegou logo depois e disse que fariam duplas para treino de *pas de deux*, que não tinha sido parte das aulas regulares das últimas semanas. Clara pareceu animada, sussurrando "contato físico" para a amiga. Mila tinha a única ressalva de que fazer algo na frente de todo mundo da turma podia tornar alvo de comentários maliciosos. Tudo bem, nada do que ela não estivesse acostumada.

— Camila e Yuri, podem vir à frente. Vamos começar com vocês dois — Madame Eleonora chamou. Mila levou um susto por ser chamada primeiro, mas ainda mais porque teria que dançar com o Nosferatu, ex-Edward Cullen. Passou por Clara, que estava fazendo uma careta, e seguiu até ficar em frente a professora. — Jonas, você vai me ajudar a demonstrar os movimentos. Vamos treinar um trecho do moderno *Alice no País das Maravilhas*, de 2011, que foi coreografado pelo meu amigo Christopher Wheeldon.

Madame Eleonora demonstrou o início e, logo de primeira, Mila precisaria vir até Yuri e fazer um adágio, abrindo as pernas e girando, com um *arabesque*, sendo sustentada pelo parceiro. Era um típico movimento de *pas de deux* e ela sabia bem como fazia.

Nunca tinha dançado com Yuri antes, mas ele não era tão alto e, portanto, não seria tão difícil.

– Camila, seu *développés* está magnífico! Alonga um pouco mais a perna e presta atenção ao joelho! – a professora comentou. – Yuri, erra o passo, mas não erra o tempo da música, por favor? O que você acha que está dançando? Por acaso estou aqui perdendo meu tempo?

Mila sorriu, concordando com ela. Yuri não estava mesmo facilitando nada. Ou talvez fosse só a implicância que agora tinha com o garoto por tudo o que ele havia feito. Da segunda vez que repetiu o mesmo movimento inicial, Mila encarou Yuri. Ele tinha esse olhar meio sarcástico, como se fosse dono de tudo e de todo mundo, mesmo cheio de erros, e Mila franziu a testa, antes de finalizar o movimento. Ele não ia sair dessa ileso. Fez o último *arabesque*, girando, e bateu com o joelho nas partes íntimas de Yuri. Com força. Com muito mais força do que pretendia.

O garoto não estava usando proteção, porque não era apresentação, então caiu para a frente, em um movimento que parecia meio lento aos olhos da garota, reclamando de dor. Mila olhou à sua volta e ninguém parecia se importar tanto, exceto pela professora e Clara, que estavam com duas expressões distintas. A professora ajudou Yuri a se levantar com pena, enquanto Clara parecia agraciada com um prêmio milionário ou como se estivesse assistindo a um filme dos Vingadores. Mila colocou sua melhor expressão de ingenuidade e também ajudou o garoto a se levantar. Assim que ele ficou de pé, ela o encarou e viu a professora voltar para o seu lugar na frente da sala.

– Você é um babaca – disse, em um sussurro.

E voltou a se posicionar para repetir o início do *pas de deux*, satisfeita, quando Yuri chamou Madame Eleonora e pediu para visitar a enfermaria. A professora fez uma careta, mas permitiu. Mila encarou Clara de longe, e as duas sorriram juntas. Era bom que ele não se metesse com garotas unidas novamente.

Vitor estava em sala, treinando com outros músicos uma partitura que o professor de Musicalidade Brasileira havia entregado a eles. Tinham parado por uns instantes porque a flautista estava tirando algumas dúvidas, e Vitor acabou se distraindo com a caneta nas mãos, anotando em volta da partitura trechos do poema de Leconte de Lisle, inspiração da música que não saia da sua cabeça naquele dia. Originalmente era em francês, e Vitor só sabia falar o básico, mas tinha decorado toda a letra em inglês, e a tradução para o português não era muito exata. "Por, amor, em um raio de sol de um claro verão, voou com a cotovia e cantou agora." Ele rabiscou em um canto. Respirou fundo, pensando nas notas da música e na pele de Mila encostada na dele. "Sua boca tem tantas cores divinas, minha querida, tão tentadoras a beijos."

– O que está fazendo, Vitor? – o professor chamou atenção dele, e o garoto levou um susto, deixando a caneta cair no chão. – Vamos começar do início? Preste atenção!

Mila saiu correndo do banheiro do seu andar de aulas, ajeitando o cabelo. Tinha olhado para o espelho por alguns minutos, tentando melhorar a aparência cansada do rosto, mas foi tudo em vão. Não ia conseguir fazer milagres. Corria pelos corredores porque tinha combinado de se encontrar com Vitor perto do auditório pequeno, em frente aos jardins, o que já era o suficiente para fazer com que o coração dela ficasse mais disparado. Essa sensação era engraçada. Não importava que já tivesse encontrado o garoto tantas vezes e que já tinham se beijado, ela ainda ficava nervosa. Sentiu alguns sinais da ansiedade, como os dedos formigando e a sensação de que estava feia ou de que ele não estaria lá, por exemplo. Esse tipo de coisa passava pela sua cabeça como um furacão. E se ela caísse enquanto estava correndo? E se ele decidisse que tinha algo mais importante para fazer? Sua barriga tinha começado a doer, e ela parou de correr um pouco, respirando fundo. Era só um encontro, nada de mais. Por que precisava ficar assim?

Apoiou nos próprios joelhos, vendo pela porta de vidro, que dava nas escadarias, que já estava de noite lá fora. Colocou os cabelos para trás das orelhas e balançou as mãos para tirar a tensão que ficava quando sentia essas coisas. Era só o Vitor. Ia dar tudo certo.

Decidiu colocar os fones de ouvido e ligar a playlist de hip-hop que ele tinha enviado outro dia. Começou uma música que era do Dr. Dre, e Mila voltou a caminhar, tentando rimar as batidas com os passos que dava. Deu super certo. O nervosismo aos poucos ia embora e, já do lado de fora do prédio de aulas, conseguia sentir o vento gelado e o cheiro gostoso das árvores. Sorriu, sentindo seus cabelos ficarem bagunçados pelo vento.

Encontrou Vitor sentado em um banco, perto do auditório pequeno onde ela sempre ensaiava para a peça de O *Lago dos Cisnes*. A luz do poste estava logo em cima dele, e o garoto estava distraído, tocando violino e não tinha percebido que ela havia se aproximado. Mila ainda ouvia Dr. Dre e não sabia bem o que ele estava tocando. Mas a expressão do garoto era de paz e alegria, como se estivesse fazendo o que mais amava na vida. Mila entendia bem isso. Afinal, era como ela se sentia no palco.

Resolveu desligar a música para ouvir um pouco do que ele tocava e, nas primeiras notas que ouviu, sentiu seu corpo inteiro ficar arrepiado. Colocou a mão na boca, para não fazer nenhum barulho. Era a música que ouvira nos jardins antes das aulas e que grudou a cabeça dela desde então. Debussy. O som era limpo e alto e dava para notar que ele tocava com tanto amor que Mila sentiu os olhos se encherem de lágrimas depois de alguns segundos. Era tão lindo que ela não tinha palavras. Vitor era lindo, os jardins eram lindos, o som era lindo... ela sentiu toda a tensão e o medo abandonarem seu corpo de uma vez, como mágica. Só sentia paz e uma vontade muito louca de abraçar Vitor e nunca mais soltá-lo. Como as pessoas podiam pensar que ele não era mais do que incrível?

O garoto mexia o rosto no ritmo da música e, quando olhou um pouco para o alto, acabou vendo Mila parada um pouco a frente. Vitor parou de tocar e acenou para ela, fazendo com que a garota se aproximasse, sorrindo.

– Não para de tocar, isso é tão lindo! – Mila pediu, sentando ao lado dele.

– Essa música me lembra você. – Ele sorriu. – E eu não quero parecer brega nem nada, juro! É a mais pura verdade!

– Me sinto, então, a garota mais bonita do mundo neste momento.

– Tem que ser realista mesmo – Vitor disse, vendo ela fazer uma careta. Guardou o violino no *case* e se virou para Mila. – Não é como se tivesse muita coisa pra gente fazer aqui no conservatório.

– A gente pode só ficar aqui. Já está ótimo para mim.

Ele concordou e se aproximou um pouco mais da garota, encostando sua perna na dela. Mila olhou para as pernas juntas e sentiu o rosto ficar quente. Ainda não estava acostumada com isso.

– Ah, isso é pra você. – Vitor se lembrou de algo, colocando a mão no bolso e tirando um tsuru feito das páginas da partitura em que tinha anotado o poema mais cedo. Mila sorriu, porque nunca na sua vida um origami a tinha feito tão feliz quanto nos últimos tempos. Ela nunca havia feito um, nunca tinha visto graça neles, mas aqueles tsurus pareciam tão especiais! Representavam algo muito maior para ela do que só papel dobrado. Era um sentimento de liberdade e paz, de ser quem ela quisesse. – Talvez um dia você consiga vender todos eles pra uma coleta de lixo seletiva e fazer algum trocado.

– Eles não têm preço. – A garota sorriu, encarando o papel na sua mão. Vitor sorriu junto, mordendo os lábios e sentindo as bochechas esquentarem. Observou enquanto ela guardava o tsuru na bolsa e logo depois olhou em seus olhos, como se fosse uma pessoa incrível. Ele se sentiu incrível. Ninguém nunca tinha olhado para ele assim. Era uma sensação de poder enorme.

Mila esticou o pescoço e deu um beijo nos lábios de Vitor, como agradecimento. Quando as bocas se separaram, ela sentiu o coração disparar e a respiração ficar pesada. Olhou o garoto de perto e, mordendo os próprios lábios, voltou a beijá-lo. Dessa vez, com mais avidez, pensando nele, na música, no violino, no tsuru, no hip-hop e em tudo o que isso representava agora na vida dela. Intensificou o beijo, quase sem fôlego, segurando a nuca do garoto e sentindo ele colocar as mãos na cintura dela, ainda com cuidado. Mila não pensou muito e, sem interromper o beijo, ajeitou-se no banco, sentando-se no colo dele, frente a frente. As pernas estavam para os lados, dobradas, e ela se segurava no pescoço dele para não ter a sensação de que cairia. Vitor apertou o corpo dela ao seu, com as mãos em sua cintura, sentindo a garota se movimentar naturalmente em cima dele. Podia ouvir Debussy na sua cabeça. Podia ouvir Drake. Todos falavam de amor, e ele sorriu de leve, com os lábios grudados nos de Mila, sabendo que era muito sortudo. O que tinha feito para merecer tudo isso?

Os dois não estavam ligando se alguém poderia passar por ali naquela hora, embora o lugar fosse um pouco afastado do caminho central, e tinham plena certeza de que, se um monitor os pegasse no amasso daquele jeito, eles seriam repreendidos. Mas nenhum dos dois se importava. Não existia mundo nenhum fora daquele banco. Mila sentia os lábios quentes de Vitor sorrirem durante os beijos, enquanto o garoto soltava leves suspiros abafados. Ela queria respirar, mas não sabia mais se tinha a capacidade pulmonar para isso. Soltou a boca da dele, respirando fundo e sentindo Vitor beijar seu queixo, seu pescoço e passar a língua de leve na pele dela, fazendo Mila ficar arrepiada e pensar que havia sido uma idiota por perder todas essas sensações por tanto tempo na vida. Então era isso que os livros diziam? O que os filmes adolescentes falavam? Era esse tipo de paixão e urgência?

Mila passava as mãos pelo corpo do garoto, sem saber muito bem o que fazer e sem se importar muito com isso. Ela só queria poder tocá-lo, sentir sua pele na dela. Vitor estava segurando a garota pela nuca, com força, enquanto uma das mãos passeava pelas suas costas. Queria mais, claro, mas não cabia a ele decidir o que fazer. Ela precisava estar confortável. Não era só ir colocando a mão nos lugares e pronto. Ou talvez fosse? Ele estava muito envolvido para pensar com clareza.

– Ei, vocês dois! – Ouviram, de repente, um grito vindo do caminho de pedras. Droga. Não podiam realmente ser pegos por um monitor naquela situação, porque Mila não era o tipo de pessoa que convivia bem com uma repreensão por parte de autoridades. A garota desgrudou a boca da dele e encarou Vitor de perto.

– Vamos para o meu dormitório, a minha *roommate* deve estar ensaiando agora.

Vitor só concordou, sem pensar muito, vendo Mila pular de seu colo, pegar a bolsa e segurar sua mão. Ele pegou o *case* do violino e seu casaco e sentiu a garota dar um puxão, fazendo com que tudo fosse derrubado no chão. Mila começou a rir, vendo o garoto se agachar eufórico, pegando suas coisas e correndo atrás dela de forma desajeitada.

Pararam em frente ao elevador do prédio de dormitórios, sabendo que tinham esbarrado em muita gente pelo caminho. Respiravam rápido, sorrindo e sentindo os rostos muito vermelhos. Vitor cobria a própria calça com o *case* do violino, tendo plena noção de que seu cabelo estava muito bagunçado. Mila também tentava arrumar o dela, fazendo o possível para parecer natural.

– E aí, cara? Qual é a boa? – um garoto, saindo do elevador, cumprimentou Vitor de repente.

– Tudo ótimo, incrível. Até mais – Vitor disse, rápido, entrando atrás de Mila e de outras pessoas, deixando o garoto muito confuso para trás ao ver as portas do elevador se fecharem.

Os dois estavam lado a lado, em silêncio. Duas alunas conversavam sobre coisas aleatórias em volta deles, com a música clássica tocando baixinho ao fundo. Vitor se aproximou um pouco mais e, discretamente, deu a mão para Mila. A garota o encarou, sem conseguir tirar o sorriso do rosto, precisando prestar muita atenção em como respirar direito. Era fácil. Era só não pensar no que tinha acabado de acontecer.

Ok, isso era impossível. Mila mal podia esperar para beijar Vitor de novo e sentir o corpo dele no dela. Nem tinha acreditado que os dois tinham corrido até o prédio de dormitórios, como se fosse a cena de algum filme. Sorriu sozinha porque era totalmente o oposto do que a Mila de antigamente faria, e ela não podia se importar menos com isso.

A porta do elevador se abriu no andar dela, e Mila caminhou calmamente, puxando Vitor. Alguns alunos passaram por eles e, obviamente, ninguém se importava com o que quer que estivessem fazendo. Cada um estava muito preocupado com suas próprias vidas e responsabilidades. Chegaram na porta do dormitório, e Mila puxou seu cartão da bolsa para destrancar.

– Tem certeza de que não quer que eu vá para o meu dormitório? – Vitor perguntou, ainda com a respiração entrecortada. Mila encarou o garoto, com a porta aberta.

– Você tá perguntando isso porque você não quer entrar ou porque está com medo de eu estar fazendo algo que não queira?

– Certamente não é a primeira opção. – O garoto sorriu, vendo Mila mostrar a língua e caminhar para o quarto. Ele concordou e entrou também, fechando a porta atrás dele. Valéria não estava por ali, porque o corredor entre os quartos estava apagado e não havia sinal de barulho ou som de oboé.

Vitor seguiu Mila até o quarto, vendo a garota fechar a porta atrás dela.

– Não sei o que eu quero fazer, mas sei que não quero ficar longe de você – ela disse, deixando a bolsa de lona no chão. – Quero tanto te beijar que não consigo ouvir meus próprios pensamentos. Isso é normal?

– Se não for, nós somos dois extraterrestres. – Vitor sorriu, colocando o *case* do violino e o casaco em outro canto do quarto. Aproximou-se da garota lentamente. Ela mordia os lábios, sem conseguir tirar os olhos dele, e Vitor sentia seu corpo amolecer. – Você sabe que pode me parar quando quiser, né? Só tô aqui porque quero ficar com você.

– Eu sei.

– E eu só vou te tocar onde você quiser, porque a gente pode se divertir muito mesmo sem fazer nada.

– Você pode me tocar onde quiser.

Vitor sorriu, fechando os olhos e aproximando-se de Mila. Encostou seu corpo no dela, segurando-a pela cintura e juntando as bocas novamente. Intensificou o beijo em poucos segundos, apertando a garota contra a porta do quarto. Sentia ela arfar, entre suspiros, e, segurando nas pernas dela, Vitor a puxou para cima, fazendo com que Mila ficasse enroscada em sua cintura. Levou

a garota para a cama, fazendo com que se deitasse, encarando ela de cima.
— Você é a garota mais linda do mundo.
— Bobo. — Mila sorriu, sem conseguir respirar. Vitor deitou sobre ela, largando o peso de seu corpo no dela e aquela talvez fosse a melhor sensação que Camila já sentiu. Passou as pernas pelo corpo dele, puxando o garoto para mais perto, voltando a intensificar o beijo como se fosse algo urgente. As mãos de Vitor corriam pelo corpo dela, e as dela pelo corpo dele, como se combinassem os movimentos, como se tudo fosse orquestrado, como em uma música clássica. Tudo fazia sentido. Cada toque era um som, cada respiro um tom diferente. Ela sabia que aquilo tudo era instintivo, como foi quando ela tinha começado a dançar. Era só sentir dentro de si, respirar e deixar seu corpo fazer o trabalho.

Mila sentiu o garoto colocar as mãos dentro de sua blusa, indo ao encontro de seu collant rosa da aula de balé. Eles riram juntos. Não era exatamente o que ela imaginou que aconteceria.
— Você precisa tirar a minha calça primeiro — disse, arfando.

26
SMILE
(TUPAC SHAKUR)

Mila abriu os olhos com dificuldade, sentindo o corpo todo dolorido. A luz do sol entrava pela janela e iluminava o quarto, exatamente como ela gostava. Esfregou o rosto de forma preguiçosa e esticou os braços, se alongando e, no susto, batendo em alguém. Arregalou os olhos assustada, sentando na cama e encarando Vitor, que ainda estava dormindo. O despertador tocou e ela levou outro susto quando ele se levantou em um pulo. O garoto ficou parado, de pé, ao lado da cama, vestindo apenas sua calça jeans e olhando para ela de forma desengonçada e confusa, mexendo no cabelo. Mila olhou para baixo e percebeu que estava apenas de sutiã e calcinha, com o lençol rosa enrolado nas pernas. Os dois se entreolharam e desataram a rir de repente, quase que em desespero.

– Bom dia? – Vitor perguntou, franzindo a testa. Mila puxou o lençol, cobrindo seu corpo e respirando fundo.

– Bom dia.

Os dois ficaram parados por alguns minutos sem saber o que fazer. Mila estava sentindo uma mistura de confusão e alegria. Eles tinham tido uma noite incrível curtindo muito o corpo um do outro, sem fazer nada de mais. Tinha sido uma decisão unânime, quase que natural. Ela queria fazer as coisas com calma, para aproveitar cada estágio daquilo tudo. Depois, conversando sobre Vivaldi e sobre as apresentações do fim do semestre, acabaram pegando no sono.

O despertador tocou mais uma vez, fazendo os dois pularem de susto novamente.

– Acha que é um aviso pra eu dar o fora daqui? – Vitor perguntou, envergonhado. A garota concordou.

– A gente tem aula daqui a pouco, né?

– Era nisso mesmo que eu estava pensando, com certeza.

Mila viu o garoto procurar a camisa, colocar as meias, os sapatos e pegar suas coisas. Ele se inclinou na cama, dando um beijo estalado de leve na boca dela e se afastando logo depois.

– Não vou chegar muito perto porque o hálito de manhã não é nada como nos filmes.

– Eu não pensei que fosse – Mila disse, rindo, ajeitando os cabelos enquanto ele acenava e saía do quarto devagar. Ela fechou os olhos torcendo para que Valéria não o encontrasse no corredor, o que foi inevitável. Mila ouviu um grito, depois uma risada e, com os minutos se passando, a música da Adriana Calcanhoto novamente. Mexeu os braços e as pernas, ainda sorrindo como uma criança fazendo escândalo. Não ia se esquecer nunca daquilo.

Puxou o celular e enviou uma mensagem de áudio para Clara contando, em detalhes, quase tudo o que tinha acontecido. *Quase* tudo. Algumas coisas ela podia guardar para si mesma.

♫

Dias depois do acontecimento, e com o suposto relacionamento entre ela e Vitor indo super bem, Mila estava sentada no refeitório sozinha, comendo salada de frutas e prestando atenção em um vídeo que assistia na internet. Era de um balé de repertório de Dom Quixote, onde Aurélie Dupont, a estrela da Ópera de Paris, fazia o papel de Kitri com uma elegância absurda e cheia de energia. Mila estava distraída quando alguém sentou na sua frente. Ela levantou os olhos do celular para encarar Raquel, que abria um pote de iogurte com alguma coisa que parecia granola.

– Eu interpretei Kitri em um balé da minha escola antiga. – a garota disse, querendo puxar assunto. Mila sorriu. Tinha aprendido a gostar de Raquel com o tempo porque, afinal de contas, nada do que havia acontecido era culpa dela. Talvez o fato de não fazer o giro direito, mas isso ela podia sempre aprender. Não era questão de caráter.

— Aposto que foi uma montagem infantil.
— Ninguém precisa saber disso.

As duas sorriram uma para a outra e Mila estendeu o celular para a garota.

— A interpretação da Aurélie é divina.
— Ela é tipo minha musa — Raquel falou com a boca cheia.
— Mas uma vez eu conheci a Ana Botafogo e foi tipo amor à primeira vista.
— Mentira que você a conheceu? — Mila enfiou um pedaço de salada de fruta na boca.
— Totalmente verdade. E a Cecília Kerche também.
— NÃO! — Mila ficou espantada. Era um sonho poder conhecer duas das maiores bailarinas brasileiras de todos os tempos. Ela uma vez tinha assistido a um balé de repertório com o Marcelo Mourão Gomes, que era do American Ballet Theatre de Nova Iorque, e já tinha sido demais só por estar no mesmo lugar que ele. Tipo respirar o mesmo ar e tudo mais.

As duas acabaram indo juntas para a aula de Balé Acrobático naquele dia. Mila tinha uma questão de amor e ódio com essa aula, porque a ideia de ficar pendurada em um tecido fazendo movimentos era fora do comum. Não para quem estava acostumado, claro. Laura era ótima nisso e Clara sempre mandava muito bem porque tinha feito aulas de circo quando mais nova. Mas Mila nunca teve contato com outras coisas fora o balé clássico. Talvez uma ou outra aula de Jazz, mas era isso. Agora entendia sua limitação e sabia como era importante conhecer várias modalidades de dança para melhorar a performance do seu corpo. Se pudesse voltar no tempo, teria tentado entrar em vários cursos diferentes. Talvez não fosse sofrer tanto em dança contemporânea, por exemplo.

No fim do dia, Mila estava enfurnada na sala de prática ensaiando seu *pas de chat*, que não estava tão bom quanto queria. Essa realização não tinha feito nada bem para ela, embora estivesse certa de que tudo estava dando errado porque estava *pensando demais* nas coisas e nos detalhes. Depois de quarenta minutos ensaiando seu *glissade*, *jetè* e o salto do *pas de chat*, ela começou a se sentir enjoada, com os dedos formigando. Eram movimentos fáceis e básicos, não sabia porque achava que tinha algo de errado com eles, só sabia que não estavam certos. Repetiu mais algumas vezes e precisou parar porque suas pernas tremiam e ela tinha começado a perder o fôlego. Sentou no chão, de frente para o espelho, e respirou fundo várias vezes. Bebeu água e lembrou de tudo que o psicólogo tinha dito nas últimas reuniões. Aqueles sentimentos não ditavam quem ela era. Não tinha nada de errado com o que fazia e ela precisava ter certeza disso. Não podia ser tão dura consigo mesma.

Mila aprendeu a vida inteira, de forma muito brutal, que precisava ser a melhor de todas, mas agora ela estava começando a entender que, na verdade, precisava ser a melhor que podia ser. Sua melhor versão. Que existia uma enorme diferença entre uma coisa e outra. Se ela se sentisse assim, as outras pessoas também veriam isso. Mas era difícil convencer sua própria cabeça, já que desde pequena ouvia da sua mãe e de professoras de balé que, se não fosse a melhor, não seria respeitada, não seria vista ou lembrada. Era complicado batalhar contra a própria cabeça, mas não era impossível.

Sua mãe também não tinha culpa de nada. Ela tinha sido criada dessa forma e era como sabia educar as próprias filhas. Era cultural, não tinha como Mila pensar nada menos do que isso.

Deitou no chão, ainda ouvindo a música que tocava na sala, e decidiu dançar da forma como seu corpo queria. Não faria *pliè*, *jetè*, *fouettés* e nem nada parecido. Ela só iria... se mexer. Esticou a perna de um lado e inclinou o pescoço, jogando os braços de um lado para o outro. Seguiu a melodia da música de olhos fechados, como se fosse uma marionete. Levantou-se aos poucos, com os braços para o alto, girando a cabeça e deixando as pernas se moverem lentamente em diversas posições. Aos poucos, sua respiração foi voltando ao normal e ela conseguia sentir as pontas dos dedos. Sorriu sozinha, girando, se agachando, jogando a cabeça pra trás e criando coisas que seu corpo mandava, sem pensar. Ele era seu instrumento. Ele sabia o que estava fazendo, podia ter um voto de confiança.

Sentou novamente no chão depois do fim da música, sentindo o corpo cansado e suado, mas sem nenhuma dor. Sorriu, puxando sua garrafinha de água do conservatório, esse item de colecionador rico e inútil, e deu uma espiada em seu celular para ver as mensagens de Vitor, de Clara e de sua mãe, que era basicamente todo mundo que tinha contato com ela.

> *Garoto do Origami:* Hoje, às 20h, tem a festa do Sérgio lá na cidade. The Notorious B.I.G. versus Tupac! Vai ser épico!!!!! Com várias exclamações mesmo! Vamos?
> 18:10

> *Garoto do Origami:* Se você não tiver ensaio, claro! Não quero te atrapalhar.
> 18:15

> *Garoto do Origami:* Mas eu vou estar usando uma bandana. Só queria informar isso.
> 18:16

> *Garoto do Origami:* Ok, coloquei a bandana e ficou ridículo, talvez eu não use mais.
> 18:18

> *Garoto do Origami:* Eu chamei a Clara, ok? Sérgio fez a maior questão de que todas as pessoas legais fossem!!!
> 18:19

> *Mila Takahashi:* Preciso me arrumar pra festa? Estou suada, de collant e calça de moletom. Não é muito hip-hop!!!!
> 18:20

> *Garoto do Origami:* Hip-hop também é liberdade! O Sérgio aqui tá falando que você pode vir até de tutu que vai ser incrível. Eu concordo, você sabe.
> 18:21

> *Mila Takahashi:* Você vai tocar?
> 18:22

> *Garoto do Origami:* É claro, eu não perderia a chance de chamar atenção.
> 18:22

> *Garoto do Origami:* **Vamos???** 18:23

> *Garoto do Origami:* Quer dizer, eu já tô aqui porque vim mais cedo pra ajudar a montar as caixas de som, mas posso ir até aí te buscar! 18:23

> *Mila Takahashi:* Eu vou com a Clara, pode deixar! A gente se vê daqui a pouco! 18:24

> *Garoto do Origami:* Mal posso esperar!!!! 18:24

  Abriu as mensagens de Clara logo depois e eram todas desesperadas pela festa. Aparentemente a amiga já estava pronta, esperando pelas respostas dela e quase desistindo por causa da demora. De acordo com Clara, seria um marco na história da humanidade o fato de Mila estar realmente indo a uma festa regada de gente, álcool, garotos e promiscuidade, embora Mila tivesse certeza de que não havia nada de promíscuo e que Clara inventava aquelas coisas.

  Mila se levantou, depois de avisar à amiga que a encontraria no hall principal do prédio de dormitórios, e encarou o próprio reflexo no espelho. Nunca tinha ido a uma festa antes. O que deveria vestir? Será que precisava colocar maquiagem? Fazer o cabelo? Usar algum salto? Droga, eram tantas opções!

  Encontrou Clara apoiada em uma pilastra, tirando selfies com o celular. A amiga encarou Mila pela porta de vidro, entre outros estudantes, e fez uma careta.

  – Você não vai me convencer de que vai desse jeito pra festa. – Clara disse, e Mila encarou a amiga que estava de calça legging e maquiagem. – Sem nem um batom?

  – Não vou me arrumar. Por que eu faria isso?

  – Pra se sentir bem?

  – Estou me sentindo bem. – Mila sorriu de forma irônica. – Não vou me sentir bem indo pra festa nenhuma, mas vou me esforçar. Passar maquiagem não vai fazer diferença.

  – Você está subestimando o poder do contorno e do corretivo. – Clara deu de ombros.

— Será que esse é o momento dos livros adolescentes em que a mocinha faz aquela transformação de Cinderela? — Mila perguntou, rindo e girando em uma pose exagerada.

— Sim, toda aquela bobajada de alisar cabelo e fazer sobrancelha, raspar as pernas e tudo mais. Que aliás, que desserviço pra humanidade! — Clara colocou a língua para fora.

— Então você está dizendo que posso ir pra festa com minha roupa suada de treino? — Mila sorriu, vitoriosa.

— Eu só sugeri um batonzinho, cara!

𝄞

Mila sentiu o corpo inteiro tremer assim que ela e Clara chegaram no galpão, no endereço que Vitor tinha enviado. Apertava a bolsa de lona contra o corpo, de nervoso e não de frio, porque o dia estava bem abafado. Mas não parava de tremer. Não é que fosse totalmente antissocial ou que não gostasse de pessoas e tudo mais. Mila estava acostumada com salas cheias de gente e auditórios lotados. O problema era... interagir. O que faria? Na pracinha, ela só observava de longe e mal teve coragem de dançar com todo mundo uma única vez. Era pra bater papo? Beber? Rebolar até o chão? Nada disso parecia promissor.

Uma pessoa abriu a porta de ferro para elas e logo puderam ouvir a batida que fazia o chão tremer. O grave era tão forte que Mila colocou a mão no próprio peito, sentindo o corpo inteiro se mover no ritmo. Era como se aquilo estivesse dentro dela. Aos poucos, enquanto caminhavam em um espaço quase todo escuro, com Mila ainda apertando a bolsa de lona contra o corpo, começaram a ouvir sons diferentes, até que a música inteira pôde ser ouvida. Era alta, estridente e ensurdecedora. Clara deu um grito de felicidade ao enxergar, de longe, uma multidão de pessoas dentro de uma sala com paredes montadas de tapume no meio do galpão. O chão parecia mexer junto com elas e com o ritmo do grave, e Mila achou que poderia vomitar tudo o que tinha comido na semana inteira.

Claro que ela sabia que isso não seria possível, porque entendia bem de biologia. Mas o drama era necessário. Ela estava nervosa e sua cabeça batalhava entre duas opções: ir embora correndo, sem ninguém ver, ou entrar no meio da sala, ficar encostada nos cantos e fingir que era invisível. Olhou para os lados procurando onde seria a saída. Só tinha um caminho de volta, e provavelmente a porta de ferro estava fechada. Precisou respirar fundo algumas vezes, até sentir a mão de Clara encostar na sua e apertar seus dedos levemente.

– Está tudo bem. Provavelmente o único problema que você vai ter é se falar que prefere o Tupac para um fã do Biggie – a amiga disse gritando, vendo Mila morder os lábios. – Fecha os olhos e sente a música. Você vai ver que é bem fácil se divertir.

Mila concordou, fechando os olhos. O grave ainda fazia o chão tremer, o ritmo da música era animado e as pessoas gritando de longe eram sinais extremos de alegria, e nada disso poderia ser ruim. Podia ouvir um saxofone, vários sons de instrumentos de percussão e... violinos. Por incrível que pareça, era uma mistura curiosa de sons que conhecia muito bem. Alguém gritou em um microfone e começou a cantar por cima da música e Mila sorriu, porque era incrível.

– Você está sorrindo! – Clara gritou perto dela, que concordou. Ok, era hora de deixar de ser invisível para participar de algo totalmente diferente do que tinha vivido em toda a sua vida.

As duas entraram na sala ao mesmo tempo em que uma batalha de rap começou e duas pessoas com microfones estavam em cima do palco.

– Teste, teste, som, um, dois, três... – Um rapaz começou e logo desatou a rimar. Era tão incrível que Mila ficou parada por alguns segundos sem piscar. – Esse cara é uma mentira, mas ninguém se arrisca. Ele finge que é matilha, mas a voz não tem faísca. Finge que é riquinho, mas eu sei bem de onde veio. Os caras chamam de amigo, as minas chamam de feio!

O outro começou a responder partindo para a agressão, e a galera que estava embaixo gritava de forma superanimada. Clara dava pulinhos, puxando Mila pelo meio da multidão e procurando por Vitor. Viram Sérgio atrás da picape, em cima do palco, com grandes fones de ouvido e mexendo o corpo no ritmo da batida. Ao lado dele, vários instrumentos de percussão estavam alinhados, e uma galera batia palmas e mexia os braços. Mila olhava para todos os lados, enxergando algumas pessoas aleatórias que normalmente via no dia a dia do conservatório e que nunca imaginou que fizessem parte daquilo tudo. Era sensacional. Solange estava ao longe, perto do palco, junto com outras pessoas do Clube da Diversidade. Mila pensou em chegar perto para cumprimentar, mas Clara parou no tranco com Vitor na frente dela. Ele estava de calça justa, camisa preta e os cabelos bagunçados e muito suados.

– Não tem nada de bandana mesmo – Mila gritou, apontando para cabeça dele, assim que se recuperou do susto de ter parado de repente. O garoto riu, concordando.

– Sérgio disse que eu parecia o Axl Rose ou algum personagem de filmes dos anos oitenta e ficou bravo porque achei as duas relações bem legais. Era melhor não brigar.

Mila sorriu vendo Clara dar outro grito animado. O público estava indo à loucura com a batalha de rap que, pelo visto, não tinha acabado nada bem para o primeiro MC. Vitor encarou Mila quando outra música começou a trocar e levantou o polegar, sorrindo.

– Você está linda!

– Eu me arrumei só pra festa! – ela respondeu irônica, quase aos gritos. Era muito difícil conversar lá dentro com a música alta. Pelo visto não era o que as pessoas faziam em festas. Certamente não ficavam sentadas também, porque não havia nenhum banco à vista. Clara tinha começado a dançar no ritmo da música, se esfregando na lateral do corpo de Mila e fazendo a amiga gargalhar. – Isso é o quê?

– Tupac – Vitor gritou de volta para ela, vendo a garota concordar. Era melhor perguntar, porque ela não tinha conhecimento nenhum do assunto e não queria pagar nenhum mico. Vitor tinha dito que os fãs de Tupac e The Notorious B.I.G. tinham uma relação meio Star Wars *versus* Star Trek, embora também fosse algo totalmente diferente. Clara continuava dançando e Mila percebeu, de repente, que seu corpo tinha parado de tremer. Agora ele só vibrava com o grave da música, que ainda batia como se fosse parte do movimento natural do seu coração. Não estava tão nervosa e nada daquilo parecia mais um bicho de sete cabeças. Sorriu mexendo as pernas de forma divertida, no ritmo da música, jogando os braços para o alto. Vitor fez o mesmo, embora não fosse nem um pouco atlético e, como Mila tinha acabado de perceber, não tivesse o menor jeito para a dança. Seria até vergonhoso se não fosse divertido. A garota desatou a rir, mexendo a cabeça de um lado para o outro e deixando os cabelos chicotearem seu rosto, porque parecia o movimento óbvio a se fazer. Sabia que estava destoando das pessoas por usar um collant rosa, mas, aparentemente, todo mundo estava achando completamente normal. Estava agradecida por isso. Não se sentia tão deslocada quanto pensou que se sentiria.

Vitor se aproximou dela, que continuou dançando no ritmo enquanto Clara abria um espacate ao lado deles, parecendo totalmente compenetrada na música. Os dois gritaram junto à galera que estava em volta, vendo Clara se levantar e dançar como se ninguém mais existisse naquele galpão. Mila sorriu para o garoto, se aproximando, tentando imitar os movimentos das pessoas. Eram muito mais sensuais do que aquilo que estava acostumada a dançar, e Mila achava extremamente difícil rebolar do jeito que uma garota fazia bem ao seu lado. Era incrível. Tentou imitar, mas acabou gargalhando sozinha, segurando Vitor pelos ombros, derrotada.

– Fazer um *pas de chat* nesse momento me parece até fácil demais! – ela disse, gritando, perto do rosto do garoto. Ele deu de ombros.

– O que é um pádechá? – Vitor riu. Mila revirou os olhos e, sem pensar duas vezes, dobrou os joelhos e fez os movimentos que tinha repetido várias vezes na sala de prática algumas horas antes. Parou, logo depois, morrendo de vergonha. Não da sua dança, mas porque provavelmente tinha feito muito melhor do que antes.

Aos poucos, enquanto dançava com Vitor, rindo e tentando acompanhar aquele ritmo totalmente novo para ela, Mila foi perdendo o medo de se movimentar como uma bailarina. Era quem ela era, não podia simplesmente apagar isso. Era como seu corpo se movimentava naturalmente, como seu cérebro estava acostumado a assimilar notas musicais. Ficava na ponta dos pés, mesmo estando com uma sapatilha preta comum, e girava dentro dos braços de Vitor, sem se importar se alguém prestaria atenção nela.

Em um certo momento, alguns bboys começaram a dançar break perto deles e Mila arriscou imitar alguns passos. Um dos rapazes parou os movimentos para ensinar à garota os princípios básicos, embora realmente fosse muito mais difícil do que ela havia pensado. Seu corpo não tinha sido programado para aquele tipo de gingado. Mesmo assim, sua parte favorita foi a tentativa – só a tentativa mesmo – de fazer o famoso *freeze*, no qual precisava criar, com os braços no chão, um apoio para o seu corpo, impulsionando-o para cima e equilibrando-se nessa base em uma posição de pernas que desse esse tipo de balanço. Não tinha dado nada certo, claro. Seus braços não eram tão fortes quanto suas pernas, já que Mila não precisava ficar de ponta cabeça ou equilibrar o corpo todo neles no balé. Mas ter se jogado no chão, com várias pessoas em volta fazendo o mesmo, tinha sido divertido. Aprendeu mais alguns movimentos, que eram pura acrobacia e envolviam muito giro, e agradeceu mentalmente às aulas de balé acrobático por não ter pagado tanto mico quanto normalmente aconteceria. Ela com certeza queria aprender mais daquele universo!

Depois de algumas músicas, que giravam entre Tupac, The Notorious B.I.G. e alguns remixes, Sérgio puxou o microfone, chamando a atenção da galera.

– Aqui é o DJDJ, espero que estejam curtindo pra caramba a noite de hoje! – ele disse, fazendo todo mundo gritar logo depois. Mila, Clara e Vitor imitaram. – Agora eu vou tocar uma música diferente e quero chamar meu brother violinista pra subir no palco comigo. Vem pra cá, Vitor!

Vitor sorriu, olhando para Mila de repente. A garota franziu a sobrancelha.

– Sobe no palco comigo! – ele pediu, falando perto do rosto dela.

Mila ficou alguns segundos sem saber o que dizer. Ele queria mesmo que ela fosse até lá em cima com ele? Para quê? Para dançar? Para ficar de lado, tipo ex-participantes de reality shows que fingem fazer remixes de músicas em festas? O que deveria fazer? Sérgio soltou a batida da música e a garota encarou o palco, que não era tão grande. O ritmo não era muito rápido, as batidas eram espaçadas e ela respirou fundo. Poderia dar certo.

Mexeu a cabeça, concordando com Vitor, e Clara gritou de felicidade quando ela seguiu para o palco com o garoto. O que estava fazendo? Onde estava com a cabeça? As pessoas comemoraram quando Vitor se posicionou perto de um microfone com o violino no ombro e começou a tocar, fazendo Sérgio soltar o resto da música. Era "Smile", do Tupac.

Mila ainda estava no canto, encolhida, sem saber o que fazer. Deixou que tocassem a música. Sérgio remixava e fazia a batida enquanto Vitor seguia a melodia. Fechou os olhos e fez o que Clara tinha sugerido: deixar que a música falasse com ela, que tocasse sua alma, que guiasse seu corpo. Sorrindo, depois de compreender um pouco o que aquilo significava, tirou as sapatilhas pretas (que não eram próprias para dançar) e seguiu para o meio do palco, descalça. O público comemorou gritando e ela olhou para Vitor, que sorria feliz, orgulhoso. Mila mexeu os ombros, relaxando os músculos do corpo, e deixou que a música ditasse seus movimentos.

Não foi difícil. Ela mal podia explicar o que estava sentindo quando percebeu que dançava conforme as batidas do rap. Conforme Tupac Shakur. Era algo além de tudo que já tinha feito. As pessoas no galpão dançavam junto, gritando, levantando os braços e prestando atenção no que Mila estava fazendo. Ela não sabia muito bem o que era, só que seu corpo estava no comando. Era o que importava.

Mexia os braços com movimentos leves, esticava as pernas até a altura da cabeça, girava com os pés em ponta, sentava no chão do palco e inventava algum movimento que não tinha feito antes, jogando a cabeça para todos os lados e deixando os cabelos caírem no rosto, de olhos fechados.

. Mila nunca tinha se sentido tão livre.

27
SER FELIZ
(RAEL)

— A gente precisa fazer isso no final do semestre! — Sérgio disse bocejando, sentado na ponta do palco e apoiado em uma caixa de som desligada estava atrás dele. A sala do galpão estaria vazia se não fosse por ele, Vitor, Mila e Clara. Já passava das quatro horas da manhã e todos já tinham voltado aos dormitórios, porque precisavam estar na sala de aula logo pela manhã. Mila não fazia ideia de como ainda conseguia ficar sentada: seu corpo estava dolorido porque a adrenalina da festa tinha ido embora. Vitor tinha deitado no palco e Clara estava roncando apoiada nos joelhos de Mila.

— Você quer dizer como apresentação? — a garota perguntou, rouca. Era resultado de ter gritado bastante a noite toda, tentando conversar por cima da música alta. Tossiu.

— Isso. Seria irado. Imagina? Eu na picape e percussão, Vitor no violino e você fazendo o que fez hoje! — Sérgio parecia animado com a nova ideia repentina. Vitor, que estava deitado, se sentou rapidamente, ficando um pouco tonto. Ele já tinha pensado nisso, e era incrível que não estivesse sonhando sozinho.

— Cara, eu já pensei nisso tantas vezes que achei que seria absurdo.

— Acho que os professores ficariam meio chocados. — Sérgio sorriu, feliz. Mila franziu a testa.

— Mas...

— Não descarta a ideia sem pensar nela! — Sérgio pediu para a garota. Ela concordou, ainda confusa.

— Minha maior dúvida é que faltam o quê, cinco semanas para as apresentações começarem? — Mila coçou os olhos, fazendo as contas mentalmente. Os garotos concordaram.

— A gente fez tudo hoje depois de zero ensaios. — Vitor deu de ombros, fazendo um zero com os dedos e vendo Sérgio mexer a cabeça positivamente.

A garota prometeu que pensaria no assunto. Não era algo que podia simplesmente decidir de uma hora para outra, embora estivesse tentada a dizer sim para qualquer coisa naquele momento. Não por cansaço, mas porque realmente tinha sido uma experiência incrível, e ela sabia que poderia lhe render boas notas por movimentos bem executados. Não tinha dúvidas sobre isso, mas não sabia bem como seus professores reagiriam ao hip-hop. Era uma incógnita. Os garotos ao lado dela estavam animados conversando sobre várias possibilidades diferentes de músicas, misturas de samples e outras coisas relacionadas. Mila não queria cortar a onda de ninguém, então ficou quieta sob o pretexto de estar com muito sono. Na real, estava cansada, mas totalmente acordada. Imagina a reação de sua mãe ao perceber que não só a filha não seria a solista, estrela da noite, como também se apresentaria com dois garotos (sendo que um deles tinha visto Mila só de calcinha) em uma performance fora dos padrões do balé clássico? Seria um choque para a vida inteira. Talvez ela realmente fosse deserdada e tivesse seu nome arrancado da árvore genealógica da família Takahashi. E, por mais que parecesse tentador, Mila ainda era substituta, tendo chance de fazer alguma cena em um ato de O *Lago dos Cisnes*.

Como poderia decidir aquilo com apenas cinco semanas?

Voltaram para o conservatório em meio a debates e discussões, comentando sobre a festa e sobre como cada movimento do hip-hop tinha sido representado. Até uma interversão política acontecera em um certo momento, o que tinha arrancado aplausos ensandecidos do público.

— Mas o hip-hop é um movimento social-artístico e artístico-social. — Sérgio explicou o que tinha acontecido com bastante paciência. – Não tem como pensar uma coisa sem a outra. Manifestação cultural precisa refletir a sociedade.

Os quatro se separaram depois de entrarem no elevador do prédio de dormitórios, vendo os corredores vazios. O sol ainda não tinha nascido e muita gente estava começando a acordar naquele momento. Mila se despediu de Clara no corredor e seguiu para o seu quarto, sentindo um pico de energia que era totalmente estranho depois da noite que havia tido. Sentada em sua cama, avaliando as últimas horas, sorriu sozinha ao perceber que definitivamente era uma pessoa diferente dia após dia, e que estava tudo bem. Mila sabia que era, com toda certeza, uma versão melhor de si mesma. Uma versão que não tinha medo de coisas diferentes, que não sentia um peso nos ombros e que conseguia relaxar e aproveitar os momentos, sem pensar sempre em ser perfeita ou melhor do que ninguém. Era triste que tivesse precisado de dezoito anos para isso tudo acontecer. Maturidade era algo engraçado.

Tomou banho com tranquilidade, trocou de roupa e passou alguns minutos penteando os cabelos em frente ao espelho. Não odiava quem estava no reflexo. Não era a pessoa mais bonita do mundo, mas era alguém bem mais interessante do que costumava se sentir. Tocou as próprias bochechas e as pálpebras pequenas, sorrindo. Sentia uma felicidade tão grande por ser ela mesma que não saberia explicar em palavras. Talvez dançasse sozinha no banheiro, mas sua *roommate* reclamaria da demora, como sempre. Sorriu encarando o celular e vendo que estava na hora de ir à academia e seguir para a primeira aula do dia.

Rotina era essencial para Mila. Ela sempre teve uma, sempre seguiu uma agenda apertada, uma ordem em tudo que fazia, um motivo para realizar cada coisa do seu dia. Não era simplesmente acordar na hora que gostaria ou dormir depois de ver um monte de novelas coreanas só-porque-estava-com-vontade. Tinha o horário de lazer durante o dia, que normalmente era preenchido com mais um pouco de dança. Sua vida tinha seguido naturalmente dessa forma, e ela achava que não saberia nunca fazer de outro jeito. Sua mãe dizia que uma vida organizada refletia uma pessoa responsável. Mila concordava, mas seu "eu" de antigamente não sabia que existiam limites. Agora, pensava que deveria ter gastado mais do seu tempo encarando a parede, ficando deitada só de olhos fechados debaixo do cobertor ou jogando algum joguinho de celular sem pensar em mais nada. Era importante ter tempo pra não fazer nada.

Foi para a aula de Balé Clássico animada, sendo uma das primeiras a entrar na sala. Trocou suas botas pelas sapatilhas de meia ponta, alongou o corpo e já tinha começado a fazer alguns dos exercícios padrões quando a Madame Eleonora entrou, sorrindo pra ela.

– Você parece radiante hoje, Camila. O que aconteceu? – a professora perguntou, colocando os óculos de grau e caminhando até o sistema de som da sala.

– Acho que consegui fazer um bom *pas de chat* – Mila respondeu um pouco mais alto pra que ela pudesse ouvir de onde estava. A professora concordou.

– Não me surpreende, os seus sempre foram ótimos e pontuais. Tem trabalhado *fouettés*? – Madame Eleonora perguntou, já com Joseph Haydn tocando ao fundo.

– Sempre.

Mila girava os pés, sentindo a dor comum no seu calcanhar direito. Sorriu pensando que esse tipo de elogio sem nenhum precedente era raríssimo de ouvir e que, talvez, ela estivesse em um bom momento mesmo. Madame Eleonora nunca elogiava sem motivo. Era o tipo de professora que alguns alunos mais novos chamavam de Elsa, a Rainha do Gelo (ou só cantavam "Let it Go" quando ela passava), mas Mila sabia que isso era um exagero baseado no medo que ela colocava neles com recitais e aulas extras. Alguns professores gostavam dessa alcunha. Eles queriam ser temidos e respeitados.

Viu Clara entrar na sala com olheiras enormes e os cabelos meio desgrenhados, o que de alguma forma ficava lindo nela.

Sorriu para a amiga, que se aproximou coçando os olhos de forma dramática.

– O que você tomou pra estar com essa cara de felicidade depois de não dormir?

– Autoestima. – Mila piscou, vendo Clara colocar a língua pra fora. A professora bateu palmas e todo mundo correu para se organizar e fazer os alongamentos de exercícios padrão.

– Vocês sabem bem que dança é um estilo de vida – Madame Eleonora disse, com os braços cruzados, vendo os alunos aguardarem ordens encostados nas barras espalhadas pela sala. – A probabilidade de todos dessa turma se tornarem dançarinos profissionais não é alta. O mercado no Brasil não é grande, ou sequer reconhecido. Mas também não é algo impossível. Na idade de vocês, os jovens lá fora estão pensando em qual faculdade vão fazer e em qual festa devem ir no fim de semana. Isso não é uma realidade pra vocês.

– Ops... – Clara disse baixinho, fazendo Mila sorrir discretamente.

– Estamos chegando ao final do semestre, as provas se aproximando e as apresentações também. Quem não for se apresentar, seja com solo, com corpo de balé ou nos repertórios oficiais, precisará fazer a prova individual na semana seguinte. – A professora pegou seu celular em cima da mesa de som. – Onde está a minha lista... que droga... essa tecnologia... humm...

– Você decidiu se vai se apresentar com os meninos? – Clara sussurrou para Mila, que mexeu a cabeça em dúvida. – Se eu não fosse fazer o corpo do balé de O *Lago dos Cisnes*, já tinha topado no seu lugar. Larga de ser otária.

– ...está aqui? Não encontro de jeito nenhum. Bom – Madame Eleonora continuou, confusa com o celular nas mãos –, não sei mexer nessa porcaria, mas em breve eu trago a lista final de apresentações. As inscrições vão até a semana que vem, caso alguém ainda queira mostrar alguma coisa. Na minha opinião, eles dão tempo demais pra vocês decidirem algo que já deveria estar decidido desde o começo do semestre. – Ela bateu palmas fervorosamente, provavelmente com raiva do celular ou das ordens da diretoria da Academia Margareth Vilela. – Vamos lá.

Movimentos em allegro! Com leveza, *glissade, jeté, coupé, step, jeté...* – Ela andava entre os alunos. – *Pas de chat, entrechat quatre.* Boa, Camila. *Soubresaut!* Repita, finalize.

Mesmo no final da aula, Mila não se sentia cansada como normalmente acontecia. Seguia Clara e Laura nos corredores, sorrindo, segurando sua bolsa de lado, prestando atenção nas pessoas que passavam por ela. Nem Laura incomodava o bom humor da garota, e isso era algo animador. Mila sempre quisera chegar naquele patamar áureo de personagens boazinhas de filmes americanos, que perdoavam, que não se abalavam e que sempre estavam tranquilas quanto aos problemas do mundo. Não era o que Laura sempre tinha dito sobre ela, no fim das contas? Como se ela fosse entediante como uma dessas personagens?

Sorriu sozinha, retribuindo o cumprimento de algumas bailarinas que passavam por ela, quando viu que Kim Pak estava andando em sua direção, com a namorada ao lado. Eles realmente eram um casal diferente, mas que de alguma forma combinavam demais. Os dois pararam em frente a Mila e, embora Tim estivesse sorridente, Kim parecia entediado como sempre.

– Bailarina, semana que vem a gente vai fazer uma despedida no terraço. Depois te mando o convite.

– Despedida de quê? – Mila perguntou, confusa. Tim revirou os olhos, balançando as mãos.

– Caraca, Kim, qual a dificuldade? É uma festa, não um enterro! – A garota olhou para Mila. – É um bota fora para o famosinho aqui, já que ele vai pra Europa no próximo semestre.

– Deveria ser um enterro, seria menos vergonhoso...

– Kim, a gente já falou sobre isso. – Tim encarou Mila novamente. – Espero que você possa ir. Não vai ter muita gente, porque basicamente quem tá fazendo a lista sou eu. Mas o Kim gosta de você, talvez mais do que da sua irmã. Com certa razão, sua irmã é meio pé no saco. Bom, se puder ir, vai ser legal.

– Ah, valeu. Claro – Mila disse, meio desnorteada. Era um convite pra festa de despedida do Kim. Clara deveria estar surtando do outro lado do corredor, assim como todas as garotas do andar inteiro. – Posso ir com uma amiga?

– Fique à vontade. – Tim sorriu, puxando Kim para longe enquanto parecia dar alguma bronca no garoto. Mila concordou, vendo Clara e Laura se aproximarem com olhos arregalados e desespero visível no rosto. Sentiu-se como Regina George se sentiria, cercada de baba e gritinhos.

– MEU DEUS, VOCÊ FOI CONVIDADA PRA FESTA! TODO MUNDO SÓ FALA DISSO! – Laura disse, mais alto do que deveria. Mila queria se esconder em algum lugar.

– Todo mundo? Eu nem tinha ouvido falar sobre essa festa! – Mila olhou confusa para Clara, que apontou para Laura.

– Ela tem razão, tá todo mundo falando disso! E VOCÊ FOI CONVIDADA, AMIGAAAA!

– Nós fomos. – Ela olhou para Clara, ainda sem entender que todo mundo era esse e porque não estava inclusa nisso. Será que era coisa de fã-clube? – Você não acha que eu iria nisso sem você, né?

– Você poderia querer ir com seu namoradinho tara... que gosta de lasanha. – Clara fez uma careta, vendo Mila gargalhar.

– Primeiro que não somos namorados. Ainda. – E a amiga fez um barulho divertido com a garganta. – E segundo que você sempre vem antes de qualquer um. Como se eu precisasse falar isso.

– SHOW! Você sabe que te amo! – Clara sorriu, feliz.

Mila encarou Laura, que parecia meio tonta no meio das duas, com cara de criança perdida no supermercado. Por alguns segundos, pensou em ser infantil e fazer alguma piada, jogando na cara da garota que ela não estava convidada. Seria tipo a melhor vingança da história do universo. Laura nunca tinha sido legal com Mila, muito pelo contrário. Na verdade, ela, provavelmente nunca tinha sido legal com ninguém. Mas Mila decidiu respirar fundo e ser uma pessoa melhor. Afinal, ela era uma nova pessoa, certo? Encarou a garota, sorrindo.

– Se você quiser ir também, posso pedir mais um convite pra eles.

Provavelmente nem Laura e nem Clara esperavam por isso, porque ficaram paradas alguns segundos, tentando assimilar a frase de Mila. A garota não esperou pelas duas e saiu andando em

direção à próxima aula. Se ficasse ali, talvez fosse se arrepender de ser Odette mais uma vez. Droga, onde estava a sua Odile interior?
O fim da tarde chegou junto com o Clube da Diversidade. Mila tinha saído correndo da última aula do dia para chegar a tempo, mas a roda de discussões já havia começado. Ficou feliz de ver Marina sentada ao lado de Amélia quando entrou na sala e, tentando ser discreta, sentou ao lado dela o mais silenciosamente possível.

– ...mas o pior de tudo é a fetichização. Não sei quem aqui já passou por isso, mas eu, como mulher negra, já passei tanta raiva com ex-namorados ou carinhas da internet que não quero mais saber de homem nenhum – Solange falava, com as pernas cruzadas, fazendo todo mundo encará-la. – Cansei de ser chamada de exótica pelos caras que nem queriam me apresentar pra própria mãe, como se fosse vergonhoso namorar uma mina negra.

– Já passei por isso, e o pior é conversar com suas amigas e elas não entenderem porque não passam pela mesma coisa – Marina disse. – E nunca vão passar.

– É tão parte da História tratarem a gente como objeto que ninguém nem imagina o quão agressivo algumas coisas podem ser. – Uma garota chamada Sarah concordou. Ela parecia ser muito nova, mas falava como alguém bem mais velha. – Demorei muito pra convencer meus pais de que o meu namorado era legal, porque eles já sofreram tanto, sabe? E isso é tão bizarro! A gente tá no Brasil! Não faz nem sentido.

– Ah, você é a namorada do Pedro, da percussão? – Solange perguntou, vendo Sarah concordar. Mila não sabia quem eram nenhuma dessas pessoas, então apenas observava curiosa. – Ele é bem gatinho, mandou muito bem!

– Não é? – A garota riu, feliz.

Mila encarou a quantidade de mulheres incríveis e diversas sentadas naquela roda e suspirou, apoiando o queixo nos joelhos com as pernas dobradas. Nunca tinha feito parte de algo assim, e, pela primeira vez na vida estava interessada em entender um pouco mais a visão de cada uma sobre suas próprias vivências. Agora entendia um bocado de coisas que não compreendia antes.

Tinha aprendido a ouvir. Não era só porque algo não a incomodava que não incomodaria outras garotas asiáticas, por exemplo. Precisavam lutar junto pra que ninguém se sentisse sozinha nas suas lutas individuais.

– A Mila deve entender disso, né? – Amélia encarou a garota, que balançou a cabeça saindo do seu transe. O assunto, aparentemente, já tinha mudado. – Sobre não pertencer a lugar nenhum?

Ela respirou fundo pensando sobre isso. Com o tempo, tinha descoberto uma das coisas que mais incomodavam sobre esse assunto e que as pessoas com traços padrão nunca compreenderiam.

– Talvez quando as pessoas me perguntam se eu sou chinesa, japonesa ou coreana? Isso quando não incluem uma coreana do norte ou do sul, sabe? – Mila disse baixinho, como se, enquanto falasse sobre isso, pensasse no assunto ao mesmo tempo. – Eu sempre sorria e dizia que era descendente de japoneses, explicando a árvore genealógica inteira da minha *batchan*, como se tivesse que provar algo. Mas da última vez eu apenas disse que era brasileira e a pessoa ficou sem reação.

– Sim! – Sayuri, do outro lado da roda, bateu as mãos. – Odeio como fazem a gente se sentir fora de tudo! Aqui me perguntam se sou japonesa, no Japão eles me acham muito brasileira. Eu, no fim, não sou de lugar nenhum.

Mila concordou lentamente, porque era exatamente assim que tinha se sentido da última vez que fizeram essa pergunta a ela. Não existia isso de "cara de brasileiro". Onde as pessoas estavam com a cabeça? Amélia começou a explicar que isso acontecia com ela também: sempre perguntavam se era indiana ou muçulmana, como se isso a tornasse menos brasileira do que era. De repente, o celular de Mila tocou na bolsa e ela pediu licença para sair da sala, correndo para atender. Era sua mãe.

– *Moshi moshi*! – ela disse, animada. Ouviu uma tossida grosseira do outro lado e se afastou um pouco da porta. As pontas dos dedos das mãos automaticamente congelaram e ela sentiu a barriga doer. – Está tudo bem?

– Tive uma conversa com a sua irmã hoje e não gostei do que ouvi, Camila.

Oh, droga. Era o que estava esperando que acontecesse há muito tempo. Sua mãe parecia mais decepcionada do que brava, e ela não sabia muito bem o que dizer.

– Quando você iria me contar que perdeu o solo de *O Lago dos Cisnes*? Estava esperando que eu descobrisse sozinha no dia da apresentação? Você não pensa em mim? Na minha saúde?

– Mãe, eu queria te contar, mas tudo estava muito incerto. – Mila respirou fundo, agachando no chão e escorando na parede do corredor. – Não fiz nada pra perder o solo. Eu estava indo muito bem. O professor só me achou... diferente. Talvez eu não fosse o que ele imaginava.

– Diferente como? Você é melhor do que todas essas garotas que estão aí!

– Mas mãe...

– Não tem nada de "mas". Que vergonha! Eu não criei você assim! E todo o meu esforço pra que você fosse pra esse lugar? E o seu sonho?

– Mãe... – Mila choramingou, sem saber o que dizer.

– Estou decepcionada, Camila. A *batchan* está decepcionada. Não criei minhas filhas para serem menos do que as melhores de todas! Eu não te criei assim!

Mila fungou, sentindo as lágrimas descerem pelo rosto. Era muito injusto que não pudesse responder e que sua mãe não compreendesse o que ela estava sentindo. Decepcionar a família era um dos maiores medos de Mila, e o sentimento era muito pior do que tinha imaginado. Muito pior. Ainda tentou dizer alguma coisa, mas sua mãe desligou o celular antes que pudesse sequer formular uma frase ou um pedido de desculpas, mesmo sabendo que não tinha motivo para se desculpar. Continuava sendo o melhor que podia. Não tinha sido sua culpa.

Precisava repetir para si mesma, porque seu corpo estava tremendo e já não conseguia conter as lágrimas. Não era sua culpa.

Sentiu uma mão encostar em seu braço e, olhando para cima, deu de cara com Solange, parada no corredor à sua frente. A garota ajudou Mila a se levantar, ainda soluçando sem entender o que tinha acontecido, e a acompanhou até a sala, onde as outras garotas continuavam sentadas em uma roda no chão. Todas encararam as duas entrando pela porta, vendo Mila se sentar onde estava anteriormente.

– Você está bem? – Amélia perguntou, segurando a mão de Mila, que tremia. Ela colocou o celular dentro da bolsa de lona, mordendo os lábios para conter o choro. Não era justo, precisava se acalmar.

– Aconteceu alguma coisa? – Marina perguntou, pegando seu próprio celular. – Eu vou chamar a Clara. Quer que chame a enfermeira ou algum monitor?

– Não, está tudo bem. Obrigada. – Mila fungou, coçando os olhos. Encarou as garotas à sua frente, todas com expressões de preocupação e carinho. – Eu decepcionei a minha mãe por ter perdido o meu solo. Eu... eu nem sei o que fazer. Ou falar. Ela tem razão de estar chateada comigo, mas...

– Mila, você me desculpe, mas ela não tem razão – Sayuri disse, se aproximando e se sentando próxima da garota. Outras meninas da roda fizeram o mesmo. – Não foi culpa sua. Todo mundo sabe disso.

– Não foi culpa sua – Marina repetiu. Mila sentiu mais lágrimas rolarem pelas bochechas e escondeu o rosto em uma das mãos, envergonhada.

– A gente sabe que ela fez de tudo pra que você estivesse aqui e que você sente que deve algo. Todas nós temos uma história parecida – Amélia falou, ainda apertando a mão de Mila com carinho e firmeza. – Mas é a sua vida. Você sabe que sempre deu o seu melhor.

– Não deixa isso te afetar! – Sayuri aconselhou, tocando o joelho de Mila devagar. – Entendo parte do sentimento. Quando contei pra minha mãe que eu era bissexual, ela não falou comigo por quase seis meses. Até eu vir para a Margareth Vilela, ela não trocava uma palavra comigo. Cansei de dormir chorando até perceber que a culpa não era minha, porque era ela quem não me entendia. Pode não ser culpa dela também, porque teve uma outra criação. Mas definitivamente não é minha.

– Não é nossa culpa – Solange disse. – Você vai ficar bem. A gente tá aqui.

— A sua mãe sabe que você é esforçada, não sabe? — Amélia perguntou. Mila concordou, mexendo a cabeça e limpando os olhos com as duas mãos. — Ela vai entender eventualmente. Ela pode não demonstrar, mas tenho certeza de que ela se orgulha de você só por estar aqui.

Mila sorriu de leve enquanto Marina a abraçava de lado. Em segundos, todas as garotas do Clube da Diversidade estavam em volta dela, abraçadas, em silêncio. Mila, ainda chorando, agradeceu mentalmente por todas aquelas mulheres estarem com ela naquele momento difícil. Elas estavam certas. Não era sua culpa. Mila continuaria sendo a melhor versão que podia ser de si mesma, e sua mãe, cedo ou tarde, entenderia isso. A vida não era sobre ser a melhor de todas. Era sobre ser feliz.

♪

Vitor estava sentado com outros violinistas, treinando uma partitura de Vivaldi, quando recebeu uma mensagem de Sérgio. Ele queria encontrar em uma das salas de prática porque estava cheio de ideias para a apresentação do fim do semestre que, pelo visto, fariam mesmo. E Vitor estava mega-animado para isso! Queria, desde o começo, fazer algo totalmente diferente do que normalmente acontecia na Margareth Vilela. Sabia que, desde que entrara no conservatório, ele nunca conseguiu expor sua excentricidade nem tocar o que realmente gostava, porque todo mundo meio que achava que aquilo era contra as regras. Mas, desde o último semestre, quando o grupo Dexter tocou rock em sua apresentação de encerramento, isso tinha mudado na cabeça dele. Vitor sabia que todas as músicas tinham seu valor e que esse lugar, que ele chamava de casa, também estava ali para que pudessem ter experiências diferentes. E era isso que faria.

Não esperou a aula terminar. Pegou o *case* do violino e, despedindo-se dos colegas de sala, saiu pelos corredores meio desastrado, com todas as coisas nas mãos. Pensou em Mila enquanto corria apressado e sorriu sozinho, tropeçando em alguém e deixando várias coisas rolarem pelo corredor.

– Desculpa! – ele falou, envergonhado. Olhou para a bolsa de lona no chão e olhou para a frente, encarando Mila agachada junto a ele, pegando suas coisas. Vitor abriu a boca e olhou para os lados, percebendo que as pessoas passavam normalmente entre eles. – Mila?

– Você parece que viu um fantasma! – ela sorriu e franziu a testa de repente. – Se disser que tô parecendo uma, está tudo acabado entre nós.

– Eu... claro que não. Mas eu nunca vi um fantasma de verdade, vai que eles são todos lindos como você? – Vitor piscou e Mila colocou a língua para fora, enquanto ele ajudava a recolher suas coisas. Os dois se levantaram. – Estou só... Uau, quais as chances? Estava pensando em você e fiquei distraído. Aí esbarrei com você.

– Talvez você tenha poderes mágicos.

– Não repete isso senão vou acreditar de verdade. – Os dois sorriram e Vitor se esqueceu do que deveria fazer e para onde estava indo. – O que está fazendo aqui neste andar?

– Vim acompanhar a Solange na sala de aula dela. – Mila sorriu se lembrando do Clube da Diversidade e de como estava se sentindo menos triste. – Você precisa ir a algum lugar?

– Preciso, mas antes... – Vitor mordeu os lábios e olhou para os lados. Pegou Mila pelas mãos e desatou a correr, com a garota seguindo desengonçada logo atrás.

– Eu não estava preparada pra isso...

Vitor parou em frente a uma sala de aula vazia e entrou rapidamente, com Mila logo atrás. Fechou a porta de repente, encostando a garota na parede lateral e aproximando seu rosto do dela. Mila sorriu e largou a bolsa no chão, puxando Vitor para um beijo. Beijaram-se com urgência, arfando e apertando o corpo de um contra o outro. A garota, sem querer, deu um passo para o lado e tropeçou na bolsa de lona, quase caindo. Vitor a segurou nos braços e os dois desataram a rir descontroladamente.

– Mila, gosto muito de você. Nunca pensei que fosse me sentir assim. De verdade, juro que não tô tentando ser brega ou esquisito. Eu queria que você soubesse.

– Você é bem legal também. – Ela sorriu, envergonhada, depois fez uma careta, revirando os olhos. – Ok, também gosto de você. Aprendi que posso sentir coisas que nunca tinha sentido antes e a culpa é sua!

– Esse tipo de culpa eu aceito totalmente, sem reclamar.

– Como diria a Clara: show! Agora vem aqui... – Mila disse, mordendo os lábios, fazendo o garoto gargalhar.

– Ô Mila, eu preciso correr pra um ensaio! – Vitor abraçou a garota, que fez uma careta. – A gente se fala mais tarde?

– Odeio você sendo responsável quando eu não quero ser.

– Duvido que você me odeie. – Ele sorriu, abrindo a porta da sala e deixando que a garota saísse na frente.

– Me testa! – Mila acenou, caminhando na direção contrária a dele. Vitor ficou parado no corredor, encarando a garota se distanciar e pegou o celular, sorrindo.

> *Garoto do Origami:* **Quer namorar comigo?** 17:15

Esperou alguns segundos, ainda olhando a garota se distanciar. Ela parou no meio do caminho, quase no fim do corredor, e se virou para trás com o celular na mão. Mila estava sorrindo e levantou o braço com o polegar esticado. Vitor sorriu de volta, virando de costas e caminhando lentamente para o ensaio, sem se preocupar com mais nada. Não tinha como ficar mais feliz do que estava.

28
GOD'S PLAN
(DRAKE)

Toda a Academia Margareth Vilela ficava em polvorosa na época de apresentações, inclusive nas que graduavam os alunos. Eles tinham um sistema de notas e séries por semestre, porque muitos instrumentistas e bailarinos acabavam sendo convidados por companhias de dança ou orquestras pelo mundo e precisavam desse respaldo educacional. E, nessas épocas, enquanto muita gente estava estudando teorias e treinando para testes particulares, uma grande parte dos alunos corria de um lado para outro se organizando para apresentações, que tinham hora e data marcadas nos auditórios.

O auditório grande havia sido reservado para as orquestras e os balés de repertório. O pequeno, para grupos menores, solos ou qualquer apresentação que estivesse no meio disso. Com a organização de horários, cada professor sabia bem onde e quando estar para julgar os alunos, facilitando a movimentação pelo *campus* e *backstages*.

O maior problema para Mila, no entanto, era que ela estava como substituta na apresentação de O *Lago dos Cisnes*, no auditório grande, marcada para às 14h. E Sérgio e Vitor se apresentariam no auditório pequeno, às 16h, no mesmo dia. Com a duração de uma hora e meia de balé de repertório, a janela de tempo ficava apertada e Mila não fazia ideia se conseguiria assistir aos dois tocarem, muito menos participar do palco com eles, como tinha pensado em fazer. Com tantas apresentações em vários dias diferentes era um azar enorme! Não tinha nem como discutir.

— O mais importante é focar aqui, fazer um ótimo trabalho e, só depois, pensar nos meninos. Eles vão se sair bem de qualquer forma, você sabe! — Clara falou, apertando os ombros de Mila, enquanto andavam de um lado para outro na coxia do auditório grande. Clara estava maquiada como um dos cisnes do corpo de baile, usando seu collant branco e esperando para colocar o tutu na hora da apresentação. Era um saco ficar andando com ele para todo canto.

— Você já viu suas mães? Elas estão aqui, né? — Mila perguntou, vendo Clara concordar sorrindo.

— Claro, as duas são minhas fãs número um. E dois. Embora as duas digam que são número um.

— Minha mãe disse que não viria, mas, como a Naomi também vai se apresentar com a orquestra, acho que ela só não quer olhar na minha cara mesmo. — Mila deu de ombros, sentindo um aperto no peito quando falava disso. Sorriu de forma triste. — Eu não a julgo, claro. O solo era tudo o que ela queria que eu fizesse.

— É só um momento ruim pra ela, sua mãe não te ama menos por isso.

— Eu sei. — Mila respirou fundo, encarando o celular. Vitor estava mandando várias selfies dele com Sérgio, enquanto se organizavam em uma das salas de prática. Pelo menos alguma coisa naquele dia fazia a garota sorrir.

— Mila, você viu a Raquel por aí? — Porta perguntou, chegando perto dela e de Clara de repente.

— Ela não estava com vocês na sala anexa?

— Ela não apareceu ainda. Vou continuar esperando, ainda temos uns quarenta minutos. — Porta piscou. — Se ela não aparecer, já sabe, hein? Eu, se fosse você, iria me arrumar!

— Ela vai aparecer, fica tranquilo — Mila disse, sorrindo. Droga, onde estava Raquel? Não era assim que Mila queria ganhar o solo, sabe? Não era passando por cima da garota, de forma nenhuma.

— Você não tem o número dela? — Clara perguntou, vendo Mila concordar, enquanto abria as mensagens no celular. — Seu namorado é esquisito, olha o tanto de mensagens!

— São selfies.

— Pior ainda.

> *Mila Takahashi:* **Raquel, onde você tá? Tá todo mundo maluco aqui!**
> 13:02

> *Mila Takahashi:* **Raquel???**
> 13:03

> *Mila Takahashi:* **Sério, você está me preocupando! É O SEU SOLO! VOCÊ TINHA QUE ESTAR SE AQUECENDO!**
> 13.04

Mila bufou, colocando o celular na bolsa. Não sabia se tinha acontecido alguma coisa séria ou se era falta de responsabilidade. Aquilo não estava certo. Viu Marina e Laura chegarem perto delas, vestidas como Clara, e conversando. Não conseguia prestar atenção em ninguém naquele momento. Sua cabeça estava uma pilha de nervos. Suas pernas tremiam e seus dedos pareciam gelados. O que Raquel estava pensando?

– Camila, você precisa se aquecer. Você viu a Raquel, por algum acaso? – o professor Sergei perguntou, torcendo o nariz. Ele certamente estava mais preocupado do que aparentava. Sempre tinha a expressão de quem estava no lugar errado, pisando em estrume ou lendo as redes sociais do Kanye West. Mila riu sozinha. – Tem algo engraçado?

– Não, senhor – a garota disse. – Não vi a Raquel. Mas já vou me aquecer.

Ele tinha razão. Independentemente de qualquer coisa, Mila precisava estar a postos. Afinal, esse era o papel de uma substituta, certo? Encarou Clara e as outras meninas, dando boa sorte com a expressão mais encorajadora possível, e correu até a sala anexa para encontrar Matheus, Porta e outros dançarinos que seriam secundários na peça, com a boca tremendo de nervoso e o coração subindo pela garganta.

– Raquel não apareceu? – Matheus perguntou, sorrindo. Mila franziu a testa.

– Não. Mas não é pra gente ficar feliz, pode ter acontecido alguma coisa.

– Ou ela pode estar com medo. – Porta deu de ombros, vendo Mila rolar os olhos. Não seria justo que, no último momento, a garota fosse desistir de se apresentar. Claro que Mila queria o solo. Claro que estava preparada e saberia fazer tão bem quanto Raquel faria. Mas não era para ser assim, nunca quis o mal da garota. Prendeu os cabelos em um coque bem-feito, trocou sua sapatilha e começou a se aquecer.

Depois de alguns minutos, voltou a encarar o celular, esperando por alguma resposta. Viu que Vitor não tinha enviado nada há algum tempo e, quando pensou em ligar para Raquel, uma mensagem apareceu na caixa de entrada.

> *Raquel Mathias:* MEU DEUS, ESTOU ATRASADA! MEU DEUS! MEU DEUS! Tomei um remédio pra dormir, indicado pelo professor, porque estava nervosa demais, mas me fez apagar e não consegui acordar com o despertador! Levantei agora e estou tentando correr o máximo que posso, mas não tenho nem a maquiagem aqui pra ir adiantando!
> 13:15

Mila encarou a mensagem de Raquel sem saber o que fazer. Mostrou aos dois garotos, sentindo uma enorme vontade de vomitar. Tudo estava dando errado. Nada ia dar certo. Ai que droga. Balançou as mãos de nervoso, enquanto sua boca ficava seca.

— Respira fundo, Mila. A gente vai dar um jeito. Você tá aqui. Aproveita a chance, a Raquel nunca vai chegar a tempo — Porta disse, fazendo uma pirueta em frente ao espelho, como se estivesse supertranquilo e animado. Mila não conseguia entender a calmaria. O que deveria fazer? Não era justo com a garota, que realmente não tinha culpa alguma. Começou a roer as unhas.

— Você deveria fazer, Camila. A irresponsabilidade foi dela — uma das bailarinas, que faria a Rainha, disse naturalmente.

— Também acho. E você é muito melhor. — O garoto que faria o bufão, concordou.

Ela coçou a cabeça, muito confusa, vendo a porta da sala anexa se abrir e Vitor entrar, na ponta dos pés, usando uma camiseta havaiana toda colorida. Mila correu até ele, abraçando o garoto assim que ele se aproximou.

— Você está bem? Por que está tremendo? — Vitor apertou a garota contra o seu peito de forma carinhosa. — Mila, tá tudo bem?

– O que devo fazer? – a garota perguntou. Vitor não estava entendendo nada, mas deu de ombros e tentou sorrir, parecendo o mais normal possível.

– Faça o que sempre fez: o que seu coração mandar.

Mila fechou os olhos por alguns segundos e concordou com ele, mordendo os lábios. Abriu novamente as mensagens de Raquel, encarando o garoto de perto.

– Você tem tempo para me ajudar?

– Pra você eu tenho todo o tempo do mundo. O que posso fazer?

A garota deixou o celular nas mãos dele e desatou a correr até o camarim, que ficava ao lado da sala anexa. Corria com dificuldade porque estava de sapatilhas de ponta e não eram muito indicadas para esse tipo de exercício. Alguma coisa pior poderia acontecer, ela sabia. Mas não estava pensando nisso. Entrou no camarim, vendo que duas garotas passavam maquiagem e procurou insistentemente por uma sacola. Quando encontrou, encheu de maquiagens que a Odette usaria em cena e voltou correndo para a sala, encontrando Porta e Matheus confusos pelo caminho.

– O que está fazendo? – um dos garotos perguntou.

– Estou ajudando a Raquel. – Mila se apoiou nos ombros de Vitor, sentindo os pés doloridos e a respiração falhando. – Pode me fazer um favor? Pode levar essa sacola até o dormitório da Raquel? É no terceiro andar, número 330. Ela precisa de ajuda pra chegar a tempo e eu não posso sair daqui.

Vitor encarou a sacola plástica e o horário no celular de Mila, entregando o aparelho para ela com urgência. Concordou, sem falar nada, correndo o mais rápido que podia para fora do auditório. Sabia que deveria estar na sua própria coxia em minutos e que Sérgio provavelmente estaria procurando por ele. Mas se poderia salvar a peça de Mila, se poderia ajudar a garota a fazer o certo, era o que faria. Estava orgulhoso da sua namorada. Ele sorriu sozinho, correndo, sentindo-se muito bobo por isso. "Namorada". Ele tinha uma namorada, e ela era linda, incrível, talentosa e honesta. O que mais ele poderia pedir ao universo?

𝄞

A coxia estava um alvoroço, mas ninguém parecia se importar tanto com o sumiço de Raquel quanto Mila e o professor Sergei. Ele estava turrão acima do normal, cheio de caretas e reclamando de qualquer coisa. Mila estava se aquecendo e confirmando mentalmente alguns movimentos, caso nada desse certo. Às vezes precisava parar para respirar fundo, pensando que Vitor conseguiria encontrar Raquel a tempo. Talvez tudo pudesse dar certo.

Iria dar certo, né?

O auditório já estava lotado, e os professores, que fariam as avaliações, estavam posicionados. Na coxia, todos conseguiam ouvir o barulho das pessoas, as risadas e conversas e isso só deixava tudo mais caótico. Uma das bailarinas do corpo de balé acabou passando mal, foi socorrida e já tinha voltado a treinar, enquanto outras pessoas lidavam com seu nervosismo do jeito que conseguiam. Tinha gente até chorando, Mila podia ouvir. Não era nada animador. Ninguém ali era dançarino profissional ainda e essa era a maior apresentação que já tinham feito na vida. Não era o balé completo, claro, porque O Lago dos Cisnes era enorme! Mas a adaptação era, ainda assim, extensa e importante. Ninguém sabia quantos olheiros estavam no auditório neste momento e como o futuro de cada um poderia mudar.

Um dos sinais que indicava que o balé começaria em breve tocou. O professor Sergei encarou Mila, que estava maquiada e arrumada como Odette, mas nada convencida de que isso era o certo a se fazer, e fez uma careta como se estivesse sendo contrariado. Talvez só sua mãe fosse ficar muito feliz, caso estivesse por ali.

– Está pronta? – Matheus perguntou, mexendo os pés e vendo as pessoas correrem para todos os lados. O primeiro ato seria com o corpo de balé em uma apresentação do Príncipe Siegfried para a história, então ainda dava tempo de Raquel chegar correndo para o segundo, que era onde Odette entrava. Mila encarou Matheus, mostrando a língua, nervosa.

— Você está pronto? Vai entrar em alguns minutos. — Ela mexeu o pé dolorido que parecia ficar ainda pior quando estava nervosa. Respirou fundo, vendo o garoto sorrir.

— Eu nasci pronto.

Mila revirou os olhos, sorrindo também, vendo Matheus se posicionar próximo ao palco, que ainda tinha as cortinas fechadas. A garota olhava para os lados, procurando por algum sinal de Vitor ou Raquel. Será que ele tinha conseguido chegar até ela a tempo? Ouviu o segundo som tocar e o coro de bailarinas se posicionar. Clara e Marina estavam no meio delas e Mila sorriu para as garotas, acenando.

— Merda pra vocês! — disse um pouco mais alto.

— Merda! — Clara berrou, fazendo todo mundo sorrir.

Quando o terceiro sinal tocou, a música de Tchaikovsky começou a ser tocada e todo mundo, de repente, ficou em silêncio. Era isso. O dia que todos esperavam com tanto nervosismo havia chegado. Mila nem sentia mais suas pernas e ficou encostada em uma cadeira, vendo as bailarinas entrarem no palco ao som dos aplausos da plateia. Encarou Porta, que estava se preparando ao seu lado.

— Vai ser incrível, aposto que sua mãe vai ficar orgulhosa de você — Mila disse, vendo o garoto sorrir.

— Obrigado, eu realmente precisava ouvir isso. — Ele estufou o peito, arrumando sua vestimenta de vilão. — Eles deveriam ter me deixado vir de Jafar do Aladdin, não seria bem melhor?

— Você é muito mais Disney do que pensei... — Mila riu, tentando espiar o palco. Roeu as unhas sem perceber o professor Sergei se aproximando.

— Isso foi algum esquema de vocês pra que a Raquel não fizesse o papel, eu aposto — disse, carrancudo, quase gritando. Parecia um vilão de desenho, o que era até engraçado. Porta deu de ombros e Mila sentiu a raiva subir pelo seu peito, porque não precisava ouvir nenhum tipo de desaforo naquele momento. Respirou fundo porque ele era um professor, uma autoridade. — Parabéns, boneca, você conseguiu o que queria.

Ele estava de brincadeira? Isso era algum tipo de teste?

– Não sou uma boneca, professor – Mila respondeu, sentindo as narinas inflarem e as mãos tremerem ainda mais. – Se o senhor tivesse um pouco mais de visão, saberia disso.

Porta abriu a boca abismado, vendo o professor sem fala por alguns segundos. Mila tremia da cabeça aos pés, mas sentiu que não podia mais ficar calada. Estava fazendo tudo certo, o tempo todo! Antes que o professor pudesse responder, Raquel chegou correndo perto deles, arrumada como Odette, arfando. Os três encararam a garota, e Mila abriu um sorriso.

– Você está aqui!

– Mil desculpas! – Raquel disse, ajeitando a saia esvoaçante do segundo ato. – E muito obrigada, sério. Eu não teria conseguido sem a ajuda do seu namorado. Ele até me ajudou a amarrar minha sapatilha ali na porta do auditório, mas precisou correr para alguma coisa que tinha marcado. E me disse pra te agradecer.

– Você não precisa... – Mila disse, sorrindo e entregando uma garrafa de água para a garota, que estava se posicionando ao lado do palco. Vitor era realmente incrível, mal podia acreditar.

– Ele me disse que foi você quem pediu pra que ele fosse me buscar, e eu nunca vou saber te agradecer por isso. Você é uma pessoa muito melhor do que eu pensei e, olha, eu já te achava maravilhosa.

Raquel e Mila se deram as mãos por alguns segundos, até lembrarem que o professor Sergei estava próximo. Ele tinha uma expressão indecifrável no rosto, mas apenas virou de costas e saiu da coxia sem falar nada. Porta se aproximou, vendo que sua vez estava chegando.

– Acho que ele nunca vai se recuperar do baque. Isso tudo aqui é bem mais filme da Disney do que eu tinha pensado! – O garoto estendeu os polegares para as duas. – Merda pra gente!

– Merda – elas falaram ao mesmo tempo. Mila não sentia mais o corpo tremer e nem a barriga ficar dolorida. Aparentemente tudo estava dando certo, né?

Os atos do balé estavam correndo conforme os ensaios, embora alguns erros estivessem acontecendo, o que era normal para uma turma não-profissional. Mila estava ansiosa, encarando o celular o tempo todo, com medo de realmente não conseguir assistir à apresentação de Vitor e Sérgio, mesmo se fosse para chegar quase no final. Ela precisava respirar e pensar que os dois ficariam bem, como demonstravam nas selfies que enviavam para ela o tempo todo. Vitor sabia que isso deixaria a garota mais calma, então não poupou esforços.

Mila acabou saindo do seu transe quando Raquel encostou em seu braço, saindo do palco, vestida de Odette como cisne branco. A garota estava chorando compulsivamente e Mila agarrou seu pulso sem pensar duas vezes, preocupada.

– O que houve? Você está bem? – perguntou, tentando fazer com que Raquel a ouvisse, embora a música estivesse muito alta. Outros bailarinos vieram até as duas, vendo o que estava acontecendo.

– Eu... acho que... quebrei o meu pé – Raquel disse, em meio a soluços. Trouxeram uma cadeira para ela e, quando se sentou, estendeu a perna mostrando o pé que estava visivelmente fora do eixo. Mila prendeu a respiração, sentindo o corpo ficar arrepiado e uma vontade incontrolável de vomitar. Segurou a boca com as mãos. – Eu entrei... sem me aquecer direito. Eu... eu...

– Alguém chama a ambulância? – outro bailarino gritou, segurando a perna de Raquel para o alto. Mila continuava sem conseguir se mexer. O que estava acontecendo? O que tinha acabado de acontecer?

– Mila? – Ela sentiu alguém encostando em seu ombro. Era Porta, vestido como feiticeiro. O próximo ato era entre Odile, o príncipe e ele. Era o ato do cisne negro. O ato dos *fouettés* e da coreografia mais sensacional que Mila já tinha aprendido. Isso não era possível, era? O que estava acontecendo? – Mila?

A garota tirou a mão da boca e encarou Porta, estarrecida. Ele balançou a cabeça, preocupado.

– Você precisa se vestir. Entramos em cinco minutos.

Ela nem sabia como tinha encontrado forças para correr até o camarim, trocando de roupa enquanto se maquiava. Será que o fato de as coisas terem acontecido de forma repentina inibiu sua ansiedade? Ela não sabia mesmo. Mal encarou seu rosto no espelho, fazendo o melhor que podia e encaixando o tutu preto junto com o collant e a sapatilha de ponta, de forma mecânica. Não queria pensar no que estava acontecendo. Ela iria se apresentar no palco? Como Odile? Como sua própria inimiga imortal?

♫

Amélia estava sentada no auditório grande com Sayuri e outras garotas do Clube da Diversidade ao lado. Ela adorava balé de repertório e nunca tinha assistido *O Lago dos Cisnes*. Era lindo demais! A protagonista parecia um anjo, flutuando pelo palco, assim como todas as bailarinas ao fundo.

— Eu assisti uma vez em Londres — Sayuri comentou, animada. — Era muito maior do que essa montagem, mas estou oficialmente impressionada. Realmente estamos na Margareth Vilela. Bolshoi que se cuide!

As duas deram uma risadinha e foram alertadas por uma mulher, que estava logo à frente, para que ficassem quietas. Fizeram uma careta, vendo o balé mudar de ato e outras coreografias entrarem em cena. Acompanharam em silêncio. Amélia tinha se apresentado com uma orquestra no dia anterior, e Sayuri havia escolhido fazer audição particular mesmo, então, tinham o dia livre para acompanhar as performances do pessoal do clube. E toda vez que Marina aparecia, elas gritavam juntas, claro. Era o mínimo que podiam fazer.

No ato que Amélia esperava com mais ansiedade, o do cisne negro, ela segurou a mão de Sayuri, sorrindo, ao ouvir a música de fundo mudar. O príncipe entrou no palco, o feiticeiro também e...

— Espera. Essa não é a Mila? — ela perguntou, ficando sentada na ponta da cadeira.

— A Mila? — Sayuri fez o mesmo, tentando enxergar de longe. — É A MILA! MILAAAAAA!

— Eu não acredito, como assim? — Amélia comemorou também, de boca aberta, vendo a garota sorrir no palco como

Odile, o cisne negro, parecendo leve e etérea. Era tão bonito que os olhos de Amélia se encheram de lágrimas. Viu Mila dar piruetas, saltar e fazer todos os movimentos de forma perfeita e muito mais segura do que qualquer um que estava naquele palco. Puxou o celular para filmar porque amava aquela coreografia, ainda mais sendo feita por alguém que conhecia e que respeitava tanto. Quando Mila começou a girar, no momento dos *fouettés*, Sayuri quase levantou da cadeira, sem conseguir tirar os olhos da garota.

O auditório inteiro irrompeu em aplausos descontrolados quando Mila pousou os dois pés no chão depois de giros perfeitos.

Mila saiu do palco, em meio a gritos e palmas, correndo para o camarim, pois precisava trocar a roupa de Odile para a de Odette. Estava tremendo da cabeça aos pés e não sentia seu corpo por conta da adrenalina. A respiração falhava e ela estava com vontade de chorar. Havia realmente feito aquilo? Era realidade?

– Foi incrível, Camila! – Marina disse, encontrando com a garota saindo da coxia. Ela estava visivelmente emocionada. – Acho que nunca chorei tanto assistindo a uma peça.

– Obrigada! – Mila sorriu, entrando no camarim. – Ainda nem sei o que aconteceu.

– Foram o quê? Trinta e um *fouettés*? Tenho certeza de que foram mais, embora a Laura tenha dito...

– Não sei. E não importa – Mila disse, rindo, tirando a parte escura da sua maquiagem e trocando as penas que estavam em seu cabelo por brancas. – Nunca pensei que falaria isso, mas não importa.

– Você tá doida... – Marina balançou a cabeça, ajudando a garota com o collant. Mila não conseguia tirar o sorriso do rosto, embora continuasse sem sentir nada. Seu coração estava disparado, e ainda podia ouvir os aplausos da plateia, como se estivessem presos dentro da própria cabeça.

Ouviu o barulho do seu celular tocando, e Marina pegou o aparelho da bolsa de lona, colocando no viva voz enquanto Mila vestia o tutu e a sapatilha.

— Filha? Você está aí?

Mila congelou. Era sua mãe? Por que estava ligando naquele momento?

— *Hai...* — disse, piscando os olhos várias vezes.

— Não vou te atrapalhar, sei que está correndo. Eu... só queria, hum... — A mãe pigarreou, visivelmente incomodada em falar sobre aquilo. — Dizer que... estou orgulhosa. Você errou um movimento antes do *relevé*, mas... foi ótimo.

— Obrigada — Mila disse, ainda boquiaberta. A mãe concluiu, dizendo que estaria de olho no final e, então, desligou o telefone. A garota encarou Marina, que estava com a mão no peito, com lágrimas nos olhos.

— Ela veio te ver de qualquer forma.

Mila concordou, sentindo os olhos se encherem de lágrimas. Piscou algumas vezes, tentando voltar a focar na sapatilha. Estava orgulhosa. Era definitivamente a melhor que poderia ser e estava bem com isso.

Vitor estava sentado no chão, na coxia do auditório menor, fazendo um origami com uma folha branca de guardanapo. Tentava se distrair do fato de que ele e Sérgio entrariam no palco dali poucos minutos para a apresentação final. Não estava com medo, mas sim animado demais. Mexia as pernas de forma descontrolada, assobiando a música de Bach que o quarteto de cordas anterior a eles tocava. Como será que Mila estava lá no outro auditório? Queria poder estar com ela e segurar sua mão, caso ficasse nervosa, mesmo que na coxia da peça. Vitor ficava com raiva quando pensava nisso. Não era nada justo que a garota fosse substituta, quando merecia que o mundo todo fosse seu palco.

A apresentação anterior a deles terminou, e Vitor se levantou, guardando o tsuru no bolso, como um amuleto de sorte. Era como um cisne branco, e olhar para o origami trouxe um sentimento de paz para ele. Parecia uma conexão direta com Mila, não conseguia explicar como. Viu Sérgio organizar a mesa de DJ no palco, o computador, seu tímpano ao lado e colocar os fones de ouvido, mostrando o polegar para Vitor, sorrindo.

– É nosso momento, cara. Vai ser incrível.

– Vai ser incrível – Vitor repetiu, concordando, mexendo nos cabelos, ajeitando a camiseta havaiana e entrando no palco. Encarou a plateia lotada, respirando fundo e posicionando o violino no ombro. Todo mundo ficou em silêncio de repente, os focos de luz estavam prontos, e ele imaginou, uma última vez, como seria se Mila estivesse ali com eles. Balançou a cabeça, vendo a garota se aproximar da lateral do palco toda vestida de branco, como um cisne. Piscou algumas vezes para voltar à realidade. Mas a visão não tinha ido embora. Sentiu seu coração disparar, quando ela se aproximou ainda mais, percebendo que não era nenhum tipo de alucinação. Mila realmente estava ali, vestida de cisne branco, como se tivesse acabado de sair do palco do balé. Ele abriu a boca sem saber o que dizer, encarando Sérgio, que acenou para ela. O professor falou ao microfone para que começassem a apresentação, e Vitor se virou para a garota, levantando a sobrancelha. Mila concordou, sabendo o que deveria fazer, embora estivesse exausta, e deu a volta até a coxia.

Vitor pegou o tsuru de dentro do bolso em um movimento teatral e caminhou pelo palco, colocando o origami no chão com as asas abertas. Segurou o violino no ombro, sabendo que o holofote o acompanhava e, encarando a plateia, empurrou o arco nas cordas fazendo o som sair, agudo e limpo, tocando o início de *As Quatro Estações*, de Vivaldi. Era o trecho mais conhecido, o da primavera. Algumas pessoas na plateia fizeram sons animados, alguém tinha aplaudido, Vitor podia sentir a adrenalina correr por todo o seu corpo. Enquanto tocava a música, afastava-se do tsuru, com o holofote sendo dividido em dois. Sorriu sozinho ao ver Mila se aproximar do palco, parecendo uma imagem saída diretamente dos seus sonhos.

A garota ficou na ponta da sapatilha e caminhou lentamente para o centro do holofote, onde estava o tsuru. Ela sorriu quando percebeu o que Vitor tinha feito, orgulhosa. Mal tinha notado que a plateia fez barulhos de surpresa e, quando se posicionou na luz, romperam em aplausos. Mila, então, segurando o origami em uma das mãos, movimentou o corpo no ritmo do violino, com os olhos fechados, sentindo as notas de uma das suas músicas favoritas entrarem pelo seu corpo como se fosse parte da partitura, como se Vivaldi tivesse escrito aquela música para ela. Sorriu, ainda de olhos fechados, sentindo seu corpo se movimentar quase automaticamente. Thomas Carlyle estava certo ao dizer que a música é a fala dos anjos. Ela podia sentir que estava flutuando.

Com o violino no ombro, Vitor diminuiu um pouco o ritmo original da música, chegando ao pico em que ele e Sérgio tinham combinado. Mila não sabia de nada, mas parecia ter entendido a velocidade da música. Fez um movimento final, sentando no chão de forma majestosa, como um cisne, ao mesmo tempo em que Vitor puxou uma última nota no violino. O público continuava em silêncio, confuso e maravilhado. Mila encarou o garoto, que estava sorrindo e o viu mexer os lábios.

– É hora do hip-hop.

Sérgio lentamente soltou a batida de *God's Plan*, do Drake. Vitor se ajeitou e acompanhou no violino, sorrindo de orelha a orelha. Era a realização de um sonho. Ele estava no palco que era a sua casa, tocando uma das suas músicas favoritas na frente de todo mundo e usando sua camiseta havaiana favorita. Além disso, estava com seu melhor amigo e a garota mais linda que já tinha visto. Sentiu os olhos se encherem de lágrimas ao ver Mila tirar as sapatilhas lentamente, acompanhando o ritmo da melodia que ele tocava no violino. A batida ao fundo ainda era leve. Mila se levantou, esticando o corpo e deixando as sapatilhas ao seu lado, junto com o tsuru. Encarou Vitor e, descalça, jogou a cabeça para trás, movimentando seu corpo ao mesmo tempo em que a batida aumentava, percebendo que música estavam tocando. Ela já tinha ouvido na sua playlist de hip-hop, tempos atrás, e, sinceramente, era uma de suas favoritas. A música falava de bondade, de agradecimento, de sonhos e do amor pela própria vida.

A batida intensificou, e os três estavam sendo assistidos em silêncio por uma plateia estarrecida. Ninguém tinha imaginado que aquilo aconteceria, e os professores pareciam confusos, embora petrificados. A música era, definitivamente, universal. Mila movimentava seu corpo, seguindo o violino de Vitor e tentando incluir os movimentos que aprendeu ao ver os com bboys dançarinos na cidade, junto com todos os aprendidos nos seus anos de balé clássico. Estar vestida de cisne branco talvez fosse como tudo aquilo deveria acontecer, no fim as coisas sempre davam certo. Jogou os braços para o lado, soltando os cabelos do coque apertado e sorrindo, mexendo a cabeça de forma teatral. Não tinha uma coreografia, ela literalmente estava fazendo o que queria, como queria e dançando sem nenhum objetivo além de o de dançar. Dançar pelos motivos certos. Dançar porque a fazia feliz.

Afinal, era disso que a vida era feita, certo? De pequenos momentos de felicidade. Agora, ela sabia mais do que nunca.

AGRADECIMENTOS

Como sempre, vou começar agradecendo ao McFly, porque, sem eles, eu nem teria pensado em editar a minha primeira *fanfic* em formato de livro, em 2009. Nós, Galaxy Defenders, não temos um sexto álbum, mas temos uns aos outros (e a carreira solo do Danny!). Foi graças a todo esse poder e amor que hoje realizo mais um sonho. Obrigada, GDs e vocês que leram minhas *fanfics* e compraram meu primeiro livro independente lá no comecinho da minha carreira!

Quero agradecer à minha família da Página 7, uma rede de apoio que me mantém conectada ao mundo literário e que acredita em mim – até mesmo nos dias em que eu me coloco em dúvida. Vocês são pessoas iluminadas e talentosas, e eu não poderia ter mais orgulho de fazer parte de uma família tão incrível quanto essa.

Também preciso agradecer à minha melhor amiga, Sauron da minha vida e minha agente, Gui Liaga, que continua acreditando em mim mesmo após cinquenta anos de amizade e de vários momentos difíceis. Ainda me lembro de quando a gente ia para o shopping na adolescência: eu me vestindo de Harry Potter, e ela morrendo de vergonha das minhas lutas com a varinha. Isso ainda acontece, e você me ama do mesmo jeito. Obrigada! Eu te amo e não seria nada sem você.

À minha mãe, que é a inspiração da minha vida e a mulher mais forte que eu já conheci: você é tudo o que quero ser um dia. Tenho muita sorte de ter você ao meu lado. Ao meu irmão, que ainda não tem idade para ler meus livros e que, às vezes, me chama de "Brenda": quando você for adolescente, a gente fala sobre isso!

À minha irmã, que cresceu sendo minha melhor amiga e que foi a primeira pessoa que acreditou nas histórias que eu inventava, embora uma delas fosse sobre ela ter sido deixada lá em casa por uma nave extraterrestre quando era bebê. (Se você está lendo isso, Brenda, essa história é verdade. Não se engane, eu mesma vi. O resto não era. A gente nunca recebeu uma carta das Chiquititas.)

Obrigada, Érica, uma força de luz e carinho que Deus colocou na minha vida por meio do K-Pop. Você sempre acredita em mim e está sempre disposta a me colocar para cima, mesmo quando a vida deixa a gente para baixo. Obrigada por estar ao meu lado.

Aos meus amigos e eternas inspirações, eu amo cada um de vocês. Obrigada por comprarem meus livros (mesmo os que não gostam de ler, viu, Fer?), por fazerem fila nos lançamentos, torcerem tanto por mim e não desistirem da minha amizade, mesmo quando eu não respondo as mensagens por algumas semanas. Especialmente à Mila, que, neste livro, usei seu nome sem nem avisar. Surpresa!

Netinho, valeu por ter escrito "Milla". Dancei essa música na escola há 21 anos, e hoje lanço um livro que tem ela como inspiração. "Na praia, no barco, no farol apagado, no moinho abandonado..."

Eu não posso deixar de agradecer às pessoas que me ajudaram a produzir este livro e ao meu time do Grupo Autêntica. Obrigada Rejane, por acreditar em mim e investir na minha carreia em um mercado tão difícil para a literatura nacional. Silvia, Carol, Andresa, Sabrina, Giulia, Diogo, Guilherme (maravilhoso), e a todo o time. Obrigada! Ao Jim Anotsu, que me ajudou de todas as formas possíveis e que acreditou que eu pudesse fazer um bom trabalho, além de me mandar uma playlist que me mostrou um mundo novo. Sou muito sua fã! À Mikki, minha leitora de sensibilidade, que me ensinou palavras em japonês e me ajudou a acreditar que a Mila poderia ser uma personagem de verdade! E à Cami, que deu nome e personalidade a essa história: este livro também é para você, que estava comigo desde o comecinho. SAN Crew ainda vive!

Mas o meu maior obrigada é sempre para você, leitor, que pode ou não ter tido saco para ler este agradecimento até aqui. Para Isa, Mariana, Alice, Carina, Bruna, Celina, Déborah, Nathálhya, Marina, Dry, Milena (tenho certeza de que vocês leram. Haha!). Para você que acreditou em mim, na minha história, na capa bonita, ou que simplesmente caiu aqui de paraquedas: obrigada! São nove livros falando de amor e música, e eu só estou hoje por aqui porque vocês, leitores, investiram no meu trabalho e na minha vida. Eu amo vocês com todo o meu coração. Sou uma escritora com ansiedade, que não dorme direito, que chora por qualquer coisa, que sofre por cada momento que ainda não aconteceu, e o apoio de vocês significa o mundo para mim.

Não foi nada fácil acordar hoje e conseguir levantar da cama. Mas saber que eu poderia escrever palavras de amor para pessoas que fazem diferença na minha vida me fez sorrir e imaginar um amanhã totalmente melhor. Eu tenho certeza de que, como aconteceu com a Mila no solo da dança da vida dela, vai ficar tudo bem no final.

Com amor, música e pequenos amanhãs,
Babi Dewel

PLAYLIST

1. **Vivaldi** – As Quatro Estações
2. **Shawn Mendes** – Stitches
3. **Drake** – Hold On, We're Going Home
4. **Bach** – Suite Orquestral N3
5. **Pharrell Williams** – Know Who You Are
6. **Notorious B.I.G.** – Sky's The Limit
7. **Tchaikovsky** – O Lago dos Cisnes
8. **J Dilla** – Don't Cry
9. **Rihanna** – FourFiveSeconds (feat. Paul McCartney/Kanye West)
10. **Händel** – No. 1, in G Major III. Adagio
11. **Miss A** – Bad Girl Good Girl
12. **Future** – Fresh Air
13. **Eminem** – Lose Yourself
14. **Prokofiev** – Montagues and Capulets (Romeo And Juliet)
15. **Drake** – One Dance
16. **Beyoncé** – Pretty Hurts
17. **Kendrick Lamar** – Feel
18. **Rakim** – I Ain't No Joke
19. **Vivaldi** – La Stravaganza n.2
20. **Emicida** – Eu Gosto Dela
21. **Tyler, The Creator** – See You Again
22. **Tech N9ne** – Fragile (feat. Kendall Morgan, Kendrick Lamar & ¡Mayday!)
23. **Projota** – Mulher Feita
24. **Beyonce** – Hold Up
25. **Debussy** – The Girl With the Flaxen Hair
26. **Tupac Shakur** – Smile
27. **Rael** – Ser Feliz
28. **Drake** – God's Plan

Este livro foi composto com tipografia Electra LT Std e impresso
em papel Off-White 80 g/m² na Formato Artes Gráficas.